Wiedźmin
猎魔人

命运之剑 | 卷二 修订本

[波兰]安杰伊·萨普科夫斯基 著
乌兰 小龙 译

MIECZ PRZEZNACZENIA
BY ANDRZEJ SAPKOWSKI

MIECZ PRZEZNACZENIA

Copyright © 1993 by Andrzej Sapkowski
Published in agreement with Andrzej Sapkowski c/o Patricia Pasqualini Literary Agency,
through The Grayhawk Agency Ltd.
Simplified Chinese translation copyright © 2020 by Chongqing Publishing House Co.,Ltd.
All rights reserved.

版贸核渝字（2020）第22号

图书在版编目（CIP）数据

猎魔人. 卷二，命运之剑 /（波）安杰伊·萨普科夫斯基著；乌兰，小龙译. —修订本. —重庆：重庆出版社，2020.8
书名原文：Miecz przeznaczenia
ISBN 978-7-229-15143-0

Ⅰ.①猎… Ⅱ.①安… ②乌… ③小… Ⅲ.①长篇小说-波兰-现代 Ⅳ.①I513.45

中国版本图书馆CIP数据核字（2020）第118999号

猎魔人　卷二：命运之剑（修订本）
LIEMOREN JUANER: MINGYUN ZHI JIAN (XIUDINGBEN)

［波兰］安杰伊·萨普科夫斯基 著　乌兰　小龙 译
联合统筹：重庆史诗图书信息咨询有限责任公司
责任编辑：邹　禾　方　媛
责任校对：陈　琨
封面绘画：陈越林
封面设计：谢颖设计工作室

重庆出版集团 出版
重庆出版社

重庆市南岸区南滨路162号1幢 邮政编码：400061 http://www.cqph.com
重庆出版社艺术设计有限公司 制版
重庆豪森印务有限公司 印刷
重庆出版社有限责任公司 发行
邮购电话：023-61520656

开本：890mm×1230mm　1/32　印张：12.25　字数：200千
2020年8月第1版　2025年8月第2次印刷
ISBN：978-7-229-15143-0
定价：86.80元

如有印装问题，请向重庆出版社有限责任公司调换：023-61520678

版权所有　侵权必究

Miecz przeznaczenia
命 运 之 剑

目录 Spis treści

可能之界 1

冰之碎片 86

永恒之火 130

一点牺牲 186

命运之剑 250

别的东西 321

可能之界

一

"我敢说,他出不来了!"脸上长着粉刺的男人摇头说,"他都进去一小时零一刻钟了。肯定早完蛋了。"

市民们聚集在残垣断瓦间,沉默地望着黑洞洞的通道入口。一个穿黄色罩衫的胖男人缓缓朝前走了两步,清清嗓子,摘下头上皱巴巴的帽子。

"我们得再多等一会儿。"他说着,抹去稀疏眉毛间的汗水。

"干吗要等?"粉刺男嗤之以鼻,"洞穴里潜伏着一头石化蜥蜴,你难道忘了,市长大人?任何人进去都只有死路一条。你忘了多少人死在里面了?我们还等什么?"

"我们约好要等他的,不是吗?"胖男人犹豫地低声说。

"跟活人的约定才叫约定。"粉刺男的同伴,一个系着皮围裙的大个子屠夫说,"可他已经死了,这是跟天上的太阳一样确凿的事实。他一开始就是去送死的,跟前头的人没两样。他连镜子都没带,就带一把剑——谁都知道,没有镜子杀不了石化蜥蜴。"

"至少这笔钱省下了。"粉刺男补充道,"没人会来领石化蜥蜴的赏金了。你可以回家了。至于术士的马和行李……浪费了未免可惜。"

"是啊，"屠夫说，"那匹老母马毛色不错，鞍上的行李也满满的。我们过去瞧瞧。"

"你们要干什么？"

"闭嘴吧，市长。少来插手，除非你想脸上挨一拳。"粉刺男威胁道。

"毛色真不错。"屠夫又重复一遍。

"亲爱的，别动那匹马。"

屠夫慢慢转过身，望着突然出现在断墙后的陌生人——众人聚拢在通道入口，而那堵墙就在他们身后。来者有着一头浓密卷曲的棕发，厚重的棉外套下穿着深棕色束腰上衣，足蹬马靴，没带武器。

"离马远点儿。"他露出恶狠狠的笑容，重复道，"你们在干什么？马匹和行李都是别人的，你们却贪婪地打量，还翻来翻去，这算体面人的做法吗？"

粉刺男将手缓缓伸进外套，瞥了屠夫一眼。屠夫点点头，朝人群打个手势，两个身材壮硕、剃着短发的年轻人走了出来。他们手提沉甸甸的棍棒，像屠宰场用来敲昏动物的那种。

"你是谁呀？"粉刺男质问道，手依然藏在外套里，"凭什么告诉我们什么叫体面、什么叫不体面？"

"我是谁与你无关，亲爱的。"

"你没带武器。"

"的确。"陌生人的笑容愈加凶狠，"我没带武器。"

"那可太糟了，"粉刺男从外套里抽出一柄长刀，"对你来说。"

屠夫也抽出一把刀，一把长猎刀。另外两个男人走上前，挥舞着棍棒。

"我没带武器,"陌生人一动不动,"但武器总是伴随着我。"

废墟后面走出两名少女,她们步履轻盈,充满自信。众人纷纷后退,为她们让出一条路,人群也随之散开。

少女微笑着露出皓齿,眨了眨眼。她们从眼角到耳尖都有蓝色条纹状的文身,大腿到臀部的健壮肌肉用山猫皮包裹,锁甲手套上方露出赤裸的双臂,同样锁甲包裹的肩膀上露出一把军刀的刀柄。

粉刺男慢慢地单膝跪地,又用更慢的动作,将刀缓缓放到地上。

废墟洞口传来刺耳的石头滚动声,黑暗中伸出两只手,抓住洞壁参差不齐的边缘。紧跟双手出现的,是落满砖灰的白色头发,然后是苍白的面孔,最后是双肩及肩头的剑柄。人们开始窃窃私语。

雪花石膏发色的男人直起身子,从洞中拖出个奇形怪状的东西:看起来像具小小的尸体,覆满尘埃和血污。男人一言不发,拖着那蜥蜴状的长尾,将它抛到市长脚下。市长赶忙退后,却被一块断墙绊倒。他紧盯着那鸟喙般的嘴、状如新月的带蹼翅膀,还有鳞脚上镰刀般的爪子。它的喉咙被割断了,血迹变成脏污的棕红色,凹陷的双眼呆滞无神。

"这就是那头石化蜥蜴。"白发男人说着,拂去裤子上的灰尘,"按约定,应该付我两百林塔,成色要好,不能太旧。事先提醒你,我会检查的。"

市长用颤抖的双手捧出一个硕大的钱袋。白发男人环视聚集的市民,目光落在粉刺男及他丢在脚边的刀上。他同样注意到了穿棕色束腰上衣的男人,还有两名穿山猫皮的少女。

"总是这样。"他从市长颤抖的手里接过钱袋,"我冒着生命危险换取这点小钱，你们却想趁火打劫。真是本性难移，活该你们下地狱！"

"我们没碰您的行李袋。"屠夫嗫嚅着往后退，拿棍棒的两人早已混入人群不见踪影。"没人乱翻您的东西，阁下。"

"真令我欣慰。"白发男人笑道，笑容在惨白的脸上绽开，仿佛一道开裂的伤口。人群开始四散离去。"那么，兄弟，你用不着担心了。你可以走了，但最好快点儿。"

粉刺男连连后退，想要逃跑。惨白的脸色衬着粉刺，让他显得愈发丑陋。

"喂！等一下！"穿棕色束腰上衣的男人喊道，"你忘了点儿事。"

"什么事……阁下？"

"你刚才用刀指着我。"

两名少女中，个子较高的一位正劈着两条长腿候在一旁，这时拧过腰来，军刀出鞘，径直切开空气，快如闪电。粉刺男的人头飞到空中，划出一道弧线，掉进通道的入口。他的残躯僵硬而沉重地倒在碎石间，仿佛一棵刚被砍倒的树。人群齐声尖叫。另一名少女手按刀柄，迅速转身，护住高个子少女的身后。但这动作根本没必要——众人跌跌撞撞逃出废墟，朝镇子的方向奔窜，只恨双腿跑得不够快。市长一马当先，速度惊人，屠夫紧随其后。

"漂亮！"白发男人冷静地说，抬起戴着黑手套的手遮住阳光，"泽瑞坎军刀果然名不虚传。向刀法与美貌并重的女战士表示敬意。我是利维亚的杰洛特。"

"我……"陌生男子指指束腰外衣上的褪色纹章——上面绣着三只黑鸟，在金色的田野里排成一行。"我是博尔奇，别人也叫我'三寒鸦'。她们是我的贴身侍卫蒂亚和薇亚,我是这么称呼她们的,因为她们的本名太拗口了。你猜得没错,她们都是泽瑞坎人。"

"多亏她们,不然我的马和行李早没了。我要感谢两位战士,还有你,尊贵的大人。"

"是三寒鸦,不是什么大人。利维亚的杰洛特,可有任何原因让你继续滞留此地?"

"没有。"

"很好。那样的话,我有个提议。离这儿不远,前往河边港口的十字路口,有一家名叫'沉思之龙'的小酒馆,那儿的食物在周边地区数第一。我正要去那儿吃饭并过夜,不知能否有幸邀您一同前往?"

"博尔奇,"杰洛特应道,他在马前转过白发丛生的头,直视陌生人明亮的双眼,"我不希望我们之间有任何误会,所以事先说明:我是个猎魔人。"

"我猜到了。你这口气就像在说:我是个麻风病人。"

"有些人,"杰洛特平静地说,"宁愿与麻风病人为伍,也不愿与猎魔人同行。"

"还有些人,"三寒鸦微笑作答,"宁愿与绵羊为伍,也不愿与两位年轻女士同行。我只能对他们表示遗憾。我的提议依然不变。"

杰洛特摘下手套,握了握陌生人伸出的手。

"我接受。很高兴认识你。"

"那我们走吧,我饿坏了。"

二

老板用布擦擦不怎么平整的桌面,欠身微笑。他少了两颗门牙。

"我们……"三寒鸦望向发黑的天花板,看着悠闲爬过的蜘蛛,过了好一会儿才继续说,"先来点儿……啤酒,呃,来一桶好了。配啤酒的话……有什么推荐吗,亲爱的?"

"奶酪?"店主犹豫地建议道。

"不,"博尔奇皱了皱眉,"奶酪应该晚点儿再吃。我们想要些下酒菜,酸的辣的都行。"

"愿意为您效劳。"老板笑起来,嘴咧得更开了。原来他缺的不光是两颗门牙。"不如来点儿用大蒜和醋腌的鳗鱼,或者酸菜……"

"很好,两人份。还要汤,就是上次我喝的那种,里面有贻贝、小鱼,还漂着乱七八糟的杂碎。"

"海鲜汤?"

"对。还要配鸡蛋和洋葱的烤羊羔。六十只小龙虾,锅里多撒茴香,有多少撒多少。然后是羊奶酪和沙拉。再然后……到时再说吧。"

"愿意为您效劳。每人各一份吗,你们四位?"

高个子泽瑞坎少女摇摇头,还特意隔着亚麻衬衫拍了拍自己的肚子。

"我忘了。"三寒鸦冲杰洛特眨眨眼,"女孩子要注意身材。老板!羊羔只要两人份。啤酒和鳗鱼要快,其他晚点儿再上,免得凉了。我们来这儿不是为大吃大喝,而是想愉快地聊天。"

"我理解,阁下。"店主说着,又鞠了一躬。

"理解力——对你这行尤其重要。把手给我,我的美人儿。"丁当作响的金币落入老板掌中,让他笑开了怀。

"这不是预付金,"三寒鸦强调说,"只是小费。回你的厨房吧,我的好伙计。"

房里很热。杰洛特松松腰带,脱下紧身上衣,卷起衬衫袖子。

"看起来你无须为金钱烦恼。"他说,"你靠骑士的特权过活吗?"

"算是吧。"三寒鸦不置可否地笑笑。

他们很快吃光了鳗鱼,喝掉小半桶啤酒。两位少女明显很高兴,但没喝太多酒。她们轻声交谈,薇亚突然大笑起来。

"她们说的是通用语吗?"杰洛特用眼角余光看着女孩,问三寒鸦。

"是,但很糟。她们平时话不多,甚合我意。汤怎么样,杰洛特?"

"唔。"

"喝吧。"

"唔。"

"杰洛特……"三寒鸦晃晃勺子,小心地打了几个嗝,"回到之前在路上的话题吧:猎魔人,按我的理解,你从世界的一头跑到另一头,杀死路上遇到的所有怪物,换取报酬。这就是你的工作,对吧?"

"差不多。"

"如果有人要你去某个特定地点呢,比如执行一项特殊任务。你会怎么做?"

"那要看什么人,又是做什么事。"

"还要看报酬多少?"

"对。"猎魔人耸耸肩,"'要想活得好,就得多加价。'一位巫师朋友经常这么说。"

"有道理，而且要我说，还很实际。但有条原则比它更优先，杰洛特。那就是秩序与混沌的冲突——我有位巫师朋友经常这么说。我想，你接受的向来是保护人类不受邪恶伤害的任务。毫无疑问，你站在善良的一方。"

"秩序、混沌……真是冠冕堂皇的字眼，博尔奇。众所周知，这是场永恒的争斗，自我们出生前便已开始，待我们死后仍将继续，而你想将我定义为其中一方。铁匠打造铁器时站在哪一方？为我们匆匆端上这盘烤羊羔的酒馆老板又站在哪一方？在你看来，又是什么定义了混沌和秩序的界限？"

"很简单。"三寒鸦直视猎魔人，"混沌代表侵略，它站在暴力与攻击性的一方；而另一边，秩序就是与之对立的存在。正因如此，它才需要维护，需要有人为它而战。但我们还是喝酒吧，尝尝这只羊羔。"

"好主意。"

两位泽瑞坎少女担心身材走样，于是不再进食，开始以更快的速度喝酒。薇亚靠在同伴肩上，低声在她耳边说着什么，发辫拂过桌面。个子较矮的女孩蒂亚突然大笑起来，欢快地眨了眨文着刺青的眼皮。

"好了，"博尔奇啃着羊骨说，"如果你不介意的话，让我们继续刚才的话题。我明白，你不想在两方势力间做选择，只想做好自己的工作。"

"是这样。"

"但你没法逃避秩序与混沌的冲突。刚才的例子不成立，因为你不是铁匠。我知道你是怎么工作的：你从地下通道带回一头血肉模糊的小石化蜥蜴。我的美人儿，钉马掌和砍杀石化蜥蜴是有区别的。你说过了,只要价码合适,会毫不犹豫地前往世界的另一头砍杀怪兽。如果一条凶猛的龙,摧毁了……"

"这例子举得不好。"杰洛特打断他,"你瞧,混沌和秩序的界限已经变得模糊了。我不杀龙,尽管它们无疑代表了混沌。"

"真的假的?"三寒鸦舔了舔手指,"太令人震惊了!在所有怪物中,最危险、最恶毒也最残忍的就是龙。那些爬行动物最可怕了。它们袭击人类、喷吐烈火,甚至偷走处女!你也听过许多关于它们的传说吧?在你的丰功伟绩中,猎魔人,难道就不包括几条龙?"

"我从不猎杀龙。"杰洛特干巴巴地说,"我杀过巨蜈蚣。皮翼类中杀过龙蜥,但那不是真龙,不是绿龙、黑龙或红龙。千万别搞错了。"

"你真让我惊讶。"三寒鸦答道,"但我明白你的意思了。龙的事已经说得够多了。我看到红色的东西在逼近,肯定是我们的龙虾。干杯!"

他们用牙齿喊里喀喳地咬碎虾壳,吮吸白色的虾肉,盐水流过手腕,刺痛了皮肤。博尔奇又倒了几杯啤酒,用长柄勺刮着小酒桶的桶底,两名泽瑞坎少女快活地看着周围的一切。她们毫不避讳地嘲笑邻桌的一位占卜师,杰洛特觉得这是在故意找茬儿。三寒鸦也注意到了,于是威胁地冲她们挥挥手里的小龙虾。女孩咯咯笑起来,蒂亚给了他一个飞吻,又露骨地朝他眨眨眼。她的刺青让这个眼神显得有些恐怖。

"真是两只小野猫。"三寒鸦悄声对杰洛特说,"你必须时刻盯紧她们,不然只消两秒钟,地上就会毫无预警地洒满内脏。但她们配得上这世上所有的财富。你知不知道,她们可以……"

"我知道。"杰洛特点点头,"很难找到比她们更好的护卫。泽瑞坎人是天生的战士，从小就开始接受战斗训练。"

"我不是说这个。"博尔奇将一只龙虾钳丢到桌上，"我是说她们在床上的表现。"

杰洛特用眼角余光看了看两位少女。她们同时露出微笑，薇亚抄起一只贝壳，动作快如闪电。她用牙齿咬开贝壳，冲杰洛特眨眨眼。她唇上的盐水闪闪发亮。三寒鸦大笑起来。

"好吧，杰洛特。"他继续说，"你从不猎杀龙，不管是绿龙还是别的龙。我记住了。但我能否问一句：你为什么把龙以这三种颜色划分？"

"准确地说，四种。"

"你只提到三种。"

"你好像对龙很感兴趣，博尔奇。有什么特别的理由吗？"

"只是好奇。"

"颜色是最普通的分类法，只是并不准确。绿龙的分布最为广泛，但事实上，它们更接近灰色，就像龙蜥。说实话，红龙更接近红棕色，砖块的颜色。而深棕色的龙通常被人称为黑龙。最稀有的是白龙，我一条都没见过，据说它们居住在遥远的北方。"

"有意思。你知道我还听说过哪种龙吗？"

"知道。"杰洛特说着，咽下一大口啤酒，"我也听说过：金龙。但金龙并不存在。"

"你怎么这么肯定？就因为你一条也没见过？你还没见过白龙呢。"

"这不是主要原因。在大海另一边的奥菲尔和赞格韦巴，栖息着长黑条纹的白马，我同样没见过，但我知道它们存在。而金龙是神话，是传说，就像凤凰。凤凰和金龙都不存在。"

薇亚用手托腮，好奇地看着他。

"这方面你肯定很清楚——你是个猎魔人。"博尔奇又从小桶里舀了些啤酒，"可我认为，任何神话，任何传说，都可能包含一些点滴的真实，让人无法忽视。"

"也许吧。"杰洛特说，"但你说的这些跟人类的梦想、希望和欲求有关：你相信可能性没有界限，因为有时，确有一星半点的机会，会让可能成真。"

"机会！正是如此。也许世上真的有过金龙：一条独一无二的突变种。"

"如果真有，那条龙的下场也跟所有变种生物一样。"猎魔人低下头，"它不可能幸存下来，因为太另类了。"

"你是在跟自然法则对着干，杰洛特。我那位巫师朋友总说：所有造物都将以某种方式存续下去。一种存在的结束永远意味着另一种存在的诞生。根本没有界限，至少自然界中没有。"

"你的巫师朋友真乐观，但他忽略了一个因素：自然界本身或那些玩弄自然规律之人总会犯下一些错误。金龙和其他所有突变生物，即使真的存在过，也不可能存活下来，与生俱来的界限会阻止它们的存续。"

"什么界限？"

"突变生物……"杰洛特的下巴绷紧了，"博尔奇，突变生物无法生育。只有传说才会允许违逆自然法则的事物存在，只有神话才能忽视可能性的界限。"

三寒鸦一言不发。杰洛特看到，两位少女的表情突然严肃起来。薇亚朝他靠过来，用肌肉结实的双臂抱住他，被啤酒润湿的嘴唇贴上他的脸颊。

"她们喜欢你。"三寒鸦缓缓开口,"老天爷啊,她们喜欢你!"

"这有什么奇怪的?"杰洛特苦笑着回答。

"没什么,但我们必须为此干一杯。老板!再来一桶酒!"

"不用那么多。一大杯就够了。"

"那就来两大杯!"三寒鸦高喊道,"蒂亚,我得离开一会儿。"

泽瑞坎少女从长椅上拿起军刀,站起身来,用厌倦的眼神审视整间屋子。猎魔人看到,有几对贪婪的眼睛正盯着博尔奇鼓鼓囊囊的钱袋,但他摇摇晃晃走向院子时,却没人敢跟在他身后。蒂亚耸耸肩,跟着她的雇主走了出去。

"你的真名叫什么?"杰洛特问留在桌边的少女。

薇亚笑了,露出一排雪白的牙齿,衬衫在礼仪允许的范围内最大程度地敞开着。杰洛特毫不怀疑,她这么做是为考验屋子里其他顾客的意志力。

"阿尔薇亚奈拉。"

"好美的名字。"猎魔人猜,听了这话泽瑞坎少女一定会用天真而又挑逗的目光看着他。他没猜错。

"薇亚?"

"嗯……"

"能不能告诉我,你们为什么跟着博尔奇?战士不都热爱自由吗?"

"嗯……"

"'嗯'什么?"

"他……"泽瑞坎少女皱起眉头,像在寻找适合的形容词,"他最……最美。"

猎魔人摇摇头。女人对男性魅力的判断标准，对他来说真是个难解的谜。

三寒鸦冲进酒馆，一边系着裤子的纽扣，一边大声招呼老板。蒂亚跟在他身后两步远，扫视着酒馆，看似一脸无聊，但在场的商人和船员都尽可能避开她的目光。薇亚吮着一只小龙虾，冲杰洛特抛去意味深长的目光。

"我为在座的每一位又点了一份鳗鱼，这次是炖的。"三寒鸦重重地坐下，没系紧的腰带丁当作响，"小龙虾我都吃腻了，可还是很饿。我帮你定了个房间，杰洛特。你今晚没理由在外流浪。咱们可以再找点乐子。为你们的健康干杯，女孩们！"

"*Vessekheal*。"薇亚举杯应道。蒂亚眨眨眼，伸了个懒腰，但跟杰洛特预想的不同，她小巧可爱的乳房并没有蹦出衬衣。

"再找点乐子吧！"三寒鸦探过身子，拍了拍蒂亚的后背，"来一场狂欢，猎魔人！嘿！老板！过来！"老板快步走来，用围裙抹抹手，"你有没有大盆？洗衣服那种，又大又结实的。"

"您要多大，阁下？"

"够四个人用。"

"四……个人用。"老板露骨地微笑着，重复了一遍。

"四个人。"三寒鸦确认道，从上衣里掏出鼓鼓囊囊的钱袋。

"这就为您准备。"老板舔了舔嘴唇，一口答应。

"好极了。"博尔奇笑道，"叫人送我房间去，记得盛满热水。快去，我的好伙计，别忘了带上啤酒，至少三大杯。"泽瑞坎少女大笑起来，冲猎魔人眨眨眼。

"你更喜欢哪一个？"三寒鸦问，"嗯，杰洛特？"

猎魔人挠挠头。

"我知道,这是个两难的选择。"三寒鸦露出心照不宣的表情,"我有时也难以抉择。好吧,我们可以在浴盆里做决定。来吧,女孩们!扶我上楼。"

三

桥上有道路障。一条用支架固定、长而结实的横梁挡在桥面上。穿着纽扣皮外套和锁甲的长戟兵站在两侧戍守。银色狮鹫图案的绯红三角旗在风中飘扬。

"怎么回事?"走近路障时,三寒鸦大声询问,"这儿不能通行吗?"

"你们有通行证吗?"离得最近的长戟兵问道。他嘴里嚼着一根稻草,不知是饿了还是纯属打发时间。

"什么通行证?出什么事了?牛瘟病?还是开战了?你们奉谁的命令封锁这座桥?"

"奉聂达米尔国王——坎恭恩统治者的命令。"守卫把稻草转到另一边嘴角,指着那面三角旗,"没有通行证,你们不能通过。"

"你傻了?"杰洛特不耐烦地插话道,"我们又不在坎恭恩,这是霍洛珀尔。在布拉河上,这座桥的过桥费应该由霍洛珀尔收,跟聂达米尔有什么关系?"

"别问我。"守卫说着,吐掉嘴里的稻草,"我只负责检查通行证。你有问题可以去找指挥官。"

"他在哪儿?"

"那边，在收费关卡后面晒太阳。"守卫没看杰洛特，只是盯着跨坐在马鞍上的泽瑞坎女孩露出的大腿。

有个守卫坐在收费小屋后面的干草堆上，正用长戟的尖头在沙地上画画，画的是个女人：细节相当丰富，刻画的角度也非比寻常。他身旁坐着个瘦削的男人，看起来昏昏沉沉，手上却小心翼翼地抚弄着鲁特琴弦。他戴着一顶怪异的紫红色帽子，上面装饰着银搭扣和一根长长的白鹭羽毛，羽毛垂下，遮住他的双眼。杰洛特认出了那顶帽子和那根羽毛，它们在布伊纳和艾鲁加非常出名，在所有宅邸、城堡、旅店、酒馆和妓院都为人所知——尤其是妓院。

"丹德里恩！"

"猎魔人杰洛特！"帽子下露出一对快活的蓝眼睛，"简直是个惊喜！真是你吗？你该不会碰巧有张通行证吧？"

"这儿干吗要通行证？发生了什么，丹德里恩？我正跟'三寒鸦'博尔奇骑士及其护卫同行，我们想过河。"

"我也被拦住了。"丹德里恩站起身，摘下帽子，向泽瑞坎女孩夸张而郑重地鞠了个躬，"他们不让我过河——我，丹德里恩，方圆千里最著名的吟游歌手和诗人。拒绝我的是这位副队长，你们看到了，他也是位艺术家。"

"没有通行证，任何人都不能通过。"副队长用戟尖完成了沙地画的最后几笔，闷闷不乐地说。

"那就沿河岸绕过去。要到亨佛斯，可能会多花些时间，但我们没别的选择。"猎魔人说。

"去亨佛斯？"吟游诗人面露惊讶，"你是说，你不见聂达米尔？你不是来猎龙的？"

"什么龙？"三寒鸦饶有兴致地问。

"你们不知道？真不知道？那我可要好好给你们讲讲，反正我也得待在这儿，等某个有通行证的人愿意带我过去。我们有大把时间，坐吧。"

"等等。"三寒鸦突然插话道，"快到中午了，我很渴，渴得要死。我不能口干舌燥地跟人聊天。蒂亚、薇亚，你们快回镇上买桶酒来。"

"我很欣赏您的作风，这位……"

"博尔奇，也叫'三寒鸦'。"

"我叫丹德里恩，外号'所向无敌'……某些年轻女士这么叫我。"

"继续说吧，丹德里恩。"猎魔人不耐烦地打断他，"我们没多少时间。"

吟游诗人抓起他的鲁特琴，用力拨动琴弦。

"你们想听什么版本？韵文版还是散文版？"

"普通版就好。"

"如你所愿。"丹德里恩依然抱着鲁特琴，"尊贵的大人们，请听好，事情发生在一个星期前，距离那座名叫霍洛珀尔的自由城市不远。哦，是啊，那是个清晨，晨曦染红了草地上薄纱般的雾气……"

"我说了——普通版！"猎魔人强调。

"这还不普通吗？好吧，好吧，我明白了，要简短，不要比喻修辞。在霍洛珀尔城附近，有条龙飞落下来。"

"真的吗？"猎魔人惊叹道，"那可太惊人了——已经好些年没人见过龙了。不会是只龙蜥吧？有些龙蜥的个头也不小……"

"别侮辱我，猎魔人，我知道龙长什么样。我见过它。我当时刚好要去霍洛珀尔的市场,亲眼见到了那条龙。我连歌谣都编好了,可你们不想听……"

"继续说。它大吗?"

"有三匹马加起来那么长,肩隆部位没有马那么宽,但比马胖多了,颜色灰得像沙子一样。"

"那就是绿龙了。"

"对对。它突然俯冲而下,扑向一群羊。放羊的全跑光了。它杀了十几只羊,吃掉了其中四只,然后飞走了。"

"飞走了……"杰洛特点点头,"就这些?"

"当然不止。第二天早上它又回来了,这次离城市更近。它俯冲下来,扑向布拉河畔的洗衣妇。我的朋友啊,她们吓得四散奔逃!我这辈子从没见过这么好笑的场面。那条龙在霍洛珀尔城上空盘旋了两圈,又飞去附近的牧场袭击羊群。它引发了多大的恐慌和混乱啊!要知道,前一天甚至没人相信牧羊人的话……市长开始动员城里的民兵与公会,但还没等他组织起人手,人民就凭自己的力量解决了此事。"

"怎么解决的?"

"用一种很常见的办法。有个叫柯佐耶德的鞋匠①想出一招,要杀死那只爬行动物。他们宰了一只羊,往羊肚子里塞满莨葜、颠茄、毒芹、硫黄和鞋匠用的树脂。为保险起见,当地的药剂师还自作主张添加了两夸脱煮沸的药水,再让克里夫神殿的牧师给这件祭品祝福。然

---

① 此处典出波兰民间传说,讲述一位名叫克拉库斯的鞋匠用智谋杀死喷火恶龙的故事。后人为纪念他,将他所在的小村命名为克拉科夫,即后来的克拉科夫市。

后他们把羊绑到木桩上,放到羊群里。说真的,没人相信那条龙会在一千只羊里选中这只臭气熏天的死羊,但结果却出乎所有人的意料。其他羊都活得好好的,唯独这只连同木桩一起被它吞下了肚。"

"然后呢?接着说,丹德里恩。"

"我当然会接着说,我不会在关键时刻住口。听好了:没过多久——也就技巧娴熟的男人解开女人紧身胸衣的时间——那条龙就开始咆哮,嘴巴和屁股都喷出烟来。接下来它打了个滚,想飞走却摔落下来,不再动弹。有两个人自告奋勇跑过去,试探它还有没有呼吸。这俩人一个是当地的掘墓人,一个是村里的白痴。那白痴的老娘是个伐木工人的疯女儿,在特拉卡西造反期间,被路过霍洛珀尔的一群长戟兵搞大了肚子。"

"你太能编了,丹德里恩。"

"我才没编,只是为灰暗的事实增添些色彩。这是两码事。"

"鬼才信。继续说,别浪费时间。"

"正如我刚才所说,一个掘墓人和一个鲁莽的白痴前去查看。我们后来为他们砌了一座规模不大、但看起来极其漂亮的坟冢。"

"哦,很好。"博尔奇道,"说明那条龙还活着。"

"正是如此。"丹德里恩愉快地答道,"它还活着,但已经虚弱到没法吞下掘墓人和白痴了。它只喝了他们的血,然后飞了起来……尽管飞得很勉强,但还是让所有人担心不已。那条龙每扑腾一两腕尺,就会怒吼着坠落,接着再次起飞。有时它只能拖着后腿往前爬。比较勇敢的人跟在不远处,不让它离开视线。接下来的进展你们肯定想不到。"

"说吧,丹德里恩。"

"那条龙跳进了大凯斯卓山脉的峡谷,离布拉河的源头不远。它一直藏在那儿的山洞里。"

"这下我明白了。"杰洛特大声说,"那条龙在洞穴里沉睡了几百年——我听过不少类似的故事。它的财宝一定也藏在那儿。我明白士兵为什么要封锁这座桥了。有人想独占宝藏,而那人就是坎恭恩的聂达米尔。"

"正是如此。"吟游诗人点点头,"整个霍洛珀尔因此开了锅,他们觉得龙的宝藏应该属于他们,但又不敢跟聂达米尔公然作对。那位国王是个年轻的蠢蛋,嘴上才开始长毛,但他知道如何让人敬畏。聂达米尔想要那条龙的心情胜过了一切,这就是他行动如此迅速的原因。"

"你是说,他想要那些宝藏吧?"

"我相信,比起宝藏,他对龙更感兴趣。因为你想啊,聂达米尔觊觎玛琉尔公国已经很久了。公国王子离奇死亡后,只剩下一位已到适婚年龄的公主。但玛琉尔公国的权贵阶层对聂达米尔和其他追求者都不看好,因为他们清楚,新任掌权者肯定会缩减他们的权力,而年轻的公主耳根子软,根本没法应付这种局面。因此他们翻出一本积灰的陈旧预言书,上面说,王冠和公主的玉手只属于征服巨龙之人。他们相信这样就能维持现状,因为在周边地带,已经很久没人见过龙的踪影了。聂达米尔根本不在乎什么预言,他用尽手段,想用武力征服玛琉尔公国,但霍洛珀尔有龙出没的消息传到他耳中,让他意识到这是个让玛琉尔贵族无话可说的好机会。如果他能带着那条龙的首级、大摇大摆地回到玛琉尔,人们就会像迎接诸神派来的君王一般迎接他,那些权贵也不会再有怨言。所以喽,他肯定会像猫抓老鼠一样寻找那条龙。更何况那龙现在连爬行都很费劲儿。对聂达米尔来说,这是天赐的良机,是命运在对他微笑。真见鬼。"

"所以他封锁这儿,是为阻止竞争对手。"

"嗯,我猜也是。此举也给霍洛珀尔居民的热情浇了盆冷水。而附近所有有能力屠龙的人士肯定都得到了聂达米尔颁发的通行证,因为他才不想亲自进入龙穴,手握长剑与龙相搏呢。没用多久,他就召来了最有名的屠龙者。杰洛特,其中大多数你应该都认得。"

"也许吧。都有谁?"

"头一个,德内斯勒的艾克。"

"狗娘……"猎魔人轻轻吹了声口哨,"虔诚正直的艾克——勇敢无畏的骑士,高洁无瑕之人。"

"这么说你认识他,杰洛特?"博尔奇问,"他真是个屠龙专家?"

"何止是龙,艾克知道对付一切怪物的方法。除了打败过几条龙之外,他还杀过蝎尾狮和狮鹫兽——我是这么听说的。他很厉害,可这疯子坏了行规,因为他从不收钱。还有谁,丹德里恩?"

"克林菲德掠夺者。"

"就算那条龙痊愈,也不会有任何活命的机会了。那三个人是非常老练的猎手。他们战斗从不按常理出牌,效率却毋庸置疑。他们铲除了瑞达尼亚的所有龙蜥和巨蜈蚣,沿路还杀了三条红龙和一条黑龙——相当了不起。只有这些人吗?"

"不止。还有六个矮人:五个部下是大胡子,首领是亚尔潘·齐格林。"

"这个不认识。"

"你肯定听说过石英山之龙奥克维斯塔吧?"

"听说过。我还见过来自它宝藏堆的珍宝:绚丽夺目的蓝宝石、樱桃那么大的钻石。"

"干掉奥克维斯塔的就是亚尔潘·齐格林那伙矮人。我还写过一首歌谣叙述这场冒险,只是写得非常无趣,你就算没听过也没什么损失。"

"还有吗?"

"就这些。我没算上你。你坚持说自己对那条龙并不知情。谁知道呢?也许是真的吧。但你现在知道了,有什么打算?"

"没什么打算。我对那条龙不感兴趣。"

"哈!太不坦诚了,杰洛特。不管怎么说,你没有通行证。"

"我再重复一遍:我对那条龙不感兴趣。你呢,丹德里恩?什么风把你吹到这儿了?"

"跟往常一样。"吟游诗人耸耸肩,"我需要接触些紧张刺激的事件。在今后很长一段时间里,这场对抗巨龙的战斗都将成为人们的话题。当然了,我会谱一首歌谣供他们传唱,如果见证战斗的人能亲自演唱,那就更好不过了。"

"战斗?"三寒鸦反问,"更像是解剖或屠杀吧。我越听你说越震惊。一群战士挤破头来到这儿,只为结果一条被乡巴佬下毒而半死不活的龙,我都不知道该笑还是该吐了。"

"你错了,根本不是什么半死不活。"杰洛特答道,"如果那条龙吞下毒物后没能直接死掉,那它现在也该恢复了。但这不重要,克林菲德掠夺者肯定会除掉它,只是丑话说在前头,战斗不会很快结束。"

"你赌掠夺者会赢,杰洛特?"

"当然。"

"我可不敢这么肯定。"一直沉默不语的艺术家守卫插言道,"那条龙是魔法生物,只有用咒术才能杀死。但昨天有个女术士也过桥了,如果有人协助她的话……"

"谁?"杰洛特转头看他。

"一个女术士。"守卫重复道,"我刚才说过了。"

"她叫什么名字?"

"她说过,但我忘了。她有通行证,很年轻,有股特别的魅力,但她的眼睛……你懂的,大人……被那样的眼睛盯着,会让你脊背发凉。"

"你觉得会是谁,丹德里恩?"

"不知道。"吟游诗人扮了个鬼脸,"年轻、有魅力,还有那样的眼睛……线索不够,符合这些描述的女孩太多了。我认识的女孩——我认识很多女孩——有的看上去不超过二十五到三十岁,但居然记得诺维格瑞还是针叶林时的样子。她们不是会用曼德拉草制作万灵药吗?让眼睛闪闪发亮。真的,女人都这样。"

"她是不是一头红发?"猎魔人问。

"不是,阁下。"副队长回答,"一头黑发。"

"她的马什么颜色?栗色?有颗白色星斑?"

"不是,跟她头发一样是黑色。大人们,听我说,只有她才能消灭那条龙。龙是魔法生物,人类的力量根本没法和这些怪物抗衡。"

"我想知道那位鞋匠柯佐耶德有何感想。"丹德里恩大笑起来,"如果他有比茜葵和颠茄更有效的东西,那条龙的皮早就晾在栅栏上了,我的歌谣也早完成了,我也犯不上在大太阳底下口干舌燥的……"

"聂达米尔干吗不把你带在身边?"杰洛特瞪了诗人一眼,"他出发时你还在霍洛珀尔,难道那位国王不喜欢艺术家的陪伴?你干吗不去为国王表演,却在这儿晒太阳?"

"因为一位年轻的寡妇。"丹德里恩不无沮丧地说,"该死的!我只顾跟她亲热,第二天醒来时,聂达米尔和他的军队已经过了河。他们甚至带上了柯佐耶德,还有霍洛珀尔的民兵侦察队,却偏偏忘了我。我试着跟这位副队长解释,可他……"

"只要你有通行证,就根本不是问题。"副队长靠在收费小屋的墙上,平静地解释道,"没通行证免谈。命令就是命令……"

"哈!"三寒鸦插话道,"女孩们带酒回来了。"

"不光她们。"丹德里恩站起身,"看看那匹马,就像一条龙。"

两位泽瑞坎少女策马钻出白桦林,一位骑手陪伴在旁,他骑着高大剽悍的牡马,一身战士装扮。

猎魔人也站起身来。

只见骑手身穿紫色丝绒束腰外衣,外罩黑貂皮装饰的短夹克。他高傲地坐在马鞍上,看着众人。杰洛特很熟悉这种眼神,但他并不在意。

"你们好,先生们,我是多瑞加雷。"骑手缓慢而高贵地下马,自我介绍道,"多瑞加雷大师,巫师。"

"我是杰洛特大师,猎魔人。"

"丹德里恩大师,诗人。"

"我叫博尔奇,也叫三寒鸦。正在开酒桶的女孩是我的人。我相信你们已经认识了,多瑞加雷大人。"

"的确。"巫师板着脸回答,"美丽的泽瑞坎战士已经与我互相问候过了。"

"哦，好吧！为你们的健康干杯！"丹德里恩开始分发薇亚带来的皮酒杯，"跟我们一起喝吧，巫师阁下。博尔奇大人，副队长也能加入吗？"

"当然。来吧，我的好战士。"

"我想，"巫师用高贵的动作抿了一小口酒，"你们等在桥上的原因跟我一样。"

"多瑞加雷大人，如果你指的是那条龙，那么的确如此。"丹德里恩答道，"我想亲临现场谱写歌谣。不幸的是，这位副队长不让我过去——他要我出示通行证，这恐怕有点没礼貌。"

"很抱歉。"副队长咂咂舌头，喝下一口酒，"我不能让没得到许可的人通过。我也是迫不得已。似乎每个霍洛珀尔人都备好了马车，准备进山里捕猎巨龙，但我必须服从命令……"

"你的命令，士兵，"多瑞加雷皱着眉插嘴道，"只针对那些乌合之众，可能惹麻烦的放荡妓女、小偷和流浪汉，诸如此类。但我不在其列。"

"没有通行证，我不会让任何人过去。"副队长直截了当地回答，"我发誓……"

"用不着发誓，"三寒鸦冷静地打断他的话，"蒂亚，再倒一杯酒给这位英勇的战士！诸位大人，我们坐下吧。这么匆匆忙忙地站着灌酒，太不像贵族了。"

他们坐在酒桶周围的圆木上。刚刚晋升为贵族的长戟兵似乎很满足，脸颊开始泛红。

"喝吧，勇敢的队长。"三寒鸦举起酒杯。

"我只是个小副官，不是什么队长。"他说着，脸更红了。

"但你会当上队长的，显而易见。"博尔奇咧嘴笑道，"像你这么聪明的男孩，转眼就能升官。"

多瑞加雷拒绝了再来一杯的建议，转向杰洛特问道：

"城里的人都在谈论你杀的石化蜥蜴，可是，尊贵的猎魔人，你的兴趣已经转移到龙上了？"他压低声音，"我很好奇，你屠杀濒危生物究竟是为了兴趣还是报酬？"

"真是非比寻常的好奇心，"杰洛特答道，"尤其它还来自一个匆匆忙忙赶去屠龙现场、只为从龙嘴里拔牙之人。是为制作药物还是炼金呢？尊贵的巫师大人，听说从活龙嘴里拔出的牙才是最好的，是真的吗？"

"你确定我是为这个才来的？"

"当然确定。但你的算盘要落空了，多瑞加雷。你的某位女同行已经带着你没有的通行证过了桥。如果你感兴趣的话，我可以告诉你，那是名黑发女术士。"

"骑黑马？"

"听说是。"

"叶妮芙。"多瑞加雷吸了口冷气。

猎魔人抖了一下，但没人察觉。

未来的队长突然打了个嗝，打破了众人的沉默。

"没有通行证……谁也不行。"

"两百林塔够不够？"杰洛特从口袋里拿出胖市长给他的钱袋。

"杰洛特，"三寒鸦露出神秘莫测的笑，"你真的……"

"请接受我的道歉，博尔奇。很抱歉，我不能陪你去亨佛斯了。下次吧，如果有机会再见的话。"

"我也不是非去亨佛斯不可。"三寒鸦小心翼翼地回答,"不是,杰洛特。"

"请把钱袋放下,阁下。"未来的队长说,"这是赤裸裸的行贿。就算三百林塔,我也不能让你们通过。"

"那五百呢?"博尔奇也掏出钱袋,"把你的钱收起来,杰洛特。这笔钱该由我来出。我的胃口已经被吊起来了。五百林塔,士兵。每人一百,这两位美丽的女孩算一个。你看如何?"

"天哪。"未来的队长将博尔奇的钱袋收进怀里,焦虑地说,"我该怎么跟国王交代?"

"你可以告诉他,"多瑞加雷站起身,从腰间取下一根象牙魔杖,"看到这一幕时,你被吓晕了。"

"哪一幕,阁下?"

巫师挥动手杖,大声念了句咒语。河边一棵松树突然爆开,被烈焰吞噬,从树根一直烧到树梢。

"上马吧!"丹德里恩麻利地跳上马背,背好鲁特琴,"上马吧,先生们!还有女士们!"

"升起路障。"前途光明、腰包充实的副队长吩咐长戟兵。

穿过路障上桥后,薇亚扯动缰绳。她的马儿飞奔起来,马蹄声在木板桥上回荡。女孩发出清脆的喊声,辫子在风中飘荡。

"就是这样,薇亚!"三寒鸦喊道,"我们也要像泽瑞坎人那样!像一阵呼啸的风!"

四

"那么,"掠夺者中最年长的一位说道——他叫布荷特,高大健壮,仿佛一株千年老橡树,"尊贵的大人们,看来聂达米尔没把你们赶回去。但我敢说,他肯定是这么打算的。说到底,我们平头百姓没资格对王族的决定指手画脚。过来一起烤火吧。让点儿地方,伙计们。猎魔人,坐过来,跟我们讲讲你和国王是怎么说的。"

"我们什么都没说。"杰洛特将马鞍放在火堆旁,惬意地靠着,"他甚至没出帐篷见我们,只派了个随从过来,叫什么来着……"

"吉伦斯蒂恩。"矮胖的大胡子矮人亚尔潘·齐格林告诉他,火光把矮人满是尘灰的粗脖子映得通红,"自吹自擂的小丑,胖得流油的肥猪。俺们到这儿时,那家伙趾高气昂,啰唆个没完。'千万记好,矮人们。'他说,'记住这儿是谁在发号施令,你们又该听谁的话。聂达米尔国王掌管一切,他的话就是法律。'等等等等的混账话。俺耐着性子听,心里却在盘算怎么把那兔崽子打趴下再踏上一只脚。但俺管住了自己,你懂吗?不然他们又该说矮人都是危险好斗的混球,根本不可能……不可能……用他们的话讲,根本他妈不可能跟人和平相处。然后又会有座小城再次爆发种族冲突。所以俺只是礼貌地听着,时不时点点头。"

"听你这么一说,恐怕那位吉伦斯蒂恩大人也不会干别的了。"杰洛特道,"因为他用同样的话训斥了我们。当然,我们也没反驳他。"

"要我说,"另一位掠夺者说着,拖过一块巨大的毛毯盖住柴堆,"聂达米尔没把你们赶走才是个错误。所有人都冲那条龙来了,真是离谱。这地方都人满为患了。这已经不像是远征了,更像送葬。我可不喜欢在人堆里战斗。"

"冷静,尼斯楚卡。"布荷特插言道,"对我们来说,与人结伴反而更好。你难道没猎过龙吗?猎龙时总会有大群人围观,就像集市或流动妓院。但那爬虫真正现身时,留下来的还会有谁?只有我们。没有别人。"

布荷特沉默片刻,举起裹着柳条的细颈酒瓶喝了一大口,用力吸吸鼻子,又清了清嗓子。"这样更好,"他继续说道,"通常来说,还没等那条龙的脑袋像果园里的梨子一样滚落,屠杀的血宴就会开始。等发现巨龙的宝藏,猎人们也会拼个你死我活。是吧,杰洛特?我说得对吗?我告诉你,猎魔人,这都是真的。"

"我知道类似的事。"杰洛特干巴巴地说。

"你说你知道,大概是听来的吧,因为我从没听说哪个猎魔人猎过龙。你会出现在这儿,本身就很奇怪了。"

"没错。"最年轻的掠夺者、外号开膛手的肯尼特说,"是很怪,而且我们……"

"等等,开膛手,现在是我在讲话。"布荷特打断他的话,"当然,我不想纠缠这个话题。猎魔人已经明白我的意思了。我明白,他也明白。我们之间过去没有交集,将来也不会再有。想象一下吧,伙计,假如我在这位猎魔人干活时横插一杠,想抢走他的酬劳,难道他不会对我刀剑相向吗?他有理由这么做。我说得对吗?"

没人赞同,也没人反对。布荷特似乎也不打算等人回应。

"是啊,"他继续说道,"对我们来说,结伴而行当然更好。猎魔人应该能派上用场。这地方荒无人烟,如果出现奇美拉、巨虾怪或吸血妖鸟，我们就麻烦了。但杰洛特跟我们结伴同行，他的专长就能帮我们避开这些麻烦，可惜龙不在他的专长范围内，对吧？"

依然没人赞同，也没人反对。

"还有三寒鸦大人。"布荷特说着，把酒瓶递给矮人首领，"他是杰洛特的同伴。有他作担保，对我来说足够了。尼斯楚卡、开膛手，你们还不放心谁？肯定不是丹德里恩！"

"丹德里恩，"亚尔潘·齐格林将酒瓶递给诗人，"总能发现哪些地方有趣事发生。人人都知道，他这人既无益又无害，但从不拖人后腿。他就像狗尾巴上的虱子。你们不觉得吗，小伙子们？"

粗壮的矮人"小伙子们"不禁大笑起来，连胡须都在打颤。丹德里恩把帽子推到颈后，接过酒瓶喝起来。

"见鬼！这酒真烈！"他咳着抱怨道，"让我都没法说话了。用什么酿的？蝎子？"

"还有个人我不喜欢，杰洛特。"开膛手从诗人手里拿回酒瓶，"跟你一起来的巫师。这儿的巫师已经够多了。"

"确实。"亚尔潘道，"开膛手说得对。多瑞加雷对我们的用处就像一头套了鞍具的猪。我们已经有个女术士了——尊贵的叶妮芙。呸！"

"没错！"布荷特取下镶钉的皮革护喉，挠挠公牛般发达的脖子，帮腔道，"亲爱的伙伴们，周围有太多巫师了。在王室的帐篷里，狡猾的狐狸正在密谋：聂达米尔、女术士、巫师，还有吉伦斯蒂恩。最坏的就数那个叶妮芙。你知道他们在密谋什么吗？肯定是怎么宰了我们！"

"他们还吃饱了鹿肉！"开膛手不无沮丧地说，"而我们呢？我们吃的是什么？土拨鼠！我问你，土拨鼠是啥？就是耗子，跟耗子没啥区别。我们吃的是什么？耗子！"

"这倒没什么。"尼斯楚卡答道，"我们很快就能吃上龙尾巴了。再没什么比炭烤龙尾更美味的了。"

"叶妮芙，"布荷特续道，"是个非常卑鄙、恶毒的女人，是个泼妇。她可不像你带来的女孩，博尔奇大人，她们知道什么叫举止优雅，知道怎样保持安静。你瞧，她们待在马儿旁边磨刀。我走过她们身边时，向她们亲切地问好，她们也对我回以微笑。我喜欢她们。她们不像叶妮芙那样阴险狡诈。我跟你说：一定要小心提防，不然我们的约定就会变成一场空。"

"什么约定，布荷特？"

"亚尔潘，你不介意让猎魔人知道吧？"

"俺不觉得有啥问题。"矮人答道。

"酒没了。"开膛手把空酒瓶倒转过来，插嘴道。

"那就去拿。你最年轻，你去。那个约定，杰洛特，是我们的主意，因为我们既不是雇佣兵，也不是寡廉鲜耻的无赖。聂达米尔不能只凭一点小钱就让我们替他卖命。事实上，我们根本没必要替聂达米尔杀龙，恰恰相反，是他需要我们。既然这样，谁起的作用最大，谁就该拿最多的报酬。于是我们提出一个公平的约定：亲自参与屠龙之战的人，可以分得宝藏的一半。聂达米尔凭他的出身和头衔，可以拿走四分之一。其他人，只要对这事有所贡献，就可以平分剩下的四分之一。你觉得怎么样？"

"聂达米尔觉得怎么样？"

"他不赞成也不反对。但他完全是个外行，合作对他更有好处，我告诉你,他独自一人是没法杀死那条龙的。聂达米尔必须依靠内行的力量,比如我们掠夺者,还有亚尔潘和他手下那些小伙子。只有我们,才能真正靠近那条龙,对它发起攻击。如果其他人愿意帮忙,包括那些巫师,他们也可以平分宝藏的四分之一。"

"你说的'其他人',除了巫师还有谁?"丹德里恩饶有兴致地问。

"肯定不包括乐手和写歪诗的人。"亚尔潘大笑,"俺们只接纳用斧头的人,而不是弹鲁特琴的。"

"明白了!"三寒鸦抬头,望着繁星点点的夜空,"那鞋匠柯佐耶德和他那伙人怎么算?"

亚尔潘·齐格林往火堆里吐了口口水,用矮人语嘟囔了一句什么。"霍洛珀尔民兵队熟悉这破山脉的地形,可以充当咱们的向导。"布荷特低声解释道,"所以他们理应得到一份报酬。那个鞋匠就不行了。如果一条龙出现在什么地方,而当地人觉得他们完全没必要求助于专业人士,只要若无其事地毒死它,就可以继续到田野里跟女人风流快活,那对咱们可不是好事。如果那种事频繁发生,咱们这些人就只能沿街乞讨了,不是吗?"

"没错。"亚尔潘答道,"所以要我说:那个鞋匠必须为他搞出来的烂摊子负责,而不是被当成传奇。"

"他会受到惩罚的。"尼斯楚卡断然宣称,"我会让他受到惩罚。"

"还有,丹德里恩,"矮人接着说,"你可以创作一首搞笑歌谣,让他在歌谣里永远受辱。"

"你忘了一个重要环节。"杰洛特说,"还有一个人会搅局,因为他不要报酬,还无视任何约定。我说的是德内斯勒的艾克。你们跟他谈过没?"

"谈什么？"布荷特用树枝拨弄着火堆，嘟囔道，"跟艾克没什么好谈的，杰洛特。他都不知道自己在干什么。"

"我们遇到他了。"三寒鸦说，"就在来你这座营地的路上。他一身铠甲，跪在石头上，双眼望着天空。"

"他总是这样。"开膛手说，"要么沉思，要么祈祷。他说自己的神圣使命就是保护人类远离邪恶。"

"在我的家乡克林菲德，"布荷特嘟囔道，"人们会把这种疯子关进牛棚，用铁链锁住，再给他一块煤，让他自己往墙上涂那些不可思议的图画。但我们别再浪费时间讨论别人了，还是谈正事吧。"

一位身材娇小的年轻女子一言不发地走进火光里。她穿着羊毛外套，一头黑发拢在金色的发网中。

"什么玩意儿这么臭？"亚尔潘·齐格林假装没看到她，"是硫黄吗？"

"不是。"布荷特夸张地四下嗅嗅，"像是麝香，或者某种薰香。"

"不，也许是……"矮人作了个鬼脸，"哈！是尊贵的叶妮芙女士。欢迎，欢迎！"

女术士的目光缓缓扫过火堆边的众人，闪闪发亮的双眼在猎魔人身上停留了一瞬间。杰洛特还以微笑。

"我可以坐下吗？"

"当然可以，尊贵的女士。"布荷特打了个嗝，"请坐，就坐在马鞍边上好了。挪开点儿，肯尼特吾友，把你的位置让给女术士。"

"大人们，我听说你们在谈正事。"叶妮芙坐下来，穿着黑色长袜的修长双腿伸在身前，"怎么不算上我？"

"俺们可不敢打扰您这么有地位的人。"亚尔潘·齐格林答道。

叶妮芙眨眨眼,转身看着矮人。"你,亚尔潘,你最好闭上嘴。从我们第一天见面起,你就把我当成一阵臭气。现在,请你继续这么做,别来烦我。至少这样不会激怒我。"

"您在说什么呀,美丽的女士?"亚尔潘笑起来,露出一口不算整齐的牙齿,"俺发誓您比臭气好闻多了。俺有时也会排一点臭气出来,但您在场时,俺哪有这个资格嘛?"

长胡子的"小伙子们"纷纷大笑出声。但看到女术士周围泛起灰光,他们立刻闭上了嘴。

"再说一个字,我就真的让你变成臭气,亚尔潘,"叶妮芙冷冷地说,"还有草地上的黑色污渍。"

"很好。"布荷特咳嗽一声,打破了随之而来的沉默,"闭上嘴,齐格林。让我们听听叶妮芙女士想说什么。她为自己没能参与我们的讨论而遗憾。我猜,她可能会有什么提议。伙计们,就听听那是怎样的提议吧。只希望她别说什么单凭自己的咒语就能杀死龙。"

"为什么不能?"叶妮芙抬头反问,"你觉得不可能吗,布荷特?"

"也许并非不可能。但对我们就太不地道了,因为你会独吞巨龙宝藏的一半。"

"至少一半。"女术士冷冷地应道。

"你瞧,这可不是解决问题的好办法。女士,我们只是些穷战士。如果我们得不到报酬,就会饥寒交迫,只能吃掌叶大黄和白鹅肉……"

"过节日时,偶尔吃点土拨鼠。"亚尔潘·齐格林悲哀地说。

"……喝的只有水。"布荷特喝了一大口酒,吸了吸鼻子,"叶妮芙女士,我们没别的出路,得不到报酬,就只能在冰天雪地里冻死,因为酒馆的客房太贵了。"

"啤酒也贵啊。"尼斯楚卡补充。

"还有妓女。"开膛手憧憬地接道。

"这就是我们不打算借助你和你的咒语杀死那条龙的原因。"

"你确定？别忘了，你们能力有限，布荷特。"

"也许吧，但我们还没发现自己能力的限度。女士，我再重复一遍：我们会杀死那条龙，不需要你的咒语。"

"还有，"亚尔潘·齐格林补充道，"咒语这玩意儿也是有极限的。"

"这是你们自己的结论？"叶妮芙缓缓问道，"还是别人告诉你们的？出现在这里的猎魔人就是你们如此自大的原因？"

"不。"布荷特看了杰洛特一眼。后者一直在假装打瞌睡，这时在毛毯里伸了个懒腰，头靠在马鞍上。"这事跟猎魔人没有关系。听着，亲爱的叶妮芙女士。我们向国王提出了建议，但未曾有幸得到回复。我们会耐心地等到明天早上。如果国王接受提议，哥儿几个就一齐动手。否则，我们走人。"

"俺们也一样。"矮人小声说。

"没有商量的余地。"布荷特续道，"不接受，我们就离开。请把这话带给聂达米尔，亲爱的叶妮芙。我再补充一句，这场交易对你和多瑞加雷都很有利，只要你能跟国王达成共识。我们不在乎那条龙的尸体。我们只要龙尾巴，其他的都归你们，你们想拿什么都行。我们不要它的牙或大脑，不要任何巫师感兴趣的部位。"

"当然了，"亚尔潘·齐格林轻蔑地说，"那些腐肉也归你。没人跟你抢，除了秃鹫。"

叶妮芙站起身，将外套搭在肩上。

"聂达米尔不会等到明天早上。"她的语气十分肯定,"你们猜得不错,他立刻就接受了你的条件,甚至不顾我和多瑞加雷的反对。"

"聂达米尔,"布荷特慢慢地说,"虽然年轻,但也拥有相当的判断力嘛。因为在我看来,叶妮芙女士,懂得忽略蠢材和伪君子的建议的,定是聪明人。"

亚尔潘·齐格林窃笑起来。

女术士双手叉腰,反驳道:"到了明天,等那条龙把你扑倒在地,用爪子把你钉到地上,再折断你的双腿时,你的口气就不会像现在这样了,你会吻我的屁股求我帮忙,一如既往。我了解你,了解你们这类人。太了解了,以至于都感到反胃。"

她转过身,走进夜色,连道别的话都没说。

"要俺说,"亚尔潘·齐格林说,"巫师就该躲在高塔里闭门不出。他们应该读大部头书,用铲子搅拌大锅里的药剂,而不是跑出来插手战士的事。他们就该关心自己的事,而不是冲小伙子们卖弄自己的屁股。"

"但说实话,这屁股还挺漂亮。"丹德里恩说着,拨弄了一下鲁特琴,"你说呢,杰洛特?杰洛特?猎魔人去哪儿了?"

"你在问我们吗?"布荷特嘟囔着,往火里添了些柴,"他走了。也许是去方便了,亲爱的大人们。那是他的事。"

"那当然。"诗人拨出一段旋律,"想不想听我唱支歌?"

"唱吧,随你便。"亚尔潘·齐格林嘟囔着吐了口口水,"可是,丹德里恩,别指望俺会为你那羊叫掏一个子儿。这里不是宫廷,伙计。"

"说对了。"诗人摇摇头,答道。

五

"叶妮芙。"

她转过身，装出惊讶的表情，但猎魔人知道，她早就听到了自己的脚步声。叶妮芙把一只木碗放到地上，抬起头，拨了拨盖住前额的头发。她的卷发不再束在金色发网中，而是披散在肩头。

"杰洛特。"

一如既往，叶妮芙的衣着只有两种颜色——黑与白。她身着黑色连衣裙、带白色毛领的黑色短上衣、质地上乘的白色亚麻衬衫，脖颈上系着一条黑丝绒缎带，上面镶满碎钻，正中央则是一颗星形黑曜石。黑色的头发与黑色的长睫毛让人忍不住猜想，或许藏在后面的眸子也是同样颜色。

"你还是老样子，叶妮芙。"

"你也没变。"她的嘴唇抿成一条线，"对我们来说，没有比这更正常的事了。或者说，没有比这更不正常的了。用岁月对外表的影响作为开场白，对一般人来说还挺不错，但对我们就有些荒谬了，你说呢？"

"确实。"

他抬起头。王家弓手的身影隐藏在马车的剪影里，借着他们手中的火把，杰洛特朝聂达米尔的帐篷侧面望了过去。

远处的营火旁，传来丹德里恩的悦耳歌声。他在唱《道路上方的星》，那是他诸多浪漫歌谣中的一首。

"确实。"女术士说，"开场白说完了，你还想说什么？我听着呢。"

"你瞧,叶妮芙……"

"我瞧见了。"她粗暴地打断他的话,"但我不明白,是什么原因让你出现在这儿的,杰洛特?肯定不是因为那条龙。从这个角度看,我想一切都没改变。"

"是啊。一切都没改变。"

"那你为什么来?"

"如果我说因为你,你相信吗?"

她沉默地看着他,明亮的双眼显露出不快。

"我相信你。"她终于开口,"为什么不呢?男人都喜欢与老情人重逢,然后缅怀旧日的好时光。他们总以为,过去的爱情会让他们永远占有过去的情人。这对他们的自尊有好处。看来你也不例外。"

"看来是这样。"他微笑着答道,"你说得对,叶妮芙。看到你的同时,我的自尊心就大为增长。换句话说,再见到你让我很高兴。"

"你想说的就这些?哦,好吧,就当我见到你也很高兴吧。现在我们都心满意足了,那么,祝你晚安,我要睡了。在这之前,我还要脱掉衣服洗个澡。烦请你离开,让我保留最低限度的隐私。"

"叶。"

他朝她伸出手去。

"别这么叫我!"她愤怒地嘶吼,后退一步,伸手对准他,指尖迸出蓝红两色的火花,"你敢碰我,我就烧瞎你的眼睛,你这杂种。"

猎魔人退后几步。女术士恢复了冷静,拨开遮住额头的长发。她站在他面前,双手叉腰。

"你在想什么,杰洛特?你以为我们还能轻松愉快地谈话吗?你以为我们还能忆起旧时光?你以为这场谈话之后,我们还能躺到马车里,滚着毛皮做爱……你以为……以为我们还能鸳梦重温,是这样吗?"

杰洛特不清楚女术士是真懂读心术,还是只是蒙对了他的想法。他只能保持微笑,一言不发。

"过去的四年时光发挥了作用,杰洛特。我已经战胜了伤痛,正因如此,我才没一见到你就往你脸上吐口水。但你也别得寸进尺。"

"叶妮芙……"

"闭嘴!我给你的,比我给任何男人的都要多,你这坨狗屎。我也不知道我干吗会选择你。而你……哦,不,亲爱的,我不是妓女,也不是你在随便哪条森林小路上撞见的精灵,可以让你第二天在对方醒来前溜之大吉,只在桌上留下一束紫罗兰。那种女孩只会沦为笑柄。当心!你敢再多说一个字,我保证让你后悔。"

感受到叶妮芙沸腾的怒意,杰洛特果然一个字也没说。女术士再次拨开额前那缕不听话的头发,仔细看着他的眼睛。

"真遗憾,我们又见面了。"她压低声音续道,"但我们不该让别人看笑话。让我们给彼此保留些尊严,假装还是好朋友吧。但别搞错,杰洛特:我们之间不会再怎么样了。不会再怎么样,你明白吗?你应该为此感到高兴,因为这意味着我放弃了为你准备的'惊喜'。但这不代表我原谅了你。我永远都不会原谅你,猎魔人。永远。"

她猛地转过身,用力拿起碗,水花溅到她身上。她的身影消失在马车后。

杰洛特挥挥手,赶走耳边一只嗡嗡作响的蚊子。他沿路朝营火慢慢走去。丹德里恩的歌声刚刚结束,稀稀拉拉的喝彩声正从那边传来。

他望着蓝黑天幕下起伏的漆黑山峦。他想大笑,却找不出原因。

六

"看着点儿!注意!"布荷特在驾驶位上转过身,望着身后排成纵队的马车,"你们离山壁太近了!留神!"

一辆辆马车在岩石路面上颠簸向前。车夫咒骂着甩响鞭子,他们紧张得身子前倾,确保车轮始终行驶在狭窄崎岖的道路上,并与峡谷保持着相当的距离。峡谷底部就是布拉河,岩石间翻涌着白色的泡沫。

山壁间长着斑斑点点的棕色苔藓和白色地衣。杰洛特让马儿贴着山壁前进,好让掠夺者的马车先行通过。车队最前方是开膛手和霍洛珀尔的侦察队。

"很好!"他大喊道,"再加把劲!前面路就宽了。"

聂达米尔国王和吉伦斯蒂恩骑着战马赶上了杰洛特,几名弓手骑马护在他们身侧,全部王家马车跟随在后,发出震耳欲聋的噪音。再后面是矮人的马车,驾车人是亚尔潘·齐格林,他这一路咒骂个没完。聂达米尔是个长雀斑的瘦削青年,穿一件白色羊皮外套,经过猎魔人身边时,他望了杰洛特一眼,目光傲慢却明显带着厌倦。吉伦斯蒂恩直起身子,放慢马速。

"打扰一下,猎魔人阁下。"他用高高在上的语气说。

"我在听。"

杰洛特踢踢马腹,催促母马来到马车后那位总管大臣身旁。他惊讶地发现,尽管吉伦斯蒂恩身材臃肿,但他宁愿骑马,也不愿坐在舒服的马车里。

吉伦斯蒂恩轻拉手中镶着金色饰钉的缰绳,脱下青绿色的外套。

"昨天,你说自己对那条龙不感兴趣,那你对什么感兴趣呢,猎魔人阁下?为什么你会跟我们一起来?"

"总管大人,这是个自由的国度。"

"此时此刻,杰洛特大人,这支队伍里的每个人都该明白自己的位置和角色,还要服从聂达米尔国王的指示。你明白吗?"

"吉伦斯蒂恩大人,你想说什么?"

"我这就告诉你。最近我听说,跟你们猎魔人达成协议很难。比如有人要猎魔人去杀死一只怪物,猎魔人不会马上提剑去杀怪,而要先衡量这种行为是不是合法合理。他会考虑这场杀戮是否与他的道德准则冲突,而怪物又是不是真正的怪物——好像一眼还认不出来似的——从而判断要不要接受委托。我觉得,赚的钱太多反而让你们有机会挑三拣四:在我那个年代,猎魔人身上没有铜臭味,他们只会发出绷带的味道。他们没有丝毫的迟疑,接到委托就照办,仅此而已。他们才不在乎要杀的是狼人、是龙,还是税务官。只在乎工作的效率。杰洛特,你有什么看法?"

"你是要委托我做什么吗,吉伦斯蒂恩?"猎魔人粗声粗气地回答,"我得听你说完,才能做决定。如果你不打算委托我,就没必要扯这些了,你说对吗?"

"委托?"总管大臣叹了口气,"不,我没什么要委托你的。今天我们只狩猎那条龙,而这显然超出了你的能力,猎魔人。我相信掠夺者会完成这个任务。但我有责任让你了解些状况。听好:你认为怪物有好坏之分,但我和聂达米尔国王不会容忍这种不切实际的想法。我们不想听到、更不想看到猎魔人是如何遵守原则的。别来干涉王家事务,阁下,还有,别再跟多瑞加雷密谋什么了。"

"我没有跟巫师合作的习惯。你是怎么做出这种假设的?"

"多瑞加雷的想法,"吉伦斯蒂恩答道,"比猎魔人更夸张。他超越了你们把怪物分为好坏的二元论,转而认为所有怪物都是好的!"

"他是有点夸张了。"

"这点毫无疑问,但他死扛着自己的观点不肯让步。说实话,不管他有什么企图,我都不会吃惊。奇怪的是,他也加入了这支队伍……"

"说真的,我也不喜欢多瑞加雷,这点我们观点一致。"

"别打断我的话!我必须说,你们的出现让我感到奇怪:顾虑比狐皮外套的跳蚤还多的猎魔人;像德鲁伊一样滔滔不绝地宣称自然失衡的巫师;还有沉默的骑士'三寒鸦'博尔奇和他的泽瑞坎护卫——所有人都知道,泽瑞坎人会在龙的雕像前供奉祭品。这些人突然联合起来,加入我们的狩猎队,你不觉得奇怪吗?"

"听你这么一说,确实。"

"现在你明白了吧。"总管大臣续道,"通常来讲,最复杂的问题总有最简单的解决方案。不要逼我动用那种方案,猎魔人。"

"我不明白你的意思。"

"你明白。你再明白不过。感谢你跟我谈话,杰洛特。"

猎魔人停下马。吉伦斯蒂恩催促马儿来到马车后的国王身旁。德内斯勒的艾克牵着一匹载着盔甲、银盾牌和长枪,看起来昏昏欲睡的马儿从旁经过,他穿着一件缝着白色皮革的短上衣,但看起来还像穿着盔甲的样子。杰洛特冲他挥挥手,游侠骑士却转过头去,抿紧嘴唇,催促马儿继续向前。

"他不太喜欢你。"多瑞加雷在杰洛特身旁插话道,"你不觉得吗?"

"显而易见。"

"因为你是他的竞争对手。你们两个工作相同,唯一的不同是骑士艾克是个理想主义者,而你更现实,但对死在你们手下的怪物来说都一样。"

"多瑞加雷,别拿我跟艾克比较。天知道你这么比下来能得出什么结论。"

"如你所愿。说实话,对我来说,你们同样可憎。"

"谢谢。"

"别客气。"巫师拍拍马儿的脖颈,它被亚尔潘和矮人的叫喊声吓坏了。"在我看来,猎魔人,以谋杀为业令人厌恶,既野蛮又愚蠢。我们的世界需要平衡,谋杀世上的任何生物都会威胁到平衡,破坏平衡会导致物种灭绝,而我们都知道,物种灭绝会引发世界毁灭。"

"德鲁伊的理论,"杰洛特大声说,"我知道。我还在利维亚时,一位老祭司长向我介绍过这套理论。可就在我们聊完的两天后,他被鼠人撕成了碎片。我没看出这事导致了什么不平衡。"

多瑞加雷冷冷地看着杰洛特。

"我再重复一遍,这个世界需要平衡。自然的平衡。每个物种都有其天敌,天敌又另有天敌,这个道理同样适用于人类。你所致力的事业是摧毁人类的天敌,杰洛特,但它反而会危及我们这个早已堕落的种族。"

"你要知道,巫师,"猎魔人不由发火了,"也许你真该亲眼见见被石化蜥蜴吞掉儿子的母亲,告诉她该为自己的不幸而欢欣鼓舞,因为这让堕落的人类得到了拯救,然后看看她会怎么回答你。"

"说得好,猎魔人。"叶妮芙稳坐在大黑马的背上,插话道,"多瑞加雷，你还是别口无遮拦比较好。"

"我不习惯隐瞒自己的想法。"

叶妮芙策马来到他们中间。猎魔人注意到她不再戴着金色发网，取而代之的是条白手帕拧成的发带。

"你还是克制一下吧，多瑞加雷。"她答道，"至少在聂达米尔国王和掠夺者面前克制点儿，不然他们会怀疑你蓄意破坏这场远征。只要你管住嘴巴，他们就只会把你当成无害的疯子。如果你真想做点什么，不等你反应过来，他们会先拧断你的脖子。"

巫师轻蔑地笑了笑。

"另外，"叶妮芙续道，"你发表的那些观点，简直是在动摇我们的职业根基。"

"抱歉，你说什么？"

"你的理论适用于大多数生物和害虫，多瑞加雷，但不包括龙。龙是人类最可怕的天敌，它牵扯到人类的生存，而非人类的堕落。说到底，人类必须摆脱所有天敌，还有一切威胁我们的东西。"

"龙不是人类的天敌。"杰洛特插嘴道。

女术士看着他，露出微笑，但笑容仅仅牵动了嘴角。

"这个问题，"她答道，"还是留给人类讨论吧。至于你，猎魔人，无权评断。你只要完成自己的工作就好。"

"就像一尊唯命是从、循规蹈矩的魔像？"

"这是你说的，不是我。"她冷冷地反驳，"虽然在我看来，这句评价相当准确。"

"叶妮芙，"多瑞加雷说，"以你的年纪和教养，说出这种胡话真令人吃惊。为什么龙会是人类的天敌？为什么不是受害者比龙多出百倍的其他生物，为什么不是希律怪、巨蜈蚣、蝎尾狮、双头蛇怪或狮鹫兽，为什么不是狼？"

"我来告诉你吧。如果人类想比其他物种更优越，想在自然界中为自己争取到更有利的地位，就必须摆脱那种因季节变化而四处流浪、搜寻食物的习性。否则，他们就不能以足够快的速度繁衍生息。无法真正独立，人类就始终是个孩子。只有在城市或拥有防御工事的镇子里，女人才能平安地分娩。多瑞加雷，生育是发展、生存和支配的关键。我们说回龙：只有龙才能威胁到一座城市或被城墙环绕的镇子，其他怪物都办不到。如果不能彻底铲除龙，为了确保安全，人类只能四处迁徙，而不能团结起来。龙只要对人口稠密区喷一口火焰，就能造成一场灾难——这是可怕的屠杀，会导致数百人遇难。这就是我们必须将龙屠尽的原因。"

多瑞加雷看着她，唇角露出一抹古怪的笑。

"要知道，叶妮芙，我可不想活到你所谓的人类支配世界、并在自然界中获得有利地位的那一天。幸运的是，那一天永远也不会到来。你们会自相残杀，会死在自己的毒药之下，或死于黄热和伤寒，真正会威胁你那些辉煌城市的将是污秽和虱虫，而非巨龙。你们城中的女人虽然会年年生产，但每十个新生儿里只有一个能活过十天。是啊，叶妮芙，当然了：生育，生育，再生育。保重吧，亲爱的，多生几个孩子去吧，做这种符合自然规律的事，比浪费时间胡言乱语好得多。再见。"

巫师踢踢他的马，飞奔着加入到最前方的队列。

看到叶妮芙苍白紧绷的脸，杰洛特突然开始同情这位巫师了。多瑞加雷的反驳一针见血：跟大多数女术士一样，叶妮芙无法生育，但与其他人不同的是,她对此耿耿于怀,并会在别人提到时暴跳如雷。毫无疑问,多瑞加雷知道她的弱点,可他并不清楚叶妮芙的报复心有多么令人血冷。

"他在给自己找麻烦。"她嘶声道,"是的,没错!小心点儿,杰洛特。如果真到必须动手的时候,你又表现得不可理喻,可别指望我会护着你。"

"别担心。"他笑着回答,"我们猎魔人就像唯命是从的魔像,只会做出理性的举动。约束我们行为的界限清晰无误,且不可更改。"

"你看看你!"叶妮芙的脸更苍白了,"你紧张得像个被人拆穿的放荡女子。你是个猎魔人,这是无法改变的事实。你的职责……"

"别再提我的职责了,叶。这场争论已经让我想吐了。"

"我警告你,别这么对我讲话。我对你是否反胃和你严格受限的行为不感兴趣。"

"如果你继续向我灌输那些大道理,还有什么为人类的福祉奋斗,你就会亲眼见证我说得对不对了。也别再提什么龙是人类最可怕的天敌了。我知道的比你多。"

"哦,是吗?"女术士眨眨眼,"你又知道些什么呢,猎魔人?"

"我知道,"杰洛特没有理会颈上徽章的强烈警告,"要不是龙看守着宝藏,就算瘸腿的狗都不会对它感兴趣,更别提巫师了。有趣的是,猎龙队伍里总会有些跟珠宝商公会关系密切的巫师或女术士,比如你。随后,等到宝石市场货源饱和,来自巨龙宝藏的那些珠宝就会凭空消失——像被施过魔法——而价格仍会不断上涨。所以别再跟我提什么职责了,也别提什么为了种族存亡而战。我认识你太久,对你太了解了。"

"是太久了。"她皱起眉,狠狠地重复了一遍。"真不幸。但别以为你很了解我,你这杂种。该死,我怎么这么傻……滚吧!我再也不想见到你。"

她大吼一声,催促黑马朝护卫队的前方奔去。猎魔人勒住马,让矮人的马车先行通过。矮人们喊叫着、咒骂着、吹着笛子。在他们当中,丹德里恩坐在一堆装燕麦的袋子上,拨弄他的鲁特琴。

"嘿!"亚尔潘·齐格林在驾驶位上直起身,指着叶妮芙大喊,"路上那个黑玩意儿是啥?俺很好奇,那是什么?好像一匹母马!"

"毋庸置疑!"丹德里恩把李子色的帽子往后推推,高声回答,"是匹母马骑着阉马!难以置信!"

亚尔潘的小伙子们齐声大笑,笑得胡子打颤。叶妮芙假装没听见。

杰洛特停下马,让聂达米尔的弓手们通过。在他们身后稍远点儿,博尔奇策马缓缓而来,再后面是两位泽瑞坎少女护卫。杰洛特在等他们。他让母马与博尔奇的坐骑并排前行。二人一阵沉默。

"猎魔人,"三寒鸦突然问道,"我想问你个问题。"

"问吧。"

"你为什么不回去?"

猎魔人看着他,沉默良久。

"你真想知道?"

"想。"三寒鸦说着,转身面对他。

"之所以跟他们一起,因为我只是个唯命是从的魔像,只是大路上被风吹起的麻絮。我该往哪儿去?真希望你能告诉我。我有什么目的?在这里,至少很多人能跟我聊天。他们不会在我接近时突然停止谈话。不喜欢我的人会当面告诉我,而不是在背后说三道四。我跟他们一起的原因,与我跟你去那家酒馆的原因一样。两者并无不同。我之前没有任何安排。这条路的尽头,没有任何东西在等待我。"

三寒鸦清了清嗓子。

"每条路的尽头都有终点和目标。每个人都有自己的目的。你也不例外,只是你跟别人不一样。"

"轮到我向你提问了。"

"问吧。"

"你能看到自己那条路的终点吗?"

"我能。"

"真走运。"

"这不是走不走运的问题,杰洛特。这取决于你相信什么,取决于你投身的事业。没人能比……没人能比你们猎魔人更清楚了,不是吗?"

"今天每个人都在谈论理想。"杰洛特喃喃道,"聂达米尔的理想是征服玛琉尔;德内斯勒的艾克想保护全人类免受龙的威胁,多瑞加雷的理想则与他截然相反;叶妮芙由于身体改变无法实现理想而心烦意乱。活见鬼,好像只有掠夺者和矮人不需要理想,他们只想赚一笔就走,也许这就是他们吸引我的原因。"

"不,利维亚的杰洛特,吸引你的不是他们。我不聋也不瞎。你掏出钱袋,不是因为听到他们动听的名字。在我看来,似乎……"

"没必要说这些。"猎魔人的语气一点儿也不恼火。

"对不起。"

"没必要道歉。"

他们勒住马,免得撞上突然停下的坎恭恩弓手。

"出了什么事？"杰洛特踩着马镫站起身，"怎么停了？"

"不清楚。"博尔奇四下打量着。

薇亚说了句什么，莫名地露出担忧的表情。

"我去前面看看。"猎魔人大声说，"看看发生了什么。"

"等等。"

"怎么了？"

三寒鸦缄默不语，目光紧盯着地面。

"怎么了？"杰洛特又问一遍。

"细想之后，"博尔奇终于说道，"也许这样更好。"

"什么这样更好？"

"去吧，别问了。"

连接悬崖两侧的桥梁看起来相当稳固。它由几根粗大的松木搭成，溪水撞到方形桥墩上，泛起阵阵浮沫。

"嘿，开膛手！"布荷特走近马车，大声问道，"干吗停下？"

"我不太信得过这座桥。"

"我们非走这条路不可吗？"吉伦斯蒂恩也策马靠近，"我可不想带这么多马车过桥。喂！鞋匠！干吗走这边？大路明明通向西边！"

霍洛珀尔的投毒英雄摘下羊皮帽子，朝他走来。他的模样有些滑稽：穿着双排扣长礼服，外罩老式胸甲，那式样至少可以追溯到杉布克王当政时期。

"这条路更近，尊贵的大人。"他答话的对象并非总管大臣，而是聂达米尔，后者的脸色依然透出极度的厌倦。

"是吗？"吉伦斯蒂恩面容扭曲地质问。

聂达米尔看都没看鞋匠一眼。

"你瞧，"柯佐耶德指着附近最高的三座嶙峋山峰，解释道，"那是奇瓦峰、凯斯卓峰和马齿峰。这条大路通往一座古代要塞城镇的废墟，再绕过奇瓦峰通向北方，接着越过这条河的源头。而穿过这座桥，我们能缩短这段距离。我们可以沿着山涧走到群山间的湖水那里。如果龙不在那儿，我们可以往东走，察看邻近的峡谷。再继续往东，就能看到平坦的草地，还有条路直通坎恭恩，也就是您的疆土，大人。"

"你很清楚这些山嘛，柯佐耶德？"布荷特问，"做鞋时听说的？"

"不，大人。我年轻时是牧羊人。"

"这座桥撑得住吗？"布荷特在马鞍上直起身，俯视泛沫的河水，"这裂口差不多有四十寻深。"

"撑得住，大人。"

"你怎么解释荒郊野外会有一座桥？"

"是巨魔。"柯佐耶德回答，"很久很久以前，它们在这儿建了桥，开始收费，谁想通过就得付它们一大笔钱。但经过这儿的人实在太少，于是巨魔收拾东西走人了，这座桥却留了下来。"

"我再重复一遍，"吉伦斯蒂恩愤怒地插话道，"马车里装满了军械和食物，就是为了防止我们被困荒郊野外。最好的选择难道不是走大路吗？"

"我们可以走大路，"鞋匠耸耸肩回答，"但这一来，路就远了。看国王的表情，他已经等不及要跟那条龙较量了。他可不像咋么有耐心的样子。"

"是'那么'有耐心。"总管大臣纠正道。

"那么就那么吧。"鞋匠随口应道，"总之，过桥的路比较近。"

"好，那就走吧，柯佐耶德！"布荷特做出决定，"带上你的队伍。

按我们那儿的习惯,最勇敢的战士要走在最前面。"

"每次只准过一辆马车!"吉伦斯蒂恩命令道。

"同意!"布荷特扬起马鞭,他的马车隆隆驶过木桥,"看着点后面,开膛手!看车轮是不是笔直向前。"

杰洛特勒住马,前路被聂达米尔的弓手挡住了。他们穿着红黄相间的外套,挤在石路上。

猎魔人的母马喷了喷鼻子。

大地颤抖起来。参差不齐的石壁边缘在天幕下变得模糊,石壁发出沉闷的轰鸣。

"当心!"布荷特已经到了桥对面,他大喊道,"当心!"

起初落下的是些小石块,沙沙地掉在痉挛不已的山坡上。杰洛特看到后方的路上出现一条黑色的裂隙。伴着震耳欲聋的碰撞声,那块路面随之塌陷。

"快上马!"吉伦斯蒂恩大喊,"大人们!我们得快点过桥!"

聂达米尔的脸紧贴马鬃,跟在吉伦斯蒂恩和几名弓手身后冲过了桥。在他们身后,飘扬着狮鹫旗帜的王家马车驶上摇曳的桥面,发出一声闷响。

"是山崩!快离开大道!"队列后面的亚尔潘·齐格林用鞭子狠抽马屁股,大喊道。

矮人的马车超过聂达米尔的第二辆马车时,撞上了几名弓手。

"快跑!猎魔人!让开!"

德内斯勒的艾克僵坐在马背上,飞驰着追上矮人的马车。要不是他下巴紧绷、脸像死人般惨白,别人还会以为这位游侠骑士根本没注意到砸上路面的碎石。落在队尾的弓手们发出一阵惊叫。马儿嘶鸣不已。

杰洛特拉紧缰绳，他的马人立而起。就在他前方，岩石滚落山坡，地面不停震颤。

矮人的马车隆隆驶过满是石块的路面，在抵达桥头之前，马车震动了一下，噼啪一声翻倒在地。有根车轴断了，一只车轮越过桥栏杆，掉进奔腾的河水。

猎魔人的母马被几块尖锐的石片击中，咬紧了马嚼子。杰洛特想跳下马背，靴子却被马镫卡了一下。他跌落下来。母马嘶鸣着跑上晃动不已的桥面。矮人从旁跑过，大喊大叫，骂骂咧咧。

"快点儿，杰洛特！"丹德里恩跟在矮人身后，转过头大喊。

"跳上来，猎魔人！"多瑞加雷喊道。他的身子在马鞍上摇晃，竭力稳住发狂的马。

在他们身后，整段路面都坍塌了。山崩和聂达米尔被撞碎的马车掀起漫天尘雾。猎魔人抓住巫师的马鞍带，但他又听到一声尖叫。

叶妮芙从马上坠落，滚到一旁，整个身子扑倒在地，她双手护头，试图远离纷乱的马蹄。猎魔人松开手，朝她奔去，一路避开雨点般的碎石，越过脚下出现的裂缝。叶妮芙捂住肩头的伤口，勉力站起。她双眼圆睁，额上有道伤口，鲜血流到耳垂上。

"站起来，叶！"

"杰洛特，当心！"

伴着刺耳的摩擦声，一块巨石自山壁上脱落，径直砸在他们身后，发出一声闷响。杰洛特俯下身，用身体护住女术士。突然，巨石炸成了数千块蜂刺般细小的碎屑。

"快！"多瑞加雷大喊。他在马上拼命挥手，将其他滚石也化作碎屑,"快上桥,猎魔人!"

叶妮芙伸出手指,画出一个法印。她喊出一句没人能听懂的话,一个闪着蓝光的穹顶凭空出现在他们上方,石头落在上面,如同落在炽热金属上的雨点般消失不见。

"上桥,杰洛特!"女术士大喊,"跟我来!"

他们跑在多瑞加雷和几个落马的弓手身后。摇晃的桥身开始迸裂,大梁也逐渐弯曲,桥面上的人被甩来甩去。

"快点儿!"

伴着震耳欲聋的轰鸣声,桥塌了。他们刚刚经过的一段桥面崩裂松脱,坠入沟壑,矮人的马车也跟着落下去撞到石头上。他们听到马儿恐慌而凄厉的嘶鸣。桥上的人还能勉强稳住身子,但杰洛特发现倾斜的桥面还在不断变陡。叶妮芙呼吸沉重,咒骂连连。

"我们要掉下去了,叶!抓紧!"

剩下的桥面也发出碎裂声,随后断裂,像松脱的吊桥一样坠落。叶妮芙和杰洛特滑了下去,两人的手指紧紧抠住圆木间的缝隙。女术士发现自己的手渐渐松脱,不由发出一声尖叫。杰洛特用一只手抓住桥,另一只手抽出匕首,深深插进桥缝,再用双手握紧刀柄。他的肘关节开始刺痛,叶妮芙紧紧抓住他背上的剑带和剑鞘。桥倾斜得更加厉害,角度接近垂直。

"叶,"猎魔人喘息着说,"做点什么……该死的。施展个法术也好啊!"

"怎么施法?"她愤怒地沉声咆哮,"我两只手都空不出来!"

"试着空出一只手。"

"不行……"

"喂!"丹德里恩在高处喊道,"你们能撑住吗?喂!"

杰洛特不觉得回答能有什么用。

"扔条绳子!"丹德里恩大喊,"快点,该死的!"

掠夺者、矮人,还有吉伦斯蒂恩出现在丹德里恩身旁。杰洛特听到布荷特含混的话音:"再等等。她要掉下去了。我们只把猎魔人拉上来就行。"

叶妮芙像蛇一样发出嘶嘶声,攀在杰洛特背后。剑带勒进猎魔人的身体,令他疼痛不已。

"叶,你能坚持住吗?你的脚能动吗?"

"能。"她呻吟道,"理论上能。"

杰洛特朝下望去,在尖锐的石头和断桥的圆木间,在战马和穿着坎恭恩王国鲜艳服饰的尸体间,河水翻滚沸腾。在岩石中间,在翡翠色的透明深渊中,他看到一条巨大的鳟鱼逆流而上。

"能坚持住吗?"

"应该……可以……"

"爬上去。你得找个东西抓稳。"

"不行……我做不到……"

"快扔条绳子!"丹德里恩大喊,"你们都疯了吗?他们会掉下去的!"

"这样不是更好吗?"吉伦斯蒂恩低声自语。

桥又颤抖一阵,倾斜得更厉害了。杰洛特握住刀柄的手指渐渐麻木。

"叶……"

"闭嘴……别再动来动去……"

"叶?"

"别这么叫我……"

"能坚持住吗?"

"不能。"她冷冷地答道。

她不再挣扎,只是挂在他的后背,身子瘫软。

"叶?"

"闭嘴。"

"叶。原谅我。"

"不。绝不。"

有个东西顺着桥面滑来,快得像条蛇。

绳索散发冰冷的白光,仿佛拥有生命一般蜿蜒扭动,用末端优雅地探寻着,找到杰洛特的颈项,再从他腋下穿过,结成一个松垮的绳结。杰洛特下方,女术士呻吟着喘息起来。猎魔人原以为她会号啕大哭,可他错了。

"当心!"丹德里恩在上方高喊,"我们这就拉你们上来!尼斯楚卡!肯尼特!拉!用力!"

绳子越拉越紧,让他们有些疼,又有些呼吸困难。叶妮芙重重地叹了口气。他们的身子迅速上升,刮过木制的桥面。

到了上面,叶妮芙率先站起身。

七

"整个车队,"吉伦斯蒂恩高声宣布,"只剩一辆行李马车,陛下,不包括掠夺者的。整个护卫队只有七名弓手幸存。山涧另一边,道路已完全消失。我们只能看到悬崖、碎石堆和光滑的石壁。桥塌以后，当时在桥上的人不知道还能不能活着。"

聂达米尔没搭腔。德内斯勒的艾克伫立在他面前，用狂热的目光看着他。

"我们招来了诸神之怒。"骑士抬起双臂说，"我们都有罪，聂达米尔国王。这是场圣战，对抗邪恶的圣战。因为龙就是邪恶，是的，每条龙都是邪恶的化身。对我来说，邪恶不值一提，我用一只脚就能碾碎它……摧毁它……是啊，就像诸神和圣书的指示那样。"

"他疯了吗？"布荷特愠怒地说。

"不知道。"杰洛特调整母马的挽具，"反正我一个字都听不懂。"

"嘘。"丹德里恩说，"我正把他的话记下来，也许对我的新歌谣会有所帮助。"

"圣书上说，"艾克继续愤怒地讲述，"峡谷中会出现一条古蛇，一条七头十角的恶龙，龙背上坐着个女人，穿紫色和深红色衣服，手捧一只金色酒杯，额上描绘的符号代表她耸人听闻的败德之举！"

"我知道！"丹德里恩快活地插嘴，"她是希莉亚，索莫哈尔德市长之妻！"

"诗人阁下，请安静。"吉伦斯蒂恩大声喝道，"至于你，德内斯勒的骑士，看在诸神的分上，请解释得清楚些。"

"要同邪恶抗争，"艾克用夸张的语气继续，"就必须有纯净的心灵与良知，头颅高昂！但我们在这儿看到了谁？矮人——出生于黑暗、崇尚黑暗力量的异教徒！亵渎神明的巫师——自以为拥有天赐的力量与特权！还有猎魔人——可憎的变种人，受诅咒的反常造物。难怪上天会给我们降下惩罚，不是吗？别再试探神明的宽容心了！我劝告您，尊敬的国王,清除我们中间的害虫吧,免得……"

"居然一个字都没提到我,"丹德里恩抱怨道,"一个字也没提到诗人。我都这么努力了!"

杰洛特冲亚尔潘·齐格林笑笑,后者正缓缓摩挲着腰带上那把斧头的锋刃,也在愉快地咧嘴笑。叶妮芙转过身去不看他们,比起艾克的话,似乎她开裂到臀部的裙子更加值得关注。

"这说得有点过分了,"多瑞加雷接道,"您的理由很高尚,艾克大人,这点毫无疑问。但我认为您对巫师、矮人和猎魔人的评价不太得体,好在我们早就习惯了这种既不礼貌、也不合骑士身份的观点。而且我要补充一句:令人费解的是,就在不久前,是您——而不是别人——跑过去丢下精灵的魔法绳索,拯救了必死无疑的女巫和猎魔人。但从您刚才的言论看,我真不明白,您干吗不祈祷他们掉下去。"

"活见鬼。"杰洛特低声对丹德里恩说,"绳子是他扔下来的?是艾克,不是多瑞加雷?"

"不是。"诗人低声答道,"确实是艾克。"

杰洛特摇摇头,一副难以置信的表情。叶妮芙低声咒骂一句,站直身子。

"艾克骑士,"她朝每个人微笑——除了杰洛特——笑容温柔亲切,"你能解释一下原因吗?我是害虫,而你却救了我的命?"

"您是女士,亲爱的叶妮芙。"骑士僵硬地鞠了一躬,"你那迷人而亲切的面庞让我相信,总有一天,你会摆脱那些可恶的魔法。"

布荷特嗤之以鼻。

"那么感谢你,骑士阁下。"叶妮芙冷冷地回道,"猎魔人杰洛特也感谢你。杰洛特,快谢谢他。"

"那还不如让我去死。"猎魔人由衷地答道,"我干吗要谢他?我是个可憎的变异体,长了张恶毒又前途无望的脸。艾克骑士只是顺手把我拽上来,因为有位女士顽固地抱着我。如果只有我一个,艾克连小拇指都不会动一下。我说得对吗,骑士大人?"

"不对,杰洛特大人。"游侠骑士平静地应道,"任何需要帮助的人,我都不会拒绝,即便是猎魔人。"

"快谢谢他,杰洛特,并请求他的原谅。"女术士坚定地对猎魔人说,"不然,你就等于承认了艾克对你的所有评价。你是个异类,不知道怎样与人相处,参与这场狩猎就是个错误。你是出于某个荒谬的目的才来的。对我们来说,你离开才是最好的选择。我想你应该明白。如果还没明白,现在也该懂了。"

"你们在说什么'目的',女士?"吉伦斯蒂恩插嘴道。

女术士没回答,只是看着他。丹德里恩和亚尔潘·齐格林意味深长地相视而笑,但又尽量不让女术士看到。

猎魔人望向叶妮芙的双眼。她目光冰冷。

"请原谅我,德内斯勒的骑士大人,我衷心地感谢您。"他大声说着,低下了头,"我也感谢在场的所有人。我挂在桥上时,听到所有人都匆匆忙忙赶来救我。我请求各位的原谅,除了尊贵的叶妮芙,我感谢她,但不奢望她能给予任何回应。再见了。害虫要走了,因为他已受够了你们。保重,丹德里恩。"

"嘿,杰洛特。"布荷特说,"别像被宠坏的小丫头一样发脾气。真是小题大做,见鬼……"

"大——人们!"

柯佐耶德和几个霍洛珀尔民兵自山涧的方向跑来,他们是去前方侦察的。

"发生什么事了？他怎么回事？"尼斯楚卡抬起头问。

"大人们……我……亲爱的大人们。"鞋匠上气不接下气地说。

"别喘了，朋友。"吉伦斯蒂恩把双手拇指插在金色的腰带间。

"龙！那边，龙！"

"哪边？"

"山谷那一边……平地上……大人……它……"

"上马！"吉伦斯蒂恩下令。

"尼斯楚卡！"布荷特大喊，"上马车！开膛手，上马跟我来！"

"快跟上，小伙子们！"亚尔潘·齐格林大喊，"跟上，该死的！"

"喂！等等！"丹德里恩将鲁特琴背到肩上，"杰洛特，拉我上你的马！"

"自己跳上来！"

山谷尽头有片散落的白色石块，形成不规则的环形。石头后面，地面略微倾斜，通向一片凸凹不平的草地，周围是石灰岩的峭壁群，布满数千个小洞。三条细窄的峡谷俯瞰着草地，那是早已干涸的山间溪流的河床。

布荷特率先来到岩石屏障前，突然停下飞奔的马，踩着马镫直起身子。

"看在瘟疫的分上，"他说，"看在黄色瘟疫的分上。这……这……这不可能！"

"怎么了？"多瑞加雷说着，朝他走去。

叶妮芙跳下掠夺者的马车，站到布荷特身旁，扒着一块岩石朝远处望去。然后她后退一步，揉了揉眼睛。

"什么？怎么了？"丹德里恩大喊，试图越过杰洛特的肩头看去，"怎么了，布荷特？"

"那条龙……是金色的。"

离他们所在的山谷狭窄处不到百步远，通往北部峡谷的小径经过一座小丘，丘顶坐着一头巨兽。它的小脑袋垂在圆鼓鼓的胸前，细长的脖子划出一道完美的弧线，尾巴绕在伸出的爪子上。

这只造物有种难以言喻的优雅，那猫科动物般的气质甚至让人忽略了它爬行动物的外表，但它毫无疑问是爬虫类。它明亮的黄色双眸透出璀璨而凶狠的光芒，鳞片像用颜料细细涂抹过，几乎全身都是金色：从爪尖直到长长的、在小丘蓟丛间晃动的尾巴。它张开蝙蝠般的琥珀色翅膀，望向他们的金色大眼睛让人不由发出赞叹。

"一条金龙。"多瑞加雷轻声道，"不可思议……活生生的传奇！"

"别开玩笑了，金龙根本不存在。"尼斯楚卡吐了口口水，断言道，"我知道自己在说什么。"

"那小丘上的东西又是什么？"丹德里恩问。

"某种把戏。"

"幻象而已。"

"不是幻象。"叶妮芙说。

"真是一条金龙。"吉伦斯蒂恩补充道，"我敢肯定，是条金龙。"

"金龙只存在于传说里！"

"别说了。"布荷特用不容置疑的语气插嘴，"大惊小怪什么？随便哪个傻瓜都能看出，我们面对的是条金龙。亲爱的大人们，金色带斑点和黄绿色带格子条纹又有什么区别？它又不大，我们不用两分钟就能解决。开膛手、尼斯楚卡，掀开马车帆布，抄家伙。金不金根本不重要。"

"有区别，布荷特。"开膛手说，"很重要的区别。它不是我们要猎捕的龙。不是在霍洛珀尔附近被下毒、正安详地睡在洞穴里、周围堆满贵金属和宝石的那条。这条龙只是在草地上休息而已，解决它又有什么用？"

"肯尼特，这是条金龙。"亚尔潘·齐格林喊道，"你以前见过这种龙吗？你还不明白吗？它的皮比可怜的宝藏值钱多了。"

"而且不会造成宝石市场价格波动。"叶妮芙坏笑着补充，"亚尔潘说得对。我们的约定不变。还是有东西可以分享的，不是吗？"

"嘿！布荷特？"尼斯楚卡跳下马车，拿着好几件武器，"我们怎么保护马？那头金蜥蜴是会喷火呢，还是喷酸液或毒烟？"

"鬼才知道，亲爱的大人们。"布荷特的语气有些担心，"嘿！巫师们！有关金龙的传说里，有没有提到怎么杀死它？"

"怎么杀？用最普通的方法就是了。"柯佐耶德突然高声回答，"没时间浪费了。给我找只动物，我们往里面塞满毒药，喂给那只大蜥蜴。准没错。"

多瑞加雷恶毒地瞥了鞋匠一眼。布荷特吐了口口水。丹德里恩厌恶地别过脸。亚尔潘·齐格林双手叉腰，不怀好意地笑了。

"你们在等什么？"柯佐耶德问，"抓紧时间干活吧。往尸体里塞什么才能立马放倒那条爬虫呢？我们需要有劲儿的东西：剧毒或腐烂物。"

"哈！"矮人笑容未消，"什么东西既有毒又污秽还散发着恶臭呢？你不知道，柯佐耶德？就是你啊，你这小混球。"

"啥？"

"滚出我的视线,你这人渣,别让俺再看到你。"

"多瑞加雷大人,"布荷特站起身,对巫师说,"帮我们个忙。还记得传说故事里的相关记载吗?你对金龙了解多少?"

巫师笑了笑,庄严地挺直身子。

"你问我对金龙了解多少,是吗?了解得不多,但也足够了。"

"说来听听。"

"听好了,仔细听好:我们面前伫立着一条金龙,它是活的传说,也许是你们残忍愚行下硕果仅存的一条。传说不该被杀死。我不许你们碰这条龙。明白了?你们可以放下武器,收拾行李回家了。"

杰洛特本以为一场战斗会立即爆发。但他错了。

吉伦斯蒂恩打破了沉默。

"尊贵的巫师,小心你说出的话和说话的对象。聂达米尔国王可以命令你收拾行李下地狱,多瑞加雷,但你没资格作出同样的提议。听清楚了?"

"不。"巫师骄傲地回答,"我是多瑞加雷大师。我不会听从渺小的国王的命令,何况他的王国只有站在小山顶上才能看到,统治的要塞也又脏又臭又简陋。你知道吗,亲爱的吉伦斯蒂恩大人,我只要一挥手,就能把你变成一摊牛粪,你那位粗俗的国王会比你更不堪。听清楚了?"

不等吉伦斯蒂恩回答,布荷特已经冲到多瑞加雷身旁,抓住他的手臂,扭过他的身子。尼斯楚卡和开膛手站到布荷特身后,沉默不语,一脸冷酷。

"听好了,巫师阁下。"高大的掠夺者轻声说,"在你挥手之前,听我说:我可以花点时间,尊敬的大师,跟你解释我对你的声明、传说，还有那番愚蠢的唠叨是个什么看法。但我懒得费工夫，所以请你看好我的答复。"

布荷特清清喉咙，用一根手指堵住鼻孔，把鼻涕擤到巫师的鞋子上。

多瑞加雷脸色煞白，但一动没动。跟其他人一样，他也注意到了尼斯楚卡拎在手里的流星锤。同样跟其他人一样，他也知道，尼斯楚卡砸碎他脑袋的时间，肯定比他念咒的时间短得多。

"好了，"布荷特说，"阁下，麻烦您乖乖站到一边。如果你还是忍不住想张嘴，我建议你找团草把它塞起来。如果再听到一句胡言乱语，我保证你会后悔。"布荷特转过身，搓搓手，"尼斯楚卡、开膛手，开始干活，别让那只爬虫跑了。"

"它看起来不像要逃。"丹德里恩四下打量一番，"看看它。"

金龙安静地坐在小丘上，打个哈欠，扭扭头，拍拍翅膀，在地上敲了敲尾巴。

"聂达米尔国王和诸位骑士！"一个黄铜号角般的声音突然响起，"我是维纶特瑞坦梅斯，你们面前的龙！看来刚才我制造的山崩——我对此深表自豪——没能把你们吓跑。现在你们来到了这儿。如你们所见，这座山谷只有三个出口。东边通往霍洛珀尔，西边通往坎恭恩，你们可以沿那两条路离开，但北方的峡谷不准走，因为我，维纶特瑞坦梅斯，禁止你们这么做。如果有人想违背我的命令，我会向他发出挑战，跟他来一场荣耀的骑士决斗，只用传统武器：也就是说，禁止使用魔法或喷出火焰。战斗直到一方投降为止。根据礼仪，我在等待你们的传令官予以答复。"

所有人目瞪口呆。

"它说话了！"布荷特喘息着低声说，"难以置信！"

"而且它很聪明。"亚尔潘·齐格林补充道，"谁知道传统武器是什么？"

"就是没有魔法的普通武器。"叶妮芙皱着眉头答道，"但我惊讶的是另一件事。它那条分岔的舌头没法准确发音，这无赖用的是传心术。当心点儿，因为这法术的效力是双向的，它能读你们的心。"

"它是疯透了还是咋地？"开膛手肯奈特恼火地说，"荣耀的决斗？跟一条愚蠢的爬虫？它还那么小！咱们一起上吧！联起手来！"

"不。"

他们转过头去。

德内斯勒的艾克骑在马上，全副武装，长枪插在马镫里，身形比徒步时伟岸了许多。他面甲掀起，脸色苍白，狂热的眼睛闪闪发光。

"别想这么做，肯奈特阁下，"骑士答道，"除非跨过我的尸体。我不许有人在我面前侮辱骑士的荣耀。胆敢违背决斗规则的人……"艾克的声音越来越响，因激动而变得沙哑，"胆敢取笑荣誉、取笑我的人，他或我的血必将在这土地上流淌。那只野兽要求一对一决斗？那就决斗吧！让传令官报出我的名号！让诸神裁决我们的命运！那条龙有尖牙利爪，有地狱的狂怒，而我……"

"真是个蠢货。"亚尔潘·齐格林低声道。

"而我拥有律法、信仰和处女的泪水，这条大蜥蜴……"

"闭嘴，艾克，我们听得都快吐了！"布荷特吼道，"要去就去。与其喋喋不休，不如赶紧上草地去！"

"嘿，布荷特！等等！"矮人首领插嘴道，他拽着胡须，"你忘记约定了吗？如果艾克杀死那条大蜥蜴，他会拿走一半……"

"艾克什么也不会拿走。"布荷特咧嘴笑着回答,"我了解他。对他来说,只要丹德里恩为他写首歌,那就足够了。"

"安静!"吉伦斯蒂恩命令道,"那就这样。代表信仰和荣耀的游侠骑士,德内斯勒的艾克,将会挑战那条龙,他将作为聂达米尔国王的长枪与利剑,为坎恭恩而战。这就是国王的旨意!"

"你听到了?"亚尔潘·齐格林压低声音说,"聂达米尔的长枪与利剑。坎恭恩的蠢货国王彻底堵住了咱们的嘴。咱们现在怎么办?"

"什么也不干。"布荷特吐了口口水,"你没想跟艾克打一架,对吧?他已经一边胡言乱语一边骑到马背上了,最好随他去吧。让他去,该死的,就让他骑马跟那条龙拼个你死我活。然后我们再看着办。"

"谁当传令官?"丹德里恩问,"那条龙想要个传令官。也许我可以?"

"不,这又不是找人唱几支小曲儿,丹德里恩。"布荷特皱眉道,"亚尔潘·齐格林嗓门够大,让他当传令官吧。"

"同意,这有何难?"亚尔潘答道,"把旗帜和纹章准备好,一切按规矩来。"

"注意,矮人阁下,千万记得礼貌与尊重。"吉伦斯蒂恩提醒道。

"不用你教俺。"矮人骄傲地挺起胸膛,"你还没学会说话,俺已经主持过一场正式婚礼了。"

这段时间里,龙依然坐在小丘上,愉快地晃着尾巴,耐心等待。矮人爬上最高的一块石头,清清嗓子,大喊起来:

"喂!那边那个!"他双手叉腰,"你这长鳞的蠢货!准备好听传令官的话没?别找了,就是俺!游侠骑士、德内斯勒的艾克要第一个挑战你!根据神圣的习俗,他会用长枪戳进你的肚皮——对你来说也许很不幸,但可怜的少女们和聂达米尔国王会很高兴的!战斗必须遵循荣誉和律法。根据规则,你不能喷火。你们只能用传统武器把对方打成肉酱。战斗会持续到一方认输或嗝屁为止……我们都希望这就是你的下场!那条龙,听明白没?"

龙打个呵欠,抖抖翅膀,沿山坡迅速滑落到平地。

"我听到了,高尚的传令官。"它回道,"就请勇敢的艾克屈尊到草地上来吧。我准备好了!"

"真是个笑话!"布荷特啐了一口,阴郁地看着骑士艾克策马走出石圈,"该死的闹剧……"

"闭嘴吧,布荷特。"丹德里恩搓着手大喊,"看啊,艾克冲锋了!活见鬼,这能让我写出一首动人的歌谣!"

"乌拉!为艾克欢呼三声吧!"聂达米尔手下一名弓手大喊。

"换作是我,"柯佐耶德悲伤地插嘴道,"稳妥起见,我会想办法让它吞些硫黄。"

战场上,艾克举起长枪向龙敬礼。他放下面甲,用马镫用力一夹马腹。

"好吧,好吧。"矮人说,"也许他真是个傻瓜,但他知道自己在做什么。瞧瞧他!"

艾克坐在马鞍上,身体前倾,压低长枪,策马飞奔。出乎杰洛特的意料,龙并没有后退躲避,也没绕向对手身后,而是全速迎向朝自己攻来的骑士。

"杀!艾克,杀!"亚尔潘大喊。

艾克没有盲目地正面进攻。尽管一直全速前进,他还是在最后一刻老练地改变了方向,将长枪高举过马头。他从龙的身边飞掠而过,同时站在马镫上,用尽全力刺出长枪。刹那众人欢声雷动,只有杰洛特拒绝加入这场合唱。

龙转了个圈,躲开这下刺击,动作敏捷而优雅。它的身体像鞭子一样抽回,带着猫科动物般的活力与冷漠,用爪子撕开了马腹。马儿人立而起,发出一声哀鸣。尽管骑士大吃一惊,却没丢下长枪。马儿摔倒的同时,龙爪只一挥,就从马鞍上抄起了艾克。他被抛到空中,身上的甲片发出刺耳的摩擦声,所有人都听到了他落地时的撞击声。

龙用脚爪压住马,坐在地上,长满獠牙的嘴巴咬住马身。马儿发出惊恐的嘶吼,最后抽搐着死去。

一阵沉默中,众人都听到了维纶特瑞坦梅斯低沉的声音:"勇猛的德内斯勒的艾克可以退场了。他没法继续战斗了。有请下一位。"

"哦,该死!"亚尔潘·齐格林轻声咒骂。

<h2 style="text-align:center">八</h2>

"两条腿都断了,"叶妮芙用亚麻布擦擦手,"脊椎肯定也受了伤。盔甲后部开裂,像被攻城槌撞到一样。他的腿是被自己的长枪砸断的,短时间内没办法骑马,恐怕以后也回不到马背上了。"

"职业风险。"杰洛特轻声道。

女术士皱起眉头。

"这就是你想说的?"

"那你想听什么,叶妮芙?"

"这条龙的速度快得惊人,人类没法击倒它。"

"我知道。不,叶,我不会去的。"

"因为你的原则,"女术士恶狠狠地笑问,"还是出于常人的恐惧感?这是你唯一保留的人类情感吧。"

"二者兼有。"猎魔人心平气和地说,"有什么分别吗?"

"说实在的,"叶妮芙凑近他,"一点都没有。原则可以逾越,恐惧可以战胜。杀了这条龙吧,杰洛特。为了我。"

"为了你?"

"为了我。我要这条龙,我要它的全部,我要它只属于我。"

"你自己用咒语杀它嘛。"

"不,你来杀。我会用咒语阻止掠夺者等人,不让他们妨碍你。"

"那会死人的,叶妮芙。"

"你从什么时候开始在乎死人了?你只要对付那条龙就好,其他人交给我。"

"叶妮芙,"猎魔人冷冷地回答,"我实在不明白,你干吗要那条龙?它的黄色鳞片有那么吸引人吗?你从来没受过贫穷的困扰:你家财万贯、远近闻名。所以到底为什么?别再跟我提什么职责,算我求你了。"

叶妮芙沉默不语。随后,她皱起眉头,踢开草地上的一块卵石。

"有个人能帮我。显然……你知道我在说什么……变化并非不可逆。还有机会。我仍然可以……你明白吗?"

"我明白。"

"手术既复杂又昂贵,但用一条金龙交换的话……杰洛特?"

猎魔人沉默不语。

"我们挂在桥上时,"她继续道,"你对我提过要求。尽管发生了那些事,我还是答应你。"

猎魔人悲伤地笑笑,伸出食指,轻触叶妮芙脖颈上的黑曜石星星。

"太迟了,叶。我们已经从桥上下来了。尽管发生了那些事,但我已经不在乎了。"

他做了最坏的打算:倾泻的火焰,劈来的闪电,雨点般扑面而来的拳头,辱骂与诅咒。但什么都没发生。他抬起头,惊讶地发现她的嘴唇在微微颤抖。叶妮芙缓缓转过身。杰洛特有些后悔自己说出的话。也为他们之间萌生的感情而后悔。最后一道可能的界限,像鲁特琴弦一样断了。他瞥了眼丹德里恩,看到吟游诗人迅速扭过头去,避开了他的目光。

"荣耀和骑士精神并不适用于现在的情况,亲爱的大人。"布荷特说。他已经穿上聂达米尔的铠甲,一动不动地坐在石头上,一脸忧虑的神情。"荣耀的骑士正躺在那儿低声呻吟。吉伦斯蒂恩大人,派艾克作为国王的骑士和臣属上场,真是个糟糕的主意。我不敢说出罪魁祸首的名字,但我知道艾克的两条断腿该归功于谁。当然了,现在也算一石二鸟:我们摆脱了沉浸于骑士传奇、想单人独骑击败恶龙的疯子,还有想借助前者的帮助一夜暴富的傻瓜。你知道我说的是谁吧,吉伦斯蒂恩?知道?很好。现在轮到我们了。这条龙属于我们。屠龙的会是我们掠夺者,好处我们也要全拿。"

"那我们的约定呢,布荷特?"总管大臣大声问,"我们的约定呢?"

"管他什么狗屁约定。"

"太离谱了!这是蔑视宫廷!"吉伦斯蒂恩跺着脚说,"聂达米尔国王……"

"国王想干吗?"布荷特倚着巨剑,恼火地回答,"国王本人也想亲自对抗那条龙？还是你，忠实的总管大臣阁下？你想把你的大肚子塞进铠甲里，然后亲自上阵！干吗不呢？欢迎你上场。我们很期待你的表现，阁下。艾克想用长枪刺穿那条龙时，吉伦斯蒂恩，你就已经盘算好了。你们想拿走一切，而我们什么都得不到——哪怕它背上的一小片金鳞。现在，太迟了。睁眼看看吧，已经没人愿意为坎恭恩王国而战了，你也找不到艾克那样的傻瓜了。"

"不对！"鞋匠柯佐耶德扑倒在国王脚边，而国王似乎仍在凝望远方的地平线。"国王陛下！请少安毋躁，等我们霍洛珀尔的小伙子们出现。您的等待会得到回报。让这些傲慢的家伙见鬼去吧。指望那些值得您依靠的勇者，别管这些吹牛大王！"

"闭嘴！"布荷特擦去胸甲上的一块锈迹，冷冷地命令道，"闭上你的嘴，乡巴佬，不然我会让你闭嘴，让你被自己的牙齿噎死。"

柯佐耶德见肯尼特和尼斯楚卡朝他走来，立刻躲进霍洛珀尔的侦察队里。

"陛下，"吉伦斯蒂恩道，"陛下，请您下令吧。"

聂达米尔百无聊赖的表情突然消失了。年轻的国王怒视着总管，长雀斑的鼻子也皱了起来。

"什么命令？"他缓缓开口，"你终于想到问我了，吉伦斯蒂恩，而不是以我的名义替我作决定？我很欣慰。希望你能保持下去，吉伦斯蒂恩。从现在起，我要你保持沉默与顺从，这就是我的第一条命令。把所有人召集起来，叫他们把德内斯勒的艾克放到马车上。我们回坎恭恩。"

"陛下……"

"少废话，吉伦斯蒂恩。叶妮芙女士，还有尊贵的大人们，我要向你们道别了。这场远征浪费了我太多时间,但也让我获益良多。我学到了不少东西。叶妮芙女士、多瑞加雷大人、布荷特大人,感谢你们和你们的每一句话。也感谢你,杰洛特大人,感谢你的沉默不语。"

"陛下,"吉伦斯蒂恩问,"为什么?那条龙就在那儿,听凭您发落。陛下,您忘记您的野心了吗?"

"我的野心?"聂达米尔若有所思地重复道,"我现在没有什么野心。要是继续留在这儿,恐怕以后也不会再有了。"

"那玛琉尔呢?与公主的联姻呢?"总管大臣没有放弃,他拧着双手说下去,"还有王位,陛下?人民相信……"

"借用布荷特先生的话,管他什么狗屁人民。"聂达米尔答道,"无论如何,玛琉尔的王位都是我的:我在坎恭恩有三百骑兵、一千五百步兵,足以对抗他们不足千人的兵力。他们终究会承认我的合法地位。只要杀出一条血路,他们就会承认我。至于他们的公主,那头胖母牛,我才不会跟她白头偕老。只要借她的肚子生下我的孩子,我就可以除掉她了,用柯佐耶德大师的老办法。我们已经说得够多了,吉伦斯蒂恩,该执行我的命令了。"

"的确。"丹德里恩轻声对杰洛特说,"他真的学到了很多。"

"是啊,很多。"杰洛特看向金龙所在的小丘,它垂下三角形的脑袋,正用分叉的红舌舔着草地上的什么东西,"但我可不想当他的臣民,丹德里恩。"

"你觉得接下来会发生什么?"

一个灰绿色的小东西倚在金龙的爪边,拍动蝙蝠似的翅膀。猎魔人盯着它。

"你呢,丹德里恩,你有什么看法?"

"我怎么看有什么要紧?杰洛特,我是个诗人。我的看法有丝毫重要之处吗?"

"当然有。"

"既然这样,那我告诉你,杰洛特。每次我见到爬行动物,比如蛇或蜥蜴,都觉得恶心和害怕。它们太可怕了……可这条龙……"

"怎么?"

"它……它很美,杰洛特。"

"谢谢,丹德里恩。"

"谢我干吗?"

杰洛特转过身去,用缓慢的动作将胸前的剑带又勒紧两个孔。他抬起右手,确认剑柄的位置是否合适。诗人瞪大眼睛看着他。

"杰洛特,你打算……"

"没错。"猎魔人冷静地答道,"可能性的界限是存在的。我已经受够这些了。你打算怎么做,丹德里恩?留下来,还是跟聂达米尔的军队一起走?"

诗人弯下腰,把鲁特琴轻轻靠在石头上,然后直起身。

"我留下。你刚才说什么来着?可能性的界限?讲好了,我要把它作为新歌谣的主题。"

"这可能是你最后的歌谣了。"

"杰洛特。"

"有事吗?"

"别杀它……尽量。"

"剑就是剑,丹德里恩,当它出鞘时……"

"你尽量。"

"我尽量。"

多瑞加雷冷哼一声,转身面向叶妮芙和掠夺者,又指了指正在远去的王家旗帜。

"聂达米尔国王已经走了。"多瑞加雷说,"他不会再通过吉伦斯蒂恩发号施令了,因为他终于找回些常识。能跟你同行真是太好了,丹德里恩。希望你现在就开始创作歌谣。"

"关于什么的?"

巫师从貂皮夹克里掏出魔杖。

"关于巫师多瑞加雷大师如何成功赶走一群强盗,阻止他们杀死硕果仅存的金龙。别动,布荷特!亚尔潘,把你的斧子拿开!叶妮芙,一根指头都别动!滚吧,你们这群杂种,我奉劝你们跟着国王回去,就像猎犬跟着主人那样。带上你们的马和马车。我警告你们:不管是谁,哪怕多做一个动作,那人就会化为一股轻烟,只留下沙土里空荡荡的脚印。这可不是说笑。"

"多瑞加雷。"叶妮芙嘶声道。

"亲爱的巫师,"布荷特用通情达理的语气说,"我们可以达成协议……"

"闭嘴,布荷特。我再重复一遍:别碰这条龙。到别处去找活儿干吧,别再来了。"

叶妮芙的手突然往前一指,多瑞加雷周围的地面立刻爆出一团碧蓝色的火焰,碎石和泥土四下飞溅。巫师步履蹒跚,被火焰包围。尼斯楚卡趁机跳过去,一拳打在他脸上。多瑞加雷跌倒在地,魔杖射出一道红色电光,打在岩石之间。开膛手肯尼特突然出现在身侧,踢了倒霉的巫师一脚。他正想再补一脚,猎魔人已经挡在他们中间,推开开膛手，拔剑出鞘，朝肯尼特胸甲和护肩的空隙笔直刺去。布荷特用剑挡下这一击。丹德里恩想绊倒尼斯楚卡，但没能成功。尼斯楚卡抓住诗人五颜六色的外衣，一拳打在他两眼之间。亚尔潘·齐格林迅速绕到丹德里恩身后，用斧柄打中他的膝盖后部，让他摔倒在地。

杰洛特旋身躲开布荷特的剑锋，同时朝靠近他的开膛手挥出一剑，斩开对方手臂上的铁制臂环。开膛手向后一跃，摔倒了。布荷特哼了一声，像挥舞镰刀一样挥动长剑。杰洛特跳起来，躲过破空的利刃，剑柄在布荷特的胸甲上敲了一下，又收回剑来，攻向布荷特的脸颊。布荷特无法格挡，于是仰面朝后倒去。猎魔人只一跃，便逼近对手身前……就在这一瞬间，杰洛特突然觉得大地在颤抖，双脚站立不稳。眼中的地平线变成了竖直的。他徒劳地试着用手画出保护法印，但还是重重地倒向一旁，剑从麻木的手中滑出。他听到自己脉搏跳动的声音，还有连绵不绝的嘶嘶声。

"趁咒语还能维持，把他们绑起来。"叶妮芙在远处的高地上大喊，"三个都绑起来！"

多瑞加雷和杰洛特头晕目眩，动弹不得，只能任人绑住手脚，再被捆到马车上。他们一言不发，不再抵抗。丹德里恩咒骂着挣扎一番，结果挨了几拳，仍被五花大绑起来。

"把这些狗娘养的捆起来干吗？"柯佐耶德走过来插嘴道，"这些叛徒，直接杀了才最好。"

"你才真是狗娘养的。"亚尔潘·齐格林答道，"虽然这么说等于侮辱狗。滚开，你这寄生虫！"

"口无遮拦！"柯佐耶德大喊，"等我们的人从霍洛珀尔赶来，我倒要看看你想怎样。在他们看来，你……"

亚尔潘展现出与身材不相符的敏捷,毫不费力地一转身,用斧柄敲中柯佐耶德的头。尼斯楚卡从旁靠近,顺势补了一脚,让柯佐耶德在草丛里摔了个嘴啃泥。

"你会后悔的!"鞋匠趴在地上,朝他们大喊,"你们全都……"

"抓住他,伙计们!"亚尔潘·齐格林大声说,"抓住那个婊子养的脏鞋匠!上啊,尼斯楚卡!"

柯佐耶德可没傻等着。他跳起来,朝东面的峡谷一路飞奔。

霍洛珀尔的侦察兵跟在他身后。矮人们一边朝他们丢石头,一边哈哈大笑。

"空气清新了好多。"亚尔潘大笑,"好啦,布荷特,咱们去解决那条龙。"

"等一下。"叶妮芙抬起手臂,"你们谁也解决不了……你们可以原路返回了。现在就走。你们,所有人。"

"什么?"布荷特不怀好意地眨眨眼,"亲爱的女术士,请问你在说什么?"

"滚开!快滚!去找那个鞋匠吧。"叶妮芙重复道,"你们所有人。我会亲手对付那条龙,不用什么传统武器。你们离开前应该感谢我。要不是我,你们就会尝到猎魔人那把剑的滋味了。快走吧,布荷特,在我发火之前。我警告你们:我懂得一条咒语,挥挥手就能把你们都阉了。"

"天哪!"布荷特惊呼道,"我的忍耐已经到头了。我可不想被人当成傻子。开膛手,去把马车的马卸了。看来我也得动用不那么传统的武器了。有人要倒霉了,亲爱的大人们。我不会指明是谁,只想说,是个卑鄙的女术士。"

"尽管试试，布荷特。你可以让我找点乐子。"

"叶妮芙，"矮人责问，"为什么？"

"也许因为我爱吃独食，亚尔潘。"

"哦，是啊，"矮人笑道，"你也算是个人类，能跟矮人媲美的人类。能在一位女术士身上找到共同点，真令人高兴。俺也爱吃独食，叶妮芙。"

他俯下身子，动作迅疾，快如闪电。一颗不知从哪儿飞来的金属球划破空气，狠狠砸中叶妮芙的额头。没等女术士反应过来，开膛手和尼斯楚卡已经抓住她的双臂，而亚尔潘用一根绳子绑住她的脚踝。女术士愤怒地咆哮起来。亚尔潘手下一个小伙子从后面制住她，把一副马笼头套在她头上，勒紧，让她无法开口呼叫。

"现在呢，叶妮芙？"布荷特大呼小叫地朝她走去，"你两只手都不能用了，想怎么阉了我？"

他撕开她束腰外衣的领口，又扯掉她的衬衫。叶妮芙套着马笼头，只能用含糊的叫声咒骂他。

"我们现在没时间。"布荷特伸手摸她，引来矮人们一阵窃笑，"但你不会等太久，女术士。等解决了那条龙，我们可以一起找点乐子。伙计们，把她绑到车轮上。两只手都绑紧，连一根指头也别让她动。你们不准随便碰她，该死的。谁在屠龙时表现最好，谁就可以优先处置她。"

"布荷特，"杰洛特声音很轻，但充满威胁，"当心。我会追你到天涯海角。"

"真让我吃惊。"掠夺者同样轻声回答，"如果我是你，就会乖乖闭嘴。我了解你的实力，不会轻视这种威胁。你让我别无选择，只能杀了你,猎魔人,但我们会迟些料理你。尼斯楚卡、开膛手,上马。"

"不怪你运气差。"丹德里恩哀号道,"见鬼,是我让你惹上这些破事儿的。"

多瑞加雷低下头,浓稠的鲜血从他的鼻子缓缓流到肚子上。

"别死盯着我了!"女术士弄松了马笼头,冲杰洛特大喊。她在绳索下像蛇一样徒劳地挣扎,想遮住裸露的身体。杰洛特顺从地移开视线,但丹德里恩没有。

"依我看,"诗人讽刺道,"你肯定用了一整桶曼德拉草药膏,叶妮芙。你的皮肤就像十六岁的少女。让我直起鸡皮疙瘩。"

"闭嘴,你这婊子养的!"女术士骂道。

丹德里恩却没退缩。"你到底多大年纪?两百岁?起码一百五了吧?可你就像……"

叶妮芙伸长脖子唾了他一口,可惜失了准头。

"叶……"猎魔人悲伤地嘟囔着,用肩膀擦去耳朵上的口水。

"叫他别再冲我挤眉弄眼!"

"我也不想这样。"丹德里恩大声说,又朝身子半裸、春光无限的女术士望去,"就因为她,我们才会被抓。他们会割断我们的喉咙,还会强奸她。可她的年纪……"

"闭嘴,丹德里恩。"猎魔人喝道。

"那可不行。我正极度渴望创作一首关于乳房的歌谣呢。请别打扰我。"

"丹德里恩,"多瑞加雷又吐出几口血,"严肃点儿。"

"见鬼,我够严肃的了。"

在一名矮人的帮助下,穿着沉重铠甲的布荷特费力地爬上马。尼斯楚卡和开膛手早就等在坐骑上，腰间配着长剑。

"很好。"布荷特嘟囔道，"该去找那条龙了。"

"不。"一个低沉的声音应道，听起来就像吹响的黄铜号角，"是我来找你们才对！"

岩石圈后探出一张闪闪发亮的金色长嘴，随后是由尖刺保护的细长脖颈，再后面是长着利爪的指掌。有着垂直瞳孔、看起来不怀好意的爬行类眼球正从高处打量着下方。

"我在战场上等不及了。"金龙维纶特瑞坦梅斯扫视众人，解释道，"于是冒昧地过来。看来，愿意跟我交战的对手越来越少了。"

布荷特用牙齿咬住缰绳，双手握住长剑。

"贼样混好。"他咬着缰绳，含混不清地答道，"偶希望里也尊北好了，怪偶！"

"我准备好了。"金龙答道。它弓起背脊，尾巴挑衅地在空中晃了晃。

布荷特确认了一下周围的情况。尼斯楚卡和开膛手从两侧缓缓包围巨兽，动作从容冷静。亚尔潘·齐格林和他的小伙子们等在后方，举起斧头。

"呜呀呀呀！"布荷特大吼，催促马儿向前，狂乱地舞起长剑。龙转过身子，肚皮贴向地面，像蝎子似的翘起尾巴，但它扫倒的并非布荷特，而是从侧面攻来的尼斯楚卡。尼斯楚卡咣当一声倒在地上，马儿嘶鸣起来。布荷特纵马飞驰而过，长剑用力劈砍，可金龙老练地躲过宽阔的剑刃。前冲之力使得布荷特从金龙身旁掠过。它扭动身体，用后腿站起，前爪拍向开膛手，一把他的坐骑开了膛，又挥出一爪划开骑手的大腿。布荷特在马鞍上身体前倾，努力控制住马，又用牙齿咬着缰绳，再次发起冲锋。

金龙的尾巴划破空气，扫开所有扑上前来的矮人。然后它迎向布荷特，顺便狠狠碾过刚想爬起身的开膛手。布荷特转过头，引着坐骑避让，但金龙这次速度更快、动作更敏捷。它狡猾地截住从左边攻来的布荷特，挡住他的去路，并用尖利的前爪击中他。马儿人立而起，侧翻倒地。布荷特从马鞍上飞了出去，长剑和头盔纷纷掉落。他仰天栽倒，脑袋撞上一块巨石。

"跑，小伙子们！跑到山里！"亚尔潘·齐格林的叫喊声淹没了尼斯楚卡的哀号——后者仍被自己的马压在身下。

矮人的胡须在风中飘扬，朝山石飞奔而去，小短腿居然跑出了惊人的速度。金龙没追他们。它静静地坐着，扫视四周。尼斯楚卡在坐骑身下扭动大叫，布荷特一动不动地躺在地上，开膛手像螃蟹一样横着挪动，蹒跚退到岩石后躲避。

"真是难以置信。"多瑞加雷喃喃道，"难以置信……"

"嘿！"丹德里恩拼命挣扎，整辆马车都摇晃起来，"那是什么？那儿，快看！"

他们看到，东部峡谷掀起一股庞大的尘云，继之以叫喊声、车轮声和马蹄声。金龙抬头看去。

三辆大马车载着手持武器的人来到平原上。他们分散开来，包围了金龙。

"活见鬼！是霍洛珀尔的民兵队和公会！"丹德里恩喊道，"他们真的绕过布拉河赶来了！没错，是他们！瞧啊，领头的是柯佐耶德！"

龙垂下头颅，将一只唧唧叫的灰色小东西轻轻推向马车。随后它用尾巴抽打地面，高声咆哮，像一支利箭那样纵身扑向霍洛珀尔人。

"杰洛特,在草地上蠕动的小东西是什么?"叶妮芙问。

"是那条龙保护的东西。"猎魔人答道,"最近才在北部峡谷的洞穴里孵化出来。它是被柯佐耶德下毒的母龙的子嗣。"

小龙用浑圆的肚皮贴着地面,犹豫而踟蹰地靠近马车。它唧唧叫着,用后腿站立,展开双翼。它突然凑上前去,依偎在女术士怀里。叶妮芙倒吸一口冷气,露出困惑的神色。

"它喜欢你。"杰洛特喃喃道。

"也许还小,但它不傻。"丹德里恩虽被五花大绑,还是竭力扭动身子,"瞧它的小脑袋靠在哪儿。见鬼,我真想跟它换个位置。嘿!小家伙!你该逃跑才对。她是叶妮芙,龙之克星!还有众位猎魔人!好吧,实际上只有一位猎魔人……"

"闭嘴,丹德里恩。"多瑞加雷喊道,"快看那边!他们要抓住它了!愿他们所有人都染上瘟疫!"

霍洛珀尔居民的马车骨碌碌向前,就像一辆辆战车,朝攻来的金龙冲去。

"把它砍成碎片!"柯佐耶德抓着车夫的肩膀大喊,"把它砍到一口气都不剩,朋友们!别后退!"

金龙轻巧地一跃,避开为首的马车,却发现自己被困在随后的两辆马车之间,一张系着绳索的双层大渔网朝它迎头扣下。金龙被网子缠住,跌倒在地。它挣扎一阵,又蜷成一个球,再猛地蹬开双腿。渔网顿时被它撕碎。头一辆马车掉头返回,又撒出一张网,这下它彻底无法动弹了。另两辆马车作了个 U 型转弯,再次冲向金龙,越过坑洼的地面,颠簸向前。

"你被困在网里了,小鱼儿!"柯佐耶德大喊,"我们这就把你开膛破肚！"

金龙咆哮起来，烈焰裹挟烟云涌向天空。霍洛珀尔民兵跳下马车，朝金龙冲去。巨龙再次咆哮起来，声音嘹亮又绝望。

北边峡谷传来了回应：一阵刺耳的战吼。

她们骑在全速奔驰的骏马上，自峡谷中现身，金色发辫在风中飞舞，刀刃闪闪发光……

"泽瑞坎人！"猎魔人大叫，想要奋力挣脱绳索。

"哦，见鬼！"丹德里恩惊呼道，"杰洛特，你知道这意味着什么吗？"

泽瑞坎少女在民兵队中杀出一条血路，就像热刀子切进黄油，身后留下一具具残破的尸体。她们跳下马，朝被困的金龙奔去。有个民兵试图阻截，顿时身首异处。另一个用干草叉刺向薇亚，泽瑞坎少女双手挥刀，自下而上将对方从会阴到胸骨整个剖开。其他人见状拔腿就跑。

"上马车！"柯佐耶德大喊，"上马车，朋友们！用马车碾碎她们。"

"杰洛特！"叶妮芙突然大叫。她将被绑住的双脚伸到马车下，靠近猎魔人被反绑的双手，"伊格尼法印！烧断我的绳子！能摸到吗？快烧断它，该死的！"

"可我看不见！"杰洛特抗议道，"叶，我会烧伤你的！"

"快画法印！我受得了！"

杰洛特照做了。他感到手指一阵刺痛，在女术士脚踝上方画出伊格尼法印。叶妮芙扭过头去，咬着外套的领子，压住呻吟。小龙双翼靠在她身上，唧唧叫个不停。

"叶!"

"烧断绳子!"她哀号道。

血肉烧焦的气味令人再也无法忍受时,绳索终于烧断了。多瑞加雷发出一声怪叫,昏厥过去,身子靠着车轮软软瘫倒。

女术士的面孔因痛苦而扭曲,她坐直身子,抬起一条腿,发出一声满怀愤怒和痛苦的呐喊。杰洛特脖子上的徽章仿佛活物一般颤抖起来。叶妮芙挪挪屁股,脚尖指向霍洛珀尔民兵队的马车,高声念出一句咒语。空气颤抖起来,充斥着臭氧的味道。

"哦!诸神在上!"丹德里恩敬畏地呻吟起来,"这将是一首多么伟大的歌谣啊,叶妮芙!"

这条美腿施展的咒语不算太成功。第一辆马车和车上所有人都染成了毛茛草似的黄色,而霍洛珀尔的战士们被杀意冲昏了头脑,根本没注意到。咒语对第二辆马车更奏效些:所有乘员立刻变成长满疙瘩的大青蛙,滑稽地呱呱叫着,四散奔逃。少了车夫,马车很快翻倒在地。拉车的马挣脱挽具,歇斯底里地嘶鸣着,消失在远方。

叶妮芙咬着嘴唇,再次抬起腿。伴着高处传来的振奋人心的乐声,那辆毛茛黄色的马车变成一团同样色彩的烟雾:所有乘员都头晕目眩地倒在草地上,壮观地垒成一堆。

第三辆马车的轮子变成了方的:马儿人立而起,马车轰然倒下,霍洛珀尔民兵纷纷被甩出。愤懑未消的叶妮芙再次抬腿,又施展一个咒语,把民兵们变成形形色色的动物:乌龟、鹅、千足虫、粉红火烈鸟或乳猪。两位泽瑞坎少女继续杀戮残余的敌人,手法老练、有条不紊。

金龙终于将渔网撕成碎片。它一跃而起,拍打双翼,大声咆哮,像利箭一般追向逃脱了大屠杀的柯佐耶德。鞋匠跑得跟瞪羚似的，可金龙比他更快。杰洛特看到它嘴巴张开，獠牙如匕首般锋利闪亮。他转过头去，却听到一声令人血凝的惨叫，然后是可怕的嚼咬声。丹德里恩低呼一声。叶妮芙的脸色苍白如纸，她扭过头，弯下腰，在马车旁吐了一地。

随后一片寂静，只有幸存的霍洛珀尔民兵偶尔发出呱呱、嘎嘎和唧唧的叫声。

薇亚站在叶妮芙身前，双腿岔开，脸上挂着坏笑。泽瑞坎少女拔出军刀。脸色苍白的叶妮芙抬起腿。

"住手。"三寒鸦博尔奇制止道。他坐在一块石头上，把幼龙抱在怀里，显得冷静而又欢快。

"不要杀叶妮芙女士。"博尔奇，同时也是金龙维伦特瑞坦梅斯续道，"已经没有必要了。另外，我们还得感谢叶妮芙女士无价的帮助。放开他们，薇亚。"

"你知道吗，杰洛特？"丹德里恩揉着麻木的双手，喃喃道，"你知道吗？有首古老的民谣，讲一条金龙。金龙可以……"

"变成任何形态。"猎魔人帮他说完，"甚至包括人形。我听过，但我以前不相信。"

"亚尔潘·齐格林先生！"矮人正悬在离地两百腕尺的悬崖边，金龙对他说，"你在那儿找什么？土拨鼠吗？我没记错的话，土拨鼠不合你的口味。下来吧，算我求你，去帮帮掠夺者，他们需要救助。今天的杀戮已经结束了。这对所有人都好。"

丹德里恩试图唤醒依然不省人事的多瑞加雷，同时焦虑地打量正在审视战场的泽瑞坎少女。杰洛特为叶妮芙烧伤的脚踝涂上油膏，再包扎起来。女术士倒吸着凉气,低声咒骂不停。

包扎完毕,杰洛特站起身。

"待着别动。"他说,"我得跟那条龙谈谈。"

叶妮芙龇牙咧嘴,也站了起来。

"我跟你一起,杰洛特。"她拉住他的手,"可以吗?拜托了,杰洛特。"

"叶,跟我一起?我以为……"

"别以为了。"

她搂住他的肩膀。

"叶?"

"都没关系了,杰洛特。"

他看着她,她的双眸就像从前那样温暖。他低下头,吻住她的双唇。她的嘴唇柔软发烫,带着渴望,就像从前。

他们朝金龙走去。在杰洛特的搀扶下,叶妮芙用指尖捏起裙摆,行了个非常正式的屈膝礼,好像觐见一位国王。

"三寒……维纶特瑞坦梅斯……"猎魔人开口道。

"在你们的语言里,我的名字是'三只黑鸟'的意思。"博尔奇解释道。

幼龙用爪子勾住三寒鸦的前臂,头蹭上他的脖子,享受他的抚摸。

"秩序与混沌。"维纶特瑞坦梅斯笑道,"杰洛特,还记得吗?混沌代表侵略,秩序代表对抗侵略。杰洛特,难道我们不该前往世界的尽头,去对抗侵略与邪恶吗?尤其是报酬足够惊人时——比如现在。我说的就是那条母龙米尔加塔布雷克的宝藏。她在霍洛珀尔附近被人下毒,于是召唤我前来,帮她消灭威胁到自己的邪恶势力。在德内斯勒的艾克被抬下战场不久，米尔加塔布雷克就飞走了。她趁你们辩论和争吵时逃走了，把宝藏留给了我，换句话说，是给我的报酬。"

幼龙唧唧叫着，拍打双翼。

"所以你……"

"没错。"金龙打断他的话，"如今的时日，如今的时代，这很有必要。被你们统称为怪物的生物越来越感受到人类的威胁。它们不知道如何保护自己，所以需要一个守护者……比如一名猎魔人。"

"这条路的终点是什么？"

"就是它。"维纶特瑞坦梅斯抬起前臂，幼龙吓了一跳，唧唧叫着，"它就是我的终点，我的目标。多亏了它，利维亚的杰洛特，我才能证明可能性的界限并不存在。你也会在某一天找到类似的目标，猎魔人。即便异类也有活下去的资格。再见了，杰洛特。再见了，叶妮芙。"

女术士又行个屈膝礼，身子紧贴杰洛特的肩膀。维纶特瑞坦梅斯站起身，看着她，脸色十分严肃。

"请原谅我的冒失和坦白，叶妮芙。你的想法全写在脸上，我甚至不用读心。你和猎魔人，你们是天造地设的一对儿。但你们不会有结果的。没有。我很抱歉。"

"我知道。"叶妮芙的脸色有些发白，"我知道，维纶特瑞坦梅斯。但我还是相信，可能性是没有界限的，或者说，界限还很遥远。"

薇亚来到杰洛特身边，对他耳语，抚摸他的肩膀。金龙大笑起来。

"杰洛特，薇亚想告诉你：她永远不会忘记'沉思之龙'的浴盆。她希望还能再见到你。"

"什么意思？"叶妮芙不安地眨眨眼。

"没什么。"猎魔人连忙答道，"维纶特瑞坦梅斯……"

"我听着呢,利维亚的杰洛特。"

"你能变成任何形态?想变什么都行吗?"

"对。"

"那为什么变成人类?为什么变成博尔奇,还佩戴三只黑鸟的纹章?"

金龙露出愉快的笑容。

"杰洛特,我们可敬的祖先第一次见面时是个什么情形,我不太清楚。但我知道,对龙来说,最可憎的就是人类。人类会唤醒龙族本能而不合情理的憎恨。不过我是个例外。对我来说……你是个相当不错的人。再见了。"

并非幻象消失时那种模糊的渐变,一切就在眨眼间发生。片刻之前,那儿还站着一位卷发骑士,身穿绣着三只黑鸟的束腰外衣,而眼下,只有一条金龙,正优雅地伸长纤细的脖颈。金龙点点头,伸展双翼,翅膀在阳光下闪耀璀璨的金光。叶妮芙长出一口气。

薇亚和蒂亚坐在马鞍上,向他们挥手道别。

"薇亚,"猎魔人说,"你是对的。"

"嗯?"

"他果然是最美的。"

冰之碎片

一

死羊身体肿胀，四肢僵硬地伸向天空，还抽搐了一下。杰洛特蹲坐在墙边，缓缓拔出剑来，尽量让剑刃离鞘时不发出声响。十步开外，那堆垃圾突然隆起。猎魔人只来得及跃起身，避开倾泻而下的废料。

垃圾堆里突然伸出一只末端尖细的粗粝触手，以难以置信的速度朝他抓去。猎魔人跳到烂菜堆顶端的一个破橱柜上。他站稳身体，干净利落地挥剑，以迅雷不及掩耳之势斩断带吸盘的触手。他随即向后跃去，不想脚下打滑，落进了深及大腿的腐臭脏物中。

脏物堆如喷泉般炸开，黏稠恶臭的厨余垃圾、烂布条和发白的腌卷心菜四下喷溅。垃圾底下现出巨大的球茎状身躯，活像一块奇形怪状的土豆，三根触手和一根残肢在半空中挥舞。

杰洛特的双腿仍陷在污物中，他扭动身子，长剑用力一挥，又斩断一根触手。剩下两根粗如树枝的触手重重地拍在他身上，让他在垃圾里陷得更深。怪物的身躯穿过垃圾堆，径直朝他滚来。杰洛特看到，那可憎的球形躯体从中裂开，露出一张长满尖牙的大嘴。

他任凭触手缠在腰间，把自己从垃圾堆里拽出，发出"噗"的一声。他被拖向那头怪物，后者也越过垃圾，渐渐逼近，血盆大口一张一合，疯狂而愤怒。猎魔人一直等到接近那张大嘴，才双手握剑，往前砍去。剑刃缓慢而轻松地陷入血肉，喷出一股带着甜味、令人作呕的臭气，让猎魔人几乎窒息。怪物嘶嘶地叫着，颤抖起来，触手放开猎物，抽搐似地在空中舞动。杰洛特又陷进污秽当中，再次挥出一剑，剑刃划过怪物参差不齐的牙齿，发出可怕的嘎吱声。怪物的体液汩汩流出，一头栽倒，但又立刻仰起身躯，嘶声号叫，将臭泥甩向猎魔人。杰洛特在烂泥中艰难跋涉，身子前倾，用身体推开周围的垃圾，然后纵身跃起。他使出浑身力气，自上而下一劈，利剑斩在怪物散发磷光的双眼间，切开它的身体。怪物痛苦地呻吟着，全身颤抖，溅出一团污物，就像一只泄气的皮球，喷出强烈而温暖的臭气。它的触手在腐烂物中抽搐颤抖。

  杰洛特手忙脚乱地爬出厚厚的烂泥，发觉自己双腿摇晃，但还算稳当。他感觉有恶心发黏的东西渗进靴子，贴在小腿上。*到井边去*，他心想，*把脏东西尽快冲掉。把自己洗干净*。怪物的触手又一次重重地抽打垃圾堆，发出沉闷的声响，然后终于不动了。

  一颗流星划过夜空，为布满静止光点的漆黑天幕带来一瞬间的活力。猎魔人没有许愿。

  他呼吸沉重，战斗前喝下的药剂开始失效。这里紧贴着城墙，垃圾和残骸堆积如山，旁边便是河水。在星光照耀下，河面显得奇异而别致，仿佛一条闪闪发光的缎带。杰洛特吐了口口水。

  怪物死了，变成了它生活过的垃圾堆的一部分。

  又一颗流星划过。

  "垃圾。"猎魔人艰难地开口，"还有烂泥、污物和粪便。"

二

"你真臭,杰洛特。"叶妮芙皱起眉头,但仍盯着镜子描画眼线和睫毛,"快去洗洗。"

"没水了。"他看了浴盆一眼。

"这不难。"女术士站起身,打开窗子,"你要海水还是淡水?"

"海水。换换口味。"

叶妮芙展开双臂,施展咒语,手指飞快地打出繁复的手势。一股强风吹进窗户,凉爽而潮湿,百叶窗发出咔嗒咔嗒的响声,一个不规则绿色球体骤然出现,呼啸着飞进房间,掀起一阵尘灰。浴盆里泛起水沫,起伏不定,拍打着盆缘,又溅到地板上。女术士回到镜子前。

"一切顺利吗?"她问,"这次是什么?"

"腐食魔,跟预想的一样。"杰洛特脱下靴子,甩开衣服,一只脚伸进浴盆,"见鬼,叶,太凉了。就不能弄热些吗?"

"不能。"女术士答道。她将脸凑近镜子,用滴管往眼睛里滴了些什么。"那个法术很耗精力,而且让我想吐。不管怎么说,喝完药剂,冷水对你有好处。"

杰洛特不再争辩。跟叶妮芙争辩毫无意义。

"这头腐食魔很难对付?"

女术士用滴管从小瓶里抽些液体,滴进另一只眼睛,滑稽地皱起面孔。

"不算太难。"

敞开的窗外传来一声噪音,是木头断裂的脆响,还有个含糊的假声在厚颜无耻地唱一首粗俗的流行歌谣。

"腐食魔。"女术士从阵容可观的瓶瓶罐罐中又挑出一只小瓶,拔出软木塞,丁香和醋栗的味道充斥了房间,"你瞧,即便在城里,猎魔人找活儿也相当容易,你根本不用去荒郊野岭游荡。伊斯崔德主张:一种森林或沼泽生物灭绝之后,总会有另一种取而代之,而全新的变种会适应人类创造的环境。"

一如既往,只要听叶妮芙提起伊斯崔德,杰洛特就会皱起眉头。猎魔人再也忍受不了她成天夸赞伊斯崔德了——即便伊斯崔德是对的。

"伊斯崔德是对的。"叶妮芙用丁香和醋栗提炼的药水按摩双颊和眼睑,"你自己也见过:下水道和地窖里的伪鼠、垃圾堆里的腐食魔、脏水渠和排水沟里的盔鱼,还有磨坊池塘里的巨型软体动物。简直是种共生现象,你不这么认为吗?"

还有葬礼第二天在墓地里啃噬尸体的食尸鬼,他一边想,一边冲净身上的肥皂沫,彻头彻尾的共生。

"所以啊……"女术士推开瓶瓶罐罐,"即便在城市里,猎魔人也能找到工作。我想,你终于能在某个市镇里定居了,杰洛特。"

那还不如让魔鬼把我抓走!他心想,但没说出口。反驳叶妮芙只会导致争吵,而跟叶妮芙争吵是很危险的事。

"洗好没,杰洛特?"

"好了。"

"那就从浴盆里出来。"

叶妮芙没起身,只是不经意地挥挥手,施展一个咒语。浴盆里的水,连同洒在地板上的和杰洛特身上那些,结成一个半透明的水球,呼啸着飞出窗外。随后是响亮的一声"哗啦"。

"婊子养的，你他妈染瘟疫啦？"楼下传来一声怒吼，"找不着地方倒尿吗？让虱子活啃了你算了！啃到你死！"

女术士关上窗子。

"真该死，叶。"猎魔人轻笑起来，"你就不能把水倒到别处吗？"

"能。"她轻声说，"但我不乐意。"

她从桌上拿起一盏提灯，走近猎魔人。她穿着白色睡袍，曲线随每个动作若隐若现，显得格外妩媚。比一丝不挂更性感，他心想。

"我想检查一下。"她说，"说不定腐食魔伤到了你。"

"它没有。如果有，我能感觉到。"

"喝了药水还能感觉到？别逗我笑了。除非骨头刺穿皮肤，再刮到什么东西，否则你什么都感觉不到。而腐食魔会让你得病，比如破伤风和败血症。我必须给你做下检查。转过去。"

他感到提灯照在身上的温暖，还有她的头发不时的爱抚。

"看来没事。"她说，"在药水让你倒下之前，还是先躺下吧。那些药很危险，早晚会要你的命。"

"战斗前我必须喝药水。"

叶妮芙没答话。她又坐回镜子前，梳理一头富有光泽的黑色长卷发。她总在上床前梳理头发。杰洛特觉得这习惯很奇怪，但他喜欢看她梳头。他怀疑叶妮芙也很清楚。

他突然觉得很冷，药剂令他剧烈颤抖。他的脖子变得僵硬，胃里翻江倒海，几欲作呕。他低声咒骂一句，瘫倒在床上，但他仍然凝视着叶妮芙。

卧室一角有东西在动，他仔细打量。几对弯弯曲曲的鹿角钉在墙上，蒙着蛛网，顶端栖着一只黑色的小鸟。

鸟儿偏偏头,黄眼睛定格在猎魔人身上。

"叶,那是什么?哪儿弄来的?"

"什么?"叶妮芙转过身,"哦,它啊!一只茶隼。"

"茶隼?茶隼都有茶色斑点,可这只是全黑的。"

"这是魔法茶隼。我创造的。"

"造它干吗?"

"要它帮我做点事。"她冷淡地回答。

杰洛特没再追问,因为他知道,叶妮芙不会回答。

"你明天要去见伊斯崔德?"

女术士将桌上的瓶瓶罐罐推回原位,梳子收进一只小盒,合上三联镜。

"是啊,明天就去。问这干吗?"

"不干吗。"

她挨着他躺下,但没吹灭提灯。她没法在黑暗中入睡,所以从不熄灯。不管夜灯还是蜡烛,她总让它们一直亮着。一直。这是她的又一个怪癖。叶妮芙的怪癖数不胜数。

"叶。"

"嗯?"

"我们什么时候上路?"

"别再问这个了。"叶妮芙用力拽拽鸭绒被,"我们来这儿才三天,可你已经问三十遍了。我告诉过你:我在城里有事要做。"

"跟伊斯崔德一起?"

"没错。"

他叹了口气,抱住她,毫不掩饰自己的目的。

"嘿!"她轻声道,"你喝了药……"

"那又怎样?"

"不怎样。"她吃吃地笑,像个小女孩。

她依偎在他怀里,扭动身子,方便自己脱下睡袍。她的裸体令他愉悦。触到叶妮芙赤裸的肌肤,杰洛特的脊背一如既往地颤抖起来,手指也阵阵酥麻。他的唇温柔地贴上她浑圆而精致的双乳。她的乳尖十分苍白,但很坚挺,清晰可辨。他将双手插进她纠缠的长发,品味着丁香与醋栗的甜香。

叶妮芙任由他爱抚自己,像猫儿一样发出呼噜声,双腿缠住他的腰。

猎魔人很快意识到,他又一次高估了自己对药剂的抵抗力,以及它们对身体的副作用。

也许不是因为药剂,他心想,也许是因为战斗带来的疲惫感,还有一直存在的死亡威胁。我已对疲惫感习以为常,所以经常遗忘。而我的身体虽然经过强化,却仍无法与之长期对抗。平时感到疲惫很正常,可现在就太不是时候了。真该死……

跟往常一样,叶妮芙没有因这种琐事而丧失心情。他感受着她的触摸,聆听她在耳边的轻言细语。跟往常一样,杰洛特想起她之前无数次使用过这个咒语,且非常奏效。然后他就不用再想了。

跟往常一样,美妙极了。

他看着她的嘴唇。她的嘴角不自觉地露出笑意。他很清楚这微笑:其中的得意多于幸福。但他从没问过她为什么笑。他知道她不会回答。

黑色的茶隼栖在鹿角上,拍打翅膀,弯弯的鸟喙噼啪开合。叶妮芙扭过头去,无比悲伤地叹了口气。

"叶?"

"没什么,杰洛特。"她吻了他,"没什么。"

提灯闪烁着光芒。墙里有老鼠在抓挠,衣橱里的甲虫发出有节奏的沙沙声。

"叶?"

"嗯?"

"我们离开这儿吧。我对这地方有不祥的预感。这座城让我不舒服。"

女术士翻过身,轻抚他的脸颊,又拂开他的发丝。她的手指往下滑去,触到他脖子上硬邦邦的伤疤。

"艾德·金维尔——你知道这座城的名字是什么意思吗?"

"不知道。是精灵语?"

"没错。意思是'冰之碎片'。"

"怪名字,跟这恶心的鬼地方完全不搭。"

"在精灵中间,"她若有所思地低语,"有个传说讲的是冬之女王:她乘坐白马拉的雪橇,在暴风雪中四处旅行,沿途洒下细小而尖锐的冰之碎片。如果碎片落进某个人的眼睛或心里,那人就会遭遇不幸,会永远迷失。没有任何东西会让他欣喜。任何不如雪花洁白的事物,在他眼里都会变得丑陋、可憎,令他作呕。他的心灵将无法安宁。他会舍弃一切,去追随冬之女王,追寻他的梦想和爱人。当然了,他的愿望永远也不会实现,他会因悲伤而死去。看来在古时,这座城市发生过类似的事。一个美丽的传说,不是吗?"

"精灵擅长用美丽的辞藻装点一切。"杰洛特睡意朦胧,用嘴唇吻过她的肩头,"这不是传说,叶。这是对'狂猎'这种可怕现象的美化之词——这个诅咒只在特定地区出现,荒谬的集体疯狂会驱使人们追随掠过天空的鬼魂。我见识过。的确,它在冬天较为常见。有人曾拿出一大笔钱,让我解除诅咒,但我没接受。没人能阻止狂猎……"

"猎魔人,"叶妮芙亲吻他的脸颊,低声说道,"你真是没有半点浪漫情调。我……我喜欢精灵的传说:它们很美妙。可惜人类却没有类似的传说。没准有一天,人类也会创造出传说吧?可人类的传说会是什么样子呢?看看周围吧,你能见到的一切都沉闷而模糊。甚至那些生于美好的事物也会变得沉闷、平庸,就像人类循规蹈矩、单调乏味的生活节奏。哦,杰洛特,当个女术士并不容易,但跟凡人相比……杰洛特?"

她将头贴在他胸口,感受到平缓而有节奏的呼吸。

"睡吧。"她轻声说,"睡吧,杰洛特。"

三

他对这座城的印象极其恶劣。

从醒来那一刻起,一切就让他情绪不佳,甚至激起了他的怒火。一切。他恼火自己睡过了头,浪费了大半个上午,更恼火叶妮芙在他熟睡时离开。

她一定走得很匆忙,平时整齐地收在盒里的小玩意儿散落在桌上,仿佛占卜师作预言时撒下的骰子:几把上好的毛刷——最大的可以往脸上扑粉,较小的用来抹唇膏,更小的被叶妮芙拿来涂眼影;画眼线与眉线的铅笔和炭条;钳子和银匙;陶瓷和奶白玻璃质地的瓶瓶罐罐,据他所知,里面装的是用寻常原料——比如烟黑、鹅油膏和胡萝卜汁

——制成的药剂和药膏,当然也添加了一些危险成分,比如神秘的曼德拉草、锑、颠茄、大麻、龙血及巨蝎的浓缩毒液。最后,空气中依然弥漫着丁香和醋栗的味道——那是她惯用的香水。

在这些物品里、在这股气味中,他能感觉到她的存在。

但她确实不在。

他下楼,感到焦虑和愤怒正在增长。因为许多原因。

他因煎鸡蛋变冷凝结而愤怒——掌勺的旅馆老板只顾对帮工的厨房女孩上下其手,结果分了心。更让他怒不可遏的是,眼眶含泪的女孩最多也就十二岁。

温暖的春日和愉悦的街头喧嚣也无法扭转杰洛特的情绪。他还是一点都不喜欢艾德·金维尔,这儿跟他见过的所有小城镇一样无趣——喧闹、潮湿、脏乱、烦人的程度更是无与伦比。

他仍能闻到衣服和头发里散发出的微弱臭气,于是决定去公共澡堂洗个澡。

结果澡堂侍者的表情又惹恼了他,那家伙一直盯着猎魔人徽章和他放在浴盆边上的剑。侍者没找年轻女孩来为他服务,更让杰洛特生气。他不是真的需要那种女孩,但除了他,所有人都有个女孩为其服务,这令他恼火。

猎魔人离开时,尽管身上带着肥皂的清香,心情却没有丝毫改善,他对艾德·金维尔的印象也没有任何好转。这里的一切都让他高兴不起来。他不喜欢散在街上的粪堆;他不喜欢蹲坐在神殿墙外的乞丐;他不喜欢墙上的涂鸦:精灵,滚回隔离区!

他进城堡时被拦住了,有人建议他去找商人公会的会长,这让他心烦。而那个精灵,公会的资深会员之一,叫他去集市见会长时,脸上那高高在上的表情也让杰洛特心烦。一个被迫住在隔离区的家伙居然还能一脸优越，真是不可思议。

集市熙熙攘攘，满是货摊、马车、牛马和苍蝇。一座高台的柱子上绑着个罪犯，围观者不停地朝他丢泥巴和粪便。罪犯却表现出惊人的冷静，他用连串的污言秽语嘲笑底下的人群，音量却几乎毫无变化。

杰洛特对此早就见惯不惯了，他也明白会长出现在集市里的原因。旅行商贩会抬高商品价格，以弥补他们必须掏出的贿赂，而这些贿金又必须交给某人。会长很清楚这种惯例，于是亲自前来，为商人省去了费心找他的麻烦。

他的办事处在一块脏兮兮的蓝色天篷下。天篷由几根竹竿撑起，下面的桌子周围站着好些怒气冲冲的顾客。会长赫伯尔斯坐在桌后，病怏怏的脸傲视苍生。

"嘿！你要去哪儿？"

杰洛特缓缓转身。他立刻压下愤怒和挫败感，转变成一块冷硬的坚冰。他不想任何情绪外露。朝他走来的人发色有如黄鹂鸟，眉毛也是同样的黄，眉下则是一对苍白空洞的眼睛，细瘦修长的手指搭在黄铜片拼成的宽腰带上，腰带上佩着一柄长剑、一把钉锤和一对匕首。

"哦，"那人说，"我认识你。你是那个猎魔人，对吧？你来找赫伯尔斯？"

杰洛特点点头，目光始终没离开那人的双手。他知道，忽略那双手会很危险。

"我听说过你，怪物杀手。"黄发男人也同样谨慎地留意杰洛特的双手，"我们没见过面，但你可能也听说过我。我是伊沃·米尔希，但人们都叫我蝉。"

猎魔人点点头，表示他确实听说过。他知道蝉的人头在维吉玛、卡埃尔夫和瓦特维尔的价码。如果有人问起，他会说这价码未免过低。好在没人问过他。

"好吧，"蝉说，"我知道会长在等你。你可以过去了。可是朋友，你的剑必须留下。他雇我来就是负责安全的。任何人都不准携带武器接近赫伯尔斯，明白吗？"

杰洛特漠然地耸耸肩，解下剑带，缠在剑鞘上，递给蝉。蝉微微一笑。

"天哪，"他说，"真有礼貌，一句抗议都没有，看来关于你的传闻未免夸大其词。真希望有一天，你会让我交出我的剑，到时你就能见识我的反应了。"

"嘿，蝉！"会长突然大喊，"快让他过来！来这儿，杰洛特大人，欢迎欢迎！先生们、商人们，请回避一下，我们要商讨对这城市更有意义的事。你们有什么请求，可以去找我的秘书说！"

虚伪的欢迎没能感动杰洛特。他知道，这也是一种惯用伎俩。那些商人会有充足的时间考虑自己的贿金够不够多。

"我打赌蝉想激怒你。"赫伯尔斯随意地扬起手，算是回应猎魔人同样敷衍的鞠躬，"别放心上。没有命令，蝉不会拔剑的。没错，他不甘心，但只要他还受雇于我，他要么服从命令，要么就卷铺盖走人。所以别放心上。"

"见鬼，你干吗雇佣蝉这样的人？这儿有这么危险吗？"

"因为有了蝉，所以不危险了。"赫伯尔斯笑道，"他声名远扬，而且站在我这边。你知道的，艾德·金维尔和图瓦纳谷的其他城市都由拉克维瑞林的理事管辖。最近这些理事不停更换，我不清楚原因，但其他方面一切如常,且每位新理事不是半精灵,就是有四分之一精灵血统——所谓'受诅咒的种族'。这儿的所有麻烦都是他们的责任。"

杰洛特很想补上一句"也是马车夫的责任",但他没有。这个玩笑虽然尽人皆知,但不是每个人都觉得好笑。

"每位新理事上任之后,"赫伯尔斯的语气明显不快,"都会辞退所有治安长官和会长,换成他们的亲戚朋友。但蝉教训过一位理事的使者,以后就再也没人敢撤我的职,于是我成了任期最久的会长,连我自己都不记得有多久。但我们别光说闲话不干正事了——就像我第一任老婆常说的那样。愿她在天之灵安息。回到正题:钻进垃圾堆的到底是什么玩意儿?"

"腐食魔。"

"从没听说过。已经死了?"

"对,死了。"

"那我要从市政资金里拨多少钱付你?七十?"

"一百。"

"我说,我说,猎魔人阁下!你不会吃错药了吧?杀掉一只粪堆里的蛆虫,居然要一百马克?"

"管它是不是蛆虫,会长,那东西吃掉了八个人。你亲口告诉我的。"

"八个?笑话!我是跟你说过,怪物吃了老海拉斯特,可谁都知道他整天醉醺醺的。还有个城郊的老太婆,外加撑筏子的苏利拉德的几个孩子。我们也不清楚到底几个,老苏利拉德自己都不知道。他生得那么快,连自己都数不清。有些人啊!八十。"

"要不是我杀掉腐食魔,它早晚会吃了更重要的人物,比如药剂师。到时你找谁买治梅毒的药膏呢?一百。"

"一百马克数目太大,就算九头蛇我也不能付这么多。八十五。"

"一百,赫伯尔斯大人。也许它不是九头蛇,但所有人,包括著名的蝉,都解决不了腐食魔。"

"因为没人想在垃圾和粪堆里跑来跑去。我的底线——九十。"

"一百。"

"九十五,看在所有魔鬼与恶魔的分上!"

"成交。"

"很好。"赫伯尔斯开怀大笑,"就这么定了。猎魔人,你讨价还价的本事一直这么厉害?"

"不,"杰洛特没笑,"我很少讨价还价。我只想给你留下好印象,会长。"

"我记住你了,愿你染上瘟疫。"赫伯尔斯大笑,"喂,佩瑞格林!过来!把账簿和钱包拿给我,再帮我点九十马克。"

"我们说好九十五的。"

"还有税款呢?"

猎魔人暗骂一句。会长在收据上龙飞凤舞地签好名,又用羽毛笔的末端挠了挠耳朵。

"垃圾堆那边应该安全了吧,猎魔人?"

"也许吧。那儿只有一只腐食魔,但它说不定繁殖了后代。腐食魔可是雌雄同体,就像蜗牛。"

"你说什么?"赫伯尔斯眯起眼睛打量他,"繁殖后代需要一公一母。难道腐食魔也像跳蚤和耗子,会从烂草垫里凭空冒出来?连白痴都知道,耗子才没有公母之分,它们全都一模一样,都是从烂稻草里钻出来的。"

"就像湿树叶里生出蜗牛。"秘书佩瑞格林一边匆忙堆起硬币,一边补充道。

"的确,人人都知道。"杰洛特赞同地笑笑,"没有公蜗牛、母蜗牛,只有蜗牛和树叶。聪明人都这么想。"

"够了。"会长插话,狐疑地打量着他,"别再讨论虫子了。我想知道,垃圾堆是不是还有危险,请坦率、简洁地回答我。"

"差不多一个月后,你们得去检查一下,最好带上狗。小腐食魔不算危险。"

"你不能再去一次吗,猎魔人?价钱好商量。"

"不能。"杰洛特从佩瑞格林手中接过钱,"你们的城市太可爱了,我连一个星期都不想待,更别提一个月了。"

"你这么说倒挺有趣。"赫伯尔斯看着杰洛特的眼睛,讽刺地笑笑,"应该说,非常有趣。我本以为你会待上很久。"

"你的'以为'是错的,会长。"

"真的?你是跟那位黑发女术士一起来的吧,我忘了她的名字……好像是格温娜维尔?你和她住在鲟鱼酒馆,听说还是同一间房。"

"那又怎样?"

"她每次来艾德·金维尔,都会逗留很久。她来过好多次了。"

佩瑞格林意味深长地笑了笑,咧开的嘴里一颗牙齿都没有。赫伯尔斯看着杰洛特的双眼,不苟言笑。杰洛特则回以尽可能吓人的微笑。

"话说回来,我懂什么呢?"会长移开目光,鞋跟在地上扭动几下,"我也不关心。不过你知道,巫师伊斯崔德是十分重要的人物。他在城里的地位不可替代,可谓无价。所有人都敬重他,不管是本地人还是外地人。我们不会插手他的任何事,不管是魔法还是其他方面。"

"这就对了。"猎魔人赞同,"我能问问他住在哪儿吗?"

"你不知道?就在这儿。那栋房子,看到没?仓库和军械库中间那栋高大的白房子,就像夹在屁股里的白蜡烛。但你现在肯定找不着他。伊斯崔德最近在南城墙边发现了什么,正像土拨鼠似的挖来挖去。有不少人在挖掘场附近转悠,我也去瞧了瞧。我彬彬有礼地问他:'阁下,你为什么像小孩子似的挖土?地底下藏着什么?'所有人都笑了,而他看我的眼神就像看乞丐,回答说:'历史。'我又问:'是什么历史呢?'他回答:'人类的历史。许多问题的答案。关于过去和未来的答案。''城市建起之前,这儿只有一摊狗屎。'我说,'只有休耕地、灌木和狼人。至于未来会怎样,取决于拉克维瑞林的下一任理事——依我看,恐怕又是个卑贱的半精灵。泥土里没有答案,只有蠕虫。'可你以为他会听进去吗?他仍站在那儿,置若罔闻地挖土。如果你想见他,就去南城墙吧。"

"呃,会长大人。"佩瑞格林哼唧一声,"他现在在家。他已经不在乎那个挖掘场了……"

赫伯尔斯狠狠地瞪着他。佩瑞格林转过身去,咳嗽起来,不停地左脚倒右脚。猎魔人强迫自己微笑,双臂抱在胸前。

"是啊,咳咳。"会长清清嗓子,"谁知道呢,也许伊斯崔德已经回家了。话说回来,这又关我什么事呢?"

"保重,会长。"杰洛特甚至懒得鞠躬道别,"祝你今天愉快。"

他转身向蝉走去,后者的武器丁当作响。猎魔人一言不发,伸手去拿自己的剑。蝉把剑抱在臂弯里,后退几步。

"你很急吗,猎魔人?"

"对,很急。"

"我看了你的剑。"

杰洛特看了他一眼,目光绝对算不上温和。

"挺值得夸耀一番嘛。"猎魔人点点头,"见过它的人少之又少,更别提有命谈论的人了。"

"呵呵!"蝉咧嘴笑道,"听起来真吓人,我都起鸡皮疙瘩了。我一直很好奇,猎魔人,为什么人们这么怕你们。现在我明白了。"

"我赶时间,蝉。劳驾,把剑还给我。"

"他们被烟迷了眼睛,猎魔人,只是烟而已。你们用冷硬的面孔、虚张声势的态度,外加狼藉的名声来混淆视听,就像养蜂人用烟熏蜜蜂。蜜蜂只会傻乎乎地逃离烟雾,而不是叮你的屁股,所以不知道你的屁股也会像别人一样肿起来。有人说你们没有人类的情感。胡说八道。只要狠狠来一家伙,你们也会疼。"

"你说完没有?"

"说完了。"蝉把剑递还给猎魔人,"猎魔人,知道我在想什么吗?"

"知道。蜜蜂。"

"不对。我在想,如果你拿着剑穿过一条巷子,而我从另一头走来,那你和我谁能走到对面呢?依我看,这事很值得赌一把。"

"蝉,干吗要纠缠我?你想找人打一架?这就是你的目的?"

"倒也不是。我只想知道他们说的是不是真的。据说猎魔人擅长打斗,是因为没有心、没有灵魂、没有怜悯,也没有良知。只是这样吗?他们对我的评价也完全一样,而且这评价挺有道理。所以我很想知道,谁能从巷子里活着走出来呢?怎么样?是不是很值得赌一把?你觉得呢?"

"我说了,我很急,不想在小事上浪费时间。我也不是赌徒,但哪天真在巷子里遇到我的话,在试图挡住路之前,我强烈建议你考虑清楚。"

"烟。"蝉微笑道,"烟迷了眼睛,仅此而已。回头见,猎魔人,天知道我们会不会在哪条巷子里碰面,对吧?"

"天知道。"

四

"在这儿可以畅所欲言。请坐,杰洛特。"

这间工作室最惊人的,是占据了庞大空间的海量书籍。厚重的书卷压弯了墙边书架的隔板,堆满了橱柜和箱子。猎魔人估计,这些书肯定价值不菲。当然了,这里也不乏较为常见的装饰:一只鳄鱼标本、一只悬在天花板上的脱水刺鳍、一副布满灰尘的骨架,还有数量可观的瓶子,里面用酒精浸泡着你能想象到的所有野兽:蜈蚣、蜘蛛、蛇、蟾蜍,还有无数人类与非人类的样本——绝大多数是内脏器官。其中甚至包括一个人造侏儒①,或是类似的东西,当然也可能只是个保存完好的胎儿。

杰洛特没觉得这些收藏有多特别。叶妮芙的家在温格堡,他曾在那儿住过六个月,发现还是她的收藏更有趣,比如一个硕大无朋的阴茎标本,应该来自一头山岭巨魔。她还有件精美绝伦的独角兽标本,

---

①传说中用炼金术制造的矮小类人生物。

她喜欢在它背上做爱,而在杰洛特看来,比这还糟糕的做爱地点就只有活独角兽的后背了。猎魔人觉得,床才是真正奢侈的享受,他珍惜每一次在这美妙家具上度过的时光,叶妮芙却总是别出心裁。杰洛特回忆起他与女术士的欢愉时刻:在房屋的斜顶上、在中空的树干里、在露台上、在别人家的露台上、在桥栏杆上、在湍急河流中颠簸不止的独木舟里,最后是离地三十寻的半空中。其中最最糟糕的还是独角兽。终于有一天,那玩意儿在他们身下彻底垮塌,四分五裂,让他俩狂笑不止。

"猎魔人,你笑什么?"伊斯崔德在摆满大量腐朽头骨、骨骼和生锈铁锅的长桌后坐下。

"每次看到这些,我都在想,"猎魔人坐到对面,伸手指指那些瓶瓶罐罐,"要是不用这些光是想想就能反胃的恶心东西,是不是就没办法施法了?"

"这是品位问题,"巫师说,"还有传统。有人会反感,有人却觉得没什么。至于你,杰洛特,你会觉得恶心吗?我听说,只要价码合适,你就能踩进深及脖颈的垃圾和污物,所以我很好奇,什么东西会恶心到你呢?请别把这个问题当成侮辱或挑衅。我是真的好奇,究竟什么东西能让猎魔人也觉得反胃?"

"伊斯崔德,我碰巧听说你有只罐子装着处女的经血,是这样吗?想想这一幕我就要吐了:一个职业巫师,手拿瓶子,跪在地上,专心收集这种珍贵的液体——还是说,从它的源头,一滴一滴地收起?"

"真不错。"伊斯崔德笑道,"我是说,你的笑话很机智。但你对瓶中液体的猜测是错的。"

"但有时,你确实需要血液,对吧?我听说,没有处女之血,有些咒语你就没法施展——最好还是在无云之夜被闪电劈死的处女。我是真的好奇,这真比喝醉酒摔下墙头的老妓女的血更好?"

"当然不。"巫师表示赞同,唇角露出友善的笑,"但是嘛,如果人人都知道猪血也有同样效用,考虑到弄来猪血的容易程度,那连乡野村夫也会开始尝试巫术的。可要让他们搜罗令你如此感兴趣的处女之血,或者龙的眼泪、狼蛛的毒液、用新生儿的断手或午夜掘出的尸体熬煮的汤,这一来,大多数人在染指魔法前就会三思而后行。"

二人沉默片刻。伊斯崔德露出深思的表情,用指甲敲打一只开裂的头骨。头骨已变成棕褐色,没有下颌,他用手指摸索着颞骨参差不齐的孔洞边缘。杰洛特谨慎地打量对方,想知道巫师的真实年龄。他知道,最具天赋的巫师可以让岁月的痕迹停留在希望的年纪。为了名誉与威望,男性巫师倾向于较成熟的年纪,以显示智慧和丰富的经验。而女术士,比如叶妮芙,对自身魅力的关注则明显大于威望。伊斯崔德正值壮年,看起来不超过四十岁,略显花白的直发垂在肩头,细密的皱纹遍布额头、嘴角和眼梢。他有双温和的灰色眼睛,显得深邃而睿智,但杰洛特不清楚那是与生俱来,还是咒语的影响。片刻之后,他得出结论:他根本不在乎。

"伊斯崔德,"他打破尴尬的沉默,"我来这儿是为见叶妮芙。虽然她不在这儿,你还是邀请我进来了。你打算跟我聊聊。聊什么?聊那些想打破你们魔法垄断的乡野村夫吗?我知道,你认为我也是其中一员,这对我不是新鲜事了。有那么一阵,我以为你跟你的同行不一样——他们跟我谈话的唯一目的,就是想表达他们有多不喜欢我。"

"你提到了'我的同行',但我不会替他们向你道歉。"巫师平静地说,"我理解他们,因为我跟他们一样,必须刻苦学习才能掌握魔法的技艺。我小时候,同龄人都拿着弓箭在草地上奔跑,或者钓鱼、玩跳背游戏,我却在研读手稿。塔里的石头地面渗出寒气,冻僵了我的骨头和关节。那还是夏天。到了冬天,它连我的牙齿都能冻裂。古旧书籍和卷轴上的灰尘让我咳到流泪。还有我的老师,老罗德斯基尔德,从不放过用皮鞭抽我后背的机会,尤其是我在学业上进步不够快时。打架、追女孩,还有饮酒作乐的最佳时机,我全都错过了。"

"太可怜了。"猎魔人皱起眉头,"真的,我的眼泪都快流出来了。"

"为何语带讽刺呢?我正试着跟你解释,为什么巫师不喜欢萨满、变戏法的、医师、巫婆和猎魔人。随便你们怎么想,哪怕觉得是单纯的嫉妒也罢,但我们的确有反感的理由。当我们看到魔法——老师口中只有内行人才能掌握的天赋、精英才能享有的特权、最神圣的奥秘——落入三脚猫和外行人手中时,的确会感到恼火,即便那些魔法无力、拙劣而又可笑。这就是我的同行不喜欢你的原因,也是我不喜欢你的原因。"

这番话让杰洛特既疲惫又恶心。不适感愈发强烈,像一只蜗牛,沿着他的后脖颈爬下背脊。他直视伊斯崔德的双眼,指尖扣住桌沿。

"你想跟我谈谈叶妮芙,对吗?"

巫师抬起头,手指轻敲桌上的头骨。

"了不起的洞察力。"他对上猎魔人的目光,"请接受我由衷的赞美。没错,我想谈谈叶妮芙。"

杰洛特陷入沉默。多年前,许多许多年前,他还是个年轻猎魔人时,曾伏击过一头蝎尾狮。他能感觉到蝎尾狮在慢慢接近,但看不到它,也听不到任何动静,但他能感觉到——他永远忘不掉那种感觉。

现在，同样的感觉回来了。

"你的洞察力，"巫师说，"节省了不少旁敲侧击的时间。现在可以开诚布公了。"

杰洛特没答话。

"我和叶妮芙的深厚友谊，"伊斯崔德续道，"已经有一段时间了。我们的友谊不受约束，相处时间或长或短，但多少有些规律。在我们这一行，这种非正式的关系很常见。但我突然觉得，这样还不够。于是我提议，与她建立永久的关系。"

"她怎么回答？"

"她说会考虑，我也给了她时间考虑。我知道，做这个决定对她并不容易。"

"干吗跟我说这些，伊斯崔德？除了你这一行少见却值得称道的诚实，你还有什么理由？你有什么目的？"

"很现实的目的。"巫师叹了口气，"因为你很清楚，妨碍叶妮芙做决定的人就是你。所以我请求你自愿离开。从她的生活中消失，别再挡我们的路。简而言之，有多远滚多远。最好安静地离开，连再见也别说——她告诉过我，你经常这么做。"

"确实。"杰洛特勉强笑了笑，"你的诚实越发令我震惊了。我想过很多种可能，但唯独没想到这个。你应该也知道，与其请求我，还不如直接用闪电球把我轰成焦炭。这样一来，就不会有任何东西挡在你面前了，除了墙上的一抹炭黑。这个办法更简单，也更安全。因为你明白的，请求可以拒绝，闪电球却不能。"

"我没考虑过你会拒绝我。"

"为什么？难道这奇怪的要求只是闪电球或其他咒语降临前的预

警?还是说,你的请求有更具说服力的论据作为支撑?比如一笔足以令贪婪的猎魔人满意的财富?为了将我从你的幸福之路上扫除,你打算出多少钱?"

巫师停下敲打的动作,用整只手抓紧头骨的天灵盖。杰洛特看到,他的指关节开始发白。

"我没打算用那种提议侮辱你。"他说,"从来没想过。可是……杰洛特,我是个巫师,而且水平不算糟。我不想吹嘘自己的力量,但你的许多愿望,我应该都能满足。其中一些可谓不费吹灰之力。"

他随意地摆摆手,仿佛驱赶一只蚊子。桌面上方突然出现一大群色彩斑斓的阿波罗绢蝶。

"我的愿望,伊斯崔德,"猎魔人咆哮起来,挥手赶走面前的昆虫,"就是你别再插手我和叶妮芙的关系!我不关心你开出多少价码。跟叶妮芙在一起时,你早该向她求婚的,但你错过机会了,现在她是我的人。你还指望我把她让给你,就为让你日子省点心?我拒绝。我不但不会放手,还会尽自己绵薄之力阻止你。正如你所见,我跟你同样开诚布公。"

"你无权拒绝。完全没有。"

"伊斯崔德,你知道我是谁吗?"

巫师身体前倾,直视他的双眼。"你只是她的临时情人。一段短暂的痴情。充其量是叶娜一时兴起,追寻过的上百次刺激之一,因为叶娜喜欢玩弄感情:她既冲动又任性,令人难以预料。而现在,同你略微交流过后,我排除了她只把你当成玩物的看法。但相信我,这种情况也挺常见。"

"你没明白我在问什么。"

"你错了,我完全明白。我之所以只提到叶娜的情感,因为你是猎魔人,你体会不到任何情感。你不想接受我的请求,因为你觉得她需要你,你以为……杰洛特,你以为她跟你在一起,是因为她想这样做,所以只要她没改变主意,你就能一直陪伴她。但你的感受只是她情感的投影,是她对你表现出的兴趣。杰洛特,看在地狱里所有恶魔的分上,你已经不是孩子了,你很清楚自己是谁。你是个变种人——别搞错,这么说不是诋毁或侮辱你,我只是陈述事实。你是个变种人,而变种人对所有情感都无动于衷。你被塑造成这样,就是为了完成工作。明白吗?你什么也感觉不到。你自以为的情感,不过是细胞和肉体的记忆罢了——希望你听得懂这些字眼。"

"你就当我能听懂吧。"

"那就好。你听我说,我能做出这样的请求,就因为你是猎魔人,而不是人类。我可以对猎魔人诚实,却无法给予人类同样的真诚。杰洛特,我想给叶娜理解、安定、爱和幸福。你能把手按在心口,说出同样的话吗?不,你不能。对你而言,这些字眼毫无意义。你追求叶娜,因她不时表现出的好感而乐得像个孩子。就像经常被人用石头砸的流浪猫,一旦有人壮着胆子抚摸,它就会高兴得不得了。懂我的意思吗?哦,我知道你懂,很明显,你又不傻。现在你该明白,为什么你无权拒绝我的好意了吧?"

"我有充分的权利拒绝你。"杰洛特慢吞吞地回答,"正如你有充分的理由提出请求。我们的权利两相抵消,情况又回到原点。重点在于:叶现在跟我在一起,她不在乎我是变种人,不在乎相应的后果。你可以向她求婚,这是你的权利。她说她会考虑,对吗?这是她的权利。你觉得她摇摆不定,那她为什么摇摆不定?是我造成的吗?这就是我的权利了。她犹豫不决,肯定有自己的理由。也许我能给她一些东西——猎魔人的字典里不存在的东西。"

"听我说……"

"不,你听我说。你说她曾跟你在一起,对吗?谁知道呢,也许她的临时情人是你而不是我,毕竟任性和冲动在她身上再普通不过了。伊斯崔德,我甚至无法排除她只把你当成玩物的可能性。巫师阁下,仅凭这番谈话,什么都证明不了。不过在我看来,被当作玩物的人更喜欢夸大其词。"

伊斯崔德不动声色。杰洛特很佩服他的镇定。但这漫长的沉默似乎证明,他确实触到了对方的痛处。

"你在玩文字游戏。"最后,巫师说,"用这种话来麻痹自己。你用言语伪造出并不存在的人类情感。你的言语表达出的并非感情,只是声音,就像敲打头骨的声音一样。你无权……"

"够了。"杰洛特语气尖锐地打断他——也许过于尖锐了,"别再否认我的权利了,我已经听腻了,听到了吗?我说过,我们的权利是对等的。不,该死,我的权利胜过你。"

"真的?"令杰洛特高兴的是,巫师的脸色有些发白,"为什么?"

猎魔人思考片刻,决定把话说完。

"因为,"他大声说道,"昨晚跟她做爱的是我,不是你。"

伊斯崔德拿起头骨,抚摸起来。杰洛特又开始恼火,因为对方的手没有丝毫颤抖。

"在你看来,这能为你带来更多权利,是吗?"

"起码给了我下结论的权利。"

"啊哈。"巫师缓缓地说,"好吧。很好。可她今早也跟我做爱了。"

你有权得出你的结论。我也得出我的结论了。"

沉默持续良久。杰洛特搜肠刮肚地寻找回话,但一无所获。

"我们谈得够多了。"最后他站起身,有些生自己的气,因为他的语气既粗鲁又愚蠢,"我要走了。"

"下地狱去吧。"伊斯崔德头也不抬,同样粗鲁地回答。

五

她进门时,他正和衣躺在床上,枕着双手,盯着天花板。他看向她。

叶妮芙缓缓关上门。她真美。

真美,他心想。她的一切都那么美,又那么危险。她衣服的颜色是对比鲜明的黑与白,象征她的美丽与可怕。她的天然卷发如渡鸦般漆黑。她颧骨很高,微笑时愈发突显——如果她肯屈尊微笑的话。她的嘴唇,因口红显得小巧而凸翘。等白昼过去,她洗去妆容,双眉又会增添粗细不一的美感。她的鼻梁高得异常美妙。她双手小巧,略有些神经质,好动而灵活。她的身材曼妙纤细,兼有束紧的腰带加以勾勒。她双腿修长,在黑裙下隐约可见。真美。

她一言不发地坐在桌旁,双手撑着下巴。

"哦,来吧,我们开始吧。"她说,"对我来说,这漫长而又戏剧性的沉默太老套了。现在就来解决问题吧。起床,别再气呼呼地盯着天花板了。这种状况已经够愚蠢了,没理由让它更加愚蠢。我说,起来吧。"

他没有丝毫犹豫,顺从地起身,走到她对面的椅子坐下。她没有移开视线，一如他的期待。

"我说了，我们得解决这事，而且要快。为了避免让局面更加尴尬，在你提问之前，我会尽快给你几个答案。是的，跟你一起来艾德·金维尔时，我已经知道自己会去见伊斯崔德，也知道见面以后会跟他上床。但我没想到这事会公开，也没想到你们会彼此吹嘘。现在我知道你的感受了，我很抱歉，但我并不内疚。"

他沉默不语。

叶妮芙摇摇头，富有光泽的卷曲黑发披散在肩。

"杰洛特，说点什么吧。"

"他……"杰洛特清清嗓子，"他叫你叶娜。"

"对。"她移开目光，"而我叫他瓦尔。这才是他的真名，伊斯崔德是昵称。杰洛特，我认识他很多年了。我们非常亲密。别这么看着我。你和我也很亲密，这才是问题的关键。"

"你真在考虑接受他的求婚？"

"你明白的，我是在考虑。我刚刚说过，我们认识很多年了，有共同的兴趣、目标、理想。我们无须说话就能相互理解。他会支持我，谁知道呢，也许有一天，我真的需要支持。最重要的是……他……他爱我。我想是的。"

"我不会阻止你，叶。"

她猛地抬起头，紫罗兰色的眼眸里闪着苍白的火焰。

"阻止我？你真的蠢到什么都不懂吗？如果你敢阻止我，哪怕只是妨碍我，我都能在眨眼间摆脱你，把你传送到布利姆巫德海角的尽头，或变出一阵龙卷风，把你送去汉纳的乡间。不用费什么力气，我就能把你变成一块石英，放进我花园的牡丹丛。我还可以给你洗脑，让你忘记我的名字和身份。这将是最理想的解决方案，因为我只要说：'真有趣，再见。'就可以静静地离开了，就像你离开我在温格堡的家一样。"

"别这么大声，叶，你没必要这么凶。也别再提温格堡了，我们说好不再提的。我没生你的气，叶，也没责怪你。我知道不能用常人的标准衡量你。光是想到我会失去……这段记忆，我就会伤心……伤心得活不下去。身为被剥夺情感的变种人，就只剩下这一丁点儿的感受能力……"

"我受不了你再说这种话了！"她脱口而出，"我恨你用那个词。永远别对我提那个词。永远！"

"这就能改变事实吗？说到底，我仍是个变种人。"

"这不是事实。别在我面前提那个词。"

栖在鹿角上的黑色茶隼拍拍翅膀，伸伸爪子。杰洛特看着鸟儿，看着它平静的黄眼睛。叶妮芙又用双手撑住下巴。

"叶。"

"我在听，杰洛特。"

"你刚才说会回答我的问题，甚至不需我真的开口提问。我只想问一个问题，一个从没问过的问题，一个不敢问的问题。回答我。"

"我办不到，杰洛特。"她断然答道。

"我不相信，叶。我太了解你了。"

"你不可能真正了解一个女术士。"

"回答我，叶。"

"我的回答是：我不知道。但这不算回答，对吗？"

一阵沉默。街上的嘈杂声渐渐微弱。

落日的余晖透过百叶窗的缝隙映进整个房间。

"艾德·金维尔,"猎魔人轻声道,"冰之碎片……我感觉到了。我知道,这座城市……是我的敌人。恶毒的敌人。"

"艾德·金维尔,"她缓缓重复道,"精灵女王的雪橇。怎么了,杰洛特?"

"我在追你,叶,因为我的雪橇缰绳系在你的白马上。暴风雪在我身边肆虐,还有冰霜与严寒。"

"你心中的温暖会融化我刺进你体内的冰之碎片。"她轻声道,"咒语将会消失,而你会看到真正的我。"

"叶,鞭策你的白马,到极北之地去吧。在那里,冰永远不会融化。我想快些跟你住进你的冰雪城堡。"

"冰雪城堡并不存在。"叶妮芙的嘴唇扭曲颤抖,"它只是个象征。我们在追逐一个难以企及的梦。因为我,精灵女王,同样渴望温暖。那是我的秘密。所以每一年,我都会乘雪橇来到这座城市,融入飘飞的雪花,每年都会有人中了我的咒语,把雪橇的缰绳绑在我的白马上。每年都是不同的面孔。就这么永远持续下去。气候温暖时,我会渴望毁掉咒语,让魔法和魅力随之消弭。我选择的人,被冰之碎片刺中的人,会突然变回不起眼的凡人。在他们面前,冰雪消融后的我,也会平凡得……和常人一样。"

"在那纯净的白色中,春天随之到来。"他说,"艾德·金维尔也出现了,那是个有着美丽名字的丑陋城市。而我必须走进艾德·金维尔臭气冲天的垃圾堆,因为我收了酬劳,因为我存在的目的就是清理令人畏惧和反感的污秽。我被剥夺了感知的能力,所以感受不到对肮脏事物的恐惧,所以看到它时不会退缩,更不会恐惧地转身逃跑。没错,我被剥夺了情感,但并不彻底。干这活儿的人,手段并不怎么高明。"

他沉默下来。黑色茶隼抖抖羽毛,翅膀展开又合拢。

"杰洛特。"

"我在听。"

"现在轮到你回答我的问题了。我从来没问过的问题。我不敢问的问题……我不打算今天就提出来,但还是希望你回答。因为……因为我真的很想听到你的回答。只有一个字,一个你从来没说过的字。说出来吧,杰洛特。拜托。"

"我办不到。"

"为什么?"

"你不知道?"他悲哀地笑了笑,"因为我的回答只是一个字而已。但这个字无法表达我的感受,也无法表达我的情感。我的情感和感受早就被剥夺了。那个字只是个声音,就像敲打冰冷空无的头骨发出的声音。"

她沉默地看着他,睁大的双眼透出深紫色的光彩。

"不,杰洛特。"她说,"那不是真的。至少不全是真的。你的感受没被完全剥夺。现在我明白了。现在我知道……"

她陷入沉默。

"别说了,叶。你已经做出了决定。不要骗我。我了解你。我从你的眼睛里看得出来。"

她转过头去。他明白了。

"叶。"他轻声说。

"把手给我。"她说。

她握住他的手。猎魔人立刻感到一阵刺痛,血液在前臂的血管里脉动。叶妮芙用冷静而慎重的语气念出一句咒语。他看到,疲惫的汗水浮现在她苍白的额头,她的瞳孔也因痛苦而放大。

她放开他的手臂,抬起双手,动作就像温柔的爱抚——抚摸一具无形的躯体,缓缓地,由上至下。在她指间,空气变得稠密而不透明,像烟雾一样摇曳盘旋。

他看得入了迷。这种创造魔法——它被视为巫师成就的顶点——每次都能让他着迷,甚至胜过制造幻像或改变形体的魔法。是啊,伊斯崔德说得对,他心想,跟这样的魔法比起来,我的法印确实荒谬得可笑。

在叶妮芙颤抖的双手间,缓缓浮现出一只煤黑色的鸟儿。女术士的手指温柔地抚过略显蓬乱的羽毛、扁平的脑袋和弯曲的鸟喙。手又动了动,动作流畅细致,却让人昏昏欲睡。黑色茶隼低下头,响亮地叫了一声。它那安静地待在角落的孪生兄弟则回以一声"嘎"。

"两只茶隼。"杰洛特平静地说,"两只黑色茶隼,皆由魔法创造。我想,这两只你都需要。"

"猜得没错,"她费力地说,"两只我都需要。我曾错误地以为一只就够了。我错得厉害,杰洛特……作为骄傲的、自以为无所不能的冬之女王,我很恼火。有些东西……你注定无法得到,就算用魔法也不行。还有些礼物,你永远无法接受,除非你能给予回报……用同样珍贵的东西作回报。否则这礼物就只能从指缝间溜走,好像手里融化的碎冰。只留下悔恨、失落和负疚……"

"叶……"

"我是个女术士,杰洛特。我拥有强大的力量,这是上天赐予的礼物。而这礼物需要付出代价。我付出了……所有的一切,什么也没剩下。"

她沉默了。女术士伸出颤抖的手,擦了擦额头。

"我错了,"她重复道,"但我会修正自己的错误。情感和感受……"她摸摸黑色茶隼的头。鸟儿抖抖羽毛,张张鸟喙,但没出声。"情感和谎言,迷恋与游戏,感受和缺乏感受……不该接受的礼物……谎言与真相。什么才是正确?是死守谎言,还是陈述事实?如果事实是谎言,那真相又是什么?谁的情感会丰富到无法承受,谁又是冰冷空无的头骨?是谁?什么才是正确,杰洛特?真相又是什么?"

"我不知道,叶。你告诉我。"

"不。"她垂下双眼。这还是头一次。他从没见她做过这个动作。从没。

"不。"她重复一遍,"我办不到,杰洛特。我没办法告诉你。就让这只鸟儿,经由你手碰触而生的鸟儿来告诉你吧。鸟儿,真相到底是什么?"

"真相,"茶隼说,"是冰之碎片。"

六

尽管只是漫不经心又漫无目的地在小巷里闲逛,但杰洛特突然发现自己来到了南城墙边的挖掘场:一道道沟渠四处蜿蜒,将古代地基的一部分暴露在外,又在一堵石墙的废墟处交错。

伊斯崔德也在那儿。他穿着高筒靴,挽起衣袖,正对一群工人叫喊着什么。工人们用锄头挖掘一道沟渠的土墙,土墙分成色彩各异的几层，分别是泥土、黏土和木炭的颜色。旁边几块木板上，摆着发黑的骨头、锅子的碎片和其他一些东西，全都锈迹斑斑、腐蚀严重，根本难以辨认。

巫师立刻注意到他。他向正在挖掘的人低声下了几道命令，然后跳出沟渠，走向杰洛特，双手在裤子上擦了擦。

"有何贵干？"他突然发问。

猎魔人一动不动地站在他面前，没有回答。工人们假装在工作，实际上一边交头接耳，一边偷偷打量他们。

"你的眼里透出憎恨。"伊斯崔德皱着眉说，"我说了，有何贵干？你做出决定了？叶娜在哪儿？我希望……"

"别抱太大希望，伊斯崔德。"

"哦？"巫师说，"我听到了什么？我没理解错吧？"

"你理解什么了？"

伊斯崔德双手叉腰，挑衅地盯着猎魔人。

"我们别再自欺欺人了。"他说，"你恨我，我也恨你。为了侮辱我，你说了关于叶妮芙的事……你知道我在说什么。我也用同样的方式回敬了你。你冒犯了我，我也冒犯了你。让我们用男人的方式解决吧，我不认为会有别的办法了。这就是你来的目的，对吧？"

"对。"杰洛特擦了擦额头，"你说得对，伊斯崔德。我是为此而来，毫无疑问。"

"好极了。这事不能再这么下去了。今天我才知道，这几年来，叶妮芙一直在你我之间打转，像一只破布球。她先跟我在一起，然后是你。她为找你而从我身边逃开，反之亦然。在这过程中的其他人不算，只算你我。不能再这样下去了。你和我只能留一个。"

"是啊。"杰洛特仍用手按着额头,"是啊……你说得对。"

"因为自大,"巫师续道,"我们都认为叶娜会毫不迟疑地选择更好的人。至于谁更好,我们两个都自信满满。你我就像两个小孩子,吹嘘她对我们的关心,又像涉世未深的少年,把这关心的本质和含意暴露给对方。你应该跟我一样,考虑过这事,也意识到我们犯了多大的错误。叶娜不想在我们中间选择,即便我们能接受她的抉择。好吧,那我们就只能替她做决定了。我不想跟任何人分享叶娜,而你会来这儿,说明你也有同样的想法。你我都再清楚不过了。只要我们两个都在,就没法确认她的感受。你我只能留下一个。你明白吧?"

"的确。"猎魔人绷紧的嘴唇微微翕动,"真相是冰之碎片……"

"什么?"

"没什么。"

"你怎么了?病了还是醉了?还是吃了太多猎魔人的草药?"

"我没事。我的眼睛里……有东西。伊斯崔德,只有一人能留下。我就是为此而来的,毫无疑问。"

"我就知道。"巫师说,"我知道你会来。我就对你说实话吧。你猜对了我的打算。"

"你是指闪电球吗?"猎魔人无精打采地笑了笑。

伊斯崔德皱皱眉。

"也许吧。"他说,"也许真是闪电球。当然了,我不会偷袭你。这是场面对面的体面较量。你是猎魔人,我们的机会均等。好了,该决定时间和地点了。"

杰洛特思索片刻,做出了决定。

"那个广场……"他指了指,"我从那边过来……"

"我知道。那儿有口井，叫绿钥匙。"

"就在井边吧。没错，井边……明天，日出后两小时。"

"好，我准时赴约。"

他们静静地伫立了好一会儿，避开彼此的目光。最后巫师用低不可闻的声音说了句什么。他踢了踢一团黏土，又用鞋跟把它踩碎。

"杰洛特？"

"什么？"

"不觉得很蠢吗？"

"是很蠢。"猎魔人不情愿地承认。

"这下我放心了。"伊斯崔德低声道，"因为我觉得自己就像全世界最大的傻瓜。我从没想过会为了女人跟猎魔人生死相搏。"

"我明白你的感受，伊斯崔德。"

"哦……"巫师挤出一丝微笑，"但我既然能做出与天性相反的决定，就说明这事……很有必要。"

"我知道，伊斯崔德。"

"你肯定明白，你我当中，活下来的人必须立刻逃往世界尽头，好躲避叶娜。"

"我明白。"

"那你肯定也明白一个事实：等她怒气平息，就能回到她身边了。"

"当然。"

"好，那就这么定了。"巫师做了个准备转身的动作，但迟疑片刻，又向杰洛特伸出手，"明天见，杰洛特。"

"明天见。"猎魔人握住对方的手，"明天见，伊斯崔德。"

七

"嘿,猎魔人!"

杰洛特从桌上抬起头。刚才陷入深思时,他用洒在桌上的啤酒画了几个奇怪的图案。

"找你可真不容易。"赫伯尔斯会长坐下来,把酒壶和酒杯推到一旁,"酒馆的人说你去了马厩,但我在马厩只找到你的马和行李。结果你在这儿……这是全城最脏的酒馆,只有最下等的人才会来。你在这儿做什么?"

"喝酒。"

"我知道。我想跟你聊聊。你还清醒吗?"

"清醒得像个婴儿。"

"很高兴听你这么说。"

"有何贵干,赫伯尔斯?你也看到了,我很忙。"杰洛特说着,朝送上又一壶酒的女孩笑了笑。

"传闻说,"会长皱皱眉,"你要跟巫师来场生死决斗。"

"这是我们的事。他和我。别管闲事。"

"不,这可不光是你们的事。"赫伯尔斯反驳道,"我们需要伊斯崔德,我们负担不起另一个巫师。"

"那就去神殿祈祷他胜利吧。"

"别嘲笑我。"会长吼道,"也别跟我耍小聪明,流浪汉。看在诸神的分上,我真想把你丢进洞里,丢进地牢最深处,或用几匹马把你拖出城,或让蝉像杀猪一样宰了你。不幸的是,伊斯崔德在乎名誉,如果我这么干,他绝不会放过我。我很清楚。"

"听起来真棒。"猎魔人又灌下一大口酒,把掉进酒杯的稻草吐到桌下,"我逃过了一劫。你说完了?"

"还没。"赫伯尔斯从外套里掏出装满银币的钱袋,"这里是一百马克,猎魔人,拿着它离开艾德·金维尔。离开这儿,最好马上就走,赶在日出之前。我告诉过你,我们负担不起另一个巫师,我不会让他冒着生命危险跟你这样的人决斗,何况决斗的理由蠢得……"

他突然闭了嘴,尽管猎魔人一动没动。

"我要你那张蠢脸立刻从桌边消失。"猎魔人说,"把那一百马克塞进你的屁眼。快滚,我看到你的脸就反胃,再多看几眼,我可就吐你一身了。"

会长收起钱包,两手按在桌上。

"不,我不会走。"他说,"我本想用体面的方式解决,如果行不通,那就随你们便。你们就去为那人尽可夫的婊子打打杀杀、去把彼此撕成碎片吧。依我看,伊斯崔德会解决你,你这收钱办事的杀人犯,你全身上下只有鞋子能剩下。就算你赢了,不等他尸体凉透,我也会抓到你,打断你全身每一根骨头。你的身体不会有一处完整,你……"

他来不及把手移开。猎魔人的手从桌下伸出,动作疾如闪电,会长只看到一团黑影从眼前闪过。伴着一声闷响,匕首已经扎进他指缝间的桌面。

"也许吧。"猎魔人嘶声说着,紧握刀柄,盯着赫伯尔斯血色尽褪的面孔,"也许伊斯崔德会杀了我。如果他没能办到……我会离开的,而你这杂种别想挡我的路,除非你想让这城里每条肮脏的街道都血流成河。滚!"

"会长先生！出什么事了？嘿，你……"

"别紧张，蝉。"赫伯尔斯缓缓抽离双手，尽可能远离刀锋，"什么事都没有。真的。"

蝉收回半出鞘的剑。杰洛特没看他，也没看离开酒馆的会长。蝉替会长挡开醉酒的船员和马夫。隔着几张桌子，有个男人长着老鼠脸和敏锐的黑眼睛，杰洛特紧盯着他。

我在紧张，他警惕地想，我的手在抖。我的手的的确确在发抖。对我来说，这事绝不可能发生……这是不是意味着……

是啊，他看着鼠脸男人心想，我想是的。

好冷啊……

他站起身。

他看着那个男人，笑了笑，掀起外套下摆，从钱袋里掏出两枚金币，丢在桌上。金币发出丁当声，其中一枚旋转着撞上匕首的刀刃——那把匕首依然稳稳地插在桌面上。

八

这一下来得出人意料。木棒划破黑暗，发出微弱的嗖嗖声，快到让猎魔人差点来不及护住头：他本能地抬起手臂，挡住这一击，又迅速扭动身体，卸去大半力道。他往后跳去，单膝跪地，又向前翻滚，站起身来。木棒再次落下，他感到扑面而来的劲风，于是优雅地原地转身，避开，从黑暗中逼近他的两个人影中间穿过。他把手伸向右肩，拔剑。

剑没了。

但你们偷不走我的本能反应,他这么想着,轻巧地向后躲开,是习以为常,还是细胞的记忆?我是个变种人,反应也像变种人。他再次单膝跪地,躲过又一击,把手伸向靴子,想要拔出匕首。但匕首也不见了。

他苦笑一下。木棒打中他的头。杰洛特眼冒金星,痛楚骤然蔓延到指尖。他无力地倒在地上,脸上仍带着笑。

有人扑过来,将他死死按在地上。另一个人从他腰间扯走钱袋。他的眼前闪过刀刃的寒光,跪在他胸口的人撕开他的衬衫衣领,扯出他的徽章。他们立刻松开了手。

"看在别西卜的分上,"杰洛特听到喘息声,"他是个猎魔人……"

另一人喘着气,咒骂一句。

"他没有剑……诸神啊……真倒霉……别碰它,拉德加斯特!别碰那东西!"

月亮在稀薄的云层中暂现。杰洛特瞥见了面前那张瘦削的脸:是个男人,长着一张鼠脸和露出精光的黑眼睛。散发猫儿和炊烟气味的巷子里,他听到脚步声渐渐消失。

鼠脸男人把膝盖缓缓地从杰洛特的胸前抽走。

"下一次……"杰洛特听到清晰的低语,"下一次,如果你不想活了,别找其他人代劳。用自己的缰绳在马厩里上吊就好。"

九

昨晚下雨了。

杰洛特走出马厩,揉揉双眼,拂去头发里的稻草。朝阳照在潮湿的屋顶上,水坑里反射着金子般的光。猎魔人觉得嘴里有股令人不快的味道,头上的肿包也在隐隐作痛。

马厩门前坐着一只黑猫,正一丝不苟地舔爪子。

"嘿,猫咪猫咪。"猎魔人说。

猫儿停下,转而愤怒地盯着他,耳朵折向脑后,嘶嘶地叫着,露出牙齿。

"我知道。"杰洛特点点头,"我也不喜欢你。只是开个玩笑。"

他不慌不忙地松开外套的饰带和带扣,抚平衣服的皱褶,确保自己的行动不会受到任何限制。他把剑收回背后的鞘里,正了正右肩的剑鞘,将一块皮头巾系在额头上,头发拢到耳后。他戴上一副长长的铁护手,上面镶着银色小饰钉。

他又看了一眼朝阳,瞳孔缩成垂直的线。*真是个好天气*,他想,*适合决斗的好天气*。

他叹口气,吐了口唾沫,然后缓缓穿过街道。街道两边的墙壁散发着灰泥和湿石灰的刺鼻味道。

"嘿,怪胎!"

他转过头。蝉坐在沟渠旁边的一堆圆木上,另有三个带着武器、形迹可疑的同伴。蝉站起身,伸个懒腰,走到街道中间,小心地避开地上的积水。

"你要去哪儿?"蝉问,两只瘦削的手搭在挂着武器的腰带上。

"跟你无关。"

"我先把话说清楚。我才不在乎什么会长、巫师,还有这狗屁城镇。"蝉一字一句道,"我只对你感兴趣,猎魔人。你没法走到这条街的尽头。听到没?我很想知道你有多厉害。这事让我整晚睡不着。我说了，站住。"

"别挡道。"

"站住！"蝉手按剑柄，大喊道，"你听不懂我的话吗？我要跟你打一场！我要挑战你！很快我们就能知道，谁才是最厉害的！"

猎魔人耸耸肩，但没放慢脚步。

"我向你挑战！怪人，听到没？"蝉叫嚣着，再次挡住他的去路，"你还在等什么？拔出你的武器！怎么，你怕了？还是说，你只在乎伊斯崔德，因为那家伙上过你的女术士？"

杰洛特继续往前走，迫使蝉尴尬地退后。带着武器的几人也站了起来，跟在后面，保持距离。杰洛特听到他们踩踏烂泥的嘎吱声。

"我向你挑战！"蝉重复道，脸色一阵青一阵白，"听到没，你这该死的猎魔人？你还等什么？要我往你脸上吐口水吗？"

"吐啊。"

蝉停下脚步，深吸一口气，准备吐出口水。他看着猎魔人的眼睛，却没留意他的双手。这是个错误。杰洛特没有放慢速度，戴着镶钉护手的拳头飞快地打中蝉的嘴巴。他没停下脚步，仅仅借着身体的惯性发力。蝉的嘴唇像挤碎的樱桃一样裂开，流出红红的液体。猎魔人收回手，再次击中同样的部位。这次他短暂地停了一下，感到自己的愤怒随这一击的力道和气势而消散。蝉一只脚抬在空中，一只脚在泥地里转了半圈，吐出一口鲜血，仰天倒在一摊积水里。猎魔人听到背后传来拔剑的响声，于是停下脚步，用流畅的动作转过身，单手按住剑柄。

"来啊。"他的语气因愤怒而颤抖，"来试试。"

拔剑的人盯着杰洛特的双眼，仅仅一秒，便转过头去。其他人开始后退，起先很慢，随后越来越快。握剑在手的人权衡一下，也向后退去，嘴唇无声地翕动。离得最远的人转身逃命，泥水四下飞溅。另两人呆在原地，不敢前进半步。

蝉在烂泥里坐起，手肘撑着身子，语无伦次地说着胡话，吐出大团红色的东西，其中夹杂着白色。杰洛特从他身旁经过，漫不经心地一脚踢在他脸上，踢碎了面颊骨。蝉再次瘫倒在水坑里。

他继续前进，没有回头。

◆━━◀━━▶━━◆

伊斯崔德已经来到井边。他站在那儿，斜倚着爬满青苔的绞盘旁边的木轴。他的腰上佩着一把剑，一把轻巧美丽的剑，剑柄配有细剑的后斜式护手，剑鞘的尖头不时拂过富有光泽的马靴靴口。巫师的肩上停着一只黑鸟。

一只茶隼。

"你来了，猎魔人。"伊斯崔德伸出戴着驯鹰手套的手，小心翼翼地将鸟儿放到水井的顶棚上。

"我来了，伊斯崔德。"

"我没想到你会来。我以为你走了。"

"你看到了，我还在这儿。"

巫师仰起头，放声大笑。

"她想让我们都活着……"他说，"我们两个。但这不重要，杰洛特。拔剑吧。只有一人能留下。"

"你想用剑决斗？"

"很奇怪吗?你不也用剑吗。开始吧。"

"为什么,伊斯崔德?为什么用剑,而不是魔法?"

巫师脸色发白,嘴唇紧张地颤抖。

"我说了,开始吧!"他吼道,"没工夫提问了。问答时间已过!现在是行动的时刻!"

"我想知道,"杰洛特缓缓地说,"我想知道,你为什么选择用剑?我想知道,你这只黑色茶隼是从哪儿弄来的?我有权知道。我有权知道真相,伊斯崔德。"

"真相?"巫师语气苦涩,"好吧,也许你有这个权利。是啊,没错,我们的权利是对等的。你说这只茶隼?它在黎明时分飞来,羽毛被雨水打湿。它带来一封信。内容很短,我记在了心里:'再见了,瓦尔。原谅我。我无法接受你的礼物,因为我无以为报。这就是真相,瓦尔。真相是冰之碎片。'怎么样,杰洛特?现在你高兴了?你得到满足了?"

猎魔人缓缓点头。

"很好。"伊斯崔德说,"现在轮到我行使权利了,因为我无法接受那封信上的消息。我不能没有她……我宁愿……该死,拔剑啊!"

他旋过身子,拔剑的动作迅速而优雅。显然,他的剑术颇有造诣。茶隼"嘎"地叫了一声。

猎魔人一动不动,双手垂在身侧。

"你还在等什么?"巫师大吼。

杰洛特缓缓抬起头,盯着他看了一会儿,然后转过身。

"不打了,伊斯崔德。"他轻声道,"再见。"

"该死,你这是什么意思?"

杰洛特停下脚步。

"伊斯崔德,"他回过头说,"想死的话,别找其他人代劳。如果你真想这么做,到马厩里用缰绳上吊就好。"

"杰洛特!"巫师的叫声突然变得嘶哑,带着刺耳的绝望,"我不会放弃的!我会追她到温格堡,会去世界尽头寻找她!我永远不会放弃她!记住我的话!"

"别了,伊斯崔德。"

他走上街道,没有回头。他就这么往前走,不在意匆忙让道的行人和飞快关紧的门窗。任何人和任何事,他都毫不理会。

他在想酒馆里等着的信。

猎魔人加快脚步。他知道,一只被雨水打湿的黑色茶隼正在床边等他,弯曲的鸟喙里衔着一封信。他要尽快读到那封信。

虽然内容他早已知晓。

永恒之火

一

"人渣！没用的歌手！骗子！"

杰洛特的好奇心被激起，牵着母马走向巷子的角落。没等他找到尖叫声的来源，又有玻璃碎裂声响起。一罐樱桃果酱，他心想，应该是什么人从很高的地方或用很大力气扔出一罐樱桃果酱的声音。他突然想起了叶妮芙。他们在一起时，每次发火，她也会这样乱丢顾客送给她的果酱。叶妮芙对制作果酱一窍不通：她在这个领域的魔法技艺还相当稚嫩。

巷子转角聚起一大群看客，就在一栋漆成粉色的狭小房屋旁。一个年轻的金发女人穿着睡衣，站在摆放鲜花的屋顶露台上，朝下张望，柔美的肩部曲线在紧身胸衣的褶边下若隐若现。她抓起一只花盆，正准备往下丢。

底下那个瘦削男人的橄榄色帽子上装饰着一支羽毛。他像山羊一样向后跳去，勉强躲开了花盆，后者在他面前碎成了一千片。

"求你了，薇丝普拉。"他大喊，"别信他们的话！我对你很忠诚！若我撒谎，我情愿死在当场！"

"无赖！魔鬼！流氓！"丰满的金发女郎大吼着跑进屋子，无疑是去寻找新弹药了。

"喂，丹德里恩！"猎魔人高声道，引着顽固的坐骑朝战场走去，"你还好吗？发生了什么事？"

"一切都好。"吟游诗人微笑着回答，"跟平常一样。你好啊，杰洛特。你在这儿做什么？看在瘟疫的分上，当心！"

锡茶杯呼啸着划破空气，哐啷一声砸到铺路石上。丹德里恩伸手捡起，端详一下损坏情况，随手丢进水沟。

"拿好你的衣服。"金发女人大喊，睡衣花边在丰满的胸前不停摆荡，"别让我再看到你！永远别再来了，你这废物乐师！"

"这不是我的。"丹德里恩从地上捡起一条五颜六色的裤子，惊讶地说，"我这辈子从没穿过这样的裤子。"

"滚！我再也不想见到你！你……你……你想知道你在床上的表现吗？一无是处！听到没？一无是处！你听到没？大家都听到没？"

又一个花盆砸碎在地上，干燥的植株掠过空气，丹德里恩差点没躲开。一个铜花盆，容量至少两个半加仑，沿同样的轨迹盘旋飞下。旁观人群纷纷退开，爆出一阵大笑。大多数人鼓掌叫好，还大声催促年轻女人继续。

"她的屋子里会不会藏着十字弓？"猎魔人不安地问。

"有可能。"诗人伸长脖子朝阳台看去，"她屋子里有好些小摆设！看到那些裤子没？"

"留在这儿很不明智。你可以等她冷静了再回来。"

"活见鬼。"丹德里恩面露苦相，"先被恶语中伤，又被铜花盆砸脸，我可不想再回来了。我们短暂的关系就此结束。再等一会儿，等她把……啊，诸神在上！不！薇丝普拉！别扔我的鲁特琴！"

吟游诗人冲向前去，伸出双臂，当街扑倒，在乐器落地前的最后一刻接住了它。鲁特琴发出呻吟般的乐声。

"呼！"他站起来叹口气，"还好接到了。一切顺利。杰洛特，我们走吧。我还有件貂毛领外套留在她那儿，不过算了，就当我付出的代价吧。我知道，她不可能把那件外套扔出来。"

"骗子！恶棍！"金发女人大叫，站在阳台上往下吐口水，"流氓！该死的恶棍！"

"她干吗这么激动？你做了什么蠢事，丹德里恩？"

"跟往常一样。"吟游诗人耸耸肩，"她希望我遵守一夫一妻制，可她自己却毫不犹豫地向整个世界炫耀其他男人的裤子。你听到她刚才的恶言恶语吗？看在诸神的分上，我睡过更好的女人，但我才不会当街炫耀呢。快走吧。"

"我们去哪儿？"

"你有什么想法？不去永恒之火神殿就行。去'长矛洞穴'吧。我需要放松一下。"

猎魔人没有反对，他牵着马跟着丹德里恩，后者迈着坚定的步伐穿过一条窄巷。吟游诗人调调琴弦，拨几个音符试音，然后奏出一段带着颤音的低沉乐曲：

秋日气息空中弥漫，

风儿偷走我们的语言，

这样的事情天经地义，所以

别让钻石泪珠涌出你的双眼。

丹德里恩停下来。两个提菜篮的女孩从旁经过，他朝她们愉快地挥挥手。女孩咯咯地笑起来。

"杰洛特，你怎么到诺维格瑞来了？"

"买补给：马具、各类用品，还有这件新夹克。"猎魔人摸摸崭新的皮革夹克，"觉得怎么样，丹德里恩？"

"你果然没什么时尚品位。"吟游诗人扮了个鬼脸，拂去亮蓝色凹口翻领紧身上衣的泡泡袖上粘着的鸡毛，"很高兴在诺维格瑞见到你，这儿是世界与文化的中心。文明人可以在这儿自由地呼吸！"

"还是到另一条街上自由呼吸吧。"杰洛特提议。他看到一个赤脚大汉瞪着眼睛，正蹲在旁边的巷子里大便。

"你那从不间断的讽刺真让人心烦。"丹德里恩又扮个鬼脸，"杰洛特，在诺维格瑞，有砖头砌的房子、石头铺的道路，有一座海港、许多仓库、四座水磨坊，还有许多屠宰场和锯木厂、一间大型尖头鞋作坊、许多优秀的公会和工匠、一家铸币厂、八家银行、十九家典当行、一栋规模惊人的城堡和警戒塔，还有各式各样的设施：一座断头台、一座带活板门的绞架、三十五家酒馆、一家戏院、一个动物园、一片集市和十二家妓院……更有连我都数不清的神殿，总之很多。还有女人，杰洛特，体面的女人，梳起头发，抹了香水……穿着绸缎、天鹅绒、丝绸、裙撑和缎带。啊，杰洛特！我文思泉涌了！"

你的家园笼罩白雪，

冰霜覆盖河水与湖面。

这样的事情天经地义，所以

别让思念与悲伤笼罩你的脸。

"你的新歌?"

"没错。取名为《冬》,但还没完成。都怪薇丝普拉,让我的脑袋乱糟糟的,什么句子都想不出来。顺便问一句,你跟叶妮芙怎么样了?"

"马马虎虎。"

"我懂了。"

"不,你不会懂的。话说回来,那间酒馆在哪儿?离这儿远吗?"

"绕过转角就到。好了,到了。看到招牌没?"

"看到了。"

"请接受我的致意!"丹德里恩冲清扫楼梯的少女露骨地笑道,"哦,亲爱的,有人告诉过你你有多可爱吗?"

女孩脸颊绯红,紧紧握住手中的扫把。杰洛特以为她会用扫把痛打丹德里恩,可他错了。女孩回以微笑,用力眨眨眼。丹德里恩一如既往地假装没看见。

"你们好!祝你们心情愉快,身体健康!"丹德里恩大声说着,走进酒馆,鲁特琴奏出洪亮的音色,琴弦在拇指下欢快地跃动,"丹德里恩大师——这片土地上最知名的诗人——光临了你粗鄙的店铺,酒馆老板!他想喝上一杯酒!你能否体会到我赐予你的莫大荣幸,你这老守财奴?"

"我能。"老板从柜台后探出身子,无精打采地回答,"很高兴再见到你,歌手大师。看到你遵守诺言,我真是太高兴了。你确实答应今早会来还清昨晚的欠账,而我却以为你是像平时一样说大话。我为自己感到惭愧。"

"不用为此折磨自己,好人儿。"吟游诗人欢快地回答,"因为我身上没钱,这个问题我们日后再谈。"

"不。"老板冷冷地说,"现在就谈。你已经没有信用可言了,诗人大师。别想连着敲诈我两次。"

丹德里恩把鲁特琴挂到墙壁的钩子上,在桌旁坐下。他摘下帽子,一丝不苟地检查上面装饰的白鹭羽毛。

"你有钱吗,杰洛特?"他的语气带着一丝期待。

"没有。我所有钱都花在夹克上了。"

"真可惜,真可惜。"丹德里恩叹口气,"看在瘟疫的分上,连个能招待我们的人都没有。酒馆老板啊,为什么今天你这儿如此冷清?"

"对常客来说,现在还太早。修理神殿的工人去干活了,工头也跟他们一起。"

"没有其他人了?"

"没有,除了尊贵的商人比伯威特,他正在包间吃早餐。"

"丹迪也在。"丹德里恩愉快地说,"你应该早点告诉我。杰洛特,跟我去包间看看。你认识半身人丹迪·比伯威特吗?"

"不认识。"

"没关系,马上就能认识了。哦,哦!"吟游诗人朝酒馆侧面走去,"我的鼻子已经闻到洋葱汤的芬芳了,如此甜美。哟嗬!是我们!惊喜吧?"

包间的中央支柱上挂着花环状的大蒜和晒干的药草,柱子底部的桌旁坐着个半身人,身穿淡黄绿色外套,一头卷发,右手拿把木汤勺,左手端只陶碗。半身人看到丹德里恩和杰洛特,吃惊地张大嘴巴,淡褐色的双眼因惊恐而睁大。

"嗨,丹迪。"丹德里恩挥挥帽子,愉快地说。

半身人还是一动不动，甚至没合上大张的嘴。杰洛特注意到他的手在微微颤抖，挂在汤匙上的洋葱也像钟摆一样晃来晃去。

"你……你……你好，丹德里恩。"他吞吞吐吐地打着招呼。

"你在打嗝吗？要不我来吓吓你？你听着：有人在收费关卡那儿见到你老婆！她随时都会赶到！嘉德妮亚·比伯威特就要来了！哈哈！"

"你真够蠢的，丹德里恩。"半身人埋怨道。

丹德里恩再次大笑，顺手拨了两下琴弦。

"老兄，你真该看看你刚才的表情：太白痴了。还有你看我们的眼神，好像我们长了角和尾巴似的。是不是猎魔人吓着你了……嗯？你以为狩猎半身人的季节开始了？也许……"

"别说了。"杰洛特恼火地打断他，朝桌子走去，"抱歉，朋友。丹德里恩刚刚经历一场悲剧，还没缓过来。他试图用玩笑遮掩他的悲伤、沮丧和不安。"

"先别说。"半身人终于吞下勺子里的东西，"让我猜猜：薇丝普拉把你赶出来了？对不对，丹德里恩？"

"我可不想跟你这样有吃有喝、却让朋友傻站着的人讨论私人问题。"吟游诗人不等邀请，径直坐了下来。

半身人又喝了一勺汤，舔舔嘴唇上的奶酪。

"是啊。"他不太情愿地说，"那就请坐吧。今天的菜是洋葱汤……要来点儿吗？"

"原则上说，我从不这么早吃东西。"丹德里恩高傲地回答，"但既来之，则安之。当然了，不能干着嗓子吃……嘿！老板！麻烦来点啤酒！要快！"

一个女孩，长长的辫子垂到大腿，端着一碗汤和几杯酒进来了。

杰洛特看着她嘴唇周围的软毛,不由心想:如果她记得闭上嘴,那该是两片多么漂亮的嘴唇啊。

"林间的树精!"丹德里恩抓住她的手,亲吻她的手掌,"空中的精灵!幻象的仙子!双眼如湖水般碧蓝的圣女!就像拂晓一样美丽。你那微翕的嘴唇,令人心潮澎湃……"

"把酒给他,快点儿。"丹迪呻吟起来,"不然他该惹麻烦了。"

"不会的,不会的。"诗人向他保证,"对不对,杰洛特?再也找不到比我们更安静的人了。商人大师,我是诗人和音乐家,而音乐能抚慰情绪。这位猎魔人只会对怪物构成威胁。我来介绍:这位是利维亚的杰洛特,令吸血妖鸟、狼人和它们的族类闻风丧胆的猎魔人。丹迪,你肯定听说过他!"

"久仰……"半身人用怀疑的目光看着猎魔人,"那么,杰洛特大师,您为什么会来诺维格瑞呢?是不是出现了可怕的怪物?还是有人雇您来这儿……呃,帮忙?"

"不。"猎魔人微笑道,"我只是来这儿散散心。"

"哦!"丹迪紧张地回答,毛茸茸的脚丫在离地一尺的位置晃荡,"那就好……"

"好什么?"丹德里恩喝了一勺汤,又喝了口酒,"你愿意资助我们吗,比伯威特?帮我们付账,好吗?现在正是时候。我们打算在'长矛洞穴'小醉一番,然后去'西番莲'——那家妓院相当棒,就是价钱高了点儿。那儿能找到半精灵,甚至纯种精灵。所以我们需要个赞助人。"

"什么人?"

"帮忙付账的人。"

"我猜也是。"丹迪嘟囔道,"抱歉,但我跟人约好要谈生意,也没那么多闲钱。另外,'西番莲'不接待非人生物。"

"那我们算什么?谷仓猫头鹰?哈,我明白了!那儿不接待半身人。是啊,你说得对,丹迪。这儿可是世界之都诺维格瑞啊。"

"是啊……"半身人又看了眼猎魔人,紧抿嘴唇,"我要走了……我跟人有约……"

包间的门突然被撞开。进房间的人……正是丹迪·比伯威特!

"诸神在上!"丹德里恩惊叫起来。

站在门口的半身人跟坐在桌边的半身人简直一模一样。唯一的不同是桌边的干干净净,新来的则脏兮兮,衣衫凌乱破旧。

"终于找到你了,你这狗娘养的。"脏兮兮的半身人大吼,"卑鄙的小偷!"

他那整洁的孪生兄弟猛然站起,撞倒了凳子,餐具散落一地。杰洛特立刻作出反应:他抓起椅子上的剑,用和剑鞘相连的肩带抽中比伯威特的脖子。半身人倒在地上,顺势一滚,从丹德里恩胯下钻过,企图爬向门口。他的四肢开始延展,最后像蜘蛛腿那么长。见到这一幕,衣衫褴褛的丹迪·比伯威特叫骂着向后跳去,砰的一声撞到身后的木头隔板。杰洛特拔剑出鞘,把挡路的椅子踢到一旁,朝干净点的丹迪·比伯威特追去。后者除了背心的颜色,已经同真正的丹迪·比伯威特没有任何相似之处。他像蚱蜢一样越过门槛,闯进酒馆大厅,跟半张着嘴的女孩撞个满怀。看到他长长的双腿和模糊的身躯,女孩张大嘴巴,发出几乎能撕碎耳膜的尖叫。杰洛特趁机在大厅中部追上那家伙,老练地踢中它的膝盖,将它放倒。

"小兄弟,别动。"他用剑尖抵住怪物的脖子,咬牙切齿地警告道,

"一动也别动。"

"什么情况?"酒馆老板举着铲子冲过来,大喊道,"怎么了?守卫!奥波丝图安提,快去叫守卫!"

"不!"那家伙大叫着平躺在地,身体变得更加怪异,"求求你,不要!"

"犯不着惊动守卫。"衣衫褴褛的半身人跑出包间,赞同道,"按住那个女孩,丹德里恩!"

尽管事出突然,吟游诗人还是按住了尖叫不止的奥波丝图安提,下手的位置十分巧妙。女孩倒在他脚边,叫喊不停。

"没事了,老板。"丹迪·比伯威特喘着粗气说,"私人恩怨而已,没必要麻烦守卫。我会赔偿损失……"

"看来没什么损失。"酒馆老板四下张望一圈。

"很快就会有了。"大肚皮的半身人续道,"我要把他揍出屎来……瞧好了!我会打到他连家都不记得。我要让他痛得一辈子都忘不掉。我们会把所有东西打得稀烂。"

双腿细长、像泥浆一样摊在地上的假丹迪·比伯威特可怜巴巴地抽泣起来。

"想都别想。"老板冷冷地说,眨眨眼睛,扬起手中的铲子,"半身人阁下,想打架就去街上或院子里,别在这儿,不然我喊守卫了。我说到做到。不过……这可是头怪物啊!"

"老板阁下,"杰洛特不紧不慢地说,剑尖依然抵着怪物的脖颈,"冷静。没人会弄坏这儿的东西,你也不会有任何损失。局面已经控制住了。我是个猎魔人。正如你所见,怪物已经被制伏了。但这确实是私人恩怨,我建议找个包间安静解决。丹德里恩,放开女孩,到这儿来。我的包里有根银锁链,用它绑住这位和蔼的陌生人的胳膊:记得把手肘绑在身后。小兄弟,别动。"

怪物轻声哭泣起来。

"好了,杰洛特。"丹德里恩说,"绑好了。我们进包间。还有你,老板,你还站着干吗?我叫了酒,你应该一杯接一杯地端上来,直到我叫水为止。"

杰洛特把捆好的怪物推到包间,让它靠柱子坐下。丹迪·比伯威特也坐下来,狠狠地盯着它。

"瞧瞧,多恐怖啊。"半身人说,"看着就像发酵的面团。丹德里恩,瞧瞧他的鼻子,好像随时都能掉下来。狗娘养的,他的耳朵就像我岳母下葬前的样子。哈!"

"等等,等等。"丹德里恩呻吟起来,"你……你真是比伯威特?啊,当然,很明显。但就几分钟前,靠着柱子的东西也是你的样子。如果我没看错的话。杰洛特!现在所有目光都集中到你身上了,猎魔人。看在地狱里所有魔鬼的分上,这到底是怎么回事?这是什么东西?"

"拟态怪。"

"你才拟态怪。"怪物皱起鼻子,从喉咙里吐出话来,"我不是拟态怪,我是变形怪。我的名字是特里科·朗格瑞文克·勒托特,外号'水闸',朋友们叫我嘟嘟。"

"叫你再嘟嘟,你这婊子养的!"丹迪大喊着挥起拳头,"小贼,你把我的马弄哪儿去了?"

"先生们,"酒馆老板进来了,他端着酒壶,臂弯里抱着几只酒杯,"你们答应过会安静地解决。"

"哦,酒!"半身人喃喃道,"看在瘟疫的分上,我快渴死了,也快饿死了!"

"我也想喝点什么。"特里科·朗格瑞文克·勒托特说。

没人搭理他。

"那是什么玩意儿?"老板看着一见到酒就伸长舌头的怪物,问道,"各位先生,那到底是什么?"

"拟态怪。"猎魔人回答,不理睬怪物的鬼脸,"它有很多别名:易形怪、二重身、模仿怪,或者他对自己的称呼:变形怪。"

"易形怪!"酒馆老板惊呼道,"在这儿?诺维格瑞?我的酒馆里?我得赶紧把守卫找来!还有牧师!老天……"

"淡定,淡定。"丹迪·比伯威特大声说着,喝了口丹德里恩的汤——它在混乱中居然没打翻,真是个奇迹,"我们有的是时间报官,但还是回头再说吧。这无赖偷了我的东西,在要回来之前,我还不想惊动当官的。我太了解诺维格瑞人和你们的法官了:我一个子儿也拿不回来。这还算运气好的……"

"发发慈悲吧。"变形怪绝望地呻吟道,"别把我交给人类!你们知道他们会怎么处置我吗?"

"当然知道。"老板连连点头,打断他的话,"牧师会为捕获的变形怪驱邪——把它们绑到木桩上,裹上厚厚的黏土和矿渣,最后烤成砖块。以前怪物比较常见时,我们就是这么干的。"

"真野蛮,很有人类的风格。"丹迪做个鬼脸,把空碗推开,"但对强盗和小偷而言,这种惩罚还算公平。谈谈吧,无赖,我的马在哪儿?快说,不然我用脚踩断你的鼻子,再塞进你的屁眼!我问你,我的马在哪儿?"

"卖……卖掉了。"特里科·朗格瑞文克·勒托特说。他耷拉的唇角突然抽紧，就像一颗花椰菜的菜头。

"卖掉了？你们听听？"半身人大发雷霆，"他把我的马给卖了！"

"肯定的。"丹德里恩评论道，"他有大把时间。我三天前就在这儿见过他……这就是说……看在瘟疫的分上，丹迪，这就是说……"

"这还用说吗？"半身人跺着毛茸茸的脚丫大吼，"他在半路打劫了我，就在距城市还有一天路程的地方，然后扮成我的样子来到这儿，明白了吗？他还卖了我的马！我要宰了他！我要亲手掐死他！"

"说说具体情况吧，比伯威特先生。"

"你是利维亚的杰洛特，对吗？你是猎魔人？"

杰洛特点点头。

"真走运。"半身人说，"我是蓼草牧场的丹迪·比伯威特，是个农民、牧场主和商人。叫我丹迪就好，杰洛特。"

"说说情况，丹迪。"

"好吧，情况是这样的：我们——我和我的仆人——带了些马经过魔鬼渡口去卖。距这城市还有一天路程时，我们扎了营。那晚我们喝了一桶白兰地，之后就睡了过去。我在半夜醒来，觉得膀胱都快爆炸了，于是钻出马车，顺便看看草地上的马。一阵该死的雾裹住了我，我看到有个人影朝我走来，就问：'你是谁？'但那人影没回答。我靠近些，然后……我看到了我自己，就像看着一面镜子。我想我一定喝醉了，该死的白兰地。然后那家伙……也就是它，一拳打在我脸上！我眼冒金星，晕了过去。第二天早上醒来时，头上沾血的肿块有黄瓜那么大。周围连个鬼影都没有，我们的营地没留下任何痕迹。我徘徊了一整天才找到路，然后就沿着它走，一路以植物根茎和生蘑菇充饥。

可在这期间,这个可恶的嘟嘟里克——管它叫什么名字——却扮成我的样子,跑到诺维格瑞卖掉了我的马!我真想……至于我的仆人,那些不长眼的蠢货,我要脱掉他们的裤子,每人打一百下屁股,让他们知道谁才是真正的主人!那些弱智、笨蛋、只会喝酒的白痴……"

"别怪他们,丹迪。"杰洛特打断他的话,"他们不可能分辨出来:拟态怪模仿的样子与真人毫无区别。你从没听说过拟态怪吗?"

"听是听说过,可我以为它们只存在于想象里。"

"并非如此。变形怪只要了解或仔细观察过受害者,就能变成对方的模样,分毫不差。我必须指出,这并非幻觉,而是极其精细的形体变化,就连最小的细节都逃不过。拟态怪是怎么做到的,我们并不清楚。巫师认为,这种变化类似变狼狂,但我认为原理截然不同,或者说,只是看起来像变成狼人的过程,但其中蕴含的力量要强大一千倍。狼人最多只有两三种形态,而拟态怪的外观却能千变万化,只要复制的对象跟他们体重相近就行。"

"体重?"

"对。他变不成巨人,也变不了老鼠。"

"懂了。那你绑他的链子又是怎么回事?"

"白银对狼人来说是致命的。但对拟态怪,如你所见,只能起到抑制作用。多亏这条银链,他才能安安静静地坐在那儿,没有变化外形。"

变形怪抿住下垂的嘴唇,愠怒地瞪了猎魔人一眼。他双眼的虹膜不再是半身人特有的淡褐色,而是变成了黄色。

"老实点儿,你这狗娘养的!"丹迪咆哮道,"想想吧,它竟然还到我常来的'长矛洞穴'来了。这低能儿真把自己当成我了!"

丹德里恩点点头。

"丹迪，"吟游诗人说，"它确实像你。我这三天都在这儿转悠。他长得像你，说话口气像你，就连思考方式都像你。付账时也跟你一样小气，或许比你更小气。"

"最后这点还算好事。"半身人说，"这样我至少能拿回一部分钱。但我可不敢碰它，把我的钱袋从它那儿拿过来，丹德里恩，瞧瞧里面有多少。如果这偷马贼真的卖了我的马，应该有不少钱。"

"你带来了多少马，丹迪？"

"十二匹。"

"按目前的市场价格，"吟游诗人检查钱袋，续道，"再考虑到你在生意场上的影响力，这些钱恐怕只够一匹马，还是又老又瘦的劣马。在诺维格瑞，这些钱恐怕能买两只山羊，也许三只。"

半身人商人陷入沉默。他好像快哭了。特里科·朗格瑞文克·勒托特尽可能垂着头，唇间却发出依稀可闻的汩汩声。

"换句话说，"半身人终于叹了口气，"这个我本以为只存在于童话中的生物先是打劫了我，然后又毁了我的生意。真是倒霉透顶。"

"恐怕你说得对。"猎魔人评论道，他瞥了眼正努力蜷缩身体的变形怪，"我原也以为拟态怪已经属于过去时了。似乎在附近的森林和高原，曾经栖息着许多拟态怪。但它们化成他人的能力让最初的移民担忧，于是人类开始了大捕杀。绝大多数拟态怪都被杀掉了。"

"这可是件大好事。"酒馆老板说着，吐了口唾沫，"我以永恒之火的名义起誓，我宁愿看到龙或魔鬼，因为龙就是龙，魔鬼就是魔鬼。狼人的变形已经够可怕了，而这简直就是恶魔的把戏，是骗局和诡计。这种欺骗会让人类失去一切！听我的，去找守卫，把这怪物绑起来烧死!"

"杰洛特,"丹德里恩兴致勃勃地说,"我很想听听专家的看法。拟态怪真的既恶毒又好斗吗?"

"通常来说,"猎魔人回答,"它们只把复制的能力用于自卫,而不是袭击别人。我从没听说……"

"看在瘟疫的分上,"丹迪一拳砸在桌上,插嘴道,"如果砸晕别人并抢走他的东西还不算好斗,那什么才算?事情很简单:我遭到袭击,不光诚实劳动的成果被抢走,连身份也被偷了。我要求赔偿!我不能接受……"

"我们必须把守卫找来。"酒馆老板重复道,"还有牧师!烧死这头怪物,烧掉这个非人生物!"

"够了,老板!"半身人抬起头说,"别再没完没了地说找守卫了。我要提醒你,这个非人生物只损害了我的利益。目前看来,他没害到你。顺带一提,你也该注意到了,我也是个非人生物。"

"别说笑了,比伯威特先生。"酒馆老板露出尴尬的笑,"您跟它简直天差地别!你们半身人跟人类一样,而这家伙无疑是个怪物。不过顺便说一句,猎魔人先生,我没想到您会袖手旁观。您的天职不就是杀怪物吗?"

"没错,杀怪物。"杰洛特冷冷回答,"但我不杀智慧物种。"

"嘿,大师。"酒馆老板说,"您太夸张了。"

"他说得对,杰洛特。"丹德里恩插嘴道,"你说什么'智慧物种'确实夸大其词了。瞧瞧这家伙。"

眼下看来,特里科·朗格瑞文克·勒托特确实不像智慧物种。他用不安的黄色双眼盯着猎魔人,更像一个用烂泥和面粉糊成的假人。

他那贴着桌子、不时发出抽噎声的鼻子也没多少说服力。

"无聊的废话说得够多了!"丹迪·比伯威特突然大喊道,"没什么好讨论的!真正重要的是我的马匹和财产损失!听到没有,你这该死的黄色霉菌?你把我的马卖给谁了?你把钱都花哪儿去了?赶快交代,不然我踢你、打你、把你撕碎!"

奥波丝图安提推开门,把脑袋探进包间。

"爸爸,有客人来了。"她低声说,"几个建筑师学徒,还有其他人。我正在招待他们,但你们别再大吼大叫了,他们都开始打听了。"

"永恒之火在上!"酒馆老板咒骂一句,看着瘫坐在柱子边的变形怪,"要是有人进来看到它……我们就完蛋了。不能找守卫的话,那……猎魔人大师!如果它真是易形怪,就让它变个不那么显眼的体面外表吧。至少暂时变一下。"

"有道理。"丹迪赞同,"让它变成别的东西,杰洛特。"

"变成谁?"变形怪嘴里发出汩汩声,"我只能变成见过的人的模样。你们谁愿意把外表借给我?"

"我不愿意。"老板飞快地说。

"我也不愿意。"丹德里恩愤愤地说,"你也装不了我。全世界都认得我:要是他们看到一张桌子边坐着两个丹德里恩,引起的轰动恐怕比看到怪物还夸张。"

"变成我也好不到哪儿去。"杰洛特笑着补充,"所以只剩你了,丹迪。你运气不错。没有冒犯的意思,但你明白,人类很难看出半身人的区别。"

商人没犹豫太久。

"好吧。"他说,"就这么着吧。解开链子,猎魔人。好啦,变成我吧,'智慧物种'。"

　　银链解开后,变形怪伸展面糊般的四肢,摸摸鼻子,打量着半身人。他脸上松弛的皮肤绷紧了,开始出现色彩。伴着模糊的汩汩声,他的鼻子渐渐缩小,光秃的脑袋长出卷发。丹迪瞪圆了眼睛,酒馆老板敬畏地张大了嘴,丹德里恩倒吸一口凉气。

　　最后变化的是他双眼的色彩。

　　丹迪·比伯威特二号发出响亮的汩汩声。他拿起丹迪·比伯威特一号放在桌上的酒杯,贪婪地贴到嘴边。

　　"不可能,这不可能。"丹德里恩低声重复道,"瞧啊,这模仿简直完美到看不出区别。所有细节都在!这次连蚊子包和裤子上的污渍都……没错,裤子!杰洛特,这本事就连巫师也办不到!摸摸看,这是真的羊毛,不是幻象!难以置信!他怎么做到的?"

　　"没人知道。"杰洛特低声道,"连他自己也不知道。我说过,他拥有彻底改变自身形体的能力,但这能力是本能的、自发的……"

　　"但这裤子……这裤子是用什么做的?背心呢?"

　　"那是他的皮肤变化后的样子。我觉得他不会愿意脱掉裤子。那一来,皮肤也会失去羊毛的质感……"

　　"真可惜。"丹迪的双眼闪闪发光,"我刚刚还在想,它有没有可能把那个桶子变成金子。"

　　化成半身人的变形怪显然很乐意成为众人的焦点,听到这话,它露出轻松愉快的微笑。它和丹迪用同样的姿势坐下,毛茸茸的双脚也用同样的动作晃荡着。

　　"你很了解变形怪嘛,杰洛特。"它喝光杯里的酒,咂咂舌头,打了个嗝,"甚至可以说,相当了解。"

"诸神在上，连声音和口气都跟比伯威特一样。"丹德里恩说，"哪位带着红绸布之类的？咱们得做个标记，见鬼，不然就搞混了。"

"丹德里恩，怎么可能呢？"丹迪·比伯威特一号质问道，"你不可能把我跟他搞混！只要——……"

"……眼，就能看出差别。"丹迪·比伯威特二号打了个嗝，接口道，"能把我们搞混，除非你的脑袋是马屁股。"

"我说啥来着？"丹德里恩钦佩地低声道，"它连说话和思考的方式都跟比伯威特一样。根本不可能区分……"

"太夸张了！"半身人扮个鬼脸，"夸大其词。"

"不。"杰洛特反对，"不是夸张。信不信由你，丹迪，它在这一刻的确就是你。虽然方法未知，但变形怪能复制受害者的心智。"

"心……心什么？"

"心智，也就是大脑的特征：人格、感情、思想，即所谓的灵魂。这与大多数巫师和全体牧师的主张相悖，因为他们认为灵肉是一体的。"

"异端邪说……"酒馆老板的喘息声变得慌乱起来。

"胡说八道。"丹迪·比伯威特强硬地说，"别唬人了，猎魔人。你跟我说大脑特征，那好：复制别人的鼻子和裤子是一回事，但复制头脑就是胡扯了。我现在就证明给你看。假如这位被虱子咬过的变形怪复制了我身为商人的精明，那他就不该来疲软的诺维格瑞卖我的马，而该到魔鬼渡口的马市去，那儿的价格是由拍卖决定的。在那儿，根本不可能赔钱……"

"当然会赔钱！"变形怪模仿半身人气愤的口吻，还用对方的习惯嘟囔了一声，"首先，魔鬼渡口的拍卖价在下跌，因为买家在拍卖前就约好了价码。你还得付佣金给拍卖的组织者。"

"不用你教我怎么做生意,低能儿。"比伯威特恼火地说,"在魔鬼渡口,我每匹马可以卖到九十、甚至一百。可你呢?你从这些诺维格瑞流氓手上拿到多少?"

"一百三。"变形怪回答。

"别扯谎了,你这麦片脑袋的白痴!"

"我没扯谎。我把马直接带去码头,丹迪先生,在那儿找到一位海外的皮草商。皮草商从不用牛拉车,嫌它们跑得太慢。皮草分量轻,却很值钱。诺维格瑞根本没有所谓的马市,也就是说,这儿买不着马。我是唯一的卖家。所以我可以自己开价,简单得就像……"

"我告诉过你,别对我说教!"丹迪涨红了脸,大叫道,"好,你赚到钱了。可钱呢?"

"拿去投资了。"特里科自豪地回答,还像丹迪一样抚平头顶一丛顽固的乱发,"丹迪先生,只有用在生意周转上,钱才有价值。"

"注意你的语气,不然我抽你的脸!快说,你把卖马的钱拿去干吗了?"

"我说了,拿去进货了。"

"什么货,你这该死的疯子?"

"我进了些胭……胭脂红。"变形怪吞吞吐吐地说,然后语气流畅起来,"五百蒲式耳胭脂红、一万磅金合欢树皮、五十五桶玫瑰香精、二十三桶鱼油、六百只陶碗、八百磅蜂蜡。注意,鱼油很便宜,因为有点变质了。哦!我差点忘了,还有一百腕尺长的棉纱绳。"

一段漫长的沉默。

"变质鱼油,"终于,丹迪一字一句地缓缓说道,"棉纱绳、玫瑰香精。我肯定在做梦,还是个噩梦。在诺维格瑞能买到任何东西,包括最珍贵、最有用的东西……可这白痴却拿我的钱买了一堆垃圾。还用我的样子!我身为商人的名声和信誉全毁了。不,我受够了。杰洛特,把剑给我,我现在就砍死他。"

包间门吱呀一声打开了。

"商人比伯威特!"进来的人喊道。他的身材格外瘦削,身上那件紫色宽袍像挂在衣架上似的,头上的丝绒帽更像一只颠倒过来的夜壶。"商人比伯威特在这儿吗?"

"在。"两个半身人同声答道。

下一瞬间,其中一个丹迪·比伯威特把剩下的酒泼向猎魔人的脸,又敏捷地踢走丹德里恩屁股下的凳子,然后迅速钻过桌子,爬向门口,途中撞倒了戴滑稽帽子的家伙。

"着火了!救命啊!"那个丹迪叫喊着冲进酒馆大厅,"杀人放火啦!快叫救火队!"

杰洛特擦掉脸上的泡沫,追了出去。但与此同时,另一个丹迪·比伯威特也冲向门口,脚在锯末上打滑,跟杰洛特撞成一团。他们一起倒在门口。丹德里恩一通臭骂,想从桌子下钻出来。

"站住,小贼!"瘦子躺在地上哀号,宽袍纠缠在身上,让他无法动弹,"小贼!强盗!"

杰洛特跨过半身人,终于跑进大厅。他看到变形怪推开客人,逃到大街上。他正想追上去,却被酒馆客人拦住。他成功撞倒一个浑身黑泥、散发着啤酒味的家伙,却被其他人用健壮的手臂牢牢按住。杰洛特恼火地挣扎起来,结果听到皮革碎裂和丝线断开的噼啪声,皮夹克的腋下裂开了。猎魔人停止抵抗,咒骂起来。

"抓住他了!"工人们大叫,"抓到小偷了!头儿,怎么处理他?"

"抹上石灰!"工头叫嚷着,从桌上抬起头,蒙眬的醉眼扫视周围。

"守卫!"穿紫袍的人大叫着钻出包间,"这是藐视法庭!守卫!小贼,等着上绞架吧!"

"我们抓到他了!"工人们喊道,"抓到他了,大人!"

"不是他!"穿宽袍的人大吼,"去抓那个流氓!快去追!"

"追谁?"

"比伯威特,那个小矮子!抓住他,抓住他!把他关进地牢!"

"等等……"丹迪走出包间,插嘴道,"施沃恩先生,你在喊什么?别随便诬陷我。快取消警报,没这个必要。"

施沃恩安静下来,警惕地看着半身人。丹德里恩出现在包间门口,歪戴着帽子,正在察看自己的鲁特琴。工人们低声交谈几句,放开了杰洛特。猎魔人压下怒火,只往地上吐了好几口唾沫。

"商人比伯威特!"施沃恩尖叫着眨了眨近视眼,"这算什么意思?袭击市政府官员的后果可是相当严重……刚才跑掉的半身人是谁?"

"我堂弟。"丹迪连忙回答,"一个远房堂弟……"

"没错,没错。"丹德里恩附和道,仿佛突然如鱼得水一般,"他是比伯威特的远房堂弟,叫图佩·比伯威特,是他家里的害群之马,小时候掉过井。幸运的是井里没水,不幸的是水桶砸到他头上。他平时没什么毛病,可是一见紫色就会发狂。不过也没啥好担心的,因为红色的耻毛能让他镇定下来,所以他才跑去'西番莲'。听我说,施沃恩先生……"

"够了,丹德里恩。"猎魔人突然打断他,"该死,快闭嘴。"

施沃恩抚平宽袍,拍掉身上的锯末,挺起胸膛,换上颇为严厉的表情。

"好吧……"他说,"管好你的亲戚,商人比伯威特。你应该明白,他们的行为要由你来负责。如果就此提出申诉……但我没那个时间。比伯威特,我来这儿另有要事:以市政府的名义,我命令你缴清应付的税款。"

"什么?"

"税款。"官员重复一遍,趾高气昂地抿起嘴唇,"你这是怎么了?你堂弟让你魂不守舍了?赚了钱就得缴税,否则我只能把你扔到地牢最深处去。"

"我?"丹迪大吼,"我,赚钱?活见鬼,我明明亏大了!我……"

"说话注意,比伯威特。"猎魔人低声道。丹德里恩偷偷踢了踢半身人毛茸茸的脚踝。半身人咳嗽一声。

"当然。"他说,胖乎乎的脸上努力堆笑,"这是当然,施沃恩先生。做生意就得缴税。生意做得好,税钱就得多缴。反过来也一样。"

"你的生意好不好,轮不到我来判断,商人先生。"官员皱起眉头,坐在桌边,从宽袍里掏出一副算盘和一张羊皮纸。他在桌上将羊皮纸摊开,再用衣袖抚平。"我的工作是算账和收账。没错……总额相加……就是……唔……三上二去五,一去九进一……没错……一千五百五十三克朗外加二十个铜币。"

丹迪的喉咙里发出一阵嘶吼。工人们吃惊地交头接耳。丹德里恩叹了口气。

"好了,再见吧,朋友们。"最后,半身人开口道,"如果有人问起,就说我在地牢里烂掉了。"

二

"明天中午前就得缴清。"丹迪呜咽道,"施沃恩这狗娘养的。老狐狸本可以多宽限几天的。一千五百多克朗!我上哪儿弄这么大一笔钱?我死定了,完蛋了,这辈子注定要在大牢里过了!看在瘟疫的分上,别干坐着了。听着,我们一定要抓住那个无赖变形怪。必须抓住他!"

三人坐在一座喷不出水的大理石喷泉水池边。喷泉位于小型广场中央,周围都是品位极其堪忧的大富豪的住宅。水池里的水污秽发绿,小鱼在垃圾间游来游去。它们张大嘴巴,试图从水面呼吸空气,鱼鳃艰难地一开一合。丹德里恩和半身人吃着带馅煎饼,那是吟游诗人从街头小贩那儿顺来的。

"如果我是你,"吟游诗人说,"我会打消抓他的念头,转而找人借钱。抓到变形怪对你又有什么好处?你以为把他交出去,施沃恩就给你免税了?"

"你真是个白痴,丹德里恩。找到变形怪,我就能拿回我的钱。"

"什么钱?你钱包的每个子儿,都用来赔偿酒馆损失和贿赂施沃恩了。他身上没钱了。"

"丹德里恩,"半身人龇牙咧嘴地说,"也许你对诗歌有些了解,但在生意经上,请原谅,你根本一窍不通。你听到施沃恩算的税款数额没?税款是根据什么计算的?嗯?你知道吗?"

"爱啥啥。"诗人回答,"就说我吧,我连唱歌都要缴税。虽然我是为满足内心渴望而唱,可他们没觉得有什么区别。"

"我没说错,你果然是个白痴。生意税是根据利润征收的。丹德里恩,是利润!你听懂没?那个无赖变形怪偷走了我的身份,还骗到一大笔钱!他赚了很多!可我呢,我却要替他缴税,外加那流氓欠的一屁股债!如果我不掏钱,就得在牢房里过日子。他们会给我戴上脚镣,送我去矿山!看在瘟疫的分上!"

"哈!"丹德里恩欢快地说,"那你别无选择了,丹迪。你必须悄悄离开这座城市。你知道吗?我有个主意。我们可以把你裹在羊皮里,等你穿过城门时,只要不停地说:'咩,咩,我是羊。'就不会有人认出你了。"

"丹德里恩,"半身人愤怒地回答,"闭上你的臭嘴,不然我揍死你。杰洛特?"

"嗯?"

"你能帮我抓住那只变形怪吗?"

"听着,"猎魔人徒劳地想把扯脱的夹克袖子接回去,"这儿是诺维格瑞,一座拥有三万居民的城市:包括人类、矮人、半精灵、半身人和侏儒,而路过的人恐怕有这数字的两倍。大海捞针啊,怎么找?"

丹迪吞下馅饼,舔了舔手指。

"那魔法呢,杰洛特?你的猎魔人咒语?有好多故事跟那些咒语有关。"

"只有变形怪以本来面目出现时,魔法才能找到他。不幸的是,他不可能用那副模样走在大街上。即使他真这么做,魔法也帮不上忙,因为这里到处都是微弱的魔法信号。半数房屋都有魔法锁,四分之三的人戴着用途各异的护身符:防小偷的、防跳蚤的、防消化不良的……简直数不胜数。"

丹德里恩的手指拂过鲁特琴的琴身，拨弄着琴弦。

"伴随春天归来的，是温暖的雨水气息。"他唱道，"不，这句不行。伴随春天到来的，是太阳的味道……该死，不对！肯定不对。可这些都不行的话……"

"别再嗷嗷叫了。"半身人厉声道，"你快把我逼疯了。"

丹德里恩把剩下的馅饼丢给池子里的鱼，又往里面吐了口唾沫。

"看，"他说，"金鱼。听说金鱼能帮人实现愿望。"

"这些鱼是红色的。"丹迪评论道。

"有什么区别？看在瘟疫的分上，我们有三个人，它会帮我们实现三个愿望。每人一个。你怎么想，丹迪？你不希望鱼儿帮你缴税吗？"

"当然希望。我还希望有颗流星从天上掉下来，砸进变形怪的脑壳。然后……"

"停，别说了。我们也有愿望要许。我希望鱼儿能告诉我歌谣的结尾。你呢，杰洛特？"

"别烦我，丹德里恩。"

"别破坏气氛嘛，猎魔人。说说你的愿望。"

猎魔人站起身。

"我希望，"他低声说，"尾随我们而来的，只是一场误会而已。"

一条巷子走出四个身穿黑衣、头戴皮帽的人，径直朝喷泉这边走来。看到他们，丹迪轻声咒骂一句。

又有四个人走出同一条巷子。但他们没靠近，只是一字排开，守住了巷口。他们手里拿着奇怪的环状物体，看起来像是绳索。猎魔人审视周围，活动一下肩膀，正了正背上的剑。丹德里恩呻吟起来。

黑衣人身后走出一个身材矮小的男人，身穿白色紧身上衣和灰色短外套，脖子上的金项链随着步伐晃动，闪烁着太阳般的金色光芒。

"沙佩勒。"丹德里恩呻吟道，"是沙佩勒……"

四个黑衣人继续往喷泉这边逼近。猎魔人准备拔剑。

"不，杰洛特。"丹德里恩凑到他身边，低声道，"诸神在上，别拔剑。他们是神殿守卫。如果我们抵抗，就不可能活着走出诺维格瑞了。别碰你的剑。"

穿白色紧身上衣的人迈着坚定的步伐朝他们走来。黑衣人在他身后分散开来，包围了水池，封死了每个方向。杰洛特专注地看着，背脊略微弓起。黑衣人手中的家伙并非他最初以为的普通鞭子。那是拉弥亚鞭。

白衣人越走越近。

"杰洛特，"吟游诗人低声道，"诸神在上，冷静点儿……"

"我不会让他们碰我。"猎魔人咆哮道，"无论是谁，都别想碰我。小心，丹德里恩……等我拔出剑，你就快跑吧。我会挡住他们……至少一小会儿……"

丹德里恩没答话。他把鲁特琴背到肩上，冲来人深鞠一躬。那人的白衣上装饰着金银丝线，组成细小的拼花图案。

"尊敬的沙佩勒……"

名叫沙佩勒的人停下脚步，仔细打量他们。杰洛特发现，他那双异常冰冷的眼睛里反射出金属的色彩，额头上反常地布满汗水，带着病态的苍白，脸颊上有斑驳的红点。

"商人丹迪·比伯威特先生，"他朗声道，"才华横溢的丹德里恩先生，还有利维亚的杰洛特，高贵的猎魔人的代表。这是场老友间的聚会吗？在我们的家园，诺维格瑞？"

没人回答。

"不幸的是,"沙佩勒续道,"我有句话不得不说:有人举报了你们。"

丹德里恩的脸色略微发白。半身人的牙齿开始打颤。猎魔人没理沙佩勒,他始终在打量喷泉周围那些身穿黑衣、头戴皮帽的人。在杰洛特所知的大多数国家里,制作和持有带倒钩的拉弥亚鞭都是严格禁止的,诺维格瑞也不例外。杰洛特见过被这种鞭子抽打过面孔的人,那会让人一辈子都忘不了。

"'长矛洞穴'酒馆的所有人,"沙佩勒续道,"大言不惭地指控各位大人与恶魔勾结,还说那怪物通常被称为'易形怪'或'拟态怪'。"

没人答话。沙佩勒双手抱胸,冷冷地打量他们。

"我觉得我有义务提醒你们。我还想告诉你们:刚才提到的酒馆老板已经被关进地牢了。我们怀疑他喝多了酒,所以胡说八道。醉鬼经常编造故事。首先,易形怪并不存在,都是迷信的乡巴佬想象出来的。"

他们未置一词。

"其次,接近猎魔人的易形怪,"沙佩勒微笑着说,"必定会被当场劈成两半。对不对?我们原本也只把酒馆老板的指控当成彻头彻尾的笑话,但某个细节却留下了一些疑点。"

漫长的沉默中,沙佩勒摇了摇头。猎魔人听到,丹迪把刚才吸进肺里的长气缓缓地吐了出来。

"没错,这个细节至关重要。"沙佩勒重复道,"我们处理的是一件散布异端邪说的渎神之举。要我说,没有任何怪物能接近诺维格瑞的城墙,过去不行,现在也不行,因为有十九座永恒之火神殿正在守护这座城市。'长矛洞穴'距永恒之火的主祭坛仅有投石之遥,任何宣称在那儿见到易形怪的人都是渎神的异端,我们必须让他收回自己的言论。若他拒绝,我就只好借助武力,以及在监狱里的一些手段来达成目的了。相信我,你们无须为此担心。"

看丹德里恩和半身人的表情,他们明显持有不同观点。

"完全不必担心。"沙佩勒重复道,"各位大人可以畅通无阻地离开诺维格瑞。我不会挽留你们,但我坚持要求各位不要到处宣扬酒馆老板的臆测,也不要大声谈论此事。作为教会的谦卑仆人,我会将任何质疑永恒之火的言论视为异端邪说,并做出相应的处理。各位大人,我尊重诸位的宗教信仰,但我希望你们的信仰不要干扰你们的判断力。我能容忍任何人,只要他尊重永恒之火,不要做出亵渎它的举动。所有胆敢渎神之人,我会亲手把他送上火刑架。在诺维格瑞,律法面前人人平等:任何亵渎永恒之火的人,都会在烈焰中灭亡,其资产也将充公。我已经说得够多了,再重复一遍:你们可以走出诺维格瑞的城门了,途中不会遇到任何阻碍,最好……"

沙佩勒微微一笑,露出恶毒的表情。他鼓起脸颊,扫视小广场。见到这张脸,为数不多的路人也加快了脚步,转开目光。

"……最好,"过了好一会儿,沙佩勒才说,"最好别再逗留,马上离开。当然,对商人比伯威特大人来说,'别再逗留'的前提是'缴清税款之后'。各位大人,感谢拨冗听我这一席话。"

丹迪小心翼翼地转向两位同伴,用口形无声地吐出一个词。猎魔人毫不怀疑,他没敢说出口的词是"杂种"。丹德里恩低下头,傻乎乎地笑了起来。

"猎魔人先生，"沙佩勒突然道，"如果不反对，我想跟您私下说句话。"

杰洛特走过去。沙佩勒略微伸出手。如果他敢碰我的手肘，我就揍他，猎魔人心想，无论后果如何，我都会揍他。

沙佩勒没碰杰洛特的手肘。

"猎魔人先生，"他转身背对其他人，低声说道，"我知道有些城市与诺维格瑞不同，没有受到永恒之火的神圣庇佑。假设真有易形怪之类的生物在那些城市出没好了，我很好奇，活捉这样一头怪物，您会收取多少费用？"

"我不在大城市接受委托。"猎魔人耸耸肩，"可能会伤及第三方。"

"这么说，你很在乎其他人的命运喽？"

"没错。一般来说，我要为他们的命运负责。这种行为不可能全无后果。"

"我懂了，不过你对第三方的尊重程度，是否会与酬劳的数额成反比呢？"

"不会。"

"我不喜欢你的语气，猎魔人。但这不重要，我明白你的语气是在暗示什么。你在暗示，你不打算接下……我可能委托你去办的事，无论酬金多少。但我还有其他酬谢的方式。"

"我不明白你的意思。"

"你当然明白。"

"不，我真不明白。"

"我接下来的话纯属假设。"沙佩勒平静地低声续道，语气不带一丝愤怒或威胁,"如果我给你的酬劳,是确保你和你的朋友能活着离开这座……假设中的城市,你觉得如何?"

"这个问题,"猎魔人露出令人不快的笑,"不可能只从假设的角度回答。尊敬的沙佩勒,您所描述的情况,只能通过实际行动得出结论。我不想草率地付诸实施,但如果有必要……如果没有别的方法……我会试一试。"

"哈!也许你说得对。"沙佩勒镇定自若地回答,"我们讲了太多假设,而我明白,从实践角度讲,你也不打算跟我合作。也许这样更好。无论如何,我希望这不会让我们之间产生任何矛盾。"

"我,"杰洛特说,"也这么希望。"

"那就让这希望在我们心中燃烧吧,利维亚的杰洛特。你知道永恒之火吧?它是永不熄灭的火焰,是不屈不挠的象征,是带领我们穿过黑暗的道路。永恒之火,杰洛特,是所有人的希望,没有例外。因为所有人——包括你、我,还有其他人——都拥有的东西就是希望。记住这一点。很高兴认识你,猎魔人。"

杰洛特僵硬地鞠了一躬,仍然保持沉默。沙佩勒盯着他看了一会儿,然后转过身,穿过广场,看都不看他的护卫们。手持拉弥亚鞭的人排成整齐的队列,跟在他身后。

"我的妈呀。"丹德里恩目送他们离去,心惊胆战地抱怨道,"我们真走运。至少眼下,他们不会再找我们的麻烦了。"

"冷静点儿。"猎魔人说,"也别唠叨了。你也看到了,什么都没发生。"

"你知道刚才那人是谁吗,杰洛特?"

"不知道。"

"那是安全官沙佩勒。诺维格瑞的情报机构附属于教会。沙佩勒不是牧师,却是地位最高的官员,是这座城里最有权势也最危险的人。每一个人,甚至包括市议会和各大公会,面对他时都会不寒而栗。他是一等一的恶棍,杰洛特,他沉醉于权力,就像蜘蛛沉醉于鲜血。人们暗中谈论他的种种事迹:不留痕迹的失踪、虚假的指控、酷刑拷打、蒙面杀手、恐吓、勒索、偷窃、胁迫、欺诈和阴谋。诸神在上,比伯威特,你的故事会让他们津津乐道的。"

"别烦我,丹德里恩。"丹迪说,"你没什么好怕的:没人会动吟游诗人的一根头发。我不清楚原因,但你们总能免受惩罚。"

"免受惩罚的诗人,"丹德里恩脸色苍白地抱怨道,"可能会倒在飞驰的马车前、吃鱼时中毒,或者意外掉进沟渠溺水。沙佩勒擅长制造这类事件。他能跑来跟我们谈话,已经很不可思议了。但有件事可以确定:他绝对有非常充分的理由。他肯定有什么阴谋。你们等着瞧吧,只要发现我们的任何把柄,他就会给我们戴上镣铐,随心所欲地拷打我们。这种事再普通不过了!"

"他说的话,大部分都是真的。"半身人对杰洛特说,"我们必须小心那个大权在握的恶棍。大家说他病了,说他的血液出了毛病。所有人都在等他一命呜呼。"

"闭嘴,比伯威特。"丹德里恩四下张望,胆怯地嘶声道,"别让人听见。瞧瞧他们看我们的眼神吧。听我的,赶紧跑。至于什么变形怪,我建议你们认真考虑沙佩勒的建议。拿我来说,这辈子从没见过什么变形怪。有必要的话,我可以在永恒之火前起誓。"

"看!"半身人突然说,"有人朝这边来了!"

"快跑!"丹德里恩大叫。

"冷静，冷静。"丹迪大笑，抚平那撮顽固的乱发，"我认识他。是马斯卡蒂，一位本地商人，也是公会的会计。我们一起做过生意。瞧瞧那张脸！像屎拉在裤子里似的。嘿，马斯卡蒂，你在找我吗？"

"我向永恒之火起誓，"马斯卡蒂气喘吁吁，摘下狐皮帽，又用袖子擦擦额头，"我还以为他们把你拉去塔楼了呢。真是个奇迹。令人吃惊……"

半身人语气不善地打断马斯卡蒂："感谢你这么吃惊。如果你能解释一下原因就更好了。"

"别装傻了，比伯威特。"马斯卡蒂心神不宁地回答，"所有人都在谈论这件事，政府和沙佩勒也知道。整个城市都知道你买进了大批胭脂红，又狡猾地利用波维斯事件大赚了一笔。"

"你在说什么，马斯卡蒂？"

"诸神在上，丹迪，别再装疯卖傻了！你不是用半价买进了胭脂红吗——每蒲式耳五块二？别不承认了。因为胭脂红需求量小，你付账时用的还是本票。在这场买卖里，你连一个铜子儿都没掏。然后呢？今天还没过去，你就用进货价的四倍卖掉了这批货。你敢说这只是纯粹的巧合或者运气？你敢说买下胭脂红时对波维斯的变故一无所知？"

"什么？你到底在说什么？"

"波维斯发生了动乱！"马斯卡蒂大叫道，"一场……叫什么来着……一场革命！莱德王被废黜了。现在当政的是蒂森家族！莱德的宫廷、家族和军队都穿蓝色制服，那儿的织工只买靛青。但蒂森家族的服色是深红，于是靛青的价格一落千丈，胭脂红却水涨船高。这时我们才发现，比伯威特，你把所有胭脂红都买下了。呵！"

丹迪皱起眉头，一言不发。

"除了精明，我们找不出别的词形容你了。"马斯卡蒂续道，"而你一个字都没告诉别人，甚至瞒着朋友……如果你早告诉我，我们就都能赚到钱了。我们甚至可以联手，可你宁可吃独食。这是你的选择。总而言之，别再指望我帮你了。看在永恒之火的分上，每个半身人都是自私自利的无赖。维莫·维瓦尔第永远都不会给我开本票，可你呢？他连片刻都没犹豫。该死的非人生物——可憎的半身人和矮人——愿你们统统烂死！让瘟疫把你们带走吧！"

马斯卡蒂吐了口口水，转身离去。丹迪沉思着挠挠头，那撮乱发又翘了起来。

"我有点头绪了，伙计们。"最后他说，"我知道我们该做什么了。去银行。如果有谁能帮我们理清头绪，那就是我的朋友，银行家维莫·维瓦尔第了。"

三

"这儿跟我想象中的银行不一样。"丹德里恩扫视房间，低声说，"他们把钱放哪儿了，杰洛特？"

"鬼才知道。"猎魔人小声回答，试着藏起撕破的夹克袖子，"也许在地下室？"

"不，我找过了，这儿没有地下室。"

"那肯定是在阁楼了。"

"先生们，请到俺办公室来。"维莫·维瓦尔第大声说道。

长桌边坐着年轻的人类，还有难以判断年龄的矮人，正忙着往羊皮纸上抄写一排排数字和字母。每个人都低着头，微微吐着舌头，无一例外。猎魔人觉得,这项工作一定很单调,但所有人都在全神贯注地干活儿。角落的凳子上坐着个老人,外貌像乞丐,正在削铅笔,动作始终慢吞吞的。

银行家小心翼翼地合上办公室的门,然后抚平自己长长的白胡子——那副胡子保养得很好,只是沾着墨水印——又扯了扯勉强裹住大肚皮的外套。

"欢迎,丹德里恩先生。"他在巨大的红木桌前坐下,桌子被成堆的卷轴压得嘎吱作响,"您跟我的想象完全不一样。俺听过您写的歌:因为没人要而投水自杀的凡妲,还有钻进公共厕所的翠鸟……"

"那不是我写的。"丹德里恩气得脸色通红,"我从没写过那种玩意儿!"

"哦。请原谅。"

"还是谈正事吧。"丹迪插嘴,"别用不相关的话题浪费时间了。维莫,我有大麻烦了。"

"俺早就担心了。"矮人摇摇头回答,"你应该记得,俺警告过你,比伯威特。俺三天前就警告过你,别花钱买变质的鱼油。价格再低又有什么用?价格根本不重要,重要的是转手时的利润。玫瑰香精、蜂蜡和该死的棉纱线也是同样道理。你究竟中了什么邪,居然去买那些垃圾?还是用现金,不用本票或汇票这种更合理的方式!俺告诉过你,诺维格瑞的仓储费用相当昂贵。只要过上两星期,相关费用就会达到货物本身价格的三倍。而你……"

"是啊,"半身人低声呻吟起来,"说吧,维瓦尔第,我究竟怎么了?"

"而你却信誓旦旦地说,根本没有风险,说你会在二十四小时内让货物全部脱手。结果你今天就夹着尾巴回来了，承认自己有麻烦。你一样东西都没卖掉，对不对？仓储费用反而越来越高了，对吧？哦，这可不好！不好！需要俺帮你脱身吗，丹迪？如果你给商品投了保险，俺很乐意派个抄写员过去，谨慎地烧掉你的仓库。不，俺的朋友，我们只能以哲人的态度对待问题，然后说'全搞砸了'。这就是生意场，胜败乃兵家常事。从长远看，花在鱼油、棉绳和玫瑰香精上的钱又有什么重要呢？我们还是谈谈更要紧的事吧。告诉俺，俺该不该把金合欢树皮卖掉，因为买方价格已经稳定在五又六分之五倍了。"

"啥？"

"你聋了吗？"银行家皱眉问，"最新的买方价格相当于你进价的五又六分之五倍。俺希望你这次回来是答应脱手的，因为七倍绝不可能，丹迪。"

"回来？"

维瓦尔第摸了摸胡子，取下粘在上面的面包屑。

"你一小时前来过。"他平静地说，"要俺等到七倍再脱手。初始买入价格的七倍，也就是每磅两克朗加四十五铜币。这价格太高了，丹迪，即便行情有利也一样。制革匠们已经达成了打压价格的约定。俺敢以俺的人头担保……"

办公室的门开了，一个戴绿色帽子、穿兔皮外套的生物跑了进来。

"商人苏利米尔出价二点一五克朗！"他用刺耳的声音喊道。

"六又六分之一倍。"维瓦尔第飞快地算出结果，"我们该怎么办，丹迪？"

"卖出！"半身人大叫，"看在瘟疫的分上，都到买入价的六倍了，你还犹豫什么？"

另一个生物走进办公室,他戴着黄帽子,身上的大衣像个旧麻袋。

"商人比伯威特有令,七倍以下不许卖!"他大叫一声,用袖子擦擦鼻子,又跑了出去。

"啊哈!"矮人沉默良久,然后说,"一个比伯威特要卖,另一个比伯威特却让我等。有意思。我们该怎么办,丹迪?你能不能快点敲定这事?不然第三个比伯威特就该让我们把货搬上大帆船,运到那些长狗头的人所在的大陆去了。"

"那是什么东西?"丹德里恩指着一动不动站在门边、戴绿色帽子的生物,问道,"看在瘟疫的分上,那到底是个什么东西?"

"一个年轻侏儒。"杰洛特回答。

"毫无疑问,"维瓦尔第干巴巴地说,"反正不是老巨魔。他是什么并不重要。快说吧,丹迪,我听着呢。"

"维莫,"半身人说,"我恳求你别插嘴。发生了一件可怕的事。希望你明白,我,蓼草牧场的丹迪·比伯威特,诚实的商人,对现在的状况一无所知。告诉我所有细节,这三天来发生的一切。我恳求你,维莫。"

"有意思,"矮人说,"但我明白,既然我收了佣金,就必须尊重客户的意愿。听好了:三天前,你气喘吁吁跑到我的银行,存了一千克朗,要求我开一张面额为两千五百二十克朗、持有人可以兑现的本票。我照做了。"

"不用抵押吗?"

"不用,因为我很欣赏你,丹迪。"

"说下去,维莫。"

"第二天早上,你又冲进银行,急得直跺脚,还吵着要我的维吉玛支行为你发放一笔贷款,数额足有三千五百克朗之巨。我没记错的话,受益人名叫特尔·鲁克吉安,外号'大鼻子'。我发放了贷款。"

"不用抵押。"半身人的口气满怀希望。

"我对你的欣赏程度,比伯威特,"银行家叹了口气说,"相当于三千克朗。这次我要了一份书面声明,如果你无力偿还,磨坊就是我的了。"

"什么磨坊?"

"你岳父阿尔诺·哈德伯托姆在蓼草牧场的磨坊。"

"我再也回不去了。"丹迪悲伤而又坚定地补充道,"我要贷款买条船,去当海盗。"

维莫·维瓦尔第挠了挠耳朵,怀疑地看着他。

"嘿!"他说,"你前不久已经把声明领回去撕掉了。你有能力偿还。没什么好奇怪的,有这么丰厚的利润……"

"利润?"

"是啊,我忘了。"矮人嘟囔,"我不该为任何事惊讶的。你未卜先知地垄断了胭脂红,比伯威特,而且你知道的,波维斯发生了政变……"

"我已经知道了。"半身人打断他,"靛青滞销,胭脂红涨价,于是我赚了些钱。是这样吧,维莫?"

"的确如此。你在我这儿存了六千三百四十六克朗加八十铜币。这是净利,扣掉我的佣金和税款。"

"你帮我缴了税?"

"有什么不对吗?"维瓦尔第惊讶地说,"一个小时前你来过这儿,麻利地结清了账。我手下的职员已经把钱拿到市政厅去了。一共大概一千五百克朗吧,算上卖马的利润应缴的税。"

门"砰"的一声被撞开,有个生物闯了进来,头上的帽子脏得要命。

"二点三克朗!"他大喊道,"商人黑兹奎斯特!"

"不卖!"丹迪大叫,"等更高价!你们两个,马上回交易所去!"

两个侏儒贪婪地接住矮人丢来的铜板,消失了。

"呃……刚才说到哪儿了?"维瓦尔第把玩着一颗大得出奇的紫水晶球,那是他的镇纸,"哦对了……说到用我开的本票买下了胭脂红。我早先提到的贷款,你用它买了大量金合欢树皮。买了很多,价钱也很合算:从赞格韦巴的代理人,那个叫'大鼻子'还是'猪鼻子'的家伙那儿,用每磅三十五铜币的价格买下。那条大帆船昨天才进港,一切都是从港口开始的。"

"我能想象到。"丹迪呻吟道。

"金合欢树皮有什么用?"丹德里恩忍不住问。

"完全没用。"半身人悲伤地说,"太不幸了。"

"金合欢树皮,诗人先生,"矮人解释道,"是制作皮革时用来鞣革的东西。"

"如果有人会买海外运来的金合欢树皮,"丹迪插嘴,"那他真是蠢到家了。因为在泰莫利亚,可以用极其低廉的价格买到橡树皮。"

"重点就在这儿。"维瓦尔第说,"因为泰莫利亚的德鲁伊威胁说,如果人们再不停止对橡树的破坏,他们就要让鼠疫和蝗灾降临那片土地。树精也支持德鲁伊。据说泰莫利亚国王向来喜爱树精。简而言之,昨天泰莫利亚宣布,永久禁运橡树,即日生效。金合欢树的价格节节攀升。你优秀的情报来源让你获益良多啊,丹迪。"

外面传来一阵脚步声。那个戴绿色帽子的生物气喘吁吁地跑进办公室。

"可敬的商人苏利米尔……"侏儒上气不接下气地说,"要我重复他的话:半身人比伯威特是头耳朵长毛的猪,是投机者和骗子。而他,苏利米尔,希望比伯威特浑身长满疥疮。他出二点四五克朗,这是他的最终报价。"

"卖出。"半身人斩钉截铁地说,"去吧,小家伙,跑去跟他确认。算账,维莫。"

维瓦尔第从一叠羊皮纸下抽出矮人用的算盘,一件名副其实的艺术品。跟人类的算盘不同,矮人算盘的形状就像格栅构成的金字塔。维瓦尔第的算盘用金丝制成,小巧的棱柱状算珠则是切割过的红宝石、翡翠、缟玛瑙和黑玛瑙。矮人用他粗短的手指,上下左右地熟练拨动着宝石。

"应该是……唔……唔……扣掉全部开销和我的佣金……再减去税款……没错……一万五千六百二十二克朗加二十五个铜币。还不赖。"

"如果没算错的话,"丹迪·比伯威特缓缓地说,"净利的总额是……我应该有……"

"两万一千九百六十九克朗加五个铜币。还不赖。"

"不赖?"丹德里恩大叫,"不赖?这笔钱可以买下整个村子或一座小城堡!我这辈子都没见过这么多钱!"

"我也没有。"半身人说,"但别太激动了,丹德里恩。大家都没见过这么大一笔钱,说不定我们根本没机会见到。"

"比伯威特,这话是怎么说的?"矮人皱起眉头,"你哪来这么悲观的想法?苏利米尔付的不是现金就是汇票,而且他很讲信用。究竟哪里不对头?你在担心购买臭鱼油和蜂蜡的损失吗?赚了这么多钱,要补偿那点损失再简单……"

"不是这个问题。"

"那是什么?"

丹迪清了清嗓子,低下长满卷发的头。

"维莫,"他盯着地板说,"沙佩勒盯上我们了。"

银行家咂了咂嘴。

"确实不太好。"他说,"不过也没什么好奇怪的。你想啊,比伯威特,你做生意的商业信息也包含了政治因素。没人猜到波维斯和泰莫利亚会发生那种事,沙佩勒也一样,而沙佩勒又希望自己总能得到第一手情报。你应该想象得到,他正为你得知这些消息的方法而绞尽脑汁呢。我想他已经知道答案了。我也一样。"

"有意思。"

维瓦尔第瞥了眼丹德里恩和杰洛特,皱起鼻子。

"有意思?你的合作伙伴才有意思呢,丹迪。"他说,"吟游诗人还有猎魔人。我深表钦佩。丹德里恩先生来往于各地,是宫廷的常客,无疑懂得打探消息的技巧。至于猎魔人,他是你的护卫吗?用来吓跑债主?"

"你的结论下得太草率了,维瓦尔第先生。"杰洛特冷冷地说,"我们不是合作伙伴。"

"而我,"丹德里恩涨红了脸,"我从不偷听。我是诗人,不是密探!"

"一位消息灵通的诗人。"矮人咧嘴笑道,"真的很灵通,丹德里恩先生。"

"撒谎!"吟游诗人大叫,"根本没这回事!"

"好吧,好吧,我相信你。哦,但我不知道沙佩勒会不会相信。谁知道呢,也许我们只是大惊小怪而已。听我说,比伯威特:上次中风以后,沙佩勒变了许多。也许,死亡的恐惧终于渗进他的心灵,迫使他开始问问题了?沙佩勒跟以前不同了。他变得更友善、更有同情心、更冷静,甚至……在某种程度上说,更诚实了。"

"你在说什么?"半身人问,"沙佩勒……诚实?友善?这不可能。"

"我只是陈述事实。"维瓦尔第反驳道,"更重要的是,教会现在面临着永恒之火的麻烦。"

"什么麻烦?"

"按他们的说法,永恒之火必须燃遍各处,必须在整片大陆建起供奉它的圣坛。许多圣坛。别问我细节,丹迪,我不是人类信仰的追随者。但我知道,所有牧师,也包括沙佩勒,都只关心圣坛和圣火。他们正在周密地筹备。税费是肯定要涨的。"

"哎呀,"丹迪说,"这算是小小的安慰,不过……"

门又开了,猎魔人见过的那个头戴绿帽、穿兔皮衣的生物出现在门口。

"商人比伯威特,"他汇报说,"要求买入陶碗。价格无所谓。"

"好极了。"半身人微笑的表情就像一只愤怒的斑猫,"那就多买碗。比伯威特先生的话不能不听。我们还买什么?卷心菜,杜松子油,还是铁炉?"

"还有,"那生物从皮外套里拿出一样东西,"商人比伯威特要求三十克朗现金,作为买葡萄酒及吃喝的费用。因为在'长矛洞穴',有三个无赖抢走了他的钱袋。"

"哈！三个无赖！"丹迪一字一句地说，"哎呀，这个城市真是充满了无赖。我能否问一句，可敬的商人比伯威特如今身在何处？"

"还能在哪儿？当然在城西集市。"生物吸着鼻子回答。

"维莫，"丹迪用可怕的语气说，"别问我问题。给我找根够硬又够沉的手杖。我要去城西集市，但我得带上手杖，那儿有太多无赖和小偷。"

"你说手杖？我可以帮你安排。可丹迪，有件事一直在困扰我。我不会问你问题，只会作出猜测，而你只要确认或否认我的猜测就行，可以吗？"

"猜吧。"

"变质的鱼油、玫瑰香精、蜂蜡和陶碗，还有该死的棉纱绳，都只是唬人的把戏，对吧？是为把竞争对手的注意力从胭脂红和金合欢树皮上移开，是为扰乱市场，是不是啊，丹迪？"

办公室的门开了，冲进来一个没戴帽子的生物。

"山蓼报告：一切都准备好了！"那生物大叫，"他问要不要倒下去！"

"倒！"半身人大吼，"马上就倒！"

"以老伦杜林的胡子发誓，"等那个侏儒关上门，维莫惊呼道，"我一点也不明白！发生了什么？倒什么？把什么倒进什么？"

"我也不清楚。"丹迪承认，"但做生意不能半途而废。"

四

杰洛特费力地挤过人群，径直走向一个堆满铜餐盘、煮锅和平底锅的货摊，餐具和厨具反射着夕阳的红光。货摊后面站着个红胡子矮人，戴着橄榄绿色的兜帽，穿着笨重的海豹皮靴。矮人的脸明显很阴沉，好像随时会向挑选货品的顾客脸上吐口水。那位顾客喋喋不休地说着毫无逻辑的话，还不时晃动她的胸部，以及那头金色的卷发。

女顾客正是薇丝普拉，杰洛特在先前那场狂轰滥炸中亲眼见过她。没等她认出自己，猎魔人就迅速躲回人群里。

城西集市生机勃勃，人群像在山楂丛中漫步。猎魔人的袖管和裤腿无时无刻不被人拉扯：被母亲抛下的孩子（她们正去帐篷里，把被酒水和点心引诱的丈夫拖出来）；来自警戒塔的密探；贩卖隐形帽、春药和刻在杉木上的春宫图的行脚商人。杰洛特的笑容迅速退去，开始咒骂并推搡着穿过人群。

他听到鲁特琴的琴声，随后是熟悉的、仿佛潺潺流水般的笑声。那些声音从某个仿佛故事书般色彩斑斓的货摊上传来，货摊的招牌上写着——"出售奇迹、护身符和钓饵"。

"有没有人说过您无比美丽？"丹德里恩坐在柜台上大叫，欢快地晃荡着双腿，"没有？不可能！除非这座城市的人都瞎了眼！来吧，各位！谁想听首情歌？想要受到触动、得到心灵满足的人，只需往我的帽子里扔一枚硬币。该死的，你刚才扔的是什么？铜币留给乞丐吧。别用铜币侮辱艺术家！也许我能原谅你，但艺术永远不能！"

"丹德里恩，"杰洛特走上前去，"我以为我们是分头寻找变形怪的，可你却在这儿开起了音乐会。你在集市上像老乞丐一样唱歌，就不觉得丢脸？"

"丢脸？"吟游诗人惊讶地说，"重要的是谁来演唱，不是在哪儿唱。再说我饿了。这儿的摊主答应给我提供午餐。至于变形怪，你自己去找吧。我可不擅长追踪、打架和报复。我是个诗人。"

"你还是别引人注目，诗人。你的女友也在附近。你也许会惹上麻烦。"

"我的女友？"丹德里恩紧张地呻吟起来，"哪个？我有好几个女友。"

薇丝普拉挥舞着铜制平底锅，以野牛冲锋般的速度穿过人群。丹德里恩跳下摊位，拔腿就跑，敏捷地跳过一篮胡萝卜。薇丝普拉转头看向猎魔人，愤怒地喷着鼻息。杰洛特的背脊贴上一间店铺的坚硬墙壁。

"杰洛特！"丹迪·比伯威特在混乱的人群中大喊，又跟薇丝普拉撞了个满怀，"快点，快点！我瞧见他了！在那边，他跑了！"

"我会抓住你们的，你们这些下流坯！"薇丝普拉一边叫嚷，一边努力保持平衡，"我会跟你们这群畜生算算总账！瞧瞧你们！一个骗子、一个衣衫褴褛的流氓，还有个双脚毛茸茸的小矮子！你们给我记好了！"

"在那边，杰洛特！"丹迪一边叫嚷一边飞奔，还撞倒了一群玩贝壳游戏的学生，"在那儿，躲到马车中间去了！你快挡住左边的路！快！"

他们匆匆追赶，身后传来撞到的商贩和顾客的咒骂声。杰洛特奇迹般地避开一个倒在他脚下的孩子。他跳起来，却撞上两只装着鲱鱼的木桶。鱼贩愤怒地用一条活鳗鱼抽打他的背脊——他正在向顾客吹嘘这条鱼的品质。

他们发现了变形怪,后者正试图在羊圈里藏身。

"去另一边!"丹迪喊道,"去另一边堵住他,杰洛特!"

变形怪沿着围栏飞奔,仿佛一支离弦的箭,身上的绿背心格外显眼。显然,他没变成其他人,是看中了半身人的灵活身手,而这点确实无人可比。当然了,另一个半身人例外,还有猎魔人。

杰洛特看到变形怪突然改变方向,掀起一团尘灰,钻过围栏上的窟窿,冲进一间大帐篷——那是屠宰场和屠夫待的地方。丹迪也看到了。他跳过围栏,却发现自己被困在一群咩咩叫唤的绵羊中间,错失了良机。杰洛特转过身,跑向变形怪穿过的窟窿。他听到衣物撕裂的刺啦声。夹克衫的另一条袖子也扯脱了。

猎魔人停下脚步,咒骂一句,吐口唾沫,又骂了一句。

丹迪跟着变形怪跑进帐篷。里面传来叫喊声、拳打脚踢声、谩骂声和可怕的喧闹声。

猎魔人第三次咒骂起来,比前两次更粗鲁。他咬紧牙关,抬起右手,对准帐篷画出阿尔德法印。帐篷像暴风雨中鼓胀的风帆,里面传来一声狂野的咆哮,还有蹄声和牛的怒吼。帐篷塌了。

变形怪吃力地从帆布下钻出,逃向另一顶较小的帐篷,多半是用来冷藏肉类的。杰洛特本能地转过手,用法印击中对方的后背。变形怪像被闪电劈中,瘫倒在地,但又迅速爬起,几步来到小帐篷旁边,钻了进去。猎魔人紧追不舍。

帐篷里散发着肉腥味。黑暗笼罩了周围。

特里科·朗格瑞文克·勒托特站在那儿,一动不动,气喘吁吁,正抱着一头悬在柱子上的死猪。帐篷没有其他出口,帆布也牢牢地钉在地上。

"很高兴再次见到你,拟态怪。"杰洛特冷冷地说。

变形怪的喘息声沉重又响亮。

"放过我吧。"它好不容易才开口,"你干吗要追我,猎魔人?"

"特里科,"杰洛特说,"你问了个蠢问题。为了得到比伯威特的马和身份,你打昏了他,让他身无分文。你用他的身份获利,却又惊讶于伴随而来的麻烦?鬼才知道你在盘算什么,但我会设法阻止你。我不想杀你,或把你交给当权者,但你必须离开这座城市,我会确保你做到这一点。"

"如果我拒绝呢?"

"那我就把你装进麻袋,用手推车推你出去。"

变形怪的身体突然开始膨胀,变瘦,变高,栗色的卷发渐渐变白、伸直、延长,最后披到肩膀上。他的绿色背心发出油亮的光泽,变成黑色的皮革。他的肩膀和袖子上出现了银色饰钉,肥胖红润的脸蛋变得细长,渐渐苍白起来。

他的右肩上方出现了一把剑柄。

"别再靠近了。"另一个猎魔人哼了一声,微笑着说,"别再靠近了,杰洛特。我不会让你碰到我。"

好可怕的微笑,杰洛特心想。他把手伸向自己的剑。我的嘴真够难看的。我眨眼的样子简直令人毛骨悚然。看在瘟疫的分上,这就是我的长相?

变形怪和猎魔人的手同时碰到各自的剑柄。两把剑同时出鞘。两个猎魔人同时迅速而轻巧地迈出两步:先是向前,然后向侧面。伴着嘶嘶的破空声，两人同时挽出剑花。

动作又同时凝固住。

"你没法打败我。"变形怪咆哮道，"因为我变成了你，杰洛特。"

"你错了，特里科。"猎魔人低声回答，"丢下剑，变回比伯威特。不然你会后悔的。我向你保证。"

"我就是你。"变形怪重复道，"你不可能打赢我。你没法打败我，因为我就是你！"

"你根本不知道变成我意味着什么，拟态怪。"

特里科垂低握剑的手。

"我就是你。"他重复道。

"你错了。"猎魔人回答，"你知道为什么吗？因为你是个善良的小变形怪。你本可以杀掉比伯威特，把他的尸体埋进草丛，就能确保他不会来揭穿你。这么一来，就连半身人的老婆、大名鼎鼎的嘉德妮亚·比伯威特也看不穿你。可你没杀他，特里科，因为这不是你的本性。你只是个善良的、被朋友叫做'嘟嘟'的小变形怪。无论你借用什么外表，你的内心始终如一。你只会复制好的一面，因为坏的一面你根本无法理解。这就是你，变形怪。"

特里科往后退去，直到背脊紧贴帐篷的帆布。

"所以你必须变回比伯威特，束手就擒。你没有抵抗我的能力，因为我的某些部分是你无法复制的。你很清楚，嘟嘟。有那么一瞬间，你接触过我的思想。"

特里科站直身子，面孔变得模糊，白色的头发渐渐转黑。

"你说得对，杰洛特。"他口齿不清地说，因为他的嘴唇正在变形，"我接触到了你的思想。的确只有一瞬间，但也足够了。你知道我现在会怎么做吗?"

特里科的皮夹克浮现出矢车菊的光泽。他笑着正了正装饰白鹭羽毛的橄榄绿色帽子,又将鲁特琴挂上肩头。片刻之前,那把鲁特琴还是柄剑。

"我会告诉你我将怎么做,猎魔人。"他发出丹德里恩那响亮的、仿佛潺潺流水般的笑声,"我会离开这里,消失在人群中,谨慎地变成另一个人,哪怕是个乞丐。我宁愿在诺维格瑞当个乞丐,也不要当荒野中的变形怪。诺维格瑞亏欠了我,杰洛特。这座城市兴建的同时,摧毁了我们原本生活的自然环境。我们像疯狗一样被追杀,几乎灭绝。我是为数不多的幸存者之一。狼群袭击过我,而我变成一头狼,跟着它们奔跑了几星期。我用这种方式生存下来,今天做的也是同样的事,因为我不想在森林里游荡,在树桩下过冬。我不想再忍饥挨饿,不想再沦为别人的箭靶。诺维格瑞有温暖和食物,可以工作谋生,这儿的居民也很少拿着弓箭捕杀彼此。诺维格瑞就是我的狼群。我来这儿是为生存,你明白吗?"

杰洛特点点头,表示赞同。

"你们跟矮人、半身人、侏儒,还有精灵,都达成了和解,甚至有——"特里科继续说着,嘴唇浮现出丹德里恩那傲慢的微笑,"一定程度的种族融合。我有什么地方不如他们吗?为什么你们不给我这样的权利?我要做些什么,才能在这座城市生活?变成眼神天真无邪、有一双长腿和丝绸般秀发的精灵?是吗?精灵什么地方比我优越?看到精灵,你会盯着她的大腿,可你看到我却只想呕吐?你命令我离开,想驱逐我,但我会生存下去。我知道该怎么做。在狼群里,我奔跑、咆哮,为了讨好雌性而撕咬其他公狼。作为诺维格瑞的居民,我会做生意、会编织柳条篮、会乞讨和偷窃。作为你们社会的一部分，文明人能做的事我也能做。谁知道呢，也许我还能结个婚什么的？"

猎魔人一言不发。

"正如我所说，"特里科平静地续道，"我要走了。至于你，杰洛特，你不会阻止我。你连一根手指都不会动，因为我在瞬间看穿了你的想法，杰洛特，包括你拒绝承认的想法，你向自己隐瞒的想法。要阻止我，你就只能杀了我，但冷血砍杀我的念头让你满心惊恐。我没说错吧？"

猎魔人仍旧沉默不语。

特里科再次调整系着鲁特琴的皮绳，转身背对杰洛特，朝出口走去。他步伐坚定，但杰洛特注意到他绷紧了脖子，耸起双肩，等待着呼啸而来的剑刃。杰洛特收剑入鞘。变形怪中途停下，转身看着他。

"再会了，杰洛特。"他说，"谢谢你。"

"再会，嘟嘟。"猎魔人回答，"祝你好运。"

变形怪转过身，走向拥挤的市集，步伐像丹德里恩一样自信、快活而又摇摆不定。像吟游诗人那样，他抬起右手，活力十足地挥了挥，又朝附近的女孩露骨地笑着。杰洛特缓缓跟上……缓缓地……

特里科抓起鲁特琴，放慢脚步，弹了两段作为前奏的和弦，然后弹奏起杰洛特早已熟悉的旋律。他转过身，像丹德里恩那样轻唱起来：

当春天伴着雨水降临，
阳光只温暖你我二人。
这样的事情天经地义，只因我们的心灵
燃烧着永恒的希望之火。

"如果你记得住的话,把这几句转述给丹德里恩。"他叫道,"并且告诉他,歌名应该叫'永恒之火'。再会了,猎魔人!"

"嘿!"突然有人大叫,"该死的骗子!"

特里科吃惊地转过身。薇丝普拉从货摊后走出,胸口剧烈起伏,不怀好意地看着他。

"你这没良心的,还敢朝女孩抛媚眼?"她嘶声说着,步伐越来越激动,"你这流氓,还敢给她们唱小曲儿?"

特里科脱下帽子,鞠了一躬,像丹德里恩那样露出欢快的笑。

"薇丝普拉,我亲爱的。"他殷勤地说,"见到你真是太高兴了。原谅我,我的甜心。我亏欠了你……"

"没错……没错……"薇丝普拉打断他,"你是亏欠了我,现在是偿还的时候了!嗨!"

硕大的铜制平底锅反射着阳光,敲在变形怪头上,发出洪亮的响声。傻笑凝固在特里科的脸上,他身体僵硬,双臂交叠倒了下去。他的形体立刻开始变化,渐渐融化,失去一切与丹德里恩的相似之处。见到这一幕,猎魔人从旁边的货摊上抓过一大块地毯,匆忙跑过去。他铺开地毯,把变形怪放到中间,又轻轻踢了两脚,严严实实裹住特里科。

杰洛特坐在地毯上,用袖子擦擦额头。薇丝普拉狠狠地盯着他,手里的平底锅在微微颤抖。周围已经聚起一大群人。

"他病了。"猎魔人挤出微笑,"这样对他有好处。别挤了,各位。这可怜人需要空气。"

"你们没听见吗?"沙佩勒走进人群,用平静但威严的声音说,"我建议你们回去忙自己的事!法律严禁这样的集会!"

人群很快散去，露出原本站在外围的丹德里恩：他被鲁特琴的音色吸引，于是跑来看热闹。一见到他，薇丝普拉便发出可怕的尖叫，丢下平底锅，飞奔着穿过广场。

"她怎么了？"丹德里恩问，"见到鬼了？"

杰洛特从卷起的地毯上站起身，特里科正在里面轻轻扭动。沙佩勒缓缓走上前。他独自一人，那些护卫踪影全无。

"换做是我，沙佩勒先生，就不会靠近了。"杰洛特低声说。

"哦，是吗？"

沙佩勒抿紧嘴唇，眼神冰冷。

"换做是我，沙佩勒先生，会假装自己什么都没看到。"

"哦，当然。"沙佩勒答道，"但你不是我。"

丹迪·比伯威特气喘吁吁、汗流浃背地从帐篷后跑过来。看到沙佩勒，他立刻停下脚步，吹起口哨，双手放到背后，假装在欣赏仓库的屋顶。

沙佩勒走到杰洛特身边。猎魔人一动不动，眼睛也一眨不眨。他们对视片刻，沙佩勒朝那卷地毯弯下腰。

"嘟嘟，"他冲伸出地毯、跟丹德里恩脚上一般无二的马臀革靴子说，"变成比伯威特，快。"

"什么？"丹迪叫道，目光离开仓库，"你说什么？"

"闭嘴。"沙佩勒断然道，"好了嘟嘟，你怎么样？"

"快了……"地毯里传来一声模糊的呻吟，"这就……这就好……"

地毯卷里伸出的马臀革靴子变得模糊，最后成了半身人毛茸茸的光脚。

"出来吧,嘟嘟。"沙佩勒说,"还有你,丹迪,保持安静。对这些人来说,所有半身人长得都差不多,对吧?"

丹迪含混不清地嘟囔一句。杰洛特盯着沙佩勒,怀疑地眨眨眼睛。官员站直,转过身去。最后几个徘徊不去的看客立时迈开步子,伴着杂乱的脚步声消失在远处。

丹迪·比伯威特二号吃力地钻出地毯,连连打着喷嚏。他坐下来,擦着鼻涕和眼泪。丹德里恩靠着一口箱子坐下,拨弄着鲁特琴,脸上挂着兴致盎然的神情。

"这是哪位?你觉得他是谁,丹迪?"沙佩勒轻声发问,"看起来很像你,你不觉得吗?"

"他是我堂弟。"丹迪露出欢快的笑,轻声回答,"他跟我很亲近。蓼草牧场的嘟嘟·比伯威特,一位商业天才,我刚刚决定……"

"决定什么,丹迪?"

"我决定让他做我在诺维格瑞的代理人。堂弟,你说呢?"

"非常感谢,堂兄。"比伯威特家族的骄傲、商业天才、与丹迪十分亲近的嘟嘟咧嘴笑道。

沙佩勒也回以微笑。

"你在大城市生活的梦想实现了。"杰洛特喃喃道,"你想在这城市里寻找什么呢,嘟嘟?还有你,沙佩勒?"

"如果你去海岬边住上一阵子,"沙佩勒答道,"每天只吃树根,淋得浑身湿透,再冻个半死,你就会明白了……我们的人生也是有追求的,杰洛特。我们并不比你们差。"

"这倒是事实。"杰洛特点点头,评论道,"你们并不比我们差。有些时候,你们甚至更优秀。真的沙佩勒怎么样了?"

"一命呜呼了。"沙佩勒二号低声道,"那是两个月前的事了——因为中风。愿他在地下安息,愿永恒之火照耀他的前路。我当时恰好在附近……没人注意到……杰洛特?你该不会……"

"没人注意到什么?"猎魔人面无表情地问。

"谢谢。"沙佩勒低声道。

"你们在这儿有很多同伴吗?"

"这重要吗?"

"不。"猎魔人承认,"不重要。"

有个戴绿色帽子、穿兔皮外套的身影从货车和货摊后走出。

"比伯威特大人……"侏儒气喘吁吁、结结巴巴地说,目光从一个半身人转到另一个。

"小家伙,"丹迪说,"我想你在找我堂弟,嘟嘟·比伯威特。说吧,说吧,他就在这儿。"

"山蓼说存货已彻底售罄。"侏儒解释道,他咧嘴笑着,嘴里的尖牙一览无余,"每件四克朗。"

"我知道这是怎么回事了。"丹迪说,"可惜维瓦尔第没跟我们在一起。只要一眨眼,他就能算出利润有多少。"

"如果你允许的话,堂兄,"特里科·朗格瑞文克·勒托特——又名"水闸",朋友们叫他"嘟嘟",而且所有诺维格瑞市民都知道,他是著名的比伯威特家族的一员——插嘴道,"让我来算算吧。我对数字的记忆绝对可靠。当然,还有其他事情。"

"请吧。"丹迪欠欠身,"请算吧,我亲爱的堂弟。"

"支出部分,"变形怪皱眉思忖道,"不算太高。玫瑰香精十八块,鱼油八块五,唔……包括棉纱绳,共计四十五克朗。我们用四克朗一件的价格卖出六百件,所以是两千四百克朗。因为没有中间商,所以省去了佣金……"

"希望你别忘缴税。"沙佩勒二号提醒道,"请记住,你们面前站着城市和教会的代表,而且他打算本着良心尽职尽责。"

"应该免税。"嘟嘟·比伯威特反驳道,"这场交易是跟教会做的。"

"哦?"

"鱼油、蜂蜡、玫瑰香精,外加一点点染色用的胭脂红,以适当的比例混合,"变形怪解释道,"倒进陶碗,再放一卷棉纱线。点燃纱线,就会燃起漂亮的红色火焰,能烧上很久,而且没有任何异味:这就是永恒之火。牧师的永恒之火圣坛需要蜡烛。我们提供了他们需要的东西。"

"看在瘟疫的分上,"沙佩勒叹了口气,"的确……我们的确需要蜡烛……嘟嘟,你真是个天才。"

"我妈妈的遗传。"特里科谦逊地回答。

"你妈妈跟你的确很像。"丹迪肯定地说,"瞧瞧这双智慧的眼睛,跟我亲爱的婶婶贝葛妮雅·比伯威特一模一样。"

"杰洛特,"丹德里恩抱怨道,"他三天赚的钱比我一辈子还多!"

"换做是我,"猎魔人严肃地说,"就会转行做商人。问问他吧,也许他愿意收你当学徒。"

"猎魔人……"特里科抓住他的袖子,"告诉我,我该怎么……感谢你?"

"二十二克朗。"

"什么?"

"我要买件新夹克。瞧瞧这件，烂得不成样子了。"

"你们知道吗?"丹德里恩突然大喊起来，"我们应该找家妓院!去'西番莲'吧!比伯威特兄弟请客!"

"他们会让半身人进去吗?"丹迪担心地问。

"看他们谁敢挡你?"沙佩勒换上一副可怕的表情，"要是他们敢，我就去控告整间妓院宣扬异端。"

"好啊。"丹德里恩说，"这下皆大欢喜了。你呢，杰洛特，要跟我们一起来吗?"

猎魔人轻笑起来。

"你知道的，丹德里恩。"他说，"我非常乐意。"

一点牺牲

一

年轻的美人鱼腰部以上浮出水面,双手猛烈拍打海水。杰洛特觉得她的乳房很美——**可谓完美**。只是色彩有些破坏美感:乳头是淡绿色的,乳晕则更淡一些。美人鱼技艺娴熟地驾驭着她掀起的海浪,用迷人的姿势伸了个懒腰,甩着灰绿色的头发,唱出悦耳的音色。

"什么?"公爵把身子探出船栏杆,"她说什么?"

"她拒绝。"杰洛特说,"她说她不愿意。"

"你有没有告诉她,说我爱她,没有她我活不下去,我想娶她,想和她终身厮守,而且不会再爱上别人——你告诉她这些了吗?"

"我告诉她了。"

"然后?"

"没有然后了。"

"再跟她说一遍。"

猎魔人把手指贴到嘴唇上,发出一阵颤音。确认了语言和旋律之后,他开始一丝不苟地传达公爵的爱之表白。

年轻的美人鱼躺在浪头,打断他的话:"别再翻译了。别再费劲了。"她唱道,"我已经明白了。他向我坦白爱意时,永远带着愚蠢的假笑。他说过什么具体的东西吗?"

"没怎么说。"

"真可惜。"

美人鱼拍打海水,尾巴用力一甩,整个身体浸没在海中。鱼鳍搅动得海水浮泛出泡沫。

"什么?她说什么?"公爵问。

"她说真可惜。"

"什么可惜?她说'可惜'是什么意思?"

"在我听来像是拒绝。"

"没人拒绝过我!"公爵不顾明显的事实,叫嚷起来。

"大人。"船长朝他们走来,"渔网准备好了。我们只需扔出渔网,就能抓到……"

"我建议你别这么干。"杰洛特用慎重的语气打断他,"她可不是独自前来。水下还有许多别的东西。这里的水深足以藏下一头海怪。"

听到最后那个词儿,船长颤抖起来,脸色发白。"海……海怪?"

"海怪。"猎魔人确认道,"我建议你别乱用渔网。她只要一声尖叫,这条船就会变成海上的浮木,我们也会像猫一样淹死。至于你,艾格罗瓦尔,你必须做出决定:你想要个妻子,还是养在缸里的鱼?"

"我爱她。"艾格罗瓦尔坚定地回答,"我要娶她。但她必须要有两条腿,而不是长着鳞片的尾巴。一切都准备好了:我用两磅漂亮的珍珠换来一瓶魔法灵药,确保她能长出双腿。她最初三天会有些痛苦,但仅此而已。呼唤她,猎魔人,把这些再跟她说一遍。"

"我解释两遍了,她断然拒绝。但她说她认识一位海女巫,能把你的双腿变成漂亮的尾巴,而且毫无痛苦。"

"她疯了吗?她想让我长出鱼尾巴?想都别想!告诉她,杰洛特!"

猎魔人把大半个身子靠在栏杆上。在他的影子中,海水就像薰衣草那样翠绿。没等他发出呼唤,美人鱼便从喷涌的水柱中浮现。她的动作停顿片刻,用尾巴保持平衡,然后转过身,优雅地跃入波涛,将她的魅力展现得淋漓尽致。杰洛特咽了口口水。

"嘿,你!"她唱道,"还要继续下去吗?我的皮肤都快被太阳晒裂了!白发人,问他是否同意。"

"他不同意。"猎魔人附和她的旋律,答道,"希恩娜兹,你必须明白,他不可能长出尾巴,在水下生活。你能呼吸空气,但他无法在水中呼吸!"

"我就知道!"她尖声唱道,"我就知道!借口,愚蠢而幼稚的借口:哪怕一点点牺牲都做不到!谁喜欢牺牲自己?而我已经为他做出了牺牲:每一天我都会爬上礁石,任石头刮去我背上的鳞片,擦伤我的鳍,全是为了他!而他却不肯放弃那两根糟糕的拐杖?爱不光是索取,还要有奉献和牺牲!把这话告诉他!"

"希恩娜兹,"杰洛特呼喊道,"你不明白吗?他没法在水下生活!"

"我不接受这种蠢话!我……我也爱他,想跟他一起抚养小鱼苗,可他拒绝变成我这样的鱼儿,我的愿望又怎能实现?我该在哪儿产下鱼卵?在他帽子里吗?"

"她在说什么?"公爵喊道,"杰洛特!我带你来,不是让你跟她单独聊天……"

"她拒绝改变主意。她很生气。"

"撒网！"艾格罗瓦尔咆哮道，"我要把她在池子里关上一个月，然后……"

"然后什么？"船长粗鲁地打断他的话，"船下说不定藏着一头海怪！大人，您见过海怪吗？您还是自己跳到海里抓她吧！我可不想掺和。我还得靠这片海活着呢。"

"靠这片海？有我你才活得下去，你这无赖！快撒网，不然我把你大卸八块！"

"给我听好！在这船上，管事的人是我，不是你！"

"你们两个都闭嘴！"杰洛特愤怒地嘶吼，"她正跟我说话呢。这种语言很难懂，我得集中精神！"

"我受够了！"希恩娜兹高唱起来，"我饿了。所以，白发人，他该做决定了！告诉他，我不会再忍受羞辱等待他，看他像四腿海星一样蹦来蹦去。告诉他，我的女性朋友给我的满足，比他在礁石上给我的要多得多！在我看来，他那套把戏更适合年轻的鱼儿。而我是成年美人鱼，正常……"

"希恩娜兹……"

"别插嘴！我还没说完呢！我健康、正常，也到产卵的年龄了。如果他真想要我，他就必须长出尾巴和鱼鳍，还有其他一切，像个正常的男性人鱼一样。否则我绝不会答应他！"

杰洛特迅速翻译起来。他尽量剔除粗俗的词汇，但不太成功。公爵涨红了脸，恶狠狠地咒骂起来。

"无耻的荡妇！"他大吼道，"冷酷的婊子！找条鲱鱼过日子去吧！"

"他说什么？"希恩娜兹游近些问道。

"他不愿长出尾巴!"

"告诉他……我希望他被太阳烤干!"

"她说什么?"

"她希望你……"猎魔人解释道,"趁早淹死。"

二

"真可惜。"丹德里恩叹息道,"我本想陪你一起出海,可我办不到啊!我晕船晕得厉害!要知道,我这辈子还没跟美人鱼说过话呢。该死,太可惜了。"

"我了解。"杰洛特说着,系紧剑带,"但这不会妨碍你创作歌谣。"

"当然。我已经想好了第一段。在我的歌谣里,美人鱼为公爵牺牲了自己:她把鱼尾巴变成两条漂亮的腿,但付出的代价却是自己的声音。公爵背叛了她,抛弃了她。她在悲伤中死去,化作阳光下的一团浮沫……"

"谁会相信这种胡说八道?"

"这不重要。"丹德里恩嘟囔道,"我写歌谣不是让人信服,而是为打动人。我干吗跟你说这些?你什么都不懂。告诉我吧,艾格罗瓦尔付你多少酬劳?"

"一个子儿都没给。他说自己对我很失望……说我没达成职责。他只看成果,不看过程。"

丹德里恩点点头,摘下帽子,看着猎魔人,失望地抿起嘴唇。

"这就意味着我们还是没钱?"

"看来是这样。"

丹德里恩的表情更凄惨了。

"都是我的错。"他呻吟道,"全都是我的错。杰洛特,你生我的气吗?"

不,猎魔人没生丹德里恩的气。远非如此。

但毫无疑问,他们的不幸确实得归咎于丹德里恩。是吟游诗人坚持要参加在四枫树举办的那场聚会。他解释说,参加聚会是人类的天性,能满足内心的需要。丹德里恩说,人应该时不时跟朋友见见面,一起大笑、唱歌、吃羊肉串和饺子,喝啤酒、听乐曲、看舞蹈、调戏那些皮肤闪烁汗水光泽的女孩。他声称,如果每个人都用老办法满足需要,不肯参与有组织的集体活动,那么无穷的混沌就将接踵而至。节庆和聚会就是因此而发明的,所以遇到这样的场合时,出席才是合适的选择。

杰洛特没有断然拒绝。当然,在他内心需求的清单上,出席聚会几乎要排到最末尾。他答应陪丹德里恩前往,因为他觉得在聚会上能找到合适的活儿:他已经很长时间没接到委托了,如今钱袋轻得可怕。

猎魔人也不怪丹德里恩激怒守卫,因为他自己也并非毫无过错:他本可以插手并阻止吟游诗人的冲动行为,但他没这么做,因为他不想跟名为"护林员"的森林守卫为伍。这个志愿者组织素有狩猎"非人生物"的恶名,杰洛特亲耳听到他们夸口自己的壮举:用弓箭射死精灵、树精和邪恶妖精,或把它们吊死在树上。丹德里恩有猎魔人陪同,便壮着胆子说出了自己的看法。他的讽刺之言惹得周围的农夫哄堂大笑,但护林员一开始没啥反应。随后,丹德里恩唱起一首充满侮辱意味的歌谣,让局势急剧恶化,结尾那句"你蠢得像块木头,所以肯定是个护林员"更是引发一场混战，酒馆棚屋被烧个精光。秃头布迪博格指挥一支小队赶来调停，因为四枫树在他的管辖范围之内。他最后宣布：护林员、丹德里恩和杰洛特要共同为这场破坏承担责任，要担责的还包括混乱过后在田地后面的灌木丛里找到的未成年红发女孩——她傻乎乎地笑着，面泛潮红，束腰外衣褪到腰间。幸好秃头布迪博格认识丹德里恩，将刑期折算成罚款，于是他们的腰包分文不剩。他们还被迫骑马逃离四枫树，以免遭到被村民驱逐的护林员的报复。在周边森林里，参与狩猎的护林员多达四十名，杰洛特可不想沦为靶子——毕竟对方的鱼叉状箭头会留下可怕的伤口。

他们本打算前往森林边缘的村庄，好让杰洛特顺路接点活儿，可这一闹，他们就只能改道布利姆巫德海角了。更不幸的是，杰洛特接到的唯一委托便是插手艾格罗瓦尔和美人鱼希恩娜兹之间的恋情，而他们终成眷属的可能性本就极为渺茫。为了买吃的，杰洛特卖掉了金戒指，丹德里恩则卖掉了众多情人之一赠送的紫翠玉胸针。尽管日子过得捉襟见肘，但猎魔人并没记恨丹德里恩。

"不，丹德里恩。"他说，"我没生你的气。"

丹德里恩一个字也不信，这正是吟游诗人反常地沉默的原因。杰洛特又翻了一次鞍囊，然后拍了拍马脖子。他早知道不可能找到值钱的东西。附近农舍飘来的食物香气更让人难以忍受。

"大师！"有人突然叫道，"哎，大师！"

"什么事？"杰洛特转身答道。

两头驴拉着一辆货车，停在路边，一个挺着大肚皮的男人走下来。他脚踩一双毡鞋，身穿毛皮镶边的厚实狼皮外套。

"呃……那个……"矮胖男人尴尬地走上前来，"我不是叫您，阁下，我在叫……丹德里恩大师……"

"我就是。"诗人自豪地确认道，正了正羽毛装饰的帽子，"这位先生，我能为您做点什么？"

"致以最深的敬意，大师。"胖男人说，"我叫特莱利·杜路哈德，香料商人，本地商人公会的会长。我儿子加斯帕德跟戴拉订了婚——戴拉是王家海军船长梅斯特文的女儿。"

"啊！"丹德里恩摆出完美无瑕的严肃表情，"向这对新人致以最衷心的祝愿和祝贺。我能帮你什么忙吗？跟初夜权有关？这事我从不拒绝。"

"啊？不……不是……实际上，宴会和婚礼就在今晚举行。丹德里恩大师，我妻子想邀请你去布利姆巫德海角，所以让我跑这一趟……女人都这个样子。听我说。她告诉我：'特莱利，我们要让整个世界明白，支配我们的并非无知，而是文化和艺术。所以我们举办宴会，要做到尽善尽美，而不只是给人们提供纵酒狂欢、喝到呕吐的借口。'我对那个蠢女人说：'我们已经找到吟游诗人了，还不够吗？'她回答：'一个诗人当然不够，哎呀呀，要是能请来丹德里恩大师，会叫邻居们嫉妒死的。'大师？你能赏光吗？我会象征性地付您二十五塔拉……作为对艺术的支持……"

"我的耳朵欺骗了我吗？"听完最后几句，丹德里恩质问道，"你想让我给人打下手？想让我去给其他音乐家帮忙？我？尊敬的先生，我可没自甘堕落到给别人伴奏的地步。"

杜路哈德涨红了脸。

"抱歉，大师。"他结结巴巴地说，"不是我，是我妻子……我本人非常尊敬您……"

"丹德里恩,"杰洛特压低声音,"别再装腔作势了。我们需要这笔钱。"

"用不着你教我。"诗人顽固地说,"你说我装腔作势?我?你没资格教训我——你总是回绝有趣的活儿!你不杀希律怪,因为它是濒危物种;你不杀蝎蝇,因为它们没有危害;夜行美人就更别提了,那只是迷人的女术士而已;龙也不能杀,因为违背你的道德准则。希望你明白,我也是个有自尊的人!我也有自己的准则!"

"丹德里恩,算我求你,接了吧。一点点牺牲,伙计,这就是我的要求。我答应你,我下次不会这么挑剔了。拜托,丹德里恩……"

吟游诗人挠挠脸颊上的绒毛,盯着地面。杜路哈德走近些,大声道:"大师……请给我们这份荣幸吧。如果不带你回去,我妻子这辈子都不会原谅我了。所以……我会把价码提高到三十塔拉。"

"三十五!"丹德里恩坚定地开出价码。

杰洛特露出微笑,期待地嗅着农庄那边飘来的食物气味。

"好,大师,好。"特莱利·杜路哈德飞快地应承下来。显然,就算丹德里恩开价四十,他也会欣然接受。"还有……如果您愿意的话,可以在我家休息和放松。还有您……请问尊姓大名?"

"利维亚的杰洛特。"

"阁下,我也邀请您……来吃饭、喝酒……"

"他很乐意。"丹德里恩插嘴,"请带路吧,尊敬的杜路哈德阁下。悄悄问您一句,另一位吟游诗人是?"

"可敬的艾希·达文女士。"

三

杰洛特又用袖子擦擦皮带扣和夹克上的银镶钉,梳了遍头发,用绳子扎紧。他把鞋子擦得锃亮,顺带擦了遍马靴。

"丹德里恩?"

"嗯?"

吟游诗人摸摸帽子上的白鹭羽毛,又抚平拉直夹克衫。他们花了半天时间清洗衣物,总算能见人了。

"怎么了,杰洛特?"

"等会儿规矩点儿,别不等宴会结束就把人吓跑了。"

"真有意思。"丹德里恩愤愤不平地说,"我还想建议你注意举止呢。我们能进去了吗?"

"走吧。你听见没?有人在唱歌。是个女人。"

"你才发现?那是艾希·达文,外号'小眼睛'。你从没见过女吟游诗人?哦没错!我都忘了,你总对艺术繁荣的地方敬而远之。小眼睛是个诗人,也是很有天赋的歌手,就是有些恶劣的毛病——如果我消息来源可靠,她的毛病还不少。她现在唱的正是我创作的歌谣。等着瞧吧,听我唱过之后,她的小眼睛又该嫉妒地眯起来了。"

"老天爷啊,丹德里恩。他们会把我们赶出去的。"

"你别管。这就是这一行的做法。进去吧。"

"丹德里恩。"

"嗯?"

"为什么叫她'小眼睛'?"

"你会明白的。"

他们搬空一座存放鲱鱼和鱼油的大仓库，作为婚礼会场，残留的腥气大半都被高高挂起的成捆槲寄生和石楠花——还扎着缎带作为装饰——吸走了。根据传统，这里到处挂着大蒜编成的"花环"，用来吓阻吸血鬼。靠墙的桌椅盖着白布，仓库一角有堆硕大的篝火，上面架着烤肉叉。尽管这里人头攒动，但并不喧哗。超过五百名来自不同国家和不同行业的来宾，连同麻子脸的新郎，还有几乎被他的目光生吞活剥的新娘一起，静静聆听一位年轻女子的迷人演唱。那女子身穿端庄的蓝色衣裙，坐在舞台上，用膝头的鲁特琴为悦耳的歌声伴奏。她看起来不过十八岁，身材异常单薄，浓密的长发呈暗金色。二人走进会场时，她刚好唱完最后一句。人群报以雷鸣般的掌声和喝彩，但她只略一点头，长发随之轻轻晃动。

"欢迎您，大师，欢迎。"杜路哈德身穿他最好的衣服，拉着他们来到仓库中央，"也欢迎您，杰拉德阁下……非常荣幸……是的……请允许我……尊敬的女士们先生们！欢迎我们的贵客，他赏光来到这里……丹德里恩先生，著名的歌手和歌谣作者……以及诗人！他给了我们莫大的荣幸……让我们有幸……"

欢呼声和鼓掌声淹没了杜路哈德语无伦次的致辞，也让他免于将自己憋死。丹德里恩骄傲得像只孔雀，换上与这场合相应的礼节，深鞠一躬，向坐成一排的年轻女孩挥挥手。女孩们的坐姿就像架子上的小鸡，由后面那排老妇人严密监视。她们毫无反应，像被木工胶之类的东西粘在了长椅上，双手平放在膝头，无一例外地张着嘴巴。

"好了！"杜路哈德大喊，"喝啤酒吧，朋友们！再吃点东西！这边，这边！承蒙诸神的恩典……"

人群仿佛拍向礁石的波涛,朝堆满食物的桌子涌去。穿蓝衣的女孩分开众人,走了过来。

"嗨,丹德里恩。"她说。

自从与丹德里恩结伴旅行,杰洛特就觉得吟游诗人恭维所有女孩"眸若星辰"的形容既老套又陈腐。但在艾希·达文面前,即便杰洛特对诗歌一窍不通,也必须承认这句描述非常贴切。在那可爱、友好,却没什么特别之处的脸蛋上,有只闪闪发亮、美丽又迷人的深蓝色大眼睛。艾希·达文的另一只眼睛大半时间会被一缕金发盖住,而她会习惯性地摇摇头,或对那缕头发吹口气——这时就能看出,两只眼睛一般无二。

"嗨,小眼睛。"丹德里恩笑着回答,"刚才那首歌真动听。你的保留曲目真是改善了不少啊。我早就说过,如果没法自己写歌,就该从别人那里借一些。你经常这么干吗?"

"算不上。"艾希·达文针锋相对。她笑了笑,露出一口洁白小巧的牙齿,然后说:"有过几次吧。我倒想多借几次,但能借用的歌实在不多:歌词太糟,旋律虽然悦耳,但又单调至极,甚至可谓粗陋,实在不符合听众的期望。丹德里恩,你最近写新歌了吗?我还没听过呢。"

"这也难怪。"吟游诗人叹口气回答,"我献唱的地方,只会邀请最有天赋也最知名的艺术家。在那些地方,我从没见过你。"

艾希涨红了脸,吹了吹头发。

"的确。"她说,"我没有光顾妓院的习惯。那儿的气氛太压抑。想到你只能在那种地方演奏,我真为你伤心。不过也没办法,没天赋的人没有选择听众的资本。"

满脸通红的人换成了丹德里恩。小眼睛快活地笑笑,靠在丹德里恩肩头,响亮地亲了一口他的脸颊。猎魔人有点吃惊,但只有一点点。作为丹德里恩的同行,她特立独行的个性也在情理之中。

"丹德里恩,亲爱的老傻瓜!"艾希说着,拥抱了他,"看到你身体和精神都这么健康,我真是太高兴了。"

"嘿,洋娃娃。"丹德里恩抱起身材娇小的女孩,转了一整圈,衣裙褶边随风飘起,"诸神在上,你真是太棒了。我好久没听到这么可爱又恶毒的话了,你吵起架来比唱歌还厉害。你还是这么漂亮!"

"丹德里恩,我告诉你多少次了?"艾希吹开那缕头发,又看向杰洛特,"别再叫我洋娃娃了。还有,你该介绍同伴了——看得出,他不是同行。"

"谢天谢地,他的确不是。"吟游诗人大笑,"洋娃娃,他既不会写歌,也不会演唱——他最多只会用'梅毒'和'后厨'押韵。这位是猎魔人的代表,利维亚的杰洛特。过来,杰洛特,亲亲小眼睛的手。"

猎魔人不知所措地走过去。吻手礼的对象至少得是公爵夫人,且多半要吻在戒指上——面对公爵夫人通常还得下跪。在南方这边,面对地位不那么高的女性,这种礼节等同于示爱,而且只有确立关系的爱侣才会这么做。

但小眼睛的动作打消了杰洛特的疑虑。她活力十足地伸出手,五指朝下。猎魔人笨拙地接过她的手,吻了下去。艾希盯着他的动作,脸颊飞起两朵红云。

"利维亚的杰洛特!"她说,"你这位同伴可不简单啊,丹德里恩。"

"我很荣幸。"猎魔人意识到自己跟杜路哈德一样语无伦次，"女士……"

"见鬼。"丹德里恩咆哮道，"别吞吞吐吐的，也别用那些鬼头衔让小眼睛难堪了。她叫艾希。艾希，他叫杰洛特。介绍完毕。该说正事了，洋娃娃。"

"再叫我洋娃娃，我就给你一耳光。你想说什么正事？"

"我们得决定演出顺序。我提议轮流献唱，这样效果最好。当然了，只能唱自己写的歌。"

"也许吧。"

"杜路哈德给你多少？"

"不关你的事。谁先开始？"

"我。"

"同意。嘿！看看谁大驾光临了！艾格罗瓦尔公爵。看啊，他刚进门。"

"哈！这下听众的质量也上了个台阶。"丹德里恩欢快地说，"但没什么好高兴的：艾格罗瓦尔是个吝啬鬼，杰洛特可以作证。公爵花钱总是很心疼。他会雇人，这倒没错，但等结账时……"

"我也听说了。"艾希拂开那缕头发，看着杰洛特，"这事已经在码头周边传开了。关于有名的希恩娜兹，对吧？"

门口的仪仗队毕恭毕敬地鞠躬行礼，但艾格罗瓦尔只是短促地点点头，径直走向杜路哈德，把他拉进角落，避免引起房中宾客的注意。杰洛特用眼角余光扫向他们。他们压低了声音，但两人看起来都很激动。杜路哈德忍不住用袖子擦拭额头，摇头晃脑，又挠起脖子。看到对方的反应，公爵的表情僵硬而不快，只用耸肩回应。

"那个公爵,"艾希贴着杰洛特,低声说,"看起来心事重重。会不会是为爱情烦恼?因为早上跟美人鱼的误会?猎魔人,你怎么看?"

"也许吧。"杰洛特瞥了她一眼,莫名地既吃惊又恼火,"人人都有自己的问题,但不是每个人的问题都能被人拿到集市上传唱。"

小眼睛的脸微微发白。她朝那缕头发吹了口气,挑衅地看着他。

"你这么说是想伤害我,还是单纯地想让我不痛快?"

"都不是。我只是不想再提起艾格罗瓦尔和美人鱼——那些问题,我觉得我无法回答。"

"懂了。"艾希·达文漂亮的眼睛微微眯起,"我不会让你再陷入两难境地了,也不会再多问,坦白讲,我原本是邀请你来一场友好的对话。但还是算了吧。别担心,这事不会成为集市上的歌谣,我会把乐趣全都留给自己。"

她飞快地转过身,朝餐桌走去。丹德里恩不安地挪挪身子,低声道:"你对她可不怎么友好啊,杰洛特。"

"我承认,我太蠢了。"猎魔人回答,"平白无故伤害了她。也许我该向她道个歉……"

"算了吧。"吟游诗人说完,又严肃地补充道,"要改变第一印象是很难的。好了,还是去喝啤酒吧。"

他们没能喝上酒,因为杜路哈德中断了与几位宾客的交谈,上前跟他们搭话:"杰拉德大人,"他说,"请原谅。公爵大人想跟您谈谈。"

"我这就去。"

丹德里恩拉住猎魔人的袖子。"杰洛特,别忘了。"

"什么?"

"你答应过会毫无怨言地接下任何委托。我还记得你的话。怎么说的来着？一点点牺牲？"

"我知道，丹德里恩。但你怎么知道艾格罗瓦尔……"

"我这方面直觉很准。别忘了，杰洛特。"

"当然，丹德里恩。"

他跟着杜路哈德来到房间一角，远离宾客。艾格罗瓦尔坐在矮凳上，身边有个衣服五颜六色、留黑色短须的男人。杰洛特早先没注意到他。

"又见面了，猎魔人。"公爵开口，"虽然我今早才发誓再也不想见到你，但身边没其他猎魔人可用，只能靠你了。这位是泽李斯特，负责管理我名下的采珠业。"

"今天早上，"肤色黝黑的男人慢吞吞地说，"我打算扩展一下采珠区域。我派了一条船去西方远处，也就是海角后方，靠近龙齿礁那边。"

"龙齿礁，"艾格罗瓦尔插话道，"是两座火山形成的巨大礁石，位于海角尽头附近。在岸上就能看到。"

"没错。"泽李斯特确认，"通常我们不会把船开到那儿。旋涡和暗礁太多，潜水太危险。但岸边的珍珠越来越少了，只好去碰碰运气。船上有两个水手、五个采珠人，可他们直到晚上都没回来。虽然海上风平浪静，但我们很担心。我派了两条小艇过去，他们发现船漂在海上，船上的人却消失得无影无踪。我们不清楚究竟怎么了，但肯定发生过搏斗。一场屠杀。痕迹……"

猎魔人眨眨眼。"什么痕迹？"

"甲板上全是血。"

杜路哈德吹了声口哨，紧张地四下张望。

泽李斯特压低声音。"就像我说的那样。"他咬紧牙关，重复一遍，"船上全是血。屠杀。有什么东西杀死了他们，说不定是海怪干的。哦，肯定是海怪。"

"这儿就没有海盗？"杰洛特轻声发问，"没有跟你们竞争的采珠人？你们排除了有人登船、用普通刀剑杀死他们的可能性？"

"基本排除了。"公爵答道，"这片海域既没有海盗，也没有竞争者。就算海盗杀光所有船员，也不可能不留下尸体。不，杰洛特，泽李斯特说得对：这是海怪的杰作，没有其他可能。听着，现在没人敢出海了，就算早已熟悉的海域也一样。人们陷入恐慌，港口停止运作，就连大船也不敢离开港口。你明白了吧，猎魔人？"

"我明白了。"杰洛特点点头，"谁能带我过去？"

"哈！"艾格罗瓦尔把手放到旁边的桌上，手指轻轻敲打桌面，"这话我爱听。我们的猎魔人终于有点像样的反应了，不再计较细枝末节了。你瞧，杜路哈德：饿肚子的猎魔人才是好猎魔人。是这样吧，杰洛特？要是没有你的歌手朋友，你今晚就得饿着肚子入睡！这对你来说是个好消息，不是吗？"

杜路哈德垂下头。泽李斯特空洞地看着他。

"谁能带我过去？"杰洛特冷冷地盯着艾格罗瓦尔，重复一遍。

"泽李斯特，"公爵说着，笑容退去，"你什么时候能准备好？"

"明天早上。"

"我在码头等你，泽李斯特阁下。"

"好的，猎魔人大师。"

"很好。"公爵搓着双手，露出讽刺的笑，"杰洛特，希望这次的结果比希恩娜兹那次要好。我全指望你了。哦，还有一件事。不准告诉别人。我的麻烦已经够多了，不想再增加民众的恐慌。杜路哈德，听懂了吗？如果我发现你走漏风声，我就拔掉你的舌头。"

"听懂了，公爵大人。"

"很好。"艾格罗瓦尔站起身，"我该走了，免得破坏气氛，引来闲言碎语。再会了，杜路哈德，代我向新娘致以最诚挚的祝愿。"

"谢谢，公爵大人。"

艾希·达文坐在凳子上，周围是密密麻麻的听众。她正在唱一首旋律优美、勾人思乡的歌谣，讲述一个受到背叛的女人遭遇的种种不幸。丹德里恩靠着柱子，低声嘟囔着什么，同时用手指计算时间和音节。

"这么说，"他问，"你终于接到活儿了？"

"对。"

猎魔人没有继续说明，但吟游诗人并不介意。

"我告诉过你。这种事我眼光很准。很好，非常好。我赚了点钱，你也一样。我们应该犒劳一下自己，然后去希达里斯参加收获节。但先等一下，我发现了有趣的东西。"

杰洛特循诗人的目光看去，但除了十来个合不拢嘴的女孩，他没发现值得注意的东西。丹德里恩抚平夹克衫，把帽子歪了歪，自信地朝长椅走去。他从侧面绕过负责监护的老妇人，露出迷人的微笑，老练地和那些女孩搭讪。

艾希·达文的歌谣结束了。听众报以掌声、一个小钱袋，还有一大束有些褪色的山菊花。

猎魔人大步走进人群，寻找挤近餐桌的机会。他沮丧地看着腌鲱鱼、白菜卷、煮鳕鱼头、羊排、香肠片、熏鲑鱼和熏火腿片飞快地消失不见。问题在于，餐桌边根本没有空位。

女孩和老妇人颇为兴奋地围住丹德里恩，请他唱首歌。他回以不太真诚的笑，又带着虚伪的谦逊拒绝了她们的要求。

抛开礼节之后，杰洛特终于挤到餐桌边。有个浑身醋味的年长男人热心地为他挤出个空位，差点让邻座的人全都摔下椅子。杰洛特没有浪费时间，立刻吃起来。眨眼工夫，他就吃完了自己能够到的那盘菜。散发醋味的男人又递给他一盘。为了表示感谢，杰洛特被迫耐心聆听他关于年轻人和当今时势的长篇大论。那人还把社会自由和胃气胀画上等号，杰洛特费力地忍着笑。

艾希独自站在墙边，调着她的鲁特琴，两边分别有束槲寄生。猎魔人看到一个身穿锦缎紧身上衣的年轻男人凑上前，对她说了句什么。艾希看着他，抿紧漂亮的嘴唇，飞快地答了几个字。年轻人站直身子，猛地转过身。他耳朵通红，在昏暗的房间里很是惹眼。

"……厌恶、屈辱和羞愧，"浑身醋味的男人续道，"就像严重的胃气胀，先生。"

"您说得对。"杰洛特用一块面包擦着餐盘，随口附和道。

"尊贵的大人们，我谦卑地请求各位安静。"杜路哈德在房间中央大喊道，"著名的丹德里恩大师，尽管身体疲惫不适，仍将为我们演唱他的知名歌谣《玛丽恩女王和乌鸦》！因为丹德里恩大师表示，他无法拒绝我们敬爱的磨坊主的女儿、维芙卡小姐的私人请求！"

维芙卡小姐是长椅上不那么漂亮的女孩之一，此时却仿佛在闪闪发光。杂乱的掌声盖过了年长男人的胃气胀理论。丹德里恩一直等到人群彻底安静，才做了一番夸张的自我介绍，随后唱起歌来，目光始终不离维芙卡小姐。他每唱一句，那位年轻女孩就显得更加迷人。只需一点点挑逗，就能胜过叶妮芙在温格堡的店铺贩售的乳霜和魔法精油，杰洛特心想。

但他注意到，艾希偷偷绕到在丹德里恩面前围成半圆的听众身后，又小心翼翼地上了阳台。在某种奇怪冲动的驱使下，他礼貌地离开餐桌，跟了上去。

艾希的手肘拄着阳台栏杆，纤细的胳膊撑着下巴。她用迷离的目光打量着月亮和码头路灯照亮的海浪。杰洛特脚下的木板嘎吱作响。艾希站直身子。

"请原谅，我没想打扰你。"他语气生硬地说，发现她的嘴唇紧紧抿起，就像跟穿锦缎衣服的年轻人说话时那样。

"你没打扰我。"她微笑着回答，又拂开那缕头发，"我想要的不是独处，而是新鲜空气。烟雾和浑浊的空气也让你难受了？"

"有点儿吧。但更让我难过的，是我伤害了你。我来请求你的原谅，艾希。你说过想来场友好的对话，希望能再给我一次机会。"

"应该道歉的人是我。"她又把双手按到栏杆上，"是我反应过度了。这种事常有：我总控制不住自己。请原谅，并允许我再跟你说说话。"

他走上前，站到她身边。他感到她身上散发出一股暖意，还有微弱的马鞭草香味。杰洛特喜欢这种香味，尽管它无法跟丁香和醋栗相比。

"杰洛特，大海会让你想到什么？"她突然发问。

"担忧。"他不假思索地回答。

"有意思。可你看起来既冷静又镇定啊。"

"我不是说自己。你问的是我会把什么跟大海联系起来。"

"本能的联系就是灵魂的投影。我很清楚,因为我是个诗人。"

"那大海对你来说是什么?"杰洛特飞快地发问,免得对方问及自己在担忧什么。

"是永无休止的涌动。"思索之后,她答道,"是改变。也是个不解之谜,让我无法理解。我能用一千种方式写下一千首关于大海的诗歌,却始终触及不到它的本质与核心。是啊,也许对我来说,大海就是这样。"

"你同样感到担忧。"杰洛特说,马鞭草的气息似乎越来越浓郁,"可你看起来既冷静又镇定……"

她转过身,那缕头发飘向一旁。她用漂亮的双眼注视着他。

"我既不冷静也不镇定。"

事情突然发生,毫无预警。杰洛特本想轻触她的双肩,却不知怎么猛地搂住了她的腰。他的身体迅速却温柔地靠近,一与女孩相触,杰洛特的血液顿时沸腾起来。艾希突然愣住了,僵硬地弓起背脊,抓住猎魔人的双手,想要把他推开。

"嘿……你要干什么?"

小眼睛瞪大双眼,看着杰洛特。

猎魔人凑近她的脸,吻上她的双唇。艾希依然抓着杰洛特的双手,依然弓着背脊,避免和他发生身体接触。他们维持这样的姿势不停打转,像跳舞似的。艾希热情又老练地回吻了杰洛特。他们的嘴唇很久才分开。

接着,女孩轻而易举地挣脱猎魔人的手,重新用手肘挂着栏杆,双手托腮。杰洛特突然觉得自己蠢得要命。他压下了再次接近、亲吻她耸起的双肩的冲动。

"为什么?"她没回头,就这么冷冷地发问,"你为什么这么做?"

她用眼角余光打量他。猎魔人知道自己做错了事,此刻已如履薄冰。任何伪装、谎言、欺瞒和虚张声势,都将导致无可挽回的后果。

"为什么?"她重复一遍。

杰洛特没回答。

"你想找女人陪你过夜?"

他还是没回答。艾希转过身,碰碰他的肩膀。

"进去吧。"她的语气没有任何情绪波动,但这骗不了猎魔人,他听出了其中的紧张,"别摆出那副表情,什么也没发生。我可没在找过夜的男人。不要觉得内疚,好吗?"

"艾希……"

"走吧,杰洛特。他们正在要求丹德里恩唱第四首歌,该轮到我了。我会……"

艾希冲那缕头发吹了口气,用怪异的眼神看着他。

"我会为你而唱。"

四

"啊哈!"猎魔人装出吃惊的样子,"这就回来了?我以为你今晚不会回来了。"

丹德里恩扣上门环,把鲁特琴和羽毛帽挂在钉子上,再脱下外套,拍去灰尘,丢到狭小房间一角的几只袋子上。除了那些袋子,房间里还有一副床垫和一大捆干草,没有任何家具,就连烛泪都在地板上汇成一摊。杜路哈德仰慕丹德里恩,但显然没到给他提供真正卧室的程度。

"你为什么以为我今晚不会回来?"丹德里恩脱掉鞋子问道。

猎魔人拄着手肘坐起来,身下的稻草嘎吱作响。"我以为你会在维芙卡小姐的窗外唱小夜曲——你今晚一直贪婪地盯着她,像公狗盯着母狗。"

"嘿!"吟游诗人大笑,"你不会蠢到这份上吧?你还不明白?我不在乎维芙卡。我只想在明天有实质性进展之前,让埃克莉塔小姐先嫉妒一下。让点地方给我。"

丹德里恩倒在床垫上,把盖在杰洛特身上的厚实毛毯扯向自己。猎魔人的心里突然涌出一股无名火,他转头看着窗户,透过密密麻麻的蛛网仰望星辰。

"你怎么了?"诗人问,"我追女孩让你不痛快了?以前可不这样啊?你希望我像德鲁伊那样立下贞洁誓言?还是说……"

"别没完没了。我累了。难道你没发现,我们两周来头一次睡在床垫上,头上还有屋顶?想到明早不会被人粗鲁地晃醒,你不觉得欣喜若狂吗?"

"对我来说,"丹德里恩思忖道,"没有年轻女人的床垫根本不是床垫。这是残缺的幸福……残缺的幸福有什么好?"

杰洛特不由呻吟起来。丹德里恩得意洋洋地继续长篇大论。

"残缺的幸福,就像……被人打断的亲吻……我说,你干吗咬牙切齿的?"

"你真是无聊透顶,丹德里恩。除了床、女人、屁股、胸部、残缺的幸福和被人打断的亲吻,就没有别的话题了?很明显,你根本控制不住自己。只有轻浮，或者说放荡的想法，才能促使你谱曲、写诗和唱歌。你看，这就是你天赋的黑暗面。"猎魔人激动地说。

丹德里恩轻易看穿了他的想法。

"啊哈！"吟游诗人平静地回答，"肯定是因为我们的'小眼睛'艾希·达文。她把可爱的小眼睛转向猎魔人，开始散播混乱。猎魔人在我们的小公主面前情绪失控了，但他没有自我反省，而是莫名其妙地拿我撒气。"

"你真是满口胡言，丹德里恩。"

"不，我的朋友。艾希给你留下了很深的印象。别抵赖。我不觉得这有什么错，但你要小心点，别做错事。她不是你想象的那种人。就算她的天赋有什么黑暗面，恐怕也不是你认为的那样。"

"我明白了。"猎魔人说，"你很了解她。"

"相当了解。但不是用你以为的那种方式。"

"你居然会承认这种事，真令人吃惊。"

"你可真够蠢的。"吟游诗人伸了个懒腰，双手垫在脖子下面，"小眼睛还是孩子时，我就认识她了。对我来说……她就像妹妹。我重申一遍：别对她做任何蠢事。你已经造成了很大的伤害，因为她也被你迷倒了。承认吧，你想要她。"

"我跟你不同。就算是事实，我通常也不会谈论这种事。"杰洛特冷冷地说，"我不会拿它作歌谣的主题。感谢你告诉我她的事。我的确因此避免了一个愚蠢的错误。打住吧。这事已经结束了。"

丹德里恩沉默地躺了一会儿。但杰洛特太了解这位同伴了。

"我知道。"诗人终于开口，"我都明白。"

"你什么都不明白，丹德里恩。"

"你知道自己的问题出在哪儿吗？你总是表里不一。你习惯于夸耀自己的与众不同，认为这就是自己的特异之处。你把这些强加给自己，却不明白对大多数人来说，你并不特别。是啊，你反应更快，瞳孔会在阳光下变成垂直的细线，你能像猫儿那样在黑暗中视物，又能施展一点儿法术，可那又如何？关我什么事？我认识一个酒馆老板，他能不间断地连放十分钟的屁，甚至能用屁演奏圣歌《欢迎，欢迎黎明之星》。除了这项勉强可以算作天赋的技能以外，他就是个再普通不过的酒馆老板，有老婆，有儿女，还有个瘫痪的祖母。"

"你能否解释一下，这跟艾希·达文有什么关系？"

"当然可以。你以为小眼睛对你有兴趣，是出于某种可疑、甚至是异常的目的。可你错了。你以为她看你的目光里，带着对独角兽、双头牛犊或动物寓言集里的火蜥蜴的迷恋。你刚跟她认识，就进行了无情又不公平的指责，挑起了她的敌意：你对子虚乌有的冒犯作出反击。我亲眼所见！我没目睹接下来的事件，但我注意到你们离开了房间，回来时她脸上带着红晕。没错，杰洛特。告诉你吧，你犯了个错误。你想报复她，因为她——以你的观点看——对你表现出异常的兴趣。然后你决定利用她对你的好感。"

"我再说一遍：你真是胡话连篇。"

"你想把她骗上床。"吟游诗人泰然自若地躺在床上，续道，"所以你告诉她，和怪物、变种人兼猎魔人上床会是什么样。幸运的是，艾希表现出远胜于你的聪慧，并对你的愚蠢表现出强烈的同情，所以她原谅了你。我之所以知道这一事实，是因为你从阳台回来时，眼睛没被人打肿。"

"你说完没有？"

"说完了。"

"很好,晚安。"

"我知道你为什么坐立不安又咬牙切齿。"

"当然,你什么都知道。"

"我知道你受伤太深,所以没法理解普通女人的心。但伤害你的可是叶妮芙啊——天知道你看中了她哪一点。"

"别说了,丹德里恩。"

"说真的,你不喜欢艾希这样的普通女孩吗?那个女术士有什么地方艾希比不上?年龄?也许小眼睛年纪还小,但她至少年龄和外表一致。你知道叶妮芙有天喝酒之后跟我说了什么?哈……她说她第一次跟男人上床时,犁这东西才刚刚发明!"

"你在撒谎。在叶妮芙看来,你跟恶毒的瘟疫没什么区别。她不可能对你承认这种事。"

"你说得对。我在骗你。我承认。"

"不承认也没关系,我太了解你了。"

"你以为你了解我。可别忘了,人的本性是很复杂的。"

"丹德里恩,"猎魔人叹了口气,他刚才差点就睡着了,"你只是个愤世嫉俗、好色成性又谎话连篇的家伙。相信我,这些算不上复杂。晚安。"

"晚安,杰洛特。"

五

"起得真早,艾希。"

女诗人微笑，按住随风飘舞的头发。她沿着码头缓缓前进，避开腐朽木板上的窟窿。

"我忍不住想看看猎魔人工作时的样子。你会不会又觉得我是个好管闲事的家伙？好吧，我承认，我是有点好奇。你的工作进展如何？"

"什么工作？"

"哦，杰洛特！"她说，"你低估了我的好奇心，还有我在收集与理解信息方面的才能。我已经知道了采珠人遭遇的意外，也对你跟艾格罗瓦尔约定的细节一清二楚。我还知道，你正在寻找能送你去龙齿礁的船夫。你找到没？"

他盯着她看了一会儿，最后决定回答："不。我没找到。"

"他们不敢？"

"没错。"

"如果不能过海，你该怎么侦察呢？又怎么给那头杀死采珠人的怪物挠痒痒呢？"

杰洛特拉着女孩的手，快步离开码头。他们走在遍布岩石的海滩上，周围是停靠在岸边的小艇、挂在柱子上的渔网，还有正在架子上风干的死鱼。杰洛特惊讶地发现，女孩的陪伴既不会令他不快，也不显得累赘。他也希望一场平静而愉快的对话能抹去阳台上那个吻留下的不快回忆。另外，艾希出现在码头，也意味着她并不记恨他。他很高兴。

"给怪物挠痒痒。"他低声重复女孩的话，"要是我知道方法就好了……我对海生怪物的知识非常有限。"

"真有意思。据我了解，海里的怪物要比陆地多很多，无论种类还是数量。在我看来，大海应该更适合猎魔人施展拳脚才对。"

"不是这样。"

"为什么?"

"人类在海上活动,"他清清嗓子,转过头来,"还是不久前的事。在第一次移民时代,猎魔人最为人需要的场所是陆地。我们并不擅长跟海洋生物搏斗,尽管海底确实充斥着极具攻击性的生物。猎魔人的能力不足以对抗海中怪物。那些生物要么过于庞大,要么甲壳厚实,要么太过灵活,更可能三者兼备。"

"你觉得杀死采珠人的怪物是什么?你有没有怀疑的对象?"

"说不定是只海怪。"

"不,海怪会把船打碎。"小眼睛脸色发白,吞了口口水,"别以为我是瞎猜。我在海边长大……不止一次见过那种怪物。"

"巨章鱼能把船上的人丢进海里……"

"那就不会有那么多血了。杰洛特,那头怪物不是章鱼、不是逆戟鲸,更不是龙龟,因为它没有毁掉或打翻船。或许你在寻找罪魁祸首时犯了个错误。"

猎魔人思索起来。

"我开始钦佩你了,艾希。"他的话让艾希面泛红晕,"你说得对。也许这次袭击来自天空:鸟龙、狮鹫兽、双足飞龙、翼龙,或者双翼巨人,甚至可能是……"

"等等。"艾希插嘴道,"瞧瞧谁来了。"

艾格罗瓦尔独自沿海岸走来,衣服都湿透了。看到他们时,他似乎更愤怒了。

艾希谨慎地鞠了一躬,杰洛特低下头,用拳头碰碰胸口。艾格罗瓦尔吐了口唾沫。

"我在礁石上等了三个钟头,几乎从日出开始。"他咆哮道,"可她根本没露面。我在海浪冲刷的礁石上等了整整三个钟头,活像个傻瓜。"

"我明白……很抱歉。"猎魔人低声道。

"抱歉?"公爵爆发了,"只是抱歉?一切都是你的错。是你搞砸了自己的工作,是你毁掉了一切。"

"我毁掉了什么?我只不过负责翻译……"

"见你的鬼!"公爵愤愤地打断道,侧过身去。他的侧影很有王家风度,就像货币上的侧身像。"要不是雇佣了你,我会比现在好过得多。也许这话听起来很怪,但没有翻译时,希恩娜兹跟我沟通得更好,你应该懂我的意思。而现在……你知道镇上的人怎么说吗?他们私底下说,采珠人之所以死掉,是因为我冲美人鱼发了火。这是她的复仇。"

"荒谬。"猎魔人冷冷地评论道。

"我怎么知道荒不荒谬?"公爵吼道,"我怎么知道你跟我隐瞒了什么?我怎么知道她能做到什么,那儿的海水里又有什么怪物听她的话?向我证明这些话有多荒谬吧。把屠杀采珠人的怪物的脑袋带来。有空在海滩上调情,还不如快点干活……"

"干活?"杰洛特也发火了,"怎么干活?乘着木桶横渡大海吗?你的泽李斯特已经拿严刑拷打和绞架威胁那些水手了……我什么都做不了:没人愿意带我去。泽李斯特本人也不乐意。我该怎么……"

"关我屁事?"艾格罗瓦尔大叫着打断他的话,"这是你的事!猎魔人之所以存在,不就是为了让普通人不必烦恼怪物吗?既然我雇了你,就有权命令你服从。要是做不到,我就找根棍子,把你赶出我的领地!"

"冷静点,公爵大人。"尽管脸色苍白,双手颤抖,小眼睛还是低声道,"请您别再威胁杰洛特了。丹德里恩和我跟希达里斯的埃塞因王有些交情,他喜欢我们的歌,也是位很有热情的业余艺术家。埃塞因王很开明,他认为我们的歌谣不仅是音乐和韵律,也是人类的编年史。我的公爵大人,您想出现在这部编年史里吗?我可以帮你的忙。"

艾格罗瓦尔用冷漠的眼神看了她片刻。

"死掉的采珠人也有老婆孩子。"最后,他用更加慎重而平静的语气说,"等到饿肚子时,采珠人、捞牡蛎和龙虾的,还有所有渔夫,早晚会回到海上,可他们能平安归来吗?杰洛特,你觉得呢?达文小姐,你呢?你的歌谣肯定很有趣:猎魔人无所事事地站在海滩上,看着孩子们冲鲜血染红的小艇号啕大哭。"

艾希的脸更苍白了。她拂开那缕头发,正要反驳,但没等她开口,猎魔人就抓住了她的手。

"够了。"他说,"你说了这么多,只有一句真正重要:你雇了我,艾格罗瓦尔,而我接受了你的委托。如果可能的话,我会完成这份工作。"

"我盼着那一天。"公爵低声回答,"再会了。向你致意,达文小姐。"

艾希没鞠躬,只是点点头。艾格罗瓦尔拖着湿淋淋的衣服,弓着身子朝码头走去。杰洛特这才发现,自己仍然抓着女诗人的手,而她也没有挣脱的意思。他放开手。艾希的面孔恢复了平时的色彩,转头看着他。

"让你冒险还真简单,"她说,"只要提几句女人孩子就够了。就这样他们还说猎魔人麻木不仁呢。艾格罗瓦尔根本不在乎女人、小孩和老人。对他来说，重要的是他的捕鱼和采珠生意能恢复正常，因为每过一天都意味着损失一分利润。他用挨饿的孩子当幌子，就是想让你拿生命冒险……"

"艾希，"他打断她的话，"我是个猎魔人。拿生命冒险是我的工作。这跟孩子没关系。"

"别骗人了。"

"我干吗骗你？"

"如果你真是自己伪装的那个冷血的猎魔人，就该跟他讨价还价，可你连酬劳都没提。不过这个话题已经说得够多了。现在怎么办？"

"继续往前走。"

"我很乐意。杰洛特？"

"嗯……"

"我告诉过你，我在海边长大。我会开船……"

"算了吧。"

"为什么？"

"算了吧。"他的语气不容反驳。

"你完全可以换个更礼貌的说法。"

"是没错，可那样你就会觉得……哦，鬼知道为什么。我只是个麻木不仁的猎魔人而已。我可以拿自己的生命冒险，但不能拖别人下水。"

艾希咬紧牙关，摇摇头。风吹乱了她的头发，纷乱的金色发丝一时盖住她的脸。

"我只想帮忙而已。"

"我知道。谢谢。"

"杰洛特?"

"嗯……"

"如果艾格罗瓦尔的传闻是真的呢?你知道的,美人鱼并不总是友善的。有那么几次……"

"我可不信。"

"海女巫,"小眼睛说着,陷入深思,"水泽仙女、男人鱼、海宁芙。天知道它们会做些什么。希恩娜兹有动机。"

"我不相信。"他干脆地打断她。

"你不相信,还是不愿意相信?"

杰洛特没有回答。

"你又想装出冷血猎魔人的样子了?"她说着,露出古怪的微笑,"装成只会用剑思考的人?如果你想的话,我可以把你真正的样子告诉你。"

"我知道自己是什么样子。"

"你很敏感。"她轻声说,"你的灵魂深处充斥着担忧。你板起的面孔和冰冷的声音骗不了我。你很敏感,所以在面对拥有道德优势的对手时,你不敢举剑……"

"不,艾希。"他缓缓地说,"别在我身上寻找歌谣的主题,也别指望看到什么内心挣扎的猎魔人的动人故事。我倒是很乐意充当这样的主角,但事实并非如此。我的准则和所受的训练不会让我陷入道德困境。在这方面,我有充分的准备。"

"别这么说!"艾希脱口而出,"我真不明白,你为什么总是……"

"艾希,"他再次打断她,"我不希望你做这种不切实际的想象。"

我不是什么游侠骑士。"

"可你也不是冷血无情的杀手。"

"对。"他平静地回答,"虽然有些人这么认为,但我不是。原因不是我的敏感或高尚的品格,而是我的自尊、自负,以及对自身勇气的自信,是因为我从小被灌输的信念:准则和冰冷的惯例比情感更重要,可以防止我犯错误,防止我在善与恶、秩序与混沌的迷宫中迷失方向。不,艾希,敏感的人是你。这是你们这一行的特点,不是吗?你认为美人鱼是友善的,但担心她会因为侮辱,作出攻击采珠人这样不计后果的复仇。你为她找了很多开脱的借口……想到受雇于公爵的猎魔人要杀死美丽的人鱼,你就会全身发抖,这是因为你向情感屈服了。猎魔人却不会被道德和情感困扰,艾希。如果最后发现美人鱼就是罪魁祸首,猎魔人也不会杀死她,因为他的准则禁止他这么做。猎魔人的准则能解决我所有的难题。"

小眼睛突然抬起头,看着他。

"所有的难题?"她轻声问道。

她知道叶妮芙的事,他心想。她知道一切。丹德里恩,你这该死的大嘴巴……

他们四目相对。

艾希,你那天蓝色的眼睛里藏着些什么?好奇?对与众不同之人的着迷?小眼睛,你天赋的黑暗面又是什么?

"请原谅。"她说,"这个问题既愚蠢又幼稚,而且问出这个问题岂不是意味着我相信你的话?回去吧。风吹得我浑身发冷。看来开始涨潮了。"

"我明白了。要知道,艾希,这可真有意思……"

"什么有意思？"

"我敢发誓，艾格罗瓦尔和美人鱼相会的礁石相当大，而且离岸很近。可我已经看不见了。"

"涨潮了。"艾希说，"海水很快会达到悬崖的高度。"

"会漫过悬崖？"

"没错。这里海水涨落的幅度超过十腕尺，因为入海口和海湾会受到潮汐回音的影响——这是水手对这种现象的称谓。"

杰洛特看向海角，还有波涛拍打的龙齿礁。

"艾希，"他问，"退潮是从何时开始的？"

"问这个干吗？"

"因为……"

"哦，我明白了。你想得没错，退潮时，海水会退到海底台地的山脊线那里。"

"什么的山脊线？"

"就是海床形成的台地，露出水面的部位就像山峰。"

"而龙齿礁……"

"位于海底的山脊线上。"

"蹚水过去就能到……我有多少时间？"

"我不知道。"小眼睛皱起眉头，"你可以问问本地人，但我不觉得这是个好主意。你看：海岸和龙齿礁之间有很多礁石。整个海湾都布满裂口和峡湾。落潮时，它们就成了装满水的盆地和峡谷。我不知道……"

泼水声从勉强可见的礁石处传来，然后是高声的吟唱。

"白发人！"美人鱼大叫。她灵活地漂浮在海浪之上，尾巴优雅地拍打海水。

"希恩娜兹。"杰洛特抬手招呼她。

美人鱼游到礁石旁,在浮沫中挺直身子,双手将长发掠向脑后,胸前春光一览无余。杰洛特瞥了眼艾希,看到她的脸微微泛红。女孩露出遗憾而尴尬的表情,低头看着自己衣裙下微微隆起的胸部。

"我的爱人在哪儿?"希恩娜兹凑近些,唱道,"他应该在这儿才对。"

"他来过,等了三个钟头,然后走了。"

"走了?"美人鱼惊讶地颤声唱道,"他没等我?他没法忍受区区三个钟头?跟我想的一样:他连一点点自我牺牲都做不到!真是个混球!还有你,你在这儿做什么呢,白发人?跟你爱人散步?你们真般配。可惜你们的腿太煞风景。"

"她不是我的爱人。我跟她不熟。"

"是这样吗?"希恩娜兹惊讶地说,"真可惜。你们真的很般配。她是谁?"

"我是艾希·达文,是个诗人。"小眼睛用悦耳而富有表现力的嗓音唱道,相比之下,杰洛特的歌声简直像乌鸦叫,"幸会,希恩娜兹。"

年轻的美人鱼用双手拍打海水,高声大笑起来。

"多美妙啊!"她大声唱道,"你懂得我们的语言!你们人类真让我吃惊。看起来,我们的差别也没那么大。"

猎魔人的惊讶不比美人鱼少,虽然他本该猜到,女孩受的教育比他多,应该会懂上古语,也就是精灵的语言:美人鱼、海女巫和水泽仙女会在歌唱时使用这种语言。他也注意到,对他来说艰深复杂的旋律,小眼睛唱起来却不费什么力。

"希恩娜兹，"他说，"即便我们体内都有鲜血流淌，差别还是存在的！是谁……谁杀死了两块礁石附近的采珠人？告诉我！"

美人鱼潜入水中，搅乱了海面，随后再次浮出。她漂亮的脸蛋突然露出骇人的表情。

"不要挑战命运！"她用尖厉的嗓音喊道，"别靠近阶梯！你们别来！不要卷入跟他们的争斗！你们别过来！"

"什么？为什么我们不能来？"

"你们别过来！"美人鱼重复一遍，倒向卷来的波涛。

水花飞溅而起。他们又看到她的尾巴。她展开窄小的鱼鳍，拍打海浪，然后消失在海底深处。

小眼睛抚平被风吹乱的头发，陷入沉思，一动不动。

"我都不知道。"杰洛特说着，清清嗓子，"你对上古语了解这么多，艾希。"

"你不可能知道的。"她回答的语气带着幽怨，"你跟我不熟，不是吗？"

六

"杰洛特……"丹德里恩四下张望，像猎犬似的嗅着空气，"这儿有股臭味，你闻到没？"

"没有。"猎魔人也闻了闻，"算不上臭味，只是海的气味而已。"

吟游诗人转过头，往岩石间吐了口唾沫。海水浮泛泡沫，在岩石缝隙里搅动，露出海浪冲刷过的沙砾。

"好像都干透了，杰洛特。可水都去哪儿了？涨潮落潮的原理是什么?你从来没考虑过这些?"

"没有。我还有别的事要想。"

丹德里恩微微发抖。

"我觉得,这片该死的海洋最深处藏着一头大怪物,一头长鳞片的恶心野兽,一只巨大的蟾蜍,令人作呕的脸上长着两只长角。它会时不时吞下海水,连同活在海里的一切:鱼、海豹、海龟,所有一切。吞下这些东西,它就会吐出水;潮汐就是这么形成的。你怎么看?"

"我看你是个彻头彻尾的白痴。叶妮芙跟我解释过,潮汐跟月亮有关。"

"胡说八道!大海跟月亮能有什么关系?只有狗才会对着月亮狂吠。她在嘲笑你,杰洛特,那个骗子。反正不是第一次了。"

猎魔人不置一词。他看着潮水退去后的峡谷,潮湿的岩石在阳光下闪闪发亮。峡谷里的水面仍在起起落落,但已经可以走了。

"嗯,该干活了。"他站起身,正正背上的剑,"再等下去就该涨潮了。丹德里恩,你还坚持跟着我?"

"当然。歌谣的主题可不像圣诞树下的松果,随随便便就能找到。另外,明天就是洋娃娃的生日。"

"我看不出这两者有什么关系。"

"真遗憾。我们普通人有赠送生日礼物的习惯。但我没钱,只好去海底找些喽。"

"比如鲱鱼?或者乌贼?"

"别说蠢话了。我会找块琥珀、海马,或是漂亮的贝壳。礼物的象征意义才是最重要的:代表我的关怀和喜爱。我喜欢小眼睛,也希望让她开心。你难道不明白吗?我猜也是。好啦。你先走,因为怪物随时可能出现。"

"好吧。"猎魔人爬下一道满是黏滑海藻的石壁,"我走前面保护你:这代表了我的关怀和喜爱。但要记住,如果我大喊,你就赶紧逃命,我的剑可不长眼睛。我们来这儿不是找海马的,而是抓一头凶残的怪物。"

他们爬到峡谷底部,时不时蹚过积水的裂缝,还有满是沙砾和海草的水塘。雪上加霜的是,天开始下雨,杰洛特和丹德里恩很快从头到脚被淋个通透。吟游诗人立刻放弃了在沙砾和海草间搜寻的企图。

"哦,你瞧,杰洛特,有条鱼。见鬼,居然全身都是红色。还有那儿,有条小鳗鱼。那个呢?那是什么?像只半透明的虱子。还有这个……天啊!杰洛特!"

猎魔人猛地转过身,手伸向剑柄。

那是一颗雪白的人类颅骨,被沙子磨得十分光滑,嵌在一道满是沙砾的裂缝里。丹德里恩看到一条环节生物钻出颅骨的眼窝,顿时发出惊恐的叫声。猎魔人耸耸肩,朝海水退去后露出的岩石平台走去。龙齿礁耸立在前方,仿佛两座巍峨的高山。他谨慎地打量着。地上散落着海参、贝壳和海草。硕大的水母和棘皮动物在水坑和壶穴里游动。色彩像蜂鸟一样鲜艳的小螃蟹摆动着腿脚,飞快地跑过。

杰洛特在远处看到一具尸体,就躺在岩石间。溺死者的胸腔里爬满了螃蟹,因此尸体在海藻上怪异地蠕动。这人应该才死了一天多,但螃蟹早把他撕扯得千疮百孔,就算仔细打量也找不到任何线索。猎魔人一言不发地绕过尸体,而丹德里恩压根没注意到。

"这儿有股腐烂的味道。"丹德里恩来到杰洛特身边,吐了口唾沫,拧干湿透的帽子,"还下这么大的雨。真够冷的,我会得风寒,然后弄坏嗓子，该死的……"

"别抱怨了。如果你想回去，沿着脚印走回去就好。"

龙齿礁底部后方，有片石灰岩台地，尽头是个坑洞；那儿就是潮水的边界，海浪和缓。

丹德里恩四下扫视。

"喂，猎魔人！你的怪物很聪明，跟潮水一起退回海里去了。你肯定以为它会肚皮朝天躺在这儿，等你过来把它开膛破肚吧。"

"闭嘴。"

猎魔人走到台地边缘，小心翼翼地抓着覆石锥形贝壳的湍岩，单膝跪下。他什么都没看到。海水暗沉，又因雨水的拍打而显得格外浑浊。

丹德里恩走进礁石的一处凹口，用脚赶走顽固的螃蟹。他四下张望，手指拂过石壁。粗糙不平的石壁上滴着水，爬满了海藻、甲壳动物和贝类。

"嘿，杰洛特！"

"怎么了？"

"瞧瞧这些贝壳。是珍珠贝，对吧？"

"不是。"

"你怎么知道不是？"

"我不知道。"

"那就等确定了再开口。我敢肯定，这是珍珠贝。我要采几颗珍珠回去。除了风寒，这趟远征至少还有些收获。对吧，杰洛特？"

"采吧。怪物会袭击采珠人。你这样也算采珠。"

"你想拿我当诱饵？"

"我说了,采吧。找大贝壳,就算里面没珍珠,也可以拿来煮汤。"

"那又如何?我只想要珍珠……让贝壳见鬼去……愿瘟疫带走它!活见鬼,这东西怎么打开?杰洛特,你有刀吗?"

"你身上连把刀子都没有?"

"我是诗人,不是强盗。哦,算了,我把贝壳放包里,回头再把珍珠弄出来。嘿,你!别挡道!"

丹德里恩踢中的螃蟹飞过杰洛特的头,落进波涛之中。

猎魔人入迷地看着黑沉沉的水面,沿台地边缘缓缓走着。他听到丹德里恩敲打礁石、试图取下贻贝的声音。

"丹德里恩!过来,看这儿!"

满布裂纹的台地到了尽头,猎魔人脚下是一道近乎垂直的石壁。他能清晰地看到海面下的大块大理石,侧面覆盖着海藻、软体动物和海葵,它们在水中舞动,仿佛风中的花朵。

"那是什么?像一段楼梯。"

"就是楼梯。"丹德里恩惊讶地低声道,"没错。一道通往水下城市的楼梯……就像传说中被海浪淹没的伊苏城。你没听过那座深渊城市的传说吗?没听过水中的伊苏城?我会创作一首美丽的歌谣,让竞争对手嫉妒得直咬牙。我一定得去瞧瞧……你看,那是某种镶嵌工艺……像刻上去,或用模子做出来的。是文字吗?我们过去点儿。"

"丹德里恩!小心,那儿水很深!你会滑……"

"不会的!反正我已经湿透了。你瞧,水很浅嘛……第一道台阶上的水才刚刚及腰,而且宽敞得跟舞厅似的。哦,见鬼!"

杰洛特立刻跳进水里,抓住丹德里恩的脖子。

"我被这鬼东西滑倒了。"丹德里恩气喘吁吁地解释,双手抱着一只又窄又平的钴蓝色贝壳,上面盖满海藻,"楼梯上到处都是。颜色倒挺漂亮,对吧?嘿,放你包里吧,我的已经满了。"

"赶紧离开这儿!"猎魔人怒吼道,"回台地上去,丹德里恩。这可不是闹着玩的。"

"安静。你听到没?那是什么?"

杰洛特听到了。声音从海水深处传来,压抑低沉,却异常短促,只是依稀可闻。听起来就像钟声。

"老天,是钟声……"丹德里恩喃喃说道,爬上台地,"我说得没错,杰洛特,水底伊苏城的钟声,鬼魂之城透过海水传来的模糊钟声。它提醒我们,神明的惩罚……"

"你能闭嘴吗?"

声音再次响起,更近了。

"……提醒我们,"吟游诗人撩着外套后摆,继续说道,"那可怕的命运。这钟声就是警告……"

猎魔人不再关心丹德里恩说些什么,转而集中精神。他感觉到某种东西的存在。

"这是个警告……"丹德里恩微微吐吐舌头,这是他进行艺术创作时的习惯动作,"警告……呃……我们不要忘记……呃……呃……我想到了,就是这个!"

钟的核心寂静无声,传来死亡的歌声
哦死亡啊,它容易面对,却难以忘却……

猎魔人身边的海面骤然破开。丹德里恩尖叫起来。白沫中浮起一头双眼凸出的怪物,舞起锋利的锯齿状器具——就像一把镰刀——朝杰洛特劈来。在海面涌起的同时,杰洛特就握住了剑。他身体一转,割开怪物长满鳞片、看着松松垮垮的脖子。猎魔人转过身,看到另一头怪物浮出水面。它戴着怪异的头盔,穿着满是绿锈的铜制胸甲。杰洛特猛地一挥长剑,击中对方手中短矛的尖头,又利用惯性砍中怪物长满利齿的下巴,接着跃向身后的台地边缘,掀起一团水花。

"跑啊,丹德里恩!"

"抓住我的手!"

"快跑,该死的!"

下一头怪物伴着嘶嘶声自波涛间现身,粗糙的绿色前爪握着一把血迹斑斑的剑。猎魔人背部发力,离开覆盖贝壳的台地边缘,摆开架势。可那鱼眼生物一动不动。它的体型跟杰洛特相仿,海水淹到它的腰际。它头上顶着硕大的肉冠,鱼鳃也敞开着,给人以高大魁梧的印象。它骇人的脸上掠过古怪的表情,像是狞笑。

怪物对漂在红色水面上的两具尸体全不在意,只是挥舞着手里的剑,双手握住没有护手的剑柄。它竖起漂亮的肉冠,敞开鱼鳃,长剑老练地划过空气。杰洛特听到破空的嘶嘶声,还有剑刃的嗡鸣。

那生物向前一步,掀起一道浪花拍向猎魔人。杰洛特挥舞着剑,伴着嘶嘶声迈开步子,接受了挑战。

鱼眼怪物细长灵敏的手指在剑柄上挪动。那生物垂下铜甲和鳞片保护的双肩,让海水没过胸口,将武器藏在水下。猎魔人双手握剑——右手握在护手下,左手靠近剑柄圆头——略微向侧面举起,双手高过右肩。他和怪物目光交会,可那乳白色的鱼眼里只有泪滴形状的虹膜,且像金属般冰冷光滑,看不出丝毫神情,连攻击的意图都看不出。

楼梯底部的深海中，传来深渊的钟声，这次更清晰，也更接近。

鱼眼怪物猛冲向前，利剑分开水面，攻向猎魔人的侧下方，动作快得出奇。杰洛特运气不错，他早料到这一剑会从右边攻来。他长剑下挥，挡开这一击，随后扭转身体，转动长剑，用剑身挡住对手的追击。到了这时，速度会决定一切：通过改变握剑的方式，哪一方能更快地由守转攻，就将获得致胜的机会。两名斗士都做好了挥出致命一击的准备，重心也都放在右脚上。杰洛特知道，他们的速度几乎一样快。

但鱼眼生物双臂更长。

猎魔人飞快侧身，长剑斩开对手的腰部，随后身躯急转，轻易避开怪物绝望而狂乱的反击。它张大鱼嘴，却没发出任何声音，随后消失在染成鲜红的水面之下。

"抓住我的手，快！"丹德里恩大喊，"又有怪物游过来了！我看到了！"

猎魔人抓住吟游诗人的右手，离开海水，爬上岩石台地。他的身后出现了一道巨浪。

这代表开始涨潮了。

他们飞快地逃离不断上升的海水。杰洛特转过身，见到几头水下生物浮出海面，追赶在后，有力的双腿敏捷地跳跃着。他一言不发，加快了脚步。

在及膝深的海水中，丹德里恩跑得气喘吁吁，突然绊倒在地。吟游诗人用颤抖的双手撑起身子，在海带里扑腾着。猎魔人抓住他的腰带，将他拽出泡沫翻涌的海水。

"跑啊！"他大喊，"我来挡住他们！"

"杰洛特！"

"跑啊，丹德里恩！等海水填满峡谷，我们就逃不掉了！快逃命啊！"

丹德里恩呻吟着，又跑了起来。猎魔人跟在身后，希望那些怪物能放弃追赶。面对这么多对手，他根本不可能取胜。

怪物在峡谷边缘追上了他，因为在水里，游泳很轻松，而像猎魔人这样抓着湿滑的岩石，在搅动的海水中前进，只会越来越费力。杰洛特在丹德里恩找到颅骨的盆地里停了下来。

他停下脚步，转过身，努力保持镇定。

他用剑尖刺穿了第一头怪物的太阳穴，又撕裂了拿短柄斧的第二头。第三头调头就跑。

猎魔人试图爬上峡谷，但一道巨浪涌入盆地，狠狠地拍打在岩石上，回卷的海水更将他拽倒在地。他跟一头鱼眼怪物撞个满怀，于是一脚踢去。有什么东西抓住他的双腿，把他拖向海底。猎魔人的肩膀撞上礁石，他睁开双眼，恰好看到袭击者黑色的轮廓，还有两道迅疾的闪光。他用剑挡下第一击，又本能地抬起左手，挡下第二击。杰洛特感到一阵剧痛，然后是盐水碰到伤口的痛楚。他用脚蹬向海底，发力上浮。他游到海面上，用手指画出法印。模糊的爆炸声刺痛了他的耳膜。如果我能活下来，他心想，双手双脚拍打着海水，如果我能挺过去，我就去温格堡见叶，试着换个方法……如果我能活下来……

他好像听到了喇叭或号角的声音。

又一道巨浪涌入峡谷，让他脸朝下倒在一块硕大的礁石上。杰洛特能听到清晰的号角声，还有丹德里恩的尖叫，这些声音从四面八方同时传来。他喷出鼻子里的海水,四下张望,撩开脸上潮湿的头发。

猎魔人发现自己正位于这次远足的起点。他趴在鹅卵石上,周围的海面泛起白色的泡沫。

在他身后,已经化作海湾的峡谷中,有只灰色的海豚在波涛上起舞。年轻的美人鱼骑在它背上,青瓷色的头发随风飘舞,双乳无比美丽。

"白发人!"她挥舞着手中细长的海螺壳,高唱道,"你还活着吗?"

"我还活着。"猎魔人惊讶地回答。

他周围的泡沫变成粉红色。僵硬的左肩传来盐水的刺痛感。夹克的袖子破碎不堪。鲜血汩汩流出。*我挺过来了*,他心想。*我办到了。可是,我不会去找她的。*

他看到丹德里恩沿着潮湿的岩石飞奔而来。

"我阻止了它们。"美人鱼唱道,再次吹响海螺壳,"但不会太久!跑吧,别再回来了,白发人!大海……不适合你!"

"我知道。"他高声回答,"我知道。谢谢你,希恩娜兹!"

七

"丹德里恩,"小眼睛系紧猎魔人手腕上的绷带,又用牙齿撕断,"你能不能解释一下,堆在楼梯下面的贝壳是从哪儿来的?杜路哈德的老婆正在做家务,她都不知道该怎么办了。"

"贝壳?"丹德里恩的语气很吃惊,"什么贝壳?我不知道。也许是野鸭迁徙时留下的?"

杰洛特在阴影里偷笑。他还记得自己向丹德里恩发誓要保守秘密：后者花了一整个下午撬开贝壳，挖出黏滑的贝肉。诗人弄伤了手指，还把衬衫扯脱了线，却连一颗珍珠也没找到。这也难怪，那些根本不是珍珠贝。撬开第一只贻贝后，他们就放弃了煮汤的想法，因为里面的贝肉实在令人作呕，气味刺激得他们直流眼泪。

　　小眼睛给杰洛特缠好绷带，坐在浴盆边缘。猎魔人谢过女孩，审视自己缠着整齐绷带的手。那道伤口又深又长，从掌部一直蔓延到手肘，他的每个动作都会带来痛楚。海水暂时为伤口止了血，但没等他们回到住处，伤口又裂开了。女孩赶来之前，杰洛特给前臂敷上了促进血凝并减轻痛楚的灵药。艾希赶到时，发现杰洛特正在丹德里恩的帮助下，试图用鱼线缝合伤口。艾希把他们臭骂一顿，立刻接过包扎伤口的工作。在这期间，丹德里恩详细描述了搏斗的过程，又数次重申要保留创作歌谣的权利。不用说，艾希立刻向猎魔人抛出一堆他无法回答的问题。她对此相当不满，认为他有意隐瞒，然后便变得闷闷不乐，不再发问了。

　　"艾格罗瓦尔已经知道了一切。"她说，"有人看到你们回来了，杜路哈德的老婆还逢人就说她在楼梯上看到了血迹。每个人都跑到礁石那儿，指望找到被海浪冲上岸的尸体。他们还在那儿找呢，不过我想，应该什么都没找到。"

　　"他们什么都找不到。"猎魔人说，"我明天就去拜访艾格罗瓦尔。如果方便的话，请你让他禁止人们靠近龙齿礁。不过，千万别提水下楼梯，还有丹德里恩关于伊苏城的幻想。财宝猎人会蜂拥而至的，这一来，我们会害死很多人……"

　　"我可不喜欢说闲话。"艾希噘着嘴，用力拂开面前那缕头发，

"就算我问你什么,也不是为了跑出去像洗衣妇一样大肆张扬。"

"抱歉。"

"我得出门了。"丹德里恩插嘴道,"我跟埃克莉塔有约。杰洛特,我要穿你的夹克,我那件又湿又脏。"

"这儿所有东西都是湿的。"小眼睛嘲笑道,还报复性地踢了踢地上那堆衣服,"你们怎么能这样?应该把衣服挂在晾衣绳上晾干……简直让人无法忍受。"

"这么放着一样能干。"

丹德里恩从衣服堆里抽出猎魔人湿透的夹克,欣赏着嵌在袖子上的银色饰钉。

"别胡说八道了!那是什么?哦,不!包里全是泥巴和海草!那个又是什么?呀!"

杰洛特和丹德里恩沉默地看着艾希用双手握住那只钴蓝色贝壳。他们已经忘记了它的存在。贝壳上的霉斑散发出恶臭。

"是份礼物。"吟游诗人朝门口倒退过去,"明天是你的生日,对吧,洋娃娃?这就是给你的礼物。"

"就这个?"

"它很漂亮吧?"丹德里恩嗅了嗅,又很快补充道,"是杰洛特送你的。他亲手挑选的。哦……我要迟到了。回头见……"

丹德里恩离开后,小眼睛沉默了片刻。猎魔人看着散发恶臭的贝壳,不禁为吟游诗人的谎话和自己的沉默而羞愧。

"你还记得我的生日?"艾希字斟句酌地说,又尽可能把贝壳举到远离自己的位置,"真的吗?"

"给我吧。"杰洛特尖声回答。他翻身下床,尽量不碰到自己缠着绷带的手。"请你原谅这么愚蠢的……"

"不行。"她抗议道,从腰带上取下一把小刀,"这贝壳很漂亮,我想留作纪念。我只要把它洗干净,再扔掉……里面的东西。我会把贝肉扔出窗外,留给野猫吃。"

有件东西落到地板上,又反弹起来。杰洛特瞪大眼睛,看清了艾希面前的东西。

那是颗珍珠。一颗散发乳白色光泽、质地完美又十分光滑的天蓝色珍珠,像泡过水的豌豆那么大。

"诸神在上……"小眼睛也看到了,"杰洛特……是颗珍珠!"

"是颗珍珠。"他大笑着重复道,"你总算得到礼物了,艾希。我很高兴。"

"杰洛特,我不能接受。这颗珍珠起码价值……"

"它是你的了。"杰洛特打断她的话,"虽然丹德里恩是个白痴,但他真的记得你的生日。他一直说希望你开心。看起来,命运以它自己的方式实现了丹德里恩的愿望。"

"那你呢,杰洛特?"

"我?"

"你也希望我开心吗?这颗珍珠太美了……肯定非常值钱……你就不遗憾吗?"

"只要你开心就好。如果说我有什么憾事……那也只有一件。而且……"

"什么?"

"而且我认识你没有丹德里恩那么久,不知道你的生日是哪天。我也希望能送你件礼物,让你快乐……并叫你洋娃娃。"

她用力扑向他的脖子。杰洛特预料到了她的举动，及时转过头，让她冰冷的嘴唇只吻到自己的脸颊。他温柔地抱着她，只是有所保留。他感觉到女孩绷紧身体，缓缓退开些，但双臂仍然勾在他的肩膀上。他知道她想要什么，但他没有回应她的期待。

艾希放开他，转头看着半开的脏兮兮的窗子。

"当然了。"她突然说，"你跟我不熟。我都忘了……"

"艾希。"片刻的沉默后，他回答，"我……"

"我跟你也不熟。"她气势汹汹地打断他的话，"那又如何？我爱你。我控制不住，一点办法都没有。"

"艾希！"

"是的，我爱你，杰洛特。你怎么想对我并不重要。从我在结婚礼堂见到你的那一刻，我就爱上了你。"

女诗人沉默地低下头去。

她站在他面前，杰洛特真希望她就是把武器藏在水下的鱼眼怪物：那样的话，至少他还有一拼之力。

"你没什么想说的?"她问，"一个字都没有？"

我累了，他心想，而且虚弱得要命。我需要坐下，我的视线模糊不清，我流了血，还什么都没吃……我需要坐下。这间该死的卧室……愿它被闪电劈中，然后彻底烧光。这儿什么家具都没有：最起码也该有两张椅子和一张桌子，让我们可以更轻松地交谈和倾吐，握住手也不会有危险。如果我坐在床垫上，再让她也坐上来，那么后果不堪设想。没有比塞满稻草的床垫更危险的东西了：坐上去就会往下沉，而且活动范围小到躲不开……

"坐在我身边吧，艾希。"

女孩犹豫不决地在床垫另一端坐下，和他拉开距离。

"听说丹德里恩拖着满身是血的你回来，"她低声说着，打破了沉默，"我就像个疯婆子一样跑出屋子，没头没脑地乱跑。然后……你知道我是怎么想的吗？我觉得这是魔法，是你对我偷偷施了咒语；你迷惑了我，用法印、狼头徽章还有邪眼。这就是我所想的，但我停不下来，因为我知道自己已经接受了……已经向你的力量缴械投降了。但事实更加可怕。杰洛特，你根本没做这些事，你没用咒语诱惑我。为什么？为什么你没对我施法？"

猎魔人沉默不语。

"如果只是因为魔法，"她续道，"情况就非常简单，也容易解决。我会愉快地屈服于你的力量。可现在……现在我……我不知道我是怎么了……"

活见鬼，他心想，要是叶妮芙和我相处时，跟现在的我有同样的感觉，那真应该同情她才对。我不会再因为她的反应吃惊或反感了……永远不会。

我对叶妮芙的期望——正如现在艾希对我的期望——不可能实现，而且比艾格罗瓦尔和希恩娜兹的爱情更难有结果。叶妮芙确信，仅有一点点牺牲是不够的，所以我们会一再要求对方付出，永远不知满足。不，我不会再怪叶妮芙忽视我了。我发现，即使最微小的牺牲也无比沉重。

"杰洛特，"小眼睛呻吟着，把头枕在他的肩膀上，"我真为自己的软弱羞愧：它就像一种超自然的热病，让我没法自由呼吸……"

杰洛特继续保持沉默。

"我一直以为，爱情会让你的头脑进入庄严而美妙的状态，即便失望时也能保持高贵。但爱情只会让你生病，杰洛特，一场可怕而又老套的病。在这种状态下，你会像喝下毒药，陷入情网的人为了解药会不惜一切。所有一切，甚至是尊严。"

"艾希，我恳求你。"

"我因为欲望而放弃了尊严，又羞愧地承受沉默的折磨。我为自己让你尴尬而羞愧，但我别无选择，只能眼睁睁地看着自己在命运面前沦陷，就像卧病在床，只能仰赖他人的恩惠。疾病向来令我惧怕：它让我虚弱、困惑而又孤独。"

杰洛特缄口不语。

"我本该感谢的。"她用哀怨的语气再次开口，"感谢你没有乘人之危。但我做不到。你这么做也让我羞愧。我痛恨你的沉默，还有你惊恐睁大的双眼。我恨你……恨你的缄默、你的真诚，还有你的……我也恨她，恨那个女术士；真想用刀子跟她做个了结……我恨她。命令我离开吧，杰洛特，因为我自己没法离开，虽然这也是我的愿望：离开这儿，回镇子，回到旅店里。我要为自己受到的羞耻和羞辱向你复仇……我不会放过任何机会……"

该死的，他心想。她的声音越来越小，像顺着楼梯滚落的破布球。她肯定会哭出来的。天杀的，然后呢？我该怎么做？

艾希耸起的双肩像风中的叶子那样颤抖。女孩转过头，哭得出奇安静而又平和，没发出一点抽噎的声音。

我什么都感觉不到，他惊恐地想。丝毫情感都感觉不到。就算我把她拥进怀里，也只是个早有预谋、精心计算的动作，丝毫不是发自内心。我会拥抱她，不是因为想这么做，而是因为有这必要。我感觉不到任何情感。

等到他搂住女诗人的双肩,她停止了哭泣,擦干泪水,用力摇摇头。她转过头,让杰洛特看不到她的脸,然后把脑袋重重靠在他的胸口。

一点牺牲,他心想,只要一点点……就能让她冷静下来:只要一个拥抱,一个吻……她想要的只有这些……就算不够,那又怎样?只要一点点牺牲,还有一点点关注。她很漂亮,而且值得我这么做……如果她还想要别的什么……只要能让她冷静下来就好。做一次温柔、无声而又平静的爱。但是我……这对我来说都一样,因为艾希身上是马鞭草的香气,不是丁香和醋栗,她也没有触感仿佛带电的冰冷皮肤;艾希的头发不是富有光泽的黑色、也不是龙卷风般的卷发;艾希的双眼迷人、甜美、火热而又蔚蓝,却并非冰冷而又平静的深紫色双眸。在做爱以后,艾希会沉沉睡去,会转过脸来,双唇微翕,而不是露出胜利的微笑。因为艾希……

艾希不是叶妮芙。

所以我连一点点牺牲都给不了她。

"求你了,艾希,别再哭了。"

"是啊……"她缓缓地、缓缓地挪开身子,"是啊……我明白。哭也无济于事。"

他们在沉默中对坐,各自坐在稻草床垫的两头。夜幕开始降临。

"杰洛特,"她突然开口,嗓音有些颤抖,"也许……就像这只贝壳,这份奇怪的礼物……我们能在彼此的关系里发现一颗珍珠?或许过一阵子?"

"我看到这颗珍珠,"最后,他费力地开口,"镶嵌在银制的小花里,每一片花瓣都精雕细琢。我看到它用链子挂在你的脖子上,就像我的徽章。它会是你的护身符，艾希。一件保护你不受邪恶伤害的护身符。"

"我的护身符。"她重复着，低下头去，"一颗困在白银里的珍珠，就像永远无法挣脱的我。一件珠宝，一个代替品。这样的护身符会带来好运吗？"

"会的，艾希。我保证。"

"我能继续坐在你身边吗？"

"可以。"

夕阳西沉。黑暗一点点笼罩大地。他们肩并肩坐在一起，坐在阁楼房间的稻草床垫上，周围没有家具，只有陷在一摊冰冷烛泪里、并未点燃的蜡烛。

他们在沉默中坐了很久。丹德里恩回来了。他们听到脚步声，听到鲁特琴弦的拨动声，还有他的哼唱声。进了房间，丹德里恩注意到他们的存在，却一言不发。艾希也什么都没说。她站起身，头也不回地走了出去。

丹德里恩未置一词，但在诗人的目光里，猎魔人看出了他没说出口的话。

八

"智慧种族。"艾格罗瓦尔的双肘挂着椅子的扶手，用拳头托着下巴，思忖说，"水下文明。住在海底、长得像鱼的生物。通向深海的楼梯。杰洛特，你以为我是那种没脑子的公爵吗？"

站在丹德里恩身旁的小眼睛愤怒地哼了一声。丹德里恩紧张地摇摇头。杰洛特不为所动。

"无论你相不相信，对我来说都一样。我的责任是警告你。在那片海域航行的船只，还有在退潮时靠近龙齿礁的人都将面临巨大的威胁。如果你想知道我的声明是否属实，如果你想冒险，那是你自己的事。我只是给你应有的警告。"

"哦！"泽李斯特突然插嘴，这位采珠业负责人就坐在艾格罗瓦尔身后的凹窗里，"如果那些怪物跟精灵或侏儒差不多，那就没什么危险的。我害怕的是巫术制造的怪物。从猎魔人的说法来看，那些东西就像海底的鬼魂。我们没法对抗鬼魂。可我最近听说，有位巫师只用眨眼工夫就杀死了莫克瓦湖的鬼魂，但他把一桶魔法药剂丢进水里，鬼魂就都完蛋了。一丝痕迹都没剩下。"

"说得对。"一直沉默的杜路哈德插嘴道，"没留下任何痕迹……但鲤鱼、梭子鱼、小龙虾和贻贝也遭到了同样的命运，甚至包括水底的水草——就连湖边的赤杨树都干枯了。"

"真了不起。"艾格罗瓦尔干巴巴地评论道，"多谢你精彩的主意，泽李斯特。还有别的吗？"

"对……对……"泽李斯特涨红了脸，继续说着，"那个巫师确实做过了头，有点过火了。但我不靠巫师也能成功，公爵大人。猎魔人说，搏斗并杀死怪物是可行的，那我们就跟它们开战吧，我的大人。就像从前那样。这不是什么新鲜事！矮人过去住在山里，现在他们在哪儿？森林里仍能看到野蛮的精灵和恶毒的小妖精，但他们离完蛋也不远了。我们必须像祖先那样保护我们的土地……"

"为了让我的孙辈看到珍珠的颜色？"公爵皱着眉头打断他的话，"我没那个时间，泽李斯特。"

"我有个简单的法子：为每艘渔船配备两船弓箭手。让那些怪物懂得道理，学会恐惧。是这样吧，猎魔人大师？"

杰洛特冷冷地看着他，没有答话。

艾格罗瓦尔展示出高贵的侧影，转过头去，咬住嘴唇。他又将目光转向猎魔人，连连眨眼，皱起眉头。

"你没能完成你的使命，杰洛特……"他说，"你再一次浪费了良机。的确，你努力了，我不否认这一点，但我不会为没有结果的努力酬谢你。我感兴趣的只有效率，猎魔人，而你的效率，说实话，真的很可悲。"

"说得好，亲爱的公爵大人！"丹德里恩讽刺道，"你真该跟我们一起去龙齿礁。我们——猎魔人和我本人——会非常庆幸有你拿着剑，帮忙对付一头浮出海面的怪物。然后你就会明白情况，也不会再对早该掏出的酬劳……"

"像个鱼贩子一样讨价还价。"小眼睛说。

"我没有讨价还价和争辩的习惯。"艾格罗瓦尔平静地回答，"我说了，我一个子儿都不会给你，杰洛特。我们的契约是有效力的：解决威胁，消除危险，让潜水采珠能安全进行。可你做了什么？你讲了个关于海底智慧生物的浪漫故事。建议我尽可能远离资源丰富的场所。你究竟做了什么？只是杀了……顺便问一句，你杀了几个？"

"数量并不重要。"杰洛特的脸色微微发白，"至少对你不重要，艾格罗瓦尔。"

"说得没错，而且连半点痕迹都没留下。哪怕你至少带给我一只鱼怪的爪子，或许我也会像护林官带回狼耳朵时那样，给你些补偿。"

"好吧。"猎魔人冷冷地说，"那我别无选择，只能道别了。"

"你错了。"公爵说,"我可以给你一份收入体面的全职工作:保护渔夫的卫兵队长。这不是终身职位,等到那个智慧种族懂得远离我的人民,你就可以离开了。你怎么想?"

"谢谢,但我不感兴趣。"猎魔人面露苦相,"这工作不适合我。我认为同另一个种族开战是非常愚蠢的行为。或许对一位无所事事的公爵来说,这样的活动相当理想,但不适合我。"

"哦,真伟大!"艾格罗瓦尔大笑着说,"真高尚!你拒绝的样子简直像位国王!你拒绝了一笔大钱,口吻像个饱食终日的有钱人。杰洛特,你今天吃过东西吗?没有?那明天呢?后天呢?你的选择会越来越少,猎魔人。在正常情况下,你也会难以维持生计,更别提一条胳膊还挂着吊带……"

"你竟敢!"小眼睛大叫起来,"艾格罗瓦尔,你竟敢用这种口气跟他说话?他挂着吊带的胳膊可是在你的委托中受伤的!你怎能说出如此自私的话?"

"别说了。"杰洛特插嘴道,"别说了,艾希。没有意义。"

"你错了。"她愤怒地回答,"有意义。总得有人告诉公爵,他能有这个头衔,是因为除了他,没人想统治海里的这么一小块石头,可他却觉得自己有资格羞辱别人。"

艾格罗瓦尔咬紧牙关,面红耳赤,却保持着沉默。

"是啊,艾格罗瓦尔,"艾希续道,"你以贬低同胞为乐,你喜欢俯视猎魔人这种替你卖命的人。但你要明白,猎魔人并不在乎你的轻蔑和侮辱,这些对他没有任何影响,他甚至转个身就会忘记。猎魔人也不会有你的仆人和臣民——就像泽李斯特和杜路哈德——那样的感受,不会感到由衷而痛苦的羞愧。猎魔人也不会像丹德里恩和我那样,看到你就恶心。艾格罗瓦尔，你知道为什么吗？我来告诉你：因为猎魔人知道，他比你更优越，他的价值胜过你千倍。这就是他力量的源泉。"

艾希停了口。她飞快地低下头，不让杰洛特察觉到她美丽眼角的泪滴。女孩把手伸向脖子上的银制小花，花朵正中央嵌着一颗天蓝色的珍珠。这朵银花的格状花瓣出自某位名副其实的大师级珠宝匠之手。猎魔人为杜路哈德雇佣的手艺人的技艺感到高兴，而且杜路哈德付清了所有费用，一个子儿都没向他们要。

"因此，我的公爵大人，"小眼睛抬起头来，"请别再侮辱猎魔人，让他率领你的雇佣兵去对抗大海了。别再拿这种只能逗人发笑的提议让自己蒙羞了。你还不明白吗？你可以雇用猎魔人，让他完成特定的使命，保护人们不受伤害和威胁，但你没法买下猎魔人，然后随心所欲地使唤他。因为一个猎魔人，即使受了伤又挨着饿，也比你更有价值。所以他才会唾弃你可悲的提议。你明白了吗？"

"不，达文小姐。"艾格罗瓦尔冷冷地回答，"我不明白。而且我不明白的事越来越多了。起先我不明白的是，为什么我没有下令把你们三个大卸八块？至少也该痛打一顿，再用炽热的烙铁给你们留下记号。你——达文小姐——你想让我们相信你无所不知，那就告诉我，我为什么要放过你们？"

"当然，我这就告诉你。"女诗人针锋相对地回答，"因为，艾格罗瓦尔，在你的内心深处，仍有一颗尊严的火花，在你暴发户的傲慢背后，还有尚未完全磨灭的一丝荣誉感。在内心深处，艾格罗瓦尔，在你心灵的最深处，仍然爱着一条美人鱼。"

艾格罗瓦尔面白如纸，用椅子扶手擦去手心的汗水。*精彩，猎魔*

人心想，*精彩啊，艾希。你太棒了*。但他同时也觉得很累，非常非常累。

"滚出去。"艾格罗瓦尔没精打采地说，"离开这儿。想去哪儿都行。别来打扰我。"

"别了，公爵。"艾希说，"在我离开之前，请接受我的另一条建议。这事本该由猎魔人来说，但我怕他忘记。所以我代他转告你。"

"我在听。"

"大海很广阔，艾格罗瓦尔。没人知道海平面那头藏着什么。你们把精灵赶进庞大的森林，但大海比最大的森林还要大。渡过大海，比跨过你们屠杀矮人的群山与山谷更难。在大海底部，住着一支配备了铁甲的种族，它们懂得铸造金属的奥秘。当心点儿，艾格罗瓦尔。如果你让弓箭手陪伴渔夫出海，就代表你向你并不了解的敌人宣战。你惊动的说不定是大黄蜂的巢穴。因此我建议你，把大海留给他们，因为大海不属于你。你不知道，也永远不会知道，龙齿礁的那段水下楼梯通往何处。"

"你错了，艾希小姐。"艾格罗瓦尔平静地说，"我们知道那段楼梯通向哪儿。我们甚至可以沿着楼梯走下去，发现藏在大海彼端的东西，如果那儿真有东西的话。然后我们会从海里拿走一切。即使我们办不到，我们的子孙和子孙的子孙也能办到，这只是时间问题。即便会让大海被鲜血染红，这也是我们的工作。记住这一点，艾希，睿智的艾希，用歌谣记录人类编年史的艾希。生命可不是歌谣，可怜的孩子，你只是个小小的诗人，被华丽的辞藻蒙蔽了漂亮的双眼。生命是一场战斗，就像比我们优越的猎魔人早就明白的那样。是他们带领我们前进，是他们开辟出道路，跨过那些阻挡人类脚步的生物的尸体。

是他们和我们一起在保护这个世界。我们，艾希，只能继续这场战斗。创造人类编年史的不是你的歌谣，而是我们。我已经不需要猎魔人了，因为从现在开始，一切都阻挡不了我。一切。"

艾希脸色发白，朝那缕头发吹了口气，又猛地摇摇头。

"你说一切，艾格罗瓦尔？"

"一切，艾希。"

女诗人笑了。

前厅突然传来一阵骚动：他们听到了脚步声和叫喊声。侍从和护卫闯进房间。他们或下跪，或鞠躬，将公爵围在中央。

希恩娜兹出现在门口，穿着一条海蓝色衣裙，上面装饰着像浮沫那样雪白的褶边。那条裙子的衣领低得惊人，只将美人鱼傲人的双峰遮住了一部分，又以软玉和天青石的领子作为装饰。她青瓷色的头发巧妙地卷起，用珊瑚和珍珠做成的宝冠固定。

"希恩娜兹……"艾格罗瓦尔结结巴巴地说着，跪倒在地，"我的……希恩娜兹……"

美人鱼用轻盈而优雅的脚步缓缓走来，动作像波浪一般流畅。她在公爵面前停下，笑了笑，露出满口洁白小巧的牙齿，又用小手抬起衣裙，让所有人都能目睹海女巫的超卓技艺。杰洛特吞了口口水。海女巫显然知道怎样的腿才算美丽，也懂得如何去塑造。

"啊！"丹德里恩惊呼道，"我的歌谣……这正是我歌谣里写的……为了他，她用尾巴交换了双腿，但也因此失去了嗓音！"

"我什么都没失去。"希恩娜兹用通用语高唱道，"至少暂时如此。变化之后，我感到焕然一新。"

"你会说我们的语言？"

"怎么，不可以吗？你怎么样，白发人？哦，你的爱人也在这儿……艾希·达文，如果我没记错的话。你对她多了些了解，还是跟她依然不熟？"

"希恩娜兹……"艾格罗瓦尔依然语无伦次，双膝跪地向她靠近，"我的爱人！我的爱……我的唯一……你终于决定了……终于，希恩娜兹！"

美人鱼做了个再清楚不过的手势：她伸出手，让他行吻手礼。

"哦是啊，我也爱你，傻瓜。什么样的爱人连一点点牺牲都办不到？"

九

离开布利姆巫德海角那天，清爽的晨雾淡化了地平线上的朝阳，让它显得不那么刺眼。他们决定三人一同离开，但没经过正式的讨论，也没有共同的目标，只想再同行一段路。

他们离开了那片满是岩石的海角，向由海浪冲刷而出、耸立于海滩处的悬崖，以及饱受风雨与海水侵蚀的古怪石灰岩道别。他们走进鲜花盛开、绿意盎然的多尔·爱达拉特山谷，海水的气息、海浪的声响、海鸥的啼鸣，依然驻留在他们的鼻翼和耳间。

健谈的丹德里恩不断改换话题：巴尔斯乡间强迫年轻女孩保留处子之身，直到结婚为止的愚蠢习俗；伊尼斯·博赫特岛上的铁鸟；生命之水与死亡之水；一种名叫"基石"、色彩就像蓝宝石的酒的口感和麻醉效用；艾宾王国的王家四胞胎，取了普兹、格里特兹、米兹和胡安·帕布罗·瓦瑟米勒这样莫名其妙的名字。他还批评同行带动的音乐和诗歌的新潮流,没一个称得上真正的艺术家,他说。

杰洛特保持沉默。艾希也很安静,仅回以只言片语。猎魔人能感觉到她投来的目光,他在刻意躲闪。

他们乘渡船过了爱达拉特河,只是被迫自己拉着绳子过去,因为船夫的脸色白得像纸,醉得像个癫痫病人,连系船的缆绳都解不开,无论问他什么,他只会回以毫无意义的"呃"。

河对面的村子令猎魔人心情愉快。位于河岸的村舍大都用栅栏围起,暗示他有活可干。

那天午后,正在休息时——他们留下丹德里恩照看饮水的马——艾希毫无预警地接近了杰洛特。

"杰洛特,"她轻声说,"我……我受不了了。我已经受够了。"

猎魔人试着避开她的目光,但她不肯放过他。艾希摆弄着项链上那朵嵌着天蓝色珍珠的银花。

"杰洛特……我们必须解决这个问题,不是吗?"

她等待他的回答:只需一个字,或是一个最微不足道的反应。但猎魔人知道,他无法为她付出什么,也不想对她撒谎。他更不敢说实话,怕伤害她。

这时,丹德里恩——永远可靠的丹德里恩——以他一贯的机智突然出现,缓和了气氛。

"是啊,说得对!"他大喊道,把手里的树枝伸进水里,拨开灯芯草和河生荨麻,"你们真该做决定了,是时候了!我已经看腻这出戏了!你指望他做什么,洋娃娃?某种他不可能做到的事?还有你,杰洛特,你在指望什么?你指望小眼睛能读出你的想法,就像……没错,就像另一个女人那样?你指望她能像你一样满足于现状,不要求对方吐露真情，也不必做出解释或拒绝？你要过多久才能听到她的话？你打算什么时候开始理解？多年以后再从遥远的记忆中领悟？见鬼，我们明天就分道扬镳了！哦，我真是受够你们两个了。听着：我会削一根榛木枝做钓竿，你们可以用这段时间说该说的话。全都说出来吧！试着达成共识。这没你们想的那么难。然后，看在诸神的分上，去做吧。洋娃娃，去跟他做该做的事；杰洛特，你也是，这对她有好处。然后，该死的，你们要么各过各的日子，要么……"

丹德里恩猛地转过身，折断一根灯芯草，嘴里咒骂不停。他打算用系上马鬃的榛木枝一直钓到天黑。

等他消失，杰洛特和艾希伫立良久，靠着俯瞰河水的那棵柳树的树干。他们手牵手，沉默不语。接着，猎魔人用低沉的声音开始了长长的叙述，小眼睛听着这一切，眼眶里含着泪水。

然后他们做了。

接下来的一切都有条不紊。

十

第二天，他们安排了一场告别晚餐。艾希和杰洛特从村子里买来一只宰好的羊羔。趁讨价还价的空当，丹德里恩从屋后的菜园顺走了新鲜的大蒜、洋葱和胡萝卜。他们还偷了只做菜的锅，巧妙地透过蹄铁匠的栅栏缝隙塞了出去。猎魔人被迫用伊格尼法印修补了锅子上的洞。

告别晚餐在森林深处一片开阔地举行。篝火欢快地劈啪作响，杰洛特小心翼翼地翻转羊羔，又用剥了皮的松树枝搅着锅里热气腾腾的汤。小眼睛对烹饪一无所知，只能弹着鲁特琴，唱些下流的小曲儿活跃气氛。

这是一场晚餐聚会。他们达成共识，等明天一早，三个人就会分道扬镳，去寻找他们已经拥有的东西。但他们当时并不明白这个事实，也不清楚路会将他们带向何方，只是决定分开而已。

吃饱了羊羔肉和胡萝卜，喝够了杜路哈德送给他们的啤酒，他们一起聊天，一起大笑。丹德里恩和艾希来了场歌唱比赛。杰洛特躺在云杉枝上，双手枕在脑后，他从没听过如此美丽的声音和如此悦耳的歌谣。他想到了叶妮芙，也想到艾希。他有种感觉……

那天夜晚结束时，小眼睛和丹德里恩唱起了著名的二重唱歌曲《辛西娅和维特文》，那是一首非凡的情歌，第一句是"那些并非我最初的眼泪……"杰洛特不禁觉得，就连树木都弯下腰，聆听两位吟游诗人的歌声。

接着，散发着马鞭草气味的小眼睛躺在他身边，贴着他的肩膀，脑袋枕在他的胸口，似乎叹息了两声，随后沉入了梦乡。猎魔人过了好久才睡着。

丹德里恩入迷地看着越来越微弱的火光，仍然坐在那儿，轻轻弹奏鲁特琴。

他先弹奏了几个音节，随后转为一段平静的旋律。歌词伴着音乐而来，被困在乐声中，像困在透明琥珀里的昆虫。

这首歌谣讲述了一位猎魔人和一位女诗人的故事：他们在海边相遇，在尖叫的海鸥之间；他们初次相见就彼此一见钟情；他们拥有诚挚的爱；他们漠视死亡，因为就连死亡也无法让他们分开，更无法摧毁这份爱。

丹德里恩知道，相信歌谣里的故事的人少之又少，但他不在乎：歌谣不是让人相信的，而是让人感动的。

多年以后，丹德里恩本可以改写这首歌谣的内容，让它更符合真相。但他没有。真实的故事太过令人伤感。说真的，谁会想知道猎魔人和女诗人分开之后，从此天各一方？谁又想知道，四年后，小眼睛在维吉玛死于肆虐的天花？谁想知道，是丹德里恩抱着她的尸体离开城外的火葬柴堆，独自一人静静走进森林，按她的遗愿，把那两件东西与她一同埋葬：她的鲁特琴，还有她从未离身的天蓝色珍珠。

不，丹德里恩让歌谣维持最初的版本，但他再没唱过这首歌。无论在谁面前。

那天早上，一头凶狠而饥饿的狼人趁着尚未消散的夜色闯入宿营地。但认出丹德里恩的歌声后，它驻足聆听片刻，便消失在森林里。

命运之剑

一

中午时分,他发现了第一具尸体。

死人很少会让猎魔人惊讶。他会用彻底的漠然忽视绝大多数死人,但这次例外。

男孩才十五岁。他仰面躺着,双腿分得很开,僵硬的表情凝固在脸上,看起来像是惊恐。杰洛特清楚,这个孩子是当场死去,没有痛苦,甚至直到死前都毫无觉察。箭穿过他的眼睛,透过眼窝,深入头颅。箭羽用山鸡翎制成,涂成鲜艳的黄色,在草丛中格外醒目。

杰洛特飞快地环顾四周。不用费什么力气,就发现了另一支完全一样的箭,插在他身后六步远的松树上。他明白是怎么回事了。这个孩子没有听从警告:箭矢破空的嗖嗖声和射中大树的砰砰声把他吓坏了,让他跑向错误的方向。第一支箭的本意是警告他,要他及时回头。嗖!砰!箭尖扎进树木。"人类!别走了!"破空声和撞击声如此宣布,"人类!滚开!快离开布洛克莱昂。你们已经征服了整个世界,人类,你们到处留下了脚印,你们以现代化、以时代变迁、以所谓'进步'的名义兜售一切。但我们不需要你们,也不需要你们的'进步'。我们不需要你们带来的改变,不需要你们的任何东西。"嗖!砰!"滚出布洛克莱昂!"

人类,滚出布洛克莱昂,猎魔人心想。哪怕你刚刚十五岁,被恐惧驱使,慌不择路,跑进森林;哪怕你七十高龄,苍老虚弱,被人赶出屋子、夺走食物,只好出来拾柴;哪怕你只有六岁,被林间空地盛开的鲜花吸引。滚出布洛克莱昂!嗖!砰!

在过去,他心想,在射杀之前,他们会警告两次。甚至三次。

但那是过去了,他一边想,一边往前走。已经过去了。

进步……

森林中似乎没有任何凶险。的确,这里的植物狂野而又茂盛,但森林深处毫无反常之处:从高大树木的枝叶间渗下的每一道阳光,都会立刻被年轻的桦树、赤杨、角树、树莓、杜松和蕨类植物吸收,在它们的枝叶之下,则是枯枝和腐朽的树干,还有最为古老的树木濒死的残躯。

那些生物盘踞之处,通常会有种压抑而不祥的寂静,但这里没有。恰恰相反,布洛克莱昂生机盎然。昆虫嗡嗡振翅,蜥蜴在脚下沙沙爬行,甲虫闪着彩虹般的光泽,上千只蜘蛛爬过露珠晶莹的蛛网,啄木鸟用力啄着树干,松鸡唧唧喳喳叫个不停。

布洛克莱昂生机盎然。

但猎魔人没有放松警惕。他知道自己身在何方,也没忘记男孩被刺穿的眼睛。在苔藓和松针之间,他时而发现爬满食肉蚂蚁的森森白骨。

他继续走——谨慎而迅速。足迹还很新。他觉得自己能追上那些人,拦住他们,再把他们送回去。他觉得,尽管发生了这种事,但还不算太迟。

他想错了。

他找到了第二具尸体。如果不是尸体手中的剑反射阳光，猎魔人恐怕根本发现不了。那是个成年男子，深灰色的简朴衣物表明他卑微的出身。两支箭刺进他的胸口，除了箭杆周围的血迹，衣服崭新而干净：这说明他不是普通的仆人。

杰洛特四下打量，看到第三具尸体穿着皮夹克和绿色束腰外衣。尸体四周的地面踩得稀烂，苔藓和针叶陷进泥土。毫无疑问，这人死前挣扎了很久。

他听到一声呻吟。

他迅速拨开几根杜松枝，发现了隐藏的深邃地洞。洞里有个体格健壮的男人，躺在暴露的松树根上。他的头发和胡须都是黑色，与死人般苍白的脸色截然相反。男人的鹿皮紧身短上衣早被鲜血染红。

猎魔人跳进洞中。受伤的男人睁开双眼。

"杰洛特……"他呻吟道，"哦诸神啊……我一定在做梦……"

"菲斯奈特？"猎魔人惊讶地问，"你怎么在这儿？"

"我……呃……"

"别动。"杰洛特跪在他身旁，"伤到哪儿了？我没看到箭……"

"那支箭刺穿了我。我折断箭头，把它拔了出来……听我说，杰洛特……"

"别说话。"杰洛特吩咐道，"你流了很多血。肺被刺穿。见鬼，我必须带你离开！你来布洛克莱昂干吗？这儿是树精的领地，是她们的圣所，没人可以活着离开。你不知道吗？"

"回头……"菲斯奈特呻吟着吐出一口血，"回头我再解释……现在，带我离开这儿……呃！该死的！轻点儿……呃……"

"我搬不动你。"杰洛特站起身，四下打量，"你太重了……"

"那就别管我了，"受伤的男人喃喃道，"别管我了……但你要救她……看在所有神灵的分上，救救她……"

"救谁？"

"公主……呃……找到她，杰洛特……"

"见鬼，安静点儿！我去找点东西，把你弄出去。"

菲斯奈特大声咳嗽，又吐出一口血。黏稠的鲜血顺着他的胡须滑落。猎魔人咒骂一声，跳出地洞，查看四周。他需要两棵小树，于是去了空地边缘，他先前在那儿见到过一棵赤杨。

嗖！砰！

杰洛特愣住了。一支鹰羽箭射进树干，与他头部等高。他朝箭杆所指的方向望去，因为它就是从那儿射过来的。大约五十步外还有个地洞，是树桩拔出后形成的：纠缠的根须暴露在外，上面连着大量沙土。更远处是大片的黑刺李，黑暗被桦树光泽的树干分割成条状。不出所料，他没看到任何人。

他缓缓地举起双手。

"Ceádmil！Va an 艾思娜 meáth e 杜恩·卡纳尔！Esseá 格温布雷德！"

他听到模糊的弓弦摩擦声，接着看到一支示威的箭——它正飞上天空。他抬起目光，停下脚步，然后一动不动。那支箭几乎垂直插入离他仅有两步远的苔藓里。几乎同时，又一支箭以相同的角度插在第一支箭旁。他担心自己再也没机会看清第三支了。

"Meáth 艾思娜！"他重复道，"Esseá 格温布雷德！"

"Gláeddyv vort!"

一阵微风低语般的答复。是话语,而非利箭。他还活着。猎魔人缓缓松开皮带搭扣,取下剑,举到一旁,再松手任其落地。离他不到十步远,一棵杜松环绕的冷杉后,树精悄无声息地出现。虽然她娇小苗条,但那树干似乎比她更细。杰洛特不明白,自己之前怎么没发现她。她的衣服色彩斑斓,用棕绿相间的树叶与树皮拼合而成,不但丝毫无损她优美的线条,更提供了有效的伪装。她的额头系着一条黑色头巾,将橄榄绿色的头发扎在脑后,脸上用胡桃汁画着条纹。

更重要的是,树精拉开弓,开始瞄准。

"艾思娜!"他大喊。

"Tháess aep!"

他顺从地闭上嘴,双手高举,一动不动。但树精没放下武器。

"Dunca!"她喊道,"布蕾恩!Caemm vort!"

先前朝他射箭的树精在黑刺李丛中现身,跨过树桩,又敏捷地跳过地洞。尽管周围全是枯树枝,他却没听到树枝断裂的噼啪声。他感觉到身后传来微弱的沙沙声,就像风吹过树叶。他知道,第三只树精就站在他身后。

树精拾起杰洛特的剑,动作快如闪电。她有蜂蜜色的头发,用灯芯草的发带束起,背后的箭袋里装满了箭。

靠近地洞那边、离他最远的树精也在飞速接近。她的衣服看起来跟其他树精毫无区别,砖红色的头发上戴着苜蓿和石楠花编成的花冠。她放下弓,但箭依然搭在弦上。

"T'en thesse in meáth aep 艾思娜 llev?"她凑近问道。

她的嗓音异常美妙。她的眼睛又大又黑。

"Ess'格温布雷德?"

"Aé……aesselá……"他结结巴巴地说。布洛克莱昂方言在树精口中有如歌声,可在他嘴里却磕磕绊绊、语无伦次。"你们会说通用语吗?我不怎么懂……"

"An'váill. Vort llinge。"她打断他的话。

"我是格温布雷德,就是白狼。艾思娜女士认识我。我有事找她。我曾在布洛克莱昂住过。在杜恩·卡纳尔。"

"格温布雷德。"

砖红发色的树精眨眨眼睛。

"Vatt'ghern?"

"对。"他点点头,"我是猎魔人。"

橄榄发色的树精压下怒火,放下弓。砖红发色的树精瞪着大眼睛看着杰洛特,绿色点缀的面容依然全无表情,宛如一尊雕像。这让他没法判断她是否漂亮:她的冷漠、麻木甚至残酷,让他很难把她跟"美丽"这个词联系起来。杰洛特无声地责备自己,因为他居然用人类的标准来衡量树精。他早该知道,她比另外两个树精更年长。尽管从外表看不出,但她实际上要比那两位大得多。

沉默在他们中间蔓延。杰洛特听到了菲斯奈特的呻吟和喘息,其间还夹杂着咳嗽。砖红发色的树精也听到了,但她依然面无表情。猎魔人两手叉腰。

"那边的洞里,"他平静地说,"有个受伤的男人。如果没人救他,他会死。"

"Tháess aep!"

橄榄发色的树精举起弓,箭头直指杰洛特的脸。

"你们想让他死吗?"他继续说,却没抬高嗓音,"希望他被自己的血慢慢呛死,是吗?那样的话,倒不如给他个痛快。"

"闭嘴。"树精用通用语吼道。

尽管如此,她还是垂下武器,手也松开了弓弦。她用询问的目光看看另一位树精。砖红发色的树精点点头,指指树桩下的地洞。橄榄发色的树精迅速跑去,悄然无声。

"我想见艾思娜女士。"杰洛特又说了一遍,"我有使命在身……"

年岁最长的树精指着蜂蜜发色的同胞说:"她会带你去杜恩·卡纳尔。去吧。"

"可……那个受伤的人呢?"

砖红发色的树精看着他,眨眨眼睛,手指摆弄弦上的箭。

"别管了。"她答道,"去吧。她会带你去。"

"可是……"

"Va'en vort!"她抿紧嘴唇,简短有力地说。

杰洛特耸耸肩,转身面对蜂蜜发色的树精。她看起来年纪最轻,但他的判断可能出错。他发现她的眼睛是蓝色的。

"我们走吧。"

"很好。"蜂蜜发色的树精回应道。她犹豫一下,把剑递还给他。"我们走吧。"

"你叫什么名字?"他问。

"闭嘴。"

她没再看他一眼,转过身去,飞快地钻进森林中心。杰洛特努力跟在后面。她是故意的——杰洛特很清楚——她想让他精疲力竭,抱怨着倒在灌木丛里,无法继续前进。但她太年轻,不知道他是个猎魔人，不知道同她打交道的并非人类。

女孩突然停下脚步，转过身来。杰洛特看得出，她并非天生的树精。他看到女孩的胸脯在斑纹外衣下剧烈起伏：她正奋力压抑喘息。

"走慢些好吗？"他笑着提议。

"Yeá。"她不情不愿地看他一眼，"Aeén esseáth Sidh？"

"不，我不是精灵。你叫什么名字？"

"布蕾恩。"她回答完，用比之前略显平稳的步伐继续前进。她不再有甩掉他的企图了。

于是他们并肩而行。杰洛特闻到她身上的汗味，与普通女孩一般无二。而树精的汗水气息会让他想到碾碎的柳枝。

"你以前的名字叫什么？"

她目不转睛地看着他，突然抿起嘴唇。他以为她会生气，命令他闭嘴。但她没有。

"我不记得了。"她犹豫着回答。

她在说谎，他想。

她看起来最多十六岁，在布洛克莱昂也就生活了六七年：如果过得更久些，他就没法认出她的人类特征了。树精也会长蓝眼睛和蜂蜜色头发。树精与人类或精灵结合后，生下的孩子必定是女性，只会遗传母亲的特征，只有极其罕见的情况下，树精的后代会继承某位无名男性祖先的发色和眼眸。但杰洛特敢肯定，布蕾恩没有一丝树精血统。当然这并不重要，无论出身如何，她显然是她们中的一员。

"你呢？"她怀疑地望着他，"你叫什么名字？"

"格温布雷德。"

她点点头。

"好吧……格温布雷德。"

他们放慢些步伐,但依然相当迅速。布蕾恩显然对布洛克莱昂很熟。如果猎魔人独行,多半没法在不偏离路线的同时维持这种速度。布蕾恩很快来到森林边缘。她沿着一条条蜿蜒而隐蔽的小径前进,灵巧地跑过用圆木在沟壑上搭成的小桥,勇敢地踏入满是绿色浮萍的沼地——如果独自一人,猎魔人绝不敢自己过去,只能花费数小时甚至数日绕行。

但布蕾恩也无法保护杰洛特免受荒野的伤害。在某些地方,树精会放慢脚步,小心翼翼地前行,摸索地面,或拉起猎魔人的手。他很清楚原因:布洛克莱昂的陷阱早就成了传奇。据说这儿有插着尖桩的深坑、触发箭矢的机关、会突然倒下的树木,还有可怕的"刺猬"——覆满尖刺的巨大球体,绑在绳索上,在你意料不到时落下来,摧毁路上的一切。还有些地方,布蕾恩会站定不动,吹出悦耳的口哨,灌木丛那边便会传来答复。在另一些地方,她会停下来,用手按住箭袋里的一支箭。杰洛特则在沉默中紧张地等待,听着远处灌木丛中传来的声响。

尽管他们走得很快,还是不免扎营过夜。布蕾恩选中一块有暖风吹过的高地。他们睡在干燥的蕨草上,彼此靠得很近:这是树精的习俗。午夜时分,布蕾恩紧紧依偎在他怀里,仅此而已。他将她拥入臂弯,但也仅此而已。她是个树精。这么做只为取暖。

黎明到来,天色尚未亮起,他们再度上路。

二

他们穿过一片点缀着稀疏树木的草地，穿过几座雾气氤氲、蜿蜒曲折的山谷，又跨过宽阔的林间草地和破败枯萎的森林。

布蕾恩又一次停下脚步，审视四周。她好像迷路了，但杰洛特知道这不可能。他趁机坐在一根倒下的树干上，稍事歇息。

他听到了一声尖叫。短促、刺耳、绝望。

布蕾恩立刻单膝跪倒，从箭袋中抽出两支箭，一支咬在齿间，另一支搭上弓弦，审慎地瞄准了灌木丛。

"别放箭！"杰洛特大喊。

他跨过树干，穿过茂密的灌木丛。

一片悬崖下的空地上，有个身穿灰夹克的小个子正面临危机。距其五步之遥，有什么东西正缓缓接近，掀动了野草。那东西体色深棕，足有好几码长。杰洛特一开始以为是条蛇，但他注意到它带倒钩的黄色腿足，还有节状的细长躯干。他意识到那不是蛇，但比蛇危险得多。

小个子背靠树木，不断发出悲哀的惨叫。巨蜈蚣抖动长长的触须，感受着气味与温度，在草丛中抬起身。

"别动！"猎魔人大叫，用力踩踏草地，想吸引虫怪的注意。

但巨蜈蚣全无反应，它的触须正忙着寻找牺牲品的位置。虫怪动了起来，身体蜷成 S 形，往前冲去，亮黄色的腿在草丛中闪闪发光，像成排的船桨一样有节奏地摆动。

"尤戈恩！"布蕾恩大喊。

杰洛特连跳两次，落在空地上。他迈步飞奔，从背后抽剑出鞘。

他借助前冲的势头,把吓坏的小家伙撞进一片黑莓丛。巨蜈蚣在草地上翕动,先是俯下身,然后转向猎魔人,竖起节状的前半身,滴着毒液的尖牙开开合合。杰洛特灵巧地跃过怪物节状的身体,转过身,打算将剑刺进甲壳脆弱的连接处。但怪物动作太快,杰洛特的剑擦过几丁质[1]的护甲,却无法刺入,仿佛被一层厚厚的苔藓消去了力道。杰洛特试图抽身脱开,但动作不够快。巨虫用腹部缠住猎魔人的双腿,力量惊人,令他失去平衡。他奋力想要挣脱,但不成功。

巨蜈蚣蜷起身体,想用钳爪扣住他。在这过程中,它用力刮擦一棵树,身体也缠绕其上。就在这时,一支箭呼啸着掠过杰洛特的头顶,伴着巨响刺穿巨虫的甲壳,将它钉在树干上。巨蜈蚣扭动身躯,折断箭杆,但又被两支箭接连射中。猎魔人挣脱它的束缚,滚到一旁。

布蕾恩单膝跪地,用惊人的速度接连发箭,每一支都正中目标。巨蜈蚣每次折断箭杆,接下来的箭都会将它又钉在树上。巨虫的扁嘴闪着深棕色光泽,一开一合,巨颚咬向被利箭刺穿之处,愚蠢地以为这样就能伤到它的敌人。

杰洛特跳到一旁,手中的剑用力一挥,结束了这场战斗。树干充当了怪物的断头台。

布蕾恩挽着弓慢慢走近,踢踢怪物的胸节:它还在草丛中扭动身体,摆动腿足。她冲它吐了口口水。

"多谢。"猎魔人用鞋跟碾碎巨蜈蚣被斩下的断头。

"谢什么?"

"你救了我的命。"

---

[1] 几丁质又名甲壳胺,一般指节肢动物的身体表面分泌的一种物质。

树精看着他，脸上没有任何表情，也不像听懂了的样子。

"尤戈恩，"她轻踩仍在蠕动的尸体，"它折断了我的箭。"

"你救了我和那小树精的命。"杰洛特答道，"见鬼，她去哪儿了？"

布蕾恩小心地分开黑莓丛，手臂深深地探进带刺的嫩枝。

"跟我想的一样。"她惊呼道，从树丛间抱出个穿灰夹克的小家伙，"看啊，格温布雷德。"

那不是树精，也不是精灵、小妖精、皮克精或半身人，就是个普普通通的人类小女孩。而这里是布洛克莱昂：最不能容忍人类之地……

她有一头漂亮的鼠灰色头发、一对热情的绿色大眼睛，看起来绝不超过十岁。

"你是谁？"他问，"你从哪儿来？"

她没回答。我是不是见过她？他想，我肯定在什么地方见过她。或者见过很像她的人。

"别害怕。"他对女孩说，表情有些尴尬。

"我不怕。"她用低得不能再低的声音说。

她冷得瑟瑟发抖。

"该走了。"布蕾恩环顾四周，插言道，"每出现一条尤戈恩，就会有第二条，有时还会同时出现。而我的箭不多了。"

女孩将视线转向树精，张开嘴，用手掌抹去嘴边的灰尘。

"活见鬼，你到底是谁？"杰洛特盯着她，"你在……森林里做什么？你怎么到这儿来的？"

女孩低下头，抽了抽鼻子。

"你聋了吗？你是谁？我在问你。你叫什么名字？"

"希瑞。"她抽着鼻子回答。

杰洛特转过身。布蕾恩正在检查她的弓，这时悄悄迎上他的目光。

"听我说，布蕾恩……"

"什么？"

"她有没有可能……是从……从你们……从杜恩·卡纳尔逃出来的？"

"什么？"

"别把我当傻瓜。"他生气地说，"我知道你们会捕捉年轻的人类。难道你自己是从天上掉到布洛克莱昂的？我在问你，有没有可能……"

"不可能。"树精打断他的话，"我从没见过她。"

杰洛特看着小女孩。她凌乱的灰色发丝间缠着松针和树叶，但依然显得干净：既没有烟味，也没有粪便或油脂的臭味。她双手很脏，却小巧精致，没有任何伤疤和瑕疵。她穿着一件配有红色兜帽的夹克，这方面看不出身份，但脚上的短靴却用小牛皮制成。她显然不是乡下女孩。菲斯奈特！猎魔人突然想起，她就是菲斯奈特要找的女孩！他进入布洛克莱昂就为找她。

"小鬼，你从哪儿来？我在问你。"

"你竟敢这么称呼我？"

女孩骄傲地扬起头，在地上跺了跺脚，只是柔软的苔藓让气势大打折扣。

"啊！"猎魔人笑道，"原来你是公主。可惜是位名不符实的公主，因为从外表完全看不出。你从维登来，对吧？你知道有人在找你吗？别担心，我会带你回家。听着，布蕾恩……"

他刚看向别处，女孩就转身逃跑。

"Bloede Turd！"树精大叫，抓起箭袋，"Caemm'ère！"

女孩在满是枯枝的森林里跌跌撞撞地跑着。

"站住！"杰洛特大喊，"你去哪儿，小坏蛋？"

布蕾恩立刻挽起弓。箭矢呼啸飞出，划出一道低矮的弧线，箭尖擦过小女孩的头发，砰地刺进一棵树，吓得她赶忙扑倒在地。

"你这白痴！"猎魔人愤怒地吼道，跑向树精。布蕾恩从箭袋里迅速抽出第二支箭。"你差点杀了她！"

"这儿是布洛克莱昂。"她傲慢地回答。

"她还是个孩子！"

"那又怎样？"

他注意到那支箭的箭羽是涂成黄色的山鸡翎，但没多说什么。他转过身，飞快地跑进森林。

女孩蜷缩在树下，正仰头看着刺进树干的箭。她听到猎魔人的脚步声，站起身想跑，但猎魔人一个箭步追上她，抓住她的兜帽。她转过来，盯着猎魔人的手。杰洛特放开她。

"你跑什么？"

"跟你没关系。"她吸着鼻子回答，"你走开。你、你……"

"臭小鬼！"猎魔人怒吼道，"这儿可是布洛克莱昂。那只蜈蚣还不够你受的？你在森林里根本活不到明天早晨，你不明白吗？"

"别碰我！"她用戒备的语气说，"你只是个下人！你自己也说过，我可是公主！"

"你只是个愚蠢的小鬼。"

"我是公主！"

"公主不会独自在森林里跑来跑去。公主也不会吸鼻子。"

"我会下令砍掉你的头！还有她的。"

女孩抹抹鼻子，凶狠地看着走近的树精。布蕾恩大笑起来。

"行啦，别哭了。"猎魔人简短地说，"你干吗要逃，公主？你要去哪儿？你在怕什么？"

女孩一言不发，依旧吸着鼻子。

"如你所愿。"他扭头看看树精，"我们这就走。如果你打算单独留在森林里，那也是你自己的选择。但下次尤戈恩袭击你时，求你别叫了，因为那不合公主的身份。公主应该毫无怨言地死去，也该用体面的方式吸鼻子。再见了，公主殿下。"

"等……等等……"

"干吗？"

"我跟你们走。"

"真荣幸。对吧，布蕾恩？"

"可你们不准带我去见克里斯丁！能发誓吗？"

"谁是……"他说，"啊，见鬼！克里斯丁王子？维登国王埃维尔的儿子？"

女孩掏出一块小手帕，擤擤鼻子，扭过脸去。

"别磨蹭了。"布蕾恩沮丧地说，"该赶路了。"

"等等，就一下。"猎魔人站起身，面对树精，"计划有变，亲爱的弓箭手。"

"有变？"

"艾思娜女士得先等等了。我必须送这女孩回家，去维登。"

"你不能去别的地方。她也一样。"

猎魔人恶狠狠地笑了。

"小心，布蕾恩。"他提醒道，"你昨天在暗处放箭，射穿了一个孩子的眼睛。但我不是他，我知道该怎么保护自己。"

"Bloede arss！"她大喊着举起弓箭，"你必须去杜恩·卡纳尔。还有她。不能去维登！"

"不，不，我不去维登！"灰发女孩跑向树精，抱住她细长的大腿，"我跟你一起！他想走就让他走，让他自己去维登找白痴克里斯丁！"

布蕾恩看都没看她一眼，目光继续盯着杰洛特，但她放下了弓。

"Ess turd！"她朝他脚下吐口口水，"很好，去你想去的地方吧！我倒想看看你能不能活下来。走出布洛克莱昂之前，你就会死掉。"

她说得对，杰洛特心想。我根本不可能离开。没有她，我既没法离开布洛克莱昂，也到不了杜恩·卡纳尔。只好走一步算一步了。或许我可以说服艾思娜……

"好吧，布蕾恩。"他满脸赔笑，"别生气了，亲爱的，听你的。我们一起去杜恩·卡纳尔见艾思娜女士。"

树精低声说了句什么，取下弓弦上的箭。

"那就走吧。"她正了正头巾，"已经耽搁太多时间了。"

"啊！"女孩刚走一步就哀号起来。

"怎么了？"

"我的腿……不太对劲。"

"等等，布蕾恩！过来，孩子。骑到我肩上，我带你走。"

她温热的身体散发着湿羽毛的味道。

"你叫什么名字，公主？我忘了。"

"希瑞。"

"容我问一句,你是哪国的公主?"

"我不会说的。"她答道,"我不会说,就这样。"

"说了又不会少块肉。还有,别乱动,也别在我耳边吸鼻子。你能不能告诉我,你怎么会到布洛克莱昂来?你迷路了?还是走错了方向?"

"我从不迷路。"

"别扭来扭去。你从克里斯丁那儿逃出来了?从纳史特洛格城堡?婚前还是婚后?"

"你怎么知道的?"她说着,若有所思地吸了吸鼻子。

"因为我智慧超群。你干吗逃到布洛克莱昂?你就没更安全的地方可去?"

"都怪我的笨马。"

"你在说谎,小公主。以你的体型,最多就能骑只猫,还得是好脾气的猫。"

"马科为我牵马,他是骑士沃米尔的侍从。在森林里,马绊了一跤,摔断了腿,我们就都迷路了。"

"你还说你从不迷路。"

"是他迷路,不是我。森林里起雾,所以我们才会迷路。"

你们迷路了,杰洛特想。沃米尔骑士的可怜侍从,不幸遇上了布蕾恩和她的同伴。那个男孩——恐怕还没真正见识过女人——听了太多骑士和处女结婚的故事,于是决定帮助这个绿色眼眸的小女孩,结果倒在身穿迷彩衣服的树精箭下,后者恐怕也没真正见识过男人,但已经懂得了如何杀人。

"我问你:你是婚前还是婚后逃走的?"

"我就是逃走了,跟你有什么关系?"她皱着眉头说,"外婆告诉我,我得去城堡认识那个克里斯丁。只是认识他而已。然后他父亲,那位国王……"

"埃维尔。"

"满脑子只想着举行婚礼。可我不喜欢克里斯丁。外婆告诉我……"

"你就这么讨厌克里斯丁王子?"

"我不喜欢他。"希瑞骄傲地说,用力吸吸鼻子,"他又胖、又蠢、又丑,还有口臭。在我之前见到的画像上,他还没那么胖。我才不要那样的丈夫。我不想结婚。"

"希瑞,"猎魔人犹豫地回答,"克里斯丁还是个孩子,跟你一样。再过几年,他也许会长成既迷人又和蔼的小伙子。"

"那他们可以过几年再送张画像来!"她不屑地说,"我也可以再送他一张。他说我比他收到的画像漂亮多了。他又告诉我,他爱的人叫做阿尔文娜,是宫里的女贵族,还说他想当一名骑士。你明白吗?他不想娶我,我也不想嫁他,这婚还有什么好结的?"

"希瑞。"猎魔人轻声道,"他是王子,而你是公主。王子和公主是天造地设的一对儿。这是规矩,自古以来都是这样。"

"你说起话来跟其他人一样。你以为我是个孩子,所以很好骗?"

"我没骗你。"

"你有。"

杰洛特陷入沉默。走在前面的布蕾恩吃惊地转头看看,耸耸肩,继续前进。

"我们去哪儿?"希瑞可怜巴巴地问,"我想知道!"

杰洛特保持沉默。

"我问你问题,你就该回答!"她用威胁的口吻说,又用力吸吸鼻子以示强调,"你不知道……我是谁吗?"

他毫无反应。

"我要咬掉你的耳朵!"

猎魔人受够了。他把女孩从肩头抱起,放到地上。

"听着,丫头。"他抽出自己的腰带,严肃地说,"我会把你放到膝盖上,狠狠抽你的屁股。在这里,没人敢拦我。这儿不是王宫,我也不是大臣或仆人。你会后悔没留在纳史特洛格。你很快就会明白,嫁人的公主也好过森林里的流浪儿。嫁人的公主有不用吃苦的权利,这是事实。嫁人的公主也不会被人打屁股,或许除了她的王子丈夫。"

希瑞皱起眉头,抽泣几声,又吸了几下鼻子。布蕾恩靠在树上,目不转睛地看着这一幕。

"怎么样?"猎魔人把腰带缠回腰间,"你是打算乖乖听话、做个好孩子呢,还是等我好好抽你尊贵的屁股?嗯?"

女孩吸吸鼻子,飞快地摇摇头。

"你会听话喽,公主?"

"会。"她愤愤地说。

"天快黑了。"树精说,"继续赶路吧,格温布雷德。"

森林变得更加稀疏。他们穿过沙地上的一片小树林,穿过石楠花丛,穿过雾气弥漫、有鹿群吃草的草地。气温开始下降。

"尊贵的大人。"希瑞打破漫长的沉默。

"我叫杰洛特。什么事?"

"我很饿。"

"很快就能休息了。天快黑了。"

"我受不了了。"她又开始抽泣,"我上次吃东西还是……"

"别哭了。"他把手伸进行囊,拿出一片厚培根、一小块奶酪和两个苹果,"给。"

"那个黄的是什么?"

"培根油。"

"我不要。"她咆哮道。

"其实味道不坏。"他说着,吞下那块动物脂肪,"那就吃奶酪吧。再吃个苹果,就一个。"

"为什么就一个?"

"别动来动去。那就两个。"

"杰洛特?"

"嗯?"

"谢谢。"

"没什么。尽管吃吧。"

"不……不是因为这个。不只因为这个,还有……你之前救了我的命,那条巨蜈蚣……我差点吓死……"

"这儿有很多东西能杀死你。"他严肃地说。还有很多东西杀人的方式更可怕、更残忍,他心想。"你应该感谢布蕾恩。"

"布蕾恩是谁?"

"一位树精。"

"森林里的邪恶妖精?"

"对。"

"就是她们……她们会偷小孩!我们被她绑架了吗?可你又不是小孩。她说的话怎么那么古怪?"

"她说的话并不重要，重要的是她射出的箭。我们停下休息时，你可别忘感谢她。"

"我不会忘的。"希瑞吸吸鼻子，答道。

"别扭来扭去，小公主，你可是维登王子未来的王妃。"

"我才不当什么王子的王妃。"她嘟囔道。

"好吧，好吧，你不会嫁人。你会变成一只小仓鼠，躲进地洞里。"

"才不是！你什么都不懂！"

"别在我耳边大叫。别忘了我的皮带。"

"我不会当任何王子的王妃。我要……"

"嗯？你要干什么？"

"这是秘密。"

"喔！秘密。真了不起。"他抬起头，"怎么了，布蕾恩？"

树精停下了脚步。

她耸耸肩，抬头望天。

"我累坏了。"她闷闷不乐地回答，"都怪你捡来的孩子。已经黄昏了，就在这儿扎营吧。"

三

"希瑞？"

"嗯？"

女孩吸吸鼻子，身下的树枝沙沙作响。

"你不冷吗？"

"不冷。"她叹了口气，"今天天气不错。昨天……昨天才冷得可怕……哦，诸神在上！"

"真奇怪。"布蕾恩解开软皮长靴的靴带，"如此瘦小，却能跑这么远的路，路上还有哨兵、沼泽和丛林。她强壮、健康，又有勇气。她对我们很有用，的确……非常有用。"

杰洛特飞快地瞥了眼树精，后者的双眼在黑暗中闪闪发光。布蕾恩靠在树上，解开头巾，让头发披散下来，摇了摇头。

"我们在布洛克莱昂找到她。"她小声说着，等待他做出评论，"她是我们的，格温布雷德。我们要去杜恩·卡纳尔。"

"这该由艾思娜女士决定。"他反驳道。

但他知道，布蕾恩说得对。

真可惜，他看着在树枝床垫上扭动身子的小女孩，心想。多坚强的女孩啊。我到底在哪儿见过她？当然这不重要。真是太可惜了。世界这么大、这么美，可直到她死去的那天，布洛克莱昂都将是她的整个世界。而且那天很快就会到来：她会伴着箭矢的呼啸声，尖叫着倒在蕨草丛中，因这场争夺森林的荒唐战争而死，为导致她迷失的那一方而死……是啊，这是迟早的事。

"希瑞？"

"嗯？"

"你父母住哪儿？"

"我没有父母。"她吸着鼻子说，"我很小时，他们在海里淹死了。"

是啊，他心想，这一来，就有不少问题得到了解释。一个过世王子的孩子。谁知道呢，也许只是家族里的第三个女儿，还有四个兄弟。空有尊贵的头衔，其实不比王宫总管和侍从更重要。只是个灰发绿眼的小家伙，在宫廷里转来转去，所以他们必须尽快为她找个合适的丈夫。越快越好，在她长成女人之前，在绯闻、私通和乱伦的威胁出现之前——在宫廷里，这种事屡见不鲜……

猎魔人一点也不惊讶女孩的逃婚行为。他见过不少加入旅行剧团的年轻公主，她们都庆幸自己能逃离某个年老力衰却渴望后代的老国王。他也见过不少王子，他们宁愿过着朝不保夕的佣兵生活，也不愿娶父亲为他们挑选的公主——她们或是身有残疾，或是生活不检点。这种婚姻，只为确保联盟和王朝的存续。

他躺在女孩身边，把斗篷盖在她身上。

"睡吧。"他喃喃道，"睡吧，小孤儿。"

"你说什么？"她嘟囔道，"我是公主，不是孤儿。我有外婆，她是王后，你不明白吗？要是我说你想用皮带打我，外婆会下令砍了你的头，走着瞧吧。"

"太可怕了，希瑞！手下留情。"

"走着瞧！"

"你是个好心的小姑娘。砍头多可怕呀。你不会说出去，对吧？"

"我会全告诉她。"

"希瑞……"

"我会全告诉她。全部，全部。你怕了，对吗？"

"对，怕死了。希瑞，你想砍谁的头，谁就会死，你懂吗？"

"你在嘲笑我？"

"我哪敢？"

"你等着瞧吧！我外婆从不开玩笑。她站起身，最伟大的战士和骑士都会跪在她面前。我亲眼见过。要是有人敢违抗她，咔嚓，他的脑袋就没啦。"

"那可太糟了，希瑞。"

"糟什么?"

"他们肯定会砍你的头。"

"我的头?"

"是啊。你的外婆，也就是王后，为你安排了跟克里斯丁的婚事，还把你送去维登的纳史特洛格。但你违背了她。等你回去时……咔嚓！脑袋就没了。"

女孩沉默了，甚至不再扭动身子。他听到她咂吧舌头、咬住下唇的声音。她吸了吸鼻子。

"这不可能！外婆不会让任何人砍我的头，因为……她是我外婆，不是吗？我顶多……"

"哦，是吗?"杰洛特大笑起来，"你外婆从不开玩笑，不是吗？你以前也挨过打，对吧?"

希瑞怒气冲冲地瞪着他。

"听我说，"他说，"我们就告诉你外婆，说我已经打过你了。没人会因同样的错误受两次罚，你觉得呢?"

"那你就是个傻瓜。"希瑞用手肘撑起身子，弄得身下的树枝沙沙作响，"如果外婆知道你打了我，她会砍下你的头，就这么简单！"

"也就是说，你不打算告诉她喽?"

女孩没回答，又吸了吸鼻子。

"杰洛特……"

"什么事，希瑞?"

"外婆一定会要我回去的。我不用当什么公主，不用当白痴克里斯丁的王妃。但我必须回去，就这样。"

你以为你必须回去，他心想，不幸的是，你和你的外婆都做不了主。这取决于老艾思娜的心情，还有我劝说她的口才。

"外婆知道，"希瑞续道，"因为我……杰洛特，你得发誓不告诉任何人。这是个可怕的秘密，真的很吓人。你得发誓。"

"我发誓。"

"那我告诉你。要知道，我妈是个女术士，我爸中过诅咒。一个保姆告诉我的，外婆知道这事以后，情况变得很糟糕。因为上天早为我安排了命运，你明白吗？"

"什么命运？"

"我不知道。"她出神地答道，"但我的命运确实早就定下了。保姆告诉我的。外婆说她不允许，说她宁愿让整座……整座城堡坍塌下来，化作废墟。你明白吗？保姆说，什么都无法跟命运抗衡。哦！然后她就开始哭，外婆开始尖叫。你明白吗？我的命运早就注定了。我不可能嫁给白痴克里斯丁。杰洛特？"

"睡吧。"杰洛特打了个哈欠，"睡吧，希瑞。"

"你不给我讲故事吗？"

"什么？"

"给我讲个故事。"她嘟囔道，"你不给我讲故事就想让我睡觉？太难以置信了。"

"我不会讲，见鬼，我也没故事可讲。睡吧。"

"你撒谎。你会讲。你小时候，没人给你讲过故事？没人逗你开心？"

"没有。但我想起一个。"

"哈!你瞧!讲给我听吧。"

"讲什么?"

"儿童故事。"

他又笑起来,双手垫在脖颈下面,看着头顶枝叶间露出的闪烁星辰。

"从前……有只猫。"他说,"一只普通的猫,有条纹,会抓老鼠。有一天,猫独自穿过一片阴森可怕的大森林。他走啊、走啊、走啊……"

"别以为我会在他走到前睡着。"她轻声说着,靠在他身上。

"安静,小坏蛋。他走啊走啊,遇到一只狐狸。一只红狐狸。"

布蕾恩叹口气,在猎魔人另一侧躺下。她也轻轻地抱住他。

"然后呢?"希瑞吸吸鼻子,"告诉我后续。"

"狐狸看着猫。他问:'你是谁?'猫回答:'我是猫。'狐狸又问:'哦!猫啊,你独自走在森林里,就不觉得害怕吗?要是国王来打猎怎么办?你要怎么应付狗和骑马的猎人?告诉你吧,小猫,猎人对你我来说都非常恐怖。你有一身皮毛,我也有。猎人不会对我们有丝毫怜惜,因为他们未婚妻和情人的双手和脖子都要取暖。他们会把我们做成披肩和暖手筒,送给那些婊子。'"

"暖手筒是什么?"希瑞问。

"别打扰我讲故事。狐狸接着说:'亲爱的猫,而我知道怎么从他们手下逃走。我有一千两百八十六种方法。我很狡猾。而你,亲爱的猫,你有多少对付猎人的方法呢?'"

"哦!多棒的故事啊。"希瑞热切地说,又往猎魔人的怀里挤了挤,"告诉我……猫怎么回答?"

"是啊。"布蕾恩在猎魔人背后说,"他怎么回答?"

猎魔人扭过头。树精的双眼闪闪发光。她伸出舌头,轻舔嘴唇。显然,他心想,年轻的树精也喜欢听故事,就像年轻的猎魔人。很少有人给他们讲故事。年轻的树精在树叶的沙沙声中入眠,年轻的猎魔人则伴着酸痛的肌肉入睡。在凯尔·莫罕听维瑟米尔讲故事时,我们的眼睛也会闪闪发光,就像布蕾恩那样。那是很久以前的事了……太久了……

"后来呢?"希瑞不耐烦地追问,"然后发生了什么?"

"猫回答:'亲爱的狐狸,我没有那么多办法,我只会一样:爬树。我想这就够了,对吧?'狐狸笑着说:'哎呀,亲爱的猫,你真是个傻瓜。你还是赶紧逃跑吧,因为猎人追来,你就死定了。'

"突然,猎人们毫无征兆地从灌木丛中出现,径直扑向猫和狐狸!"

"哦!"希瑞吸了下鼻子。

树精的身体剧烈颤抖。

"安静!他们扑上去大喊:'上啊!剥了它们的皮!做成暖手筒,冲啊!'他们放出猎狗去抓猫和狐狸。猫纵身一跃!像所有猫儿一样,飞快地爬上树梢。猎狗咔嚓一声!紧紧咬住狐狸。尽管这个红毛家伙知道很多巧妙的逃脱路线,但还是被做成了某位女士的披肩。猫在树梢喵喵叫,挑衅那些猎人。可他们抓不到他,因为树太高了。他们在树下咒骂,向大地的神灵诅咒发誓,最后还是空手而归。猫爬下树,悄悄溜回了家。"

"然后呢?"

"没有然后。故事讲完了。"

"寓意呢?故事总有寓意的,不是吗?"

"是什么?"布蕾恩贴着杰洛特,身子抖得更厉害了,"寓意是什么?"

"好故事都有寓意,坏故事就没有。"希瑞肯定地说。

"这是个好故事。"树精反驳道,"他们都得到了应得的下场。可怜的小家伙,等你看到尤戈恩,就该爬到树梢上,像那只骄傲的猫。不要犹豫,立刻爬到树顶,明智地等待。好好活下去,不要放弃希望。"

杰洛特轻笑起来。

"希瑞,纳史特洛格连一棵树也没有?与其跑到布洛克莱昂,你还不如爬到树梢上,等克里斯丁失去结婚的兴趣。"

"你在取笑我?"

"没错。"

"你知道吗,我受不了你了。"

"真可怕,希瑞,你刺痛了我的心房。"

"我知道。"她点点头,又吸吸鼻子,身子贴得更紧。

"好好睡吧,希瑞。"猎魔人喃喃说道,呼吸着好闻的羽毛气息,"好好睡吧。晚安,布蕾恩。"

"Deárme,格温布雷德。"

四

第二天,他们抵达了巨树之林。布蕾恩跪倒在地,低下头。杰洛特不由心生敬畏。希瑞羡慕地叹了口气。

那些树木——大都是橡树、紫杉和白胡桃树——足有十几码粗,高度更是难以判断，光是蜿蜒有力的根须转变为树干的位置便远高于他们的头顶。他们可以用更快的速度前进了：庞大的树身间有开阔的空间，其他草木在它们的阴影下无法存活，地上只有一层厚厚的腐叶。

前方畅通无阻，他们却放慢了脚步，沉默不语，低垂着头。在巨树之间，他们显得微不足道、无关紧要又无足重轻。就连希瑞也保持安静，将近半个钟头没有讲话。

他们离开巨树之林的边界，又步行一个钟头，再次走进峡谷里潮湿的山毛榉林。

希瑞的感冒越来越重。杰洛特没有手帕，又受够了女孩吸鼻子的声音，于是教她用手指擤鼻涕。女孩高兴极了。看到她的笑容和闪闪发光的眼睛，猎魔人知道，她打算在宫廷里向别人展示这套把戏，比如宴会上，或接见海外大使时。

布蕾恩突然停下脚步，转过身。

"格温布雷德，"她说着，解下脖子上的绿色围巾，"过来，我得蒙上你的眼睛。我必须这么做。"

"我明白。"

"我带你走。拉着我的手。"

"不，"希瑞拒绝道，"我带他走，可以吗，布蕾恩？"

"当然可以，可怜的小家伙。"

"杰洛特？"

"嗯？"

"那是什么意思——格温……布雷德？"

"意思是白狼。树精们这么称呼我。"

"小心树根，别绊倒了。她们这么叫你，因为你的白发？"

"对……哦！该死！"

"我都说小心树根了。"

他们继续前行，步履缓慢。地上的落叶又湿又滑。杰洛特感到脸上传来阵阵暖意，阳光透过蒙眼的布料照进来。

他听到希瑞的声音。

"哦！杰洛特。这儿真美……可惜你看不到。这儿有好多好多花儿，还有鸟儿。你听到鸟儿唱歌了吗？哦！真有好多！数都数不过来。还有小松鼠……小心，我们踩着石头过河，别掉进水里。是鱼！好多好多鱼。你知道的，它们在水里游来游去！还有好多别的动物。别处根本看不到这么多……"

"的确。"他轻声道，"这里不是别处。我们在布洛克莱昂。"

"什么？"

"布洛克莱昂。我们旅途的终点。"

"我不明白……"

"没人明白。也没人想弄明白。"

五

"解开眼罩吧，格温布雷德。我们到了。"

浓雾漫过布蕾恩的双膝。

"杜恩·卡纳尔，橡树之地，布洛克莱昂之心。"

杰洛特来过这儿。来过两次。但他没告诉任何人，不会有人相信的。

这儿有个落水洞①，被辽阔的绿色树冠彻底覆盖。雾气和蒸汽从泥土、岩石与温泉间升腾而起。落水洞……

他脖子上的徽章微微颤动。

充满魔法的落水洞。杜恩·卡纳尔。布洛克莱昂之心。布蕾恩抬起头，正正背后的箭袋。

"来吧，把手给我，可怜的小家伙。"

起初，落水洞里死寂一片，看不到半个影子。但没多久，他们就听到嘹亮而悦耳的唿哨声。有个纤瘦的黑发树精，踩着树干上呈螺旋状排列的多孔菌菇，优雅地走下树来。跟其他树精一样，她的衣服颜色也很有欺骗效果。

"Ceád，布蕾恩。"

"Ceád，茜尔莎。Va'n vort meáth 艾思娜 á？"

"Neén，aefder。"黑发树精答道，朝猎魔人投去慵懒的一瞥。

"Ess'ae'n Sidh？"

她大笑起来。按人类的眼光，她的笑也极具魅力，还会露出洁白闪亮的牙齿。杰洛特意识到这位树精正从头到脚打量他，不由失去了从容，觉得自己傻乎乎的。

"Néen，"布蕾恩转过头，"Ess'vatt'ghern，格温布雷德，á váen meáth 艾思娜 va, a'ss。"

"格温布雷德？"可爱的树精抿紧双唇，"Bloede caèrm！Aen'ne caen n'wedd vort！T'ess foile！"

布蕾恩咯咯笑起来。

---

① 指地表水渗入地下时形成的洞窟，多为暴雨冲刷磨蚀而成。

"怎么了?"猎魔人有些恼火地问。

"没什么。"布蕾恩还在咯咯笑,"没什么。别介意。"

"啊!瞧啊!"希瑞惊呼道,"杰洛特,你瞧,那些房子多好玩!"

杜恩·卡纳尔其实是从落水洞底部"长"出来的。那些"好玩的房子"就像一团团硕大的槲寄生,沉甸甸地悬在树枝和树干上,有些离地面很近,有些则很远,有些甚至置于树顶。杰洛特看到地面也有几栋更大的建筑:用交织的树枝搭成的小屋,屋顶盖着树叶。他能感到那些建筑内有生命存在,但就是看不到树精的影子。与上次来访时相比,她们的数量恐怕少了很多。

"杰洛特,"希瑞轻声说,"那些房子在生长!它们还有叶子!"

"它们用活生生的树搭成。"猎魔人解释道,"树精都住这里,她们就是这样盖房子的。树精从不用锯子或斧头砍树,但知道如何让树枝生长,为她们提供庇护。"

"太可爱了。我也想在花园里盖一栋这样的房子。"

布蕾恩在一栋大型建筑前停下脚步。

"进去吧,格温布雷德,你就能见到艾思娜女士了。Vá fáill,可怜的小家伙。"

"什么?"

"就是道别的意思,希瑞。她在说再见。"

"啊!再见,布蕾恩。"

他们走了进去。"房子"的墙壁和天花板过滤了阳光,让室内闪烁着万花筒般的光彩。

"杰洛特!"

"菲斯奈特!"

"见鬼！你还活着！"

受伤的男人容光焕发。菲斯奈特从冷杉树枝搭成的床上坐起身，看到抱着猎魔人大腿的希瑞，眼睛亮了起来，面泛红光。

"原来你在这儿，小坏蛋！我差点因你送命！哈！你还真走运，我现在起不来，不然肯定狠狠揍你的屁股！"

希瑞噘起嘴。

"你是第二个想打我的人。"她滑稽地皱起鼻子，"我是淑女……不能打淑女！打淑女是不对的。"

"我会让你知道什么是对的。"菲斯奈特咳嗽起来，"你这小恶棍！埃维尔都快疯了……每条消息都比上一条更可怕，他说你外婆派出大军攻打他。可谁相信你是自己跑出来的？人人都知道埃维尔是个什么样，所有人都以为他……醉酒后做了蠢事，下令把你扔进池塘淹死！我们跟尼弗迦德眼看就要开战了，现在跟你外婆的合约和同盟关系却泡了汤！你知道自己做了多坏的事吗？"

"别动怒。"猎魔人说，"不然你的伤口又该流血了。你这么快就过来了，怎么做到的？"

"要是知道就好了！我大部分时间不省人事。她们把令人作呕的东西塞进我的喉咙，然后用力捏住……太羞辱人了，这帮臭婆娘……"

"多亏她们把它塞进你的喉咙，你才能活下来。她们带你过来的？"

"她们把我放上一架滑橇。我打听你的消息，可她们一个字也不答，我还以为你被箭射死了。你当时突然消失……现在却活得好好的，连条腿都没伤，更重要的是，你找到了希瑞菈①公主。见鬼，杰洛特，

---

①希瑞的全名。

你总能化险为夷,像猫一样平安落地。"

猎魔人笑了笑,没有搭腔。菲斯奈特转过头去,剧烈地咳嗽起来,吐出一口粉红色的痰。

"所以,"他补充道,"她们没杀我,恐怕也得归功于你。那些残忍的女猎手认识你。你又一次救了我的命。"

"别放在心上,男爵。"

菲斯奈特想起身,但最后呻吟着放弃。

"我的男爵头衔早完蛋了。"他嘟囔道,"我曾是哈姆的男爵,但对维登的埃维尔王来说,我现在跟地方小官没两样。我宁愿自己是个小官,因为就算活着走出森林,我唯一的归宿也只有绞架。希瑞菈,这个臭小鬼,她是在我的卫兵监护下逃跑的。你以为我带两名护卫来布洛克莱昂涉险是为找乐子吗?不,杰洛特,我也是逃出来的。我只能指望把她带回去之后,埃维尔会对我手下留情。结果我们又遇上了那些该死的家伙……要不是你,我肯定还在地洞里等死呢。你救了我两次。这是命运,再清楚不过了。"

"你太夸张了。"

菲斯奈特转过头。

"这就是命运。"他重复道,"我们注定会重逢,猎魔人。而你注定又救我一命。我记得在哈姆,你帮我解除变成鸟的魔咒时,我们就是这么说的。"

"只是巧合。"杰洛特冷冷地说,"巧合而已,菲斯奈特。"

"什么巧合?见鬼,要不是你,我到今天还是只鸬鹚。"

"你以前是鸬鹚?"希瑞兴奋地大叫,"真是鸬鹚,一只鸟儿?"

"对。"男爵咬牙切齿地回答,"有个……荡妇……婊子……为了报复我。"

"你肯定没送她毛披肩。"希瑞皱着鼻子说,"或者暖手筒。"

"这也是原因之一。"菲斯奈特的脸红了红,"但跟你有什么关系,脏小孩?"希瑞扭过头,显然很生气,菲斯奈特又咳嗽起来:"是啊……我……你为我解除了咒语。要不是你,杰洛特,我的余生都要身为鸬鹚度过了。我会一直在湖上飞来飞去,在树枝上拉屎,穿着我妹妹用荨麻做的衬衣。她顽固地以为,这样就能帮我解除法术。该死的,想起那件衬衣,我就想揍人。多蠢的……"

"别这么说。"猎魔人大笑,"她是好心,只是被人捉弄了而已。在解咒这方面,有太多荒谬的传说。你很走运,菲斯奈特,没人叫她把你丢进烧开的牛奶。这也有过先例。荨麻衬衣虽然没用,至少也没什么坏处。"

"唔,也许吧,也许我对她的期望太高了。伊丽丝一直傻乎乎的,从小就是。她又笨又漂亮,是当王妃的好人选。"

"什么好人选?"希瑞问,"她干吗要当王妃?"

"我说了,跟你无关,小鬼。是啊,杰洛特,我很幸运,因为你来到哈姆,而国王的好兄弟又愿意花钱请你为我驱魔。"

"你知道吗,菲斯奈特?"猎魔人笑得更欢了,"你的故事已经传开了。"

"是真实的版本?"

"不完全是。首先,你多了十个兄弟。"

"哦不!"男爵用手肘撑起身子,大声咳嗽起来,"加上伊丽丝,我家总共十二个?太蠢了!我妈又不是兔子!"

"还不是全部。他们嫌鸬鹚不够浪漫。"

"本来就不浪漫！跟浪漫半点关系都没有！"男爵面露苦相，揉着胸口，那儿缠着小树枝和树皮，充当绷带，"他们说我变成了什么？"

"天鹅。准确地说，许多天鹅。你还有十个兄弟，记得吗？"

"我问你，天鹅怎么就比鸬鹚浪漫了？"

"我哪知道？"

"我也不知道。但我敢打赌，在这个版本里，伊丽丝那该死的衬衫让我摆脱了咒语。"

"的确如此。顺便问一句，伊丽丝最近如何？"

"我可怜的妹妹得了肺病，活不久了。"

"真可怜。"

"是啊。"菲斯奈特不动声色地说，目光转向别处。

"说回你的咒语吧……"杰洛特背靠柔软树枝编成的墙壁，"你现在还有症状吗？还会长出羽毛吗？"

"诸神保佑，不长了。"男爵叹了口气，"一切都好，唯一的迹象是爱吃鱼。对我来说，最美味的莫过于鱼肉。有时我会大清早去码头找渔夫。在他们捕到像样的大鱼之前，我会先品尝他们桶里的小鱼，比如小泥鳅、鲦鱼或白鲑……对我来说，那不亚于一场盛宴。"

"他曾是鸬鹚。"希瑞看着杰洛特，缓缓开口，"你为他解除了咒语。那你知道怎么施咒吗？"

"当然啦。"菲斯奈特答道，"所有猎魔人都知道。"

"猎……猎魔人？"

"你不知道他是猎魔人？鼎鼎大名的利维亚的杰洛特！也是，你这样的小家伙怎么可能知道？我们那个时代可不是这样。如今，猎魔人已经不多了，你可能一辈子也见不到一个。可现在你不是遇到了？"

希瑞缓缓摇头,目光始终没有离开杰洛特。

"孩子,猎魔人就是……"菲斯奈特看到布蕾恩走进小屋,立刻闭了嘴,脸色发白,"不,不要!别想再把东西塞进我的喉咙,没门儿!杰洛特,告诉她……"

"冷静。"

布蕾恩只瞥了菲斯奈特一眼,径直朝蜷在猎魔人身旁的希瑞走去。

"来吧。"她说,"过来,可怜的小家伙。"

"我们去哪儿?"希瑞哭丧着脸说,"我哪儿都不去。我要待在杰洛特身边。"

"去吧。"杰洛特挤出微笑,"你会跟布蕾恩和年轻的树精玩得很开心。她们会带你游览杜恩·卡纳尔……"

"她没蒙我的眼睛。"希瑞缓缓地说,"她一路都没蒙我的眼睛,你却蒙上了。她们不想让你知道这儿,也就是说……"

杰洛特看着布蕾恩。树精耸耸肩,将女孩抱进怀里,贴紧。

"也就是说……"希瑞失声道,"我永远都不能离开了,对不对?"

"没人能逃开命运。"

他们一起转头,朝话音传来的方向看去:这个声音饱满、低沉、坚定而果断;这个声音要求所有人聆听,不容任何反驳。布蕾恩躬身行礼。杰洛特跪了下去。

"艾思娜女士……"

布洛克莱昂的最高统治者身穿纤薄而轻盈的绿色衣裙,像大多数树精一样娇小苗条,却骄傲地高昂着头。她神情严肃,双唇紧抿,给人以威严有力的印象。她的发色和眼眸就像融化的白银。

她走进小屋,两名较年轻的树精挎弓随侍两旁。她冲布蕾恩打个手势，后者低下头，拉着希瑞的手，朝门口匆匆走去。希瑞脸色苍白，困惑不已，只能跟在树精身后，脚步僵硬而笨拙。经过艾思娜身旁时，银发树精托起她的下巴，盯着小女孩的双眼看了很久。杰洛特看到，希瑞瑟瑟发抖。

"去吧。"艾思娜最后说，"去吧，我的孩子。什么都别怕，因为一切都无法改变你的命运。你如今身在布洛克莱昂。"

希瑞快步跟上布蕾恩走到门口，她转过身。猎魔人看到她嘴唇颤抖，眼里满是泪水，仿佛闪闪发光的玻璃。他仍然沉默地跪在地上，毕恭毕敬地低着头。

"起来吧，格温布雷德，欢迎你。"

"向您致意，艾思娜，布洛克莱昂的最高统治者。"

"欢迎你再次来到我的森林。但你来时没经过我的同意，甚至没知会我。这个样子进入布洛克莱昂很危险，白狼，即便是你。"

"我肩负使命。"

"哦！"树精露出微笑，"这就能解释你的鲁莽了——用这个词形容你正合适。杰洛特，不杀来使只是你们人类的规矩，我并不接受。我不承认任何人类的规矩，因为这里是布洛克莱昂。"

"艾思娜……"

"安静。"她提高嗓音，打断他的话，"我已下令放过你，你可以活着离开布洛克莱昂。不是因为你的使者身份，而是另有原因。"

"这么说，您不想知道我为谁而来？"

"说真的，不想。我们身在布洛克莱昂，而你来自布洛克莱昂之外，我对那个世界完全不感兴趣。为什么我要浪费时间听使者的话？一个想法和感受跟我截然不同之人，我有什么必要去听他的提议或最后通牒？文斯拉夫王的想法跟我又有什么关系？"

杰洛特惊讶地抬起头。

"您怎么知道是文斯拉夫派我来的？"

"太明显了。"树精笑着回答，"埃克哈德太蠢，埃维尔和维拉克萨斯又太恨我。周边王国也就这些了。"

"您对布洛克莱昂之外的事所知不少，艾思娜。"

"我知道很多事，白狼。这是漫长岁月赋予我的优势。现在，如果你愿意，我想解决一件事。这个像熊一样魁梧的男人……"树精收起笑容，望向菲斯奈特，"是你朋友？"

"我们认识。我帮他解除过咒语。"

"问题在于，我不知道该拿他怎么办。我们正在照顾他，因此我不可能同时下令处死他，即使他对我们是个威胁。他不像疯子，但有点儿像头皮猎人。据我所知，埃维尔会掏钱买下每一张树精的头皮。具体多少我记不清了，但价码一直水涨船高。"

"您弄错了。他不是头皮猎人。"

"那他为什么来布洛克莱昂？"

"为了寻找他负责照看的小女孩。他冒生命危险来找她。"

"荒谬。"她冷冷地说，"他不仅在冒险，还在自寻死路。要不是有副好体格，还有马一样的力气，早没命了。至于那个孩子，她也算捡回一命。我的女儿们以为她是皮克精或小矮妖，才没放箭射她。"

她再次看向菲斯奈特。杰洛特注意到，她唇角的冷酷不见了。

"好吧。真是值得庆祝的一天。"

艾思娜朝树枝编织的床铺走去，两名树精跟在她身后。菲斯奈特面色发白，绝望地蜷起身子。

她轻轻眨眼，盯着他看了好一会儿。

"你有孩子吗？"她终于问道，"笨蛋，问你话呢。"

"您说什么？"

"我说得很清楚。"

"我还……"菲斯奈特清清嗓子，又咳嗽起来，"还没结婚。"

"你有没有家庭并不重要，我只想知道你下面那东西是否管用。看在巨树的分上！你有没有让女人怀过孩子？"

"呃……当然！有……有过，女士，可……"

艾思娜漫不经心地挥挥手，转身望向杰洛特。

"他要留在布洛克莱昂。"她说，"等伤势彻底痊愈，还要多留一段时间。然后……他想去哪儿就去哪儿。"

"感谢您，艾思娜，"猎魔人颔首道，"还有那个女孩……您的决定是？"

"你干吗问这个？"树精用银色双眼冷冷地盯着他，"你再清楚不过了。"

"她不是村里的普通孩子。她是公主。"

"对我来说不重要。我的决定也不会变。"

"听我说……"

"别说了，格温布雷德。"

杰洛特抿住嘴唇。

"那我的使命怎么办？"

"我会听。"树精轻声道，"并非出于好奇，只为帮你的忙：好让你向文斯拉夫证明，你达成了他的要求，并能拿到他答应你的酬劳。但不是现在。我很忙。今天晚上，来我的树找我。"

树精离开后，菲斯奈特用双肘撑着身体坐起来。他呻吟几声，咳了一阵，又往手心吐了口唾沫。

"她什么意思，杰洛特？为什么让我留在这儿？她说怀孩子又是什么意思？我们到底会怎么样？"

"菲斯奈特，你能保住脑袋了。"猎魔人用疲惫的声音回答，"你会是为数不多活着离开布洛克莱昂的人。要不了多久，你还会成为一个小树精的父亲，或许是好几个。"

"什么？要我当……种马吗？"

"随便你怎么说，但你没得选择。"

"明白了。"他呻吟一声，粗鲁地笑笑，"我见过被送去开采矿山或挖掘运河的俘虏。相比之下，我宁愿……我只希望自己不要力不从心，这儿的树精不算少……"

"别傻笑了，也别以为你能梦想成真。"杰洛特皱眉说，"这里没有荣耀、没有音乐、没有美酒，也没人追捧，只有一大群性欲旺盛的树精。你会遇到她们中的一个或两个。这种关系没有感情可言。她们只会用实际的方式对待这事和你本人。"

"她们感觉不到快乐？至少，我希望她们不会痛苦。"

"别孩子气了。在这方面，她们跟普通女人并无不同，至少生理方面都一样。"

"你想说什么？"

"能否取悦树精全看你的表现。但无论过程如何，重要的只是结果。你的个人意愿是次要的，别指望她们会认可你。哈！还有，无论什么情况，永远不要采取主动。"

"主动？"

"如果你早上遇见她。"猎魔人耐心地解释,"记得向她鞠躬,而且无论如何,不要笑也别眨眼。对树精来说,这是非常严肃的事。如果她冲你微笑,或朝你走来,你就可以跟她说话了。跟树有关的话题最合适。你若不了解这些,也可以谈论天气。如果她假装没看见你,千万记得跟她保持距离,也跟其他树精保持距离。把你的双手放进裤袋。没准备好同你交流的树精不会明白你伸手的含义,你想碰她就会挨刀子,因为她不懂你的用意。"

"你是不是尝过与树精结合的滋味?"菲斯奈特用戏谑的语气说,"这都是你的经验之谈?"

猎魔人没回答。他眼前浮现出那位树精美丽苗条的身影,还有她傲慢的笑容。Vatt'ghern, bloede caérme。一个猎魔人。真不幸。你带他回来干吗,布蕾恩?他能给我们什么?从猎魔人那儿什么也得不到……

"杰洛特?"

"什么?"

"希瑞公主怎么办?"

"等着瞧吧,她很快就会变成树精。不出两三年,她的箭就会射向她兄弟的眼睛——只要他敢闯进布洛克莱昂。"

"见鬼!"菲斯奈特大喊,他面色苍白,"埃维尔会暴跳如雷的。杰洛特?难道不能……"

"不能。"猎魔人打断他的话,"试都别试。否则,你就别想活着走出杜恩·卡纳尔。"

"我们要失去那个小家伙了。"

"对你来说,没错。"

六

不用说，艾思娜的树是棵巨大的橡树。更准确地说，是三棵在生长过程中紧贴彼此的橡树。据杰洛特估算，它们至少有三百年历史，但枝头依然翠绿，看不出任何干枯的迹象。树干中空，内部相当宽敞，配有高高的圆锥形天花板，一盏微弱的油灯照亮了朴素却相当舒适的房间。

艾思娜跪在房间中央的地毯上，正在等他。希瑞洗了个澡，感冒也治好了，正盘着腿，一动不动坐在艾思娜身前。她挺着背脊，杏仁色的双眼睁得大大的。猎魔人看到，她漂亮的脸蛋上既没有泥土痕迹，也没有了坏笑。

艾思娜缓慢而仔细地梳理女孩的长发。

"进来，杰洛特。坐吧。"

杰洛特先单膝跪地，随后端端正正地坐在地上。

"休息了吗？"她问道，却没看向猎魔人，也没停下梳头的动作，"你想什么时候回去？明早怎么样？"

"如您所愿，布洛克莱昂的统治者。"他冷冷地回答，"只要您说一句，我就不在杜恩·卡纳尔继续碍您的眼了。"

"杰洛特，"艾思娜缓缓转过头，"请别误会。我了解你，也尊敬你。我知道你从不伤害树精、水泽仙女、小妖精和宁芙。恰恰相反，你经常保护她们，救她们的命。但这什么也改变不了。我们差异太大，我们的世界截然不同。在行事方式上，我不想也不能为你破例。不能为任何人破例。我不会问你是否明白，因为我知道，你一定明白。我问的是：你是否接受？"

"我接不接受又有什么区别？"

"没有。我只是想知道。"

"我接受。"他说，"但这个女孩呢？她也不属于你的世界。"

希瑞瞪他一眼，然后抬起头，看着树精。艾思娜微笑起来。

"不久后就属于了。"她回答。

"艾思娜，请您再考虑一下。"

"考虑什么？"

"把她还给我，让她跟我走，回到她自己的世界。"

"不行，白狼。"树精的梳子再次埋进女孩的灰色秀发，"我不会把她还给你。你应该很明白。"

"我？"

"对，你。布洛克莱昂的消息并不闭塞。我听说过关于猎魔人的传闻，在索取报酬时，他有时会要求对方立下古怪的誓言：'把你房子里你不知道的东西给我。''把你已经拥有、却毫不知情的东西送给我。'耳熟吗？你试图用这种方式改变命运的走向。你试图发现一个命运带给你的男孩，让他继承你的事业，想以此规避死亡与遗忘。你在与虚无抗争。那你为何对我的做法感到惊讶？我只关心树精的命运。这有什么不对？人类每杀死一个树精，我就要带走一个年轻女孩。"

"可您这么做，只会激起敌意与复仇的欲望。你只会让憎恨增长。"

"人类的憎恨……已经不是新鲜事了。不，杰洛特。我不会把她还给你。何况她这么健康，这样的女孩不多了。"

"不多了？"

树精将银色的双眸转向猎魔人。

"他们把生病的女孩抛弃在森林里——白喉病、猩红热、喉头炎,最近甚至还有天花。他们以为我们没有免疫力,以为能用传染病摧毁我们,至少大幅削减我们的数量。我们让他们失望了,杰洛特。我们拥有的东西比免疫力更强。布洛克莱昂会照看她的女儿们。"

艾思娜陷入了沉默。她弯下腰,用另一只手小心地解开希瑞头上打结的头发。

"我可以把文斯拉夫王的口信传达给您听吗?"

"这不是浪费时间吗?"艾思娜抬起头说,"何必费工夫呢?我很清楚文斯拉夫王的提议。不需要千里眼的能力,我也能猜出来。他希望我把布洛克莱昂的部分疆域让给他,比方说,从他那儿一直到维达河,因为他觉得,或者他可能觉得,那条河是布鲁格和维登的天然国界。作为交换,我想他会送我一块飞地①:一小片原始森林。我想,他还会用王权担保,那一小块荒野,那片小得可怜的原始森林,将永远属于我们,且没人胆敢攻击树精,树精可以在那儿和平地生活下去。是这样吗,杰洛特?文斯拉夫想终结与布洛克莱昂持续了两百年的战争?为实现和平,树精就得交出两百年来用生命保护的土地?就这么轻易交出布洛克莱昂?"

杰洛特保持沉默,他没什么可补充的。树精大笑起来。

"格温布雷德,国王的提议只是如此吗?也许他的说辞没这么堂皇:'别再自鸣得意了,森林里的老妖怪、凶残的野兽、过时的老家伙,听听文斯拉夫王的意愿吧——我要雪松、橡树、白核桃树,还要红木、白桦木、做弓的紫杉木和做木板的松木。布洛克莱昂触手可及,

---

① 指被他国领土包围的领地。

我们却要从山后进口木材。我们想要你们土地下的铁矿和铜矿。我们想要克莱格·安的黄金。我们要砍树、挖矿，但不想听到箭矢的嗖嗖声。最重要的是，我们要掌控王国里的每一块土地。布洛克莱昂的存在损害了我们的自尊，让我们恼火，让我们夜不能寐，因为我们人类才是世界的主宰。我们可以容忍少数精灵、树精或水泽仙女，只要他们夹紧尾巴。服从我们的意愿吧，布洛克莱昂的统治者。不然，你只有死路一条。'"

"艾思娜，你自己也承认了，文斯拉夫既不是白痴，也不是疯子。你很清楚，他是个公正的国王，崇尚和平，流血只会让他悲伤和担忧……"

"只要他跟布洛克莱昂保持距离，就不会有人流血。"

"你明明知道，"杰洛特抬起头，"真实情况不像你说的这样：人类遇害的地点包括焦树桩，包括第八里格，还包括夜枭山岭。甚至在布鲁格、在鲁本河左岸，都有人被杀。而那些地方都在布洛克莱昂之外。"

"你刚才提到的地方，"树精平静地回答，"都属于布洛克莱昂。我不承认人类的地图，也不承认他们划分的国界。"

"可早在一百年前，那些地方的森林就被砍光了！"

"一百个夏天，一百个冬天，对布洛克莱昂又算得了什么？"

杰洛特默然不语。

树精冷漠地看他一眼，继续抚摩希瑞的灰发。

"接受文斯拉夫的提议吧，艾思娜。"

树精冷冷地看着他。

"我们是布洛克莱昂的孩子。我们能得到什么好处？"

"生存的可能。不，艾思娜，别打断我。我明白你的意思，我明白你对布洛克莱昂独立的坚持。但世界变了，一个时代正走向终结。无论你愿意与否，人类对世界的掌控都是事实。只有融入他们，种族才能延续，否则只有消亡。艾思娜，有些森林里，树精、水泽仙女和精灵能跟人类和平共处。毕竟我们如此相似，人类可以同你们生养后代。你们在战争中又能得到什么好处？有人本可以成为你们孩子的父亲，却一个接一个死在你们箭下。又有多少拐来的女孩能接受教育？你甚至需要菲斯奈特，因为你别无选择。我现在只看到一个小女孩：因为恐惧和药物的影响，眼神呆滞、动弹不得的人类女孩……"

"我一点不害怕！"希瑞大喊，脸上一瞬间现出坏坏的表情，"我的眼神也不呆滞！你在瞎说！我在这儿不会有任何危险。我说真的！我不怕！外婆说树精并不邪恶，我外婆是全世界最聪明的女人！外婆……外婆说，这里的森林应该存在……"

她停下来，低下头。艾思娜大笑起来。

"上古血脉之子。"她说，"没错，杰洛特，上古血脉之子仍然存在。而你，却跟我说什么时代终结……还说我们无法延续……"

"这个小鬼本来要嫁给维登的克里斯丁。"杰洛特打断她，"可惜的是，联姻不可能实现了。克里斯丁终将继承埃维尔的王位，如果他的王妃持有这样的观点，那么针对布洛克莱昂的战争很快就会结束。"

"我才不嫁克里斯丁！"女孩轻声抗议，绿色的眸子闪着光，"克里斯丁想娶个既美丽又愚蠢的女人！我不是女人！也不想当什么王妃！"

"安静，上古血脉之子。"树精把希瑞抱在胸前，"不要叫。你永远不会成为王妃……"

"当然。"猎魔人插嘴道,"艾思娜,你我都清楚希瑞会成为什么。我明白,她的命运已经决定好了。太糟了。布洛克莱昂的统治者,我该怎么答复文斯拉夫王呢?"

"什么都别说。"

"什么意思?"

"什么都别说。他会明白的。很久以前,文斯拉夫还没出生时,曾有传令官来过布洛克莱昂的边界。号角和喇叭响起,盔甲闪闪发光,一面面旗帜随风飘扬。他们高声宣告:'交还布洛克莱昂!卡帕拉唐特王,秃顶山和泛滥草原的统治者,要求你们放弃布洛克莱昂!'布洛克莱昂的回答始终不变。等你离开我的森林时,格温布雷德,转身聆听吧。在树叶的低语声中,你会听到布洛克莱昂的回答。把它的答复告诉文斯拉夫,再补充一句:只要杜恩·卡纳尔还有橡树,他就不会听到其他答复。我们会奋斗到最后一棵树,最后一个树精。"

杰洛特沉默不语。

"你说时代即将终结。"艾思娜缓缓续道,"你错了,有些东西永远不会终结。你说到生存?好吧,我正在为生存而战。布洛克莱昂能存在下去,都要归功于我的努力:树木比人类活得更久,却畏惧人类的利斧。你提到国王和王子。他们算什么?我认为他们只是发白的骨骸,躺在这片森林深处,躺在克莱格·安的大理石坟墓中,躺在一堆堆黄色的金属和闪闪发亮的石头之上。但布洛克莱昂依然存在:树木在宫殿的废墟中高歌,根须穿透大理石。你的文斯拉夫王还记得那些国王吗?格温布雷德,你自己还记得吗?如果这都不记得,你怎么能说时代正在终结?你又怎能判断灭亡还是永恒?你有什么权利谈论命运?难道你不明白命运是什么?"

"我不明白。"他承认,"可是……"

"既然你不明白,"她打断道,"就别说什么'可是'。你不明白。就这么简单。"

艾思娜陷入沉默。她转过脸,轻抚额头。

"许多年前,第一次来这儿时,你就不明白。而莫丽恩……我的女儿……杰洛特,莫丽恩死了。她在鲁本边境,为保护布洛克莱昂而死。她变成那副样子,我都认不出来了。她的脸被你们人类的马蹄踩踏得不成样子。你说到命运?今天,猎魔人,没能给莫丽恩带来后代的你,为我带来了上古血脉之子,一个明白何谓命运的小女孩。不,你不能也不愿接受并认同这样的事实。为我重复一遍,希瑞,重复你对白狼、对利维亚的杰洛特说过的那番话。再说一遍,上古血脉之子。"

"陛……尊贵的女士。"希瑞断断续续地说着,"不要强迫我留下。我不能……我想……离开,我想和杰洛特一起走。我必须……跟着他……"

"为什么跟着他?"

"因为这是我的命运。"

艾思娜转过头,脸色异常苍白。

"你怎么想,杰洛特?"

猎魔人没有回答。艾思娜打个响指。布蕾恩仿佛幽灵般自夜色中现身,冲进房间。她用双手举着一只银制高脚杯。杰洛特脖子上的徽章剧烈颤抖。

"你怎么想?"银发树精复述道,站起身来,"她不想留在布洛克莱昂!她不想成为树精!她不想代替我的莫丽恩!她想离开,追随她的命运!是这样吗,上古血脉之子?这就是你真正想要的?"

希瑞点点头，以示确认。她双肩在颤抖。猎魔人受够了。

"艾思娜，既然你决定让她喝下布洛克莱昂之水，又何必再让她烦扰？她的意愿很快将不再重要。你为何要做这种事？为何要让我看这出戏？"

"我要向你展示何为命运。我要向你证明时代并未终结。一切才刚刚开始。"

"不必了，艾思娜。"他站起身，"抱歉破坏了你的表演，但我不想再欣赏下去了。你想展示我们之间的分歧，布洛克莱昂的统治者，但你的行为越了界。你们这些上古种族，总爱强调憎恨对你们很陌生，说那是人类特有的情感。但这不对。你们懂得憎恨，也知道何谓憎恨。你们只是把它装扮了一下：更多理智，更少暴力。或许正因如此，你们的憎恨才更加残忍。艾思娜，我代表所有人类接受你的憎恨。这是我应得的，尽管我会为莫丽恩而悲伤。"

艾思娜没答话。

"这就是你想让我带给文斯拉夫王的回答，对吗？警告和蔑视？沉睡在树木间的憎恨和力量的鲜活证明？一个人类孩童即将接过抹除过去的毒药，而这毒药则是由另一个心灵与记忆早已受损的孩子端来的。这个答复又必须由了解并喜爱这两个孩子的猎魔人传达，由必须为你女儿之死负责的猎魔人传达。好吧，艾思娜，就这样吧，我会按你的意愿去做。文斯拉夫会听到你的答复。就让我的声音和眼神充当信使，交给国王去解读吧。但我不想再看这场早就准备好的闹剧，我拒绝。"

艾思娜依然一言不发。

"再见了，希瑞。"杰洛特跪下来，把女孩抱进怀里，希瑞的双肩仍旧颤抖不停，"别哭了。你知道的，你在这儿不会有任何危险。"

希瑞吸吸鼻子。猎魔人站起身。

"再见了,布蕾恩,"他对年轻的树精说,"好好活着,照顾好你自己。愿你的人生像布洛克莱昂的树木一样长久。还有一件事……"

"什么,格温布雷德?"

布蕾恩抬起头,她的眼眶湿润了。

"用箭杀人是很容易,孩子。你可以松开弓弦,然后想:杀他的不是我,而是箭。我的双手不会染上男孩的鲜血,杀死他的是箭,不是我。但箭不会晚上做梦,祝愿你也不会,蓝眼睛的小树精。别了,布蕾恩。"

"莫娜!"布蕾恩口齿不清地说。

她用双手端着的银杯开始颤抖,清澈的液体顺着杯身流下。

"什么?"

"莫娜!"她哀叫,"我的名字是莫娜!艾思娜女士,我……"

"够了!"艾思娜厉声打断,"够了,冷静点,布蕾恩。"

杰洛特大笑起来。

"这就是你的命运,森林女士。我尊重你的奋斗和抵抗,但我知道,你很快就会孑然一身:布洛克莱昂的最后一只树精,把还记得真名的女孩推向死亡。尽管如此,我依然祝你好运,艾思娜。再会了。"

"杰洛特,"希瑞低声说道,她动也不动地坐在那儿,低头弯腰,"别留下我一个人……"

"白狼,"艾思娜抱住女孩弓起的背脊,"你还要她怎么求你?你无论如何都要抛弃她?不敢陪她直到最后一刻?你为何在这种时候离开她,留下她一个人?你要逃去哪儿,格温布雷德?你在逃避什么?"

希瑞的头垂得更低了,但她没哭。

"我会陪她到最后。"猎魔人说,"好了,希瑞,你并不孤独。我会陪在你身旁。什么都别怕。"

艾思娜从布蕾恩颤抖的双手中接过银杯,举起。

"你认识古代符文吗,白狼?"

"认识。"

"那就读读刻在这上面的文字,这是克莱格·安的圣餐杯。用这杯喝过酒的国王,如今早已被人遗忘。"

"Duettaeán aef cirrán Cáerme Gleddyv. Yn esseth."

"你知道是什么意思吗?"

"命运之剑有两道刃……你是其中一道。"

"起身吧,上古血脉之子。"树精的话语带着不容置疑的命令语气,透出无情的意志,"喝下去。这是布洛克莱昂之水。"

杰洛特咬住嘴唇,看向艾思娜银色的双眸。他的目光避开希瑞——她的嘴唇已贴上杯口。他早就见过这一幕,当时和现在一般无二:抽搐、打嗝、骇人的呼喊,但这些都无人理睬,最后渐渐微弱。接着,那双眼睛里会慢慢浮现出空虚、麻木和冷漠。他全都见过。

希瑞喝下杯中之水。布蕾恩表情全无的脸上流下一滴泪。

"够了。"

艾思娜拿走杯子,放到地上。她伸出双手,抚摩小女孩散在肩头的灰色长发。

"上古血脉之子,"她续道,"选吧。你要留在布洛克莱昂,还是遵循命运之路前行?"

猎魔人难以置信地摇摇头——希瑞的呼吸变得急促,脸上泛出红晕,但仅此而已。仅此而已。

"我要遵循命运之路前行。"女孩直视树精的双眼道。

"如你所愿。"艾思娜的语气冰冷而生硬。

布蕾恩重重地叹了口气。

"让我安静一下。"艾思娜转过身,背对他们,"你们先退下吧。"

布蕾恩拉起希瑞,碰碰杰洛特的肩膀,但猎魔人避开了她的手。

"谢谢,艾思娜。"他说。

树精缓缓地转过身。

"为什么谢我?"

"为命运。"他戏谑道,"为你的决定。这不是布洛克莱昂之水,对吧?命运希望希瑞回家,而扮演命运的人就是你,艾思娜。谢谢你。"

"你对命运的了解实在太少。"树精语气苦涩,"太少了,猎魔人。真的太少。你根本不明白何谓大局。你感谢我?为我扮演的角色感谢我?为这出戏感谢我?感谢我的诡计、欺瞒和骗术?你感谢我,因为你以为命运之剑只是镀金的木剑?那就不要谢我,揭穿我的把戏吧。拿出你的证据,向我证明,人类的逻辑掌控着世界,你们的理论才是真理。这是布洛克莱昂之水,还剩少许。世界的征服者,你敢喝吗?"

她的言辞让杰洛特不安,但他只犹豫了片刻。就算真正的布洛克莱昂之水,也不会对他造成任何影响。猎魔人对水中有毒的单宁酸和致幻成分有完全的抵抗力。况且它怎么可能是布洛克莱昂之水?希瑞喝了,可什么也没发生。他用双手接过圣餐杯,对上树精的双眼。

脚下大地开始毫无预警地摇晃,好像整个世界都压在他背上。巨大的橡树开始旋转、颤抖。他用麻木的双手费力地四下摸索,勉强睁开眼睛,但眼皮沉重得就像大理石棺盖。艾思娜的双眼像水银般闪耀,其他人的眼睛则是翠绿色。不，不是清澈的绿，更像春天的野草。脖子上的徽章嗡鸣震颤。

"格温布雷德。"他听到有人说，"仔细看。不，闭上眼睛也没用。看吧，看看你的命运。还记得吗？"

他看到，突如其来的强光穿透厚厚的雾气；硕大的枝状烛台滴落烛泪；一道道石墙；高高的楼梯；一个灰发绿眼的小女孩正走下楼梯，头上宝冠镶满精雕细琢的宝石，身穿蓝色衣裙，身后有名深红服色的男仆，提着银色的裙摆。

"还记得吗？"

他自己的声音在说……在说："我会在六年后返回……"

凉亭、热浪、花香、沉重而单调的蜜蜂嗡鸣。他本人跪倒在地，向一位用金色头带箍住淡灰卷发的女子奉上一朵玫瑰。接过玫瑰的手戴着戒指，上镶翡翠和未经雕琢的绿色宝石。

"若你改变主意，"女人说，"就回到这儿来。你的命运会在这里等待。"

我再没回去，他心想。我再也没回……回到哪儿？

灰发。绿眼。

声音再次于黑暗中传来，融入万物消亡的混沌。这里只有火焰，地平线上的火焰。还有旋风般的火星与紫色烟雾。五月节！五月前夜。透过团团烟雾，他看到一张苍白的面孔掩映在黑色发卷下，紫罗兰色的双眼闪烁光芒，注视着他。

叶妮芙！

"还不够。"

纤薄的嘴唇开始扭曲。苍白的脸颊流下一滴泪水。速度很快，且越来越快，就像沿着蜡烛滴下的烛泪。

"还不够。还需要别的东西。"

"叶妮芙！"

"用虚无对抗虚无。"那鬼魅般的面孔说道，用的却是艾思娜的嗓音，"虚无和空虚存于你的身体，世界的征服者，你甚至无法得到心爱的女人，命运已掌握在你手中，你却转身逃离。命运之剑有两道刃，你是其中一道。但另一道是什么呢，白狼？"

"没有命运。"他自己的声音说，"根本没有。命运并不存在。对我们来说，命中注定的只有死亡。"

"没错。"灰发女人答道，露出神秘的微笑，"说得对，杰洛特。"

女人身穿鲜血淋漓、扭曲变形的银铠甲，上有长戟刺穿的痕迹。一道血迹从她嘴角流下，不知为何，她依然露出骇人的微笑。

"你嘲笑命运。"她说，"你嘲笑她，捉弄她。命运之剑有两道刃，你是其中一道。另一道……是死亡吗？凡人终有一死。我们因你而死。死亡抓不住你，却乐得杀死我们。它与你如影随形，白狼，死去的却是别人。因为你。还记得我吗？"

"卡……卡兰瑟！"

"你能救他。"艾思娜的声音穿透浓重的雾气，"你能拯救他，上古血脉之子。在那无边无际的黑暗森林中，在他消失于所爱的虚无之前……"

春草般碧绿的双眼。触碰。不可思议的和声中，有人在高喊。几张面孔。

他什么也看不见。他坠入深渊、虚空与黑暗。最后，他听到艾思娜的声音：

"如你所愿。"

七

"杰洛特,醒醒!醒醒,求你了!"

猎魔人睁开双眼,看到太阳像一枚轮廓鲜明的杜卡特金币,高挂在树冠上方的天空,远离晨雾的遮蔽。他躺在潮湿松软的苔藓上,一条树根硌得他背疼。

希瑞跪在他身旁,扯着他夹克的衣角。

"看在瘟疫……"他咒骂着四下张望,"我在哪儿?我怎么在这儿?"

"我不知道。"她答道,"我也刚醒。我睡在你旁边,冷得要命。我不记得……你知道吗?肯定是魔法!"

"毫无疑问。"杰洛特坐起身,摸出落进领子里的松针,"你说得对,希瑞。布洛克莱昂之水,名副其实……看来我们都被树精耍了。"

他站起来,拿过地上的剑,背在背后。

"希瑞?"

"嗯?"

"你也耍了我。"

"我?"

"你是帕薇塔的女儿,辛特拉王后卡兰瑟的外孙女。你从一开始就知道我是谁……①"

---

① 这部分内容请参见本系列第一部中的短篇《价码问题》。

"不。"她红着脸回答,"一开始不知道。你帮我爸解除了咒语,对吧?"

"不对。"他摇摇头,"解咒的是你妈妈……在你外婆协助下。我只是出了点力。"

"但我保姆说……她说,我是命运的臣民,因为我是意外之子。是这样吗,杰洛特?"

"希瑞,"他看着她的双眼,微笑,点头,"相信我:你是我今生最大的意外。"

"哈!"女孩眉开眼笑,"果然是真的!我是命运的臣民。保姆预言说,有个猎魔人会出现,说他有一头白发,还会带我离开。外婆大喊……'这不可能!'告诉我,你要带我去哪儿?"

"回家。回辛特拉。"

"真的?我想……"

"路上再好好想吧。走吧,希瑞,我们离开布洛克莱昂。这地方不安全。"

"我一点儿都不怕!"

"我怕。"

"外婆说,猎魔人什么都不怕。"

"你外婆太夸张了。出发吧,希瑞。我知道我们在哪儿……"他确认太阳的位置,"好吧,碰碰运气……走这边。"

"不。"希瑞皱起鼻子,指着相反的方向,"走那边。那儿。"

"你怎么知道?"

"我就是知道。"她耸耸肩答道。她垂下翡翠色的双眸,显得吃惊又无助。"可为什么呢……我不知道。"

帕薇塔的女儿,他心想。上古……上古血脉之子?也许她从母亲那儿继承了天赋。

"希瑞,"他解开衬衣的几粒纽扣,取出徽章,"摸摸这个。"

"哇!"她张大嘴巴,"好可怕的狼。它有獠牙……"

"摸摸看。"

"喔!"

猎魔人笑了,感到银链随着徽章剧烈颤抖。

"它动了!"希瑞喃喃道,"动了!"

"我知道。走吧,希瑞,你带路。"

"这是魔法,对不对?"

"当然。"

如他所料,女孩能感知前方的道路。什么原理?这他就不知道了。他们很快沿路来到一个三岔路口——比他预想的还快。这儿是布洛克莱昂的边境,至少是人类认同的边境。他记得艾思娜的看法不太一样。

希瑞咬住嘴唇,皱起鼻子,停下脚步,看着满是马蹄印和车辙的沙土路。杰洛特终于搞清方向,不再需要女孩迟疑不决的提议。他选了东边那条去布鲁格的路,希瑞却忧心忡忡地看着通往西边那条。

"那条路通往纳史特洛格。"他取笑她,"你想克里斯丁了?"

希瑞嘟囔一声,跟在他身后,但她还是回了好几次头。

"怎么了,希瑞?"

"我不知道。"她低声道,"这条路不好,杰洛特。"

"为什么?我们去布鲁格找文斯拉夫王。他住在漂亮城堡里。我们可以去浴池洗澡,睡在羽毛被褥上……"

"这条路不好。"她重复道,"不好。"

"这倒是实话：比这好的路多得是。别多想了，希瑞。快走吧。"

他们转过一段灌木茂盛的弯道。希瑞说对了……

士兵突然从四面八方出现，包围了他们。他们头戴圆锥形头盔，身穿锁甲和深灰束腰外衣，上面绣有代表维登王室的黑金相间方格纹章。他们保持距离，却没拔出武器。

"你们从哪儿来，到哪儿去？"一个矮胖男人冲杰洛特大吼。他穿着破旧的绿色制服，叉开双腿站立。他的脸黝黑起皱，像颗李子干。他背着弓和插着白翎箭的箭袋。

"我们从焦树桩来。"猎魔人握紧希瑞的手，撒谎道，"我要回家，回布鲁格。这是怎么了？"

"我们是国王的手下。"黑脸男人注意到杰洛特背后的剑，换成更加礼貌的语气，"我们……"

"把他带过来，杰格汉斯！"前方路上，有个人大喊。

士兵们分散开来。

"不要看，希瑞。"杰洛特轻声说，"转过身。不要看。"

前方，一棵枝叶茂盛的大树倒在路上。树桩位于路边的灌木丛中，还留有长条状的白色碎木片。断树前面有辆用油布盖着的马车。几匹长毛小马倒在路上，与车把和缰绳绞缠在一起，身上插满利箭，露出发黄的牙齿。其中一匹还活着，沉重地喷着鼻息，双脚蹬踢不止。

沙地上鲜血浸染，还散落着人类的尸体，有的紧贴马车，有的卷入车轮。

围着马车的士兵中走出两个人，然后是第三个。其余十多人勒住缰绳，伫立不动。

"出什么事了？"猎魔人问。他尽力用身子挡住屠杀场面，不让希瑞看见。

有个士兵,穿着短锁甲和长靴,用一对斜眼打量他,伸手咔咔地挠着没刮干净的下巴。他的左前臂套着磨损不堪的护腕,像弓箭手用的那种。

"是偷袭。"他简短地回答,"树精屠杀了路过的商队。我们正在调查。"

"树精会攻击商队?"

"你自己看啊。"斜眼士兵挥挥手臂,"他们身上插满了箭,跟刺猬似的……还是在大路上!那些森林怪物越来越猖狂了。要不了多久,别说进森林,连靠近都不行了。"

"那么,"猎魔人眨眨眼,谨慎地发问,"你们是谁?"

"埃维尔国王的手下,纳史特洛格的士兵。我们本由菲斯奈特男爵指挥,但男爵在布洛克莱昂遇害了。"

希瑞张开嘴,杰洛特晃晃她的手,示意她安静。

"要我说,血债血偿!"斜眼士兵有个同伴咆哮起来。他穿着镶铜边的紧身上衣,身材魁梧。"血债血偿!简直让人难以忍受。先是菲斯奈特,然后是辛特拉的公主,现在又是商人。看在诸神的分上,报仇,我们得报仇!要不然,她们明天就该跑到我们家门口杀人了!"

"布雷克说得好。"斜眼士兵续道,"你们说对不对?还有你,兄弟,我得问你:你是哪儿人?"

"布鲁格人。"猎魔人撒谎道。

"那这小鬼是你女儿喽?"

杰洛特又晃晃希瑞的手。

"是我女儿。"

"布鲁格人……"布雷克皱起眉头,"我得说,兄弟,正是你们的国王文斯拉夫纵容了这些怪物。他不愿意跟我们的埃维尔王,还有凯拉克的维拉克萨斯王结盟。如果我们三面夹攻,肯定能杀光那些……"

"屠杀是怎样发生的?"杰洛特缓缓发问,"有人知道吗?商队里有没有生还者?"

"没人目击。"斜眼士兵说,"但我们知道发生了什么。护林人杰格汉斯认出了痕迹,毫不费力。告诉他,杰格汉斯……"

"嗯。"黑脸男人说,"情况是这样:商队马车沿大路前进,碰上了断树。你瞧,先生,这棵松树倒在路中间,刚被人砍倒不久,灌木丛里还有痕迹。瞧见没?等商人下来,想搬走树木时,她们从三个方向发动袭击。那边的灌木丛,还有歪脖子桦树那儿。你瞧,箭是树精做的:箭翎用树脂黏合,羽毛泡过树液……"

"我瞧见了。"猎魔人看着尸体,打断他的话,"依我看,其中几人中箭没死,最后被人用刀子取了性命。"

后面那队士兵中又走出一个人。他又矮又瘦,穿着华丽的紧身上衣,黑发剪得很短。他刮过胡子,脸颊带着青灰色。猎魔人发现他双手瘦小,戴着黑色露指手套,双眼像鱼一样呆滞。他佩着剑,腰带和左靴里露出匕首握柄……杰洛特见过太多刺客,想认不出都难。

"你眼睛很尖。"黑发矮子缓缓地说,"我得说,你观察得很仔细。"

"这就对了。"斜眼士兵说,"让他去向文斯拉夫王汇报吧。那位国王不希望我们伤害'善良又友好'的树精。等到五月节,他们说不定还会来场幽会。在这方面,她们没准是挺友好的。要是咱们活捉一个,就可以验证一下啦。"

"半死不活的也行。"布雷克咧嘴笑道,"看在瘟疫的分上!那个德鲁伊呢?都快中午了,可他连个影子都不见。该出发了。"

"你们要去干吗?"杰洛特问。他没放开希瑞的手。

"关你屁事?"黑发人咆哮道。

"何必激动呢,勒维克?"斜眼士兵发出难听的笑声,插言道,"我们可是老实人,坦坦荡荡。埃维尔派来个德鲁伊,是个了不起的术士,能跟树木沟通。他会陪我们去森林为菲斯奈特报仇,顺便看看能不能救出公主。这可不是去散步,兄弟,这是场远征,是对她们的惩……惩……"

"惩戒。"勒维克叹了口气。

"哦对,我就想说这个。得了,走你的路吧,兄弟,这儿很快就要打得不可开交了。"

"是啊。"勒维克看着希瑞,"这里很危险,尤其对小女孩来说。那些树精喜欢小女孩。对吧,孩子?妈妈在家等着你吗?"

希瑞颤抖着点点头。

"要是她再也见不到你,那就太可惜了。"黑发矮子盯着希瑞继续说道,"她肯定会找文斯拉夫抱怨说:国王,就因为你容忍树精,我女儿和丈夫都一去不返了。谁知道文斯拉夫会不会恢复跟埃维尔的同盟呢?"

"行了,勒维克先生。"杰格汉斯咆哮道,脸上的纹路皱得更深了,"让他们走吧。"

"再见喽,小鬼。"勒维克伸出手,摸摸希瑞的头。希瑞颤抖着退了几步。

"怎么?你害怕了?"

"你手上有血。"猎魔人轻声道。

"哈!"勒维克抬起手,"果然。是商人的血。我想确认一下有没有生还者。不幸的是,树精干得很彻底。"

"树精?"希瑞颤声说,对猎魔人增加的力道全无反应,"哦!骑士大人,你弄错了。不可能是树精干的!"

"你在嘟囔什么,小鬼?"黑发男人眯起眼睛。

杰洛特左右张望,估算一下距离。

"不是树精干的,骑士大人。"希瑞重复道,"很明显!"

"啥?"

"这棵树……是被砍倒的!用斧头!树精绝不会砍树,不是吗?"

"说得对。"勒维克看看斜眼士兵,"哦!你可真聪明。太聪明了。"

猎魔人注意到,刺客戴黑手套的手仿佛蜘蛛,正悄然爬向匕首握柄。尽管勒维克的双眼没离开小女孩,但杰洛特知道,第一击的目标肯定是自己。他等勒维克摸到武器。

斜眼士兵倒吸一口凉气。

三个动作。只有这点时间。

镶银饰钉的袖口砸中黑发男人的左脑。没等勒维克倒地,猎魔人已经来到杰格汉斯和斜眼士兵中间,长剑唰地出鞘,切开空气,命中身穿铜边紧身上衣的壮汉布雷克的太阳穴。

"保护自己,希瑞!"

斜眼士兵握剑跳向一旁,但为时已晚。猎魔人从上往下劈开他的躯干,又顺势从下往上一挥,在他身上留下一个血淋淋的"×"。

"伙计们!"杰格汉斯冲惊呆的士兵大喊,"跟我上!"

希瑞跑到一棵歪脖山毛榉旁,像松鼠一样飞快地爬上最高的枝头,藏在树叶里。护林人朝她的方向射出一箭,但没命中。其他人也动了起来,围成一个半圆,拿起弓,取出箭。杰洛特单膝跪地,伸展手指,画出阿尔德法印,但他瞄准的不是距离较远的弓手,而是他们身旁路上的沙土。法印掀起一股旋风,遮住了他们的视野。

杰格汉斯灵巧地跳开,从箭袋里抽出第二支箭。

"等等!"勒维克大叫着爬起身,右手握剑,左手持匕首,"让我来,杰格汉斯!"

猎魔人用流畅的动作转身面对他。

"他是我的。"勒维克续道,他晃晃脑袋,用前臂擦擦脸,"我一个人的!"

杰洛特斜身转个半圈,但勒维克没有照做。他径直攻了过来。两人开始交手。

有两下子,猎魔人心想。他费力地格开迅疾的一剑,又半转过身,挡开刺来的匕首。他没立刻还击,而是跳到一旁。他以为勒维克会故技重施,结果挥剑幅度过大,失去了平衡。但刺客可不是新手,他也收起攻势,以猫一样的敏捷绕起圈子。突然,刺客毫无预警地跳了起来,挥剑如风。猎魔人避开正面冲突,迅速抬剑格挡,迫使刺客后退。勒维克弯下腰,准备刺出第四剑。他把匕首藏在背后。猎魔人依然没有还击,也没缩短距离,只是一再同对手兜圈子。

"游戏都有结束的时候。"勒维克从牙缝间吐出几个字,"做个了结吧,聪明人,趁我们还没杀掉树上那个小杂种。你觉得呢?"

杰洛特注意到,刺客正盯着他自己的影子,等着它与对手相接,到时,阳光将直射杰洛特的双眼。猎魔人停下脚步,决定将计就计。

他将瞳孔缩成两道竖直的细线。为了掩饰这种变化,他眯起双眼,像被太阳照花了眼睛。

勒维克跳了起来,自空中扭转身体,用拿匕首的胳膊保持平衡,手腕用难以置信的角度自下而上挥出一剑。杰洛特冲向前,转身挡下这一击。他用同样的动作扭动腰部和肩膀,利用格挡的力道将刺客推开,利剑划过对手的左边脸颊。勒维克蹒跚后退,捂住脸。猎魔人半转过身,将重心放在左腿,迅疾地一剑切开对手的颈动脉。勒维克蜷缩身体,浑身浴血,跪倒下来,一头栽在沙地里。

杰洛特缓缓转过身,面对杰格汉斯。后者拉开弓,露出骇人的笑。猎魔人弯下腰,双手握剑。其他士兵同样举起弓,周围一片死寂。

"还在等什么?"护林人吼,"放箭!放箭!"

他突然踉跄地走了几步,倒在地上。一支箭刺穿他的喉咙,箭羽是山鸡翎,用树皮熬出的汤汁染成黄色。

一支支箭从昏暗的林间尖啸飞出,划出又长又缓的弧线。它们好像在空中慢慢滑翔,箭羽随风轻摆,直到命中的那一刻,速度和力道都没有丝毫增长,但每支箭都精准地命中了目标,纳史特洛格的佣兵们纷纷倒下,仿佛落在沙土路上的树叶,又像被棍棒扫过的向日葵。

幸存者争先恐后跑向马匹。箭矢没停,它们命中了正在奔跑,甚至已经骑上马鞍的士兵。只有三人勉强让马跑了起来。他们大喊大叫,抽打坐骑的侧腹,但没能跑出太远。

森林合拢,挡住去路。阳光下,那条宽阔的沙土路消失不见,取而代之的是密不透风的黑色林墙。

雇佣兵勒住马。他们又惊恐又慌乱,试图掉转马头,但箭雨并未停息。伴着马蹄声、马嘶声和叫喊声,利箭刺穿了马背上的士兵。

一片寂静。

堵住大路的林墙渐渐隐去，泛起彩虹般的光彩，随后消失不见。前方又出现了道路。还有一匹灰马，马背上坐着留金色胡须的健壮骑手，身穿海豹皮外套，系格子呢图案的羊毛腰带。

灰马走上前，摇晃着脑袋，高高抬起前腿。它喷着鼻息，避开尸体和血腥味。骑手笔直地坐在马鞍上，举起右手。一阵微风吹得林木沙沙作响。

远处森林边缘，灌木丛中走出许多苗条的身影。她们穿着褐色和绿色相间的衣服，脸上用坚果汁涂着斑纹。

"Ceádmil，Wedd Brokiloéne！"骑手大喊，"Fáill，Aná Woedwedd！"

"Fáill！"微风带来了森林那边的回答。

绿色与褐色的身影接连消失在灌木丛中，只留下一个——她的头发是蜂蜜色。她走了过来。

"Va fáill，格温布雷德！"她走得更近些。

"再会，莫娜。"猎魔人回答，"我不会忘记你。"

"还是忘了吧。"她生硬地说，正正背后的箭袋，"没有莫娜了。莫娜只是个梦。我是布蕾恩，布洛克莱昂的布蕾恩。"

她又挥挥手，消失不见。

猎魔人转过身。

"莫斯萨克。"他看着灰马背上的骑手。

"杰洛特。"骑手冷冷地打量他，"真是巧遇。但我们还是先说最重要的事吧，希瑞在哪儿？"

"在这儿！"藏在枝叶间的女孩大喊，"我可以下来了吗？"

"可以了，下来吧。"猎魔人回答。

"但我不知道怎么下!"

"怎么上去怎么下来,反过来就行。"

"我害怕!我在树顶上!"

"我说了,下来。我们有许多事要谈,小女士。"

"谈什么?"

"看在瘟疫的分上,你怎么不逃进森林,非要爬上树?那样我可以跟过去,犯不着……哦!该死,快下来!"

"我是学故事里的猫!我做什么都不对吗?为什么?我真想知道。"

"还有我。"德鲁伊说,"我也想知道。你外婆卡兰瑟王后也想知道。下来吧,小公主。"

树叶和枯枝纷纷滚落,然后是衣料扯破的声音。希瑞终于出现了,她双腿分开,沿树干滑下,斗篷兜帽的位置只剩一块鲜艳的破布。

"莫斯萨克叔叔!"

"如假包换。"

德鲁伊把女孩紧紧抱在怀里。

"叔叔,外婆叫你来的?她很担心吗?"

"不太担心。"莫斯萨克微笑着说,"她正忙着把皮带浸湿。回辛特拉要花不少时间,希瑞,趁这时间给你的冒险找好借口吧。按我的建议,最好简明扼要。就算这样,我相信到最后,公主殿下,你也会哭得非常非常大声。"

希瑞面露苦相,吸吸鼻子,轻声嘟囔一句。她的双手本能地捂住饱受威胁的部位。

"走吧。"杰洛特审视四周,提议道,"走吧,莫斯萨克。"

八

"不。"德鲁伊说,"卡兰瑟改主意了:她不想把希瑞嫁给克里斯丁。她有她的理由。另外,由于袭击商队的缘故,我已经不再信任埃维尔了,我这么说你肯定不会惊讶,而王后很看重我的判断。我们甚至不会在纳史特洛格逗留,我会带小家伙直接回辛特拉。跟我们一起走吧,杰洛特。"

"为什么?"

猎魔人看了一眼希瑞,她正披着莫斯萨克的毛皮外套,在一棵树下沉睡。

"你很清楚原因。这个孩子,杰洛特,她就是你的命运。你们的道路已经交叉三次了,是的,三次。当然,这只是个比喻,尤其是前两次。我希望,杰洛特,你不会认为这只是单纯的巧合。"

"我怎么称呼它又有什么区别?"猎魔人挤出一丝微笑,"事情早跟我们的称呼背道而驰了,莫斯萨克。干吗带我去辛特拉?我早去过那儿,也早跟她见过面:正如你所说,我的道路与她有过交叉。可那又如何?"

"杰洛特,你曾要求卡兰瑟、帕薇塔和她丈夫立下誓言。他们遵守了承诺。希瑞就是那个意外之子。命运要求……"

"要求我带走她,让她变成猎魔人?她是个女孩!看着我,莫斯萨克。你能想象一个天真漂亮的小女孩变成我这样?"

"让猎魔人那套规矩都见鬼去!"德鲁伊愤怒地反驳,"你心里是怎么想的?你怎么看待她?不,杰洛特,我看得出你还不懂,所以我必须简单点解释。听着,就连白痴也能要求别人发誓,你只是其中之一。这事本身没什么特别,特别的是她,还有她出生后与你之间的纽带。你还要我说得更清楚吗?没问题,杰洛特:自从希瑞出生,你的愿望和计划就不再重要了,你拒绝什么、放弃什么,也不重要。看在瘟疫和霍乱的分上,就连你自己也不值一提!你明白吗?"

"别大吼大叫,会把她吵醒的。我们的意外之子正在睡觉呢。等她醒来……莫斯萨克,即使她很特别,有时也可以……也必须放弃。"

德鲁伊咄咄逼人地看着他。"可你要知道,你永远不会有自己的孩子。"

"我知道。"

"即使这样却还要放弃她?"

"我是放弃了。我有这个权利吧?"

"的确。"莫斯萨克回答,"你有这个权利。可这伴随着风险。有句古话说得好:命运之剑……"

"有两道刃。"杰洛特帮他说完,"我知道。"

"那就做你认为对的事吧。"德鲁伊扭过头,吐了口口水,"然后想想我为你担的性命危险……"

"你?"

"没错。跟你不同,我相信命运。而且我知道,摆弄双刃剑很危险。别再玩了,杰洛特,把握住送上门来的机会吧。同希瑞建立起监护人和被监护人那样的关系。否则……纽带可能会以其他形式出现,更可怕的形式。你想要否定和毁灭?我想保护你们,你和那小家伙。如果你带走她,我不会反对,我会冒险向卡兰瑟解释一切。"

"你怎么知道希瑞愿意跟我走?你看到了征兆?"

"没有。"莫斯萨克严肃地回答,"但我的确知道,因为她只会在你怀中入睡,她会在梦中叨念你的名字,会伸手找你。"

"够了。"杰洛特站起身,"我该出发了。别了,大胡子。代我向卡兰瑟致意。至于希瑞的恶作剧,你就帮她找个借口吧。"

"逃避毫无意义,杰洛特。"

"你说我在逃避命运?"猎魔人系紧坐骑的腹带。

"不。"德鲁伊看着小女孩,"你是在逃避她。"

猎魔人点点头,跨上马鞍。莫斯萨克一动不动地坐着,用木棍拨弄将熄的营火。

杰洛特缓缓穿过高及马镫的石楠丛,沿着山谷斜坡,朝黑暗的森林走去。

"杰洛特!"

他回过头,发现希瑞站在小丘顶部,灰发的小小身影一副挫败的架势。

"别走!"

他挥挥手。

"不要走!"她在尖叫,但声音小了些,"别走!"

我必须走,他心想。必须走,希瑞。因为……我要永远离开。

"别以为你能轻易抛下我!"她大喊道,"想都别想!你逃不掉!我是你命运的一部分,你听到没?"

没有什么命运,他心想。命运并不存在。对我们来说,命中注定的只有死亡。命运的第二道刃是死亡。第一道是我。第二道是死亡,它与我如影随形。不,我没有权利让你与死亡为邻,希瑞。

"我就是你的命运!"

他听到丘顶又传来几声哭喊,但声音越来越小,越来越绝望。

他踢了踢马腹,催促它踏入湿气浓重、如深渊般阴冷的森林,踏入熟悉而亲切的阴影,踏入漫无边际的黑暗。

别的东西

一

木桥上响起马蹄声,尤尔加连头都没敢抬。他生生咽下尖叫,丢掉打算重新装上的车轮铁箍,飞快地钻到马车下。他流着眼泪,背靠车下那层厚厚的污泥与粪便,发出断断续续的呜咽,在惊恐中瑟瑟发抖。

马匹慢慢靠近马车。马蹄踏在长满青苔、腐朽不堪的木板上。尤尔加谨慎地打量着它们。

"出来。"看不到模样的骑手说。

尤尔加透过齿缝倒吸一口凉气,绞尽脑汁思考对策。马匹喷着鼻息跺跺脚。

"放松,洛奇。"骑手说,尤尔加听到那人轻抚马颈的声音,"出来吧,朋友。我不会伤害你。"

商人不相信陌生人的话,但那声音确实充满魅力又令人安心,只是语气不大悦耳。尤尔加向好几位神明默祷一番,终于战战兢兢地从马车下探出头。

骑手有一头牛奶色的白发,用皮革发带绑在脑后,身穿黑色羊毛外套，后摆落在栗色母马的屁股上。他没看尤尔加，而是在马鞍上侧过身，看着马车车轮，还有卡在桥缝里的轮轴。他突然抬起头，冷漠地审视着峡谷边缘的植被，目光从商人身上扫过。

尤尔加嘟囔着，从马车底下艰难地爬出。他用手背蹭蹭鼻子，抹去脸上修理轮轴时沾上的木焦油。骑手专注而阴郁地瞥了他一眼，目光锐利，有如一柄鱼叉。尤尔加沉默不语。

"咱们两个没法抬。"陌生人指指陷进缝隙的轮轴，开口道，"你是独自旅行吗？"

"原本三个，大人。"尤尔加结结巴巴地说，"我的仆人跑了，那些懦夫……"

"不奇怪。"骑手望着桥下的峡谷，"一点儿不奇怪。我想你也该跑路了，趁还有时间。"

尤尔加没有循陌生人的目光望去。干涸河床的牛蒡和荨麻间，散落着颅骨、肋骨和胫骨。那些黑暗空洞的眼窝让商人害怕，那些微笑的牙齿和破碎的骨头让他快彻底崩溃，让他仅存的勇气像鱼鳔般炸裂。如果再多待一会儿，他一定会忍不住逃跑，边跑边在心中尖叫，就像一个钟头前的车夫和仆人那样。

"你在等什么？"骑手掉转马头，低声发问，"等黄昏？那就太迟了。天黑以后，它们就会把你带走。或许都不用天黑。走吧，骑上你的马，跟我走。尽快离开这儿。"

"可是先生，我的马车怎么办？"尤尔加用尽全力大喊，响亮的嗓音让他自己都吃了一惊，他不清楚这是出于恐惧、绝望还是愤怒，"我的货物！那可是整整一年的成果！我宁愿死，也不能丢下它们！"

"看来你还不清楚这是什么地方，朋友。"陌生人轻声说着，指指桥下的遍地尸骸,"你不想丢下马车?我得告诉你,等到黄昏,就算你坐拥迪斯莫德王的宝藏,也没法保住性命。别再想该死的马车了,让抄近路穿过乡间的想法也见鬼去。你知道战争结束后,这儿发生了怎样的大屠杀吗?"

尤尔加一脸茫然。

"你不知道。"陌生人摇摇头,"但你看看下面躺着什么?不难发现,那些都是想抄近路的人。而你,却说不会丢下马车。我真想知道,你这了不起的马车里究竟装着什么?"

尤尔加没说话。他抬头看着骑手,犹豫着该回答"麻絮"还是"破布"。

骑手似乎也不在意他的回答,他正在安慰不安甩头的栗色母马。

"大人……"终于,商人语无伦次地说,"帮帮我。救救我。我这辈子都会感激您……别让我……您要什么我都给你,只要您开口……救救我,大人!"

陌生人突然转过头,双手按住马鞍桥。"你说什么?"

尤尔加张大嘴巴,说不出话来。

"我要什么你都给我?再重复一遍。"

尤尔加吞了口口水,闭上嘴巴。他后悔自己没细想就说出那句话。他在猜陌生旅人会提出什么要求。一切都有可能,甚至包括每月一次跟他年轻的妻子克丽丝蒂黛幽会。但与失去马车相比,这些似乎不算什么,更好过沦为谷底的白骨。商人的本能很快屈服于对现状的考虑。骑手看起来不像流浪汉,也不像战争结束后相当常见的强盗,更不像王子或王室顾问,或是那些自以为了不起、喜欢从邻居手里敲诈钱财的骑士。按尤尔加的估算,他的酬劳应该在二十金币左右,但他的商人本能阻止了他主动开价。

他决定再也不乱说什么"感激一辈子"了。

"我问你,我要什么你都给我吗?"陌生人冷静地重复道,等待商人的答复。

他只能回答了。尤尔加用力咽了口口水,点点头。出乎意料的是,陌生人脸上并无得色,甚至没为自己谈妥买卖而面露微笑。他往山涧下吐了口口水,在马背上侧过身。

"我在干什么?"他悲哀地说,"是不是犯了个错误?我会尽力帮你摆脱困境,但我没法保证这场冒险中不会有人送命。如果我们都能活下来,那你……"

尤尔加绷紧身子,眼看就要哭出来了。

"那你回家之后,"黑衣骑手飞快地说,"要把在你家里出现、你又不知情的东西送给我。能发誓吗?"

尤尔加迟疑地点点头。

"很好。"陌生人咧嘴笑道,"你最好藏回马车下面。太阳快落山了。"

陌生人跳下马,脱掉外衣。尤尔加发现陌生人背着剑,用皮带斜挎在肩头。他好像听人说过,有一群人就是这样携带武器。陌生人穿着黑色皮夹克,长及腰际,长长的金属护手镶满银饰钉,说明他来自诺维格瑞或附近地区。这样的打扮最近在年轻人中很流行,但陌生人已经不年轻了。

骑手取下马背上的行李,转过身。他用银链挂在胸前的徽章开始颤抖。他的怀里抱着个小铁盒,还有个长包裹,上系皮绳。

"怎么还不躲到马车下面?"他说着,走上前去。

尤尔加注意到，徽章上刻着露出獠牙的狼头图案。

"先生，您是个……猎魔人？"

陌生人耸耸肩。"没错，我是猎魔人。好了，躲到马车下面去。别出来，闭上嘴巴。我得独处一会儿。"

尤尔加照做了。他蹲在车轮旁边，躲到马车的油布下。他不想知道陌生人在马车另一边干吗，也不想看到峡谷底部的尸骨。他盯着自己的鞋，还有腐朽桥面上形状像星星的绿色苔藓。

猎魔人。

太阳消失了。

他听到了脚步声。

陌生人一步一顿，从马车后缓缓走出，站到木桥中央。尤尔加看着他的背影。他注意到，陌生人背后的剑不是先前那把。这件武器很华丽：剑柄、护手和剑鞘上的装饰都闪着星辰般的光。暮色中，剑熠熠生辉。

笼罩森林的金紫色光彩渐渐淡去。

"先生……"

陌生人扭过头。尤尔加拼了老命才没叫出声。

陌生人脸色惨白，毛孔放大，像一块新鲜的奶酪。他的眼睛……诸神啊……恐惧传遍尤尔加的全身。他的眼睛……

"躲到马车后头，快！"陌生人低声命令。

跟他先前听到的嗓音不同。商人觉得膀胱一阵发紧。

陌生人转过身，沿桥往前走去。

猎魔人。

拴在车上的马喷了喷鼻子，一声嘶鸣，蹄子用力跺在桥面上。

一只蚊子嗡嗡飞过尤尔加耳边，商人甚至忘记伸手去拍。第二只蚊子飞过。一整群蚊子正在峡谷对面的灌木丛中集结。

它们在尖叫。

尤尔加壮着胆子偷眼打量，才发现那并不是蚊子。

渐浓的暮色中，小巧、可怕、畸形、高度不超过一厄尔[1]、如骷髅般单薄的身影占据了峡谷对面。它们步伐怪异，像苍鹭一样走到桥上，用生硬的动作高高抬起肿胀的膝盖。它们扁平而满是皱褶的脸上，有一对黄疸病人般的鼓胀双眼，青蛙似的小嘴露出森森獠牙。它们越走越近，嘴里发出嘶嘶声。

陌生人站在桥中央，平静得仿佛一尊雕像。他突然抬起右手，手指做出怪异的手势。小怪物嘶嘶叫着后退，随即再次前冲，速度越来越快，同时抬起木棍般细长的前肢，在空气中抓挠。

左边传来利爪破空声，一只怪物从桥下现身，其他那些也以惊人的速度飞扑而至。陌生人转身，剑光一闪，从桥底爬上来的怪物的脑袋飞到六尺高的空中，拖出一道血线。白发男人闯进剩下的怪物群中，长剑左右挥舞。怪物从四面八方向他攻来，尖叫着挥舞四肢。闪着寒光的剑如剃刀般锐利，但没能吓退它们。尤尔加贴着马车缩成一团。

有个血淋淋的东西落到他脚边。是一条瘦骨嶙峋的前肢，连着四根指爪，覆着母鸡般的鳞状皮肤。

商人尖叫起来。

他觉得有个东西悄然靠近自己。商人缩起身子，想躲到马车下。可那骇人的东西已经骑到他的脖子上，长着尖爪的前肢抓住他的太阳

---

[1] 古代长度单位，约合45英寸，即114厘米。

穴和脸颊。尤尔加闭上眼睛，尖叫着拍打它的身体，奋力挣扎，突然发现自己竟来到了木桥中央，周围的木板上满是怪物的尸体。猎魔人和怪物们激战正酣，但除了混乱的场面和不时闪过的银光，商人什么都看不清。

"救命！"他大喊道，感觉尖锐的獠牙已穿透兜帽，裹住他的后脑。

"低头！"

他将下巴贴上胸口，用目光寻找迅疾挥来的利剑。长剑嗡鸣，划破空气，擦过他的兜帽。尤尔加听到沉闷而骇人的破裂声，滚烫的液体当头浇下，洒在他肩头。脖子上骤增的重量让他双膝一软，跪倒在地。

商人看到，又有三只怪物从桥下跳上来，像蝗虫一样跃起，抱住陌生人的双腿。其中一只青蛙似的面孔被一剑劈成两半，僵硬地蹒跚后退，仰天栽倒。第二只被剑尖刺穿，瘫软倒地，痉挛不止。其余怪物像蚂蚁一样围住白发男子，将他逼到桥边。第三只怪物尖叫着从战团中飞出，身子阵阵抽搐。与此同时，猎魔人与怪物们一同翻下桥面，落进峡谷。尤尔加坐在地上，双手抱头。

商人听到，桥下先是传来怪物胜利的叫嚷，但随即被剑刃破空声、尖叫声和痛呼声取代。黑暗中响起石头的碰撞声，踩碎枯骨的噼啪声，然后又是利剑的呼啸，最后是一声令人血凝的绝望嘶吼，却又戛然而止。

一片寂静。只有森林深处的鸟儿不时发出一声惊叫。然后，连鸟儿也安静下来。

尤尔加用力咽了口口水，抬起头，略微直起身子。寂静依然笼罩着四周，就连树叶都静止不动。

整片森林都在恐惧中沉默。破碎的云彩让夜空愈加昏暗。

"嘿！"

商人猛地转身，双手本能地护在身前。黑衣猎魔人站在他面前，一动不动，手中举着闪亮的长剑。尤尔加注意到，他的身体正朝着一侧歪斜。

"大人，您打退它们了？"

猎魔人没有回答。他沉重而笨拙地迈出一步，摸摸左髋部，然后伸手扶住马车。尤尔加发现，反着光的黑血滴落在木板上。

"大人，您受伤了！"

猎魔人还是没回答。他扶着马车，对上商人的目光，缓缓地倒在桥上。

二

"轻点儿，小心……脑袋下面……谁来扶住他的头！"

"这边，这边，放到马车上！"

"诸神啊……尤尔加老爷，他的绷带下面又淌血了……"

"别说废话了！过来，快点儿！普罗菲，别慌慌张张的！还有你，维尔，给他盖上毛毯，没看到他在发抖吗？"

"喂他喝点儿伏特加咋样？"

"给昏迷的伤员灌酒？你疯了吧，维尔？把酒瓶拿过来，我得喝一口……你们这些懦夫！卑鄙、无耻、可悲！居然先跑了，只留我一个人！"

"尤尔加老爷！他在说话！"

"什么？他说什么？"

"不太清楚……好像是个名字……"

"什么名字？"

"叶妮芙……"

三

"我在哪儿？"

"躺着别动，先生，不然伤口又该裂开了。那些可怕的怪物把您的腿都咬到见骨了。您流了很多血……不记得我了吗？我是尤尔加！您在桥上救了我的命，还记得吗？"

"哦……"

"您渴吗？"

"渴得要命……"

"喝吧，大人，喝吧。您在发烧，身子很虚弱。"

"尤尔加……我们在哪儿？"

"在路上，坐着我的马车。什么也别说了，先生，先别动。我们必须穿过森林，去最近的人类定居点，再找个医师。您的伤口包扎得不够厚，一直在流血……"

"尤尔加……"

"怎么了，大人？"

"在我箱子里……有个瓶子……用绿色的蜡封口。打开封口，倒进杯子……拿给我。别碰其他瓶子……如果你们还珍惜自己的性命……快，尤尔加……该死，马车晃得真厉害……瓶子，尤尔加……"

"来了……喝吧。"

"谢谢……仔细听好。我会马上睡着,还会剧烈挣扎、胡言乱语,但过一会儿,我会像死尸一样安静。没什么的,不用怕……"

"睡吧,大人,不然伤口又会裂开,您的血会流光的。"

猎魔人躺在毛毯上,头晕目眩,感觉到商人把散发马汗味的外套和毛毯盖在他身上。马车颠簸不止,每一下都让他的大腿和屁股隐隐作痛。他咬紧牙关。头顶的夜空星辰无数,它们离他那么近,仿佛挂在树梢,触手可及。

◆━━━┃━━━◆

他选择了离光芒最远的路,想藏身在摇曳的阴影中。这并不容易:这里到处都是点燃的松木堆,火把的红光点缀夜空,厚重的烟雾涌入黑暗。在起舞的身影之间,火堆噼啪作响,光芒闪烁。

杰洛特停下脚步,让朝他这边走来、挡住所有去路的游行队伍通过——他们情绪高昂,正疯狂地大呼小叫。有人抓住他的肩膀,塞给他一个小杯子,杯中液体浮泛着泡沫。他礼貌地回绝,把这个摇摇晃晃抱着一桶掺水啤酒的家伙推回人群。他不想喝酒。

今晚不想。

离他不远,那座用桦树干搭成、俯瞰大堆篝火的舞台上,金发的五月节国王戴着鲜花和树枝编成的王冠,正在亲吻五月节王后:他透过她被汗水打湿的纤薄束腰外衣,爱抚她的乳房。国王早已烂醉如泥,身子晃来晃去,全靠抱住王后才能保持平衡。他一只手拿着一大杯啤酒。王后也喝醉了,头上的花冠盖住了眼睛,但她只顾搂着国王的脖子,两只脚甩来甩去。人群在舞台上载歌载舞,挥舞着缠有花朵和藤蔓的树枝。

"五月节!"有个女孩在杰洛特耳边大吼。

她扯住他的袖子,把他拉进狂欢的队伍。她在他身边翩翩起舞,衣袍和插在头上的花朵随风摇摆。他没有抗拒,跟着她加入舞蹈。他灵巧地转动身子,避开其他正在跳舞的人。

"五月节!五月前夜!"

他们身边爆发了一阵骚动,有个男孩抱着一个女孩,跑向篝火光芒外的黑暗,女孩发出紧张的笑声和叫喊声,在他怀里不停挣扎。人们手拉手,高声叫嚷,沿篝火间的道路前进。有个人摔了一跤,破坏了队形,人们随即分成较小的几群。

女孩透过额头充当装饰的树叶打量杰洛特。她走上前,用力搂住他的双肩。他生硬地想要拒绝,手指贴上薄薄的亚麻衣物,按在她潮湿的身体上。她抬起头,闭上眼,牙齿在微张的唇间闪烁着耀眼的光。女孩身上散发出汗水、香草和烟的味道,还有欲望的气息。

有何不可,他心想,揉皱她背后的衣裙。他的双手享受着潮湿的温暖。这个年轻女孩不是他喜欢的类型:个子太小,衣服又太紧,裙子勒进了腰身。他用手指感受她浮凸有致的身体,虽然他不该抚摸那里。但在这样的夜晚……又有什么关系?

五月节……地平线上的火焰。五月节,五月前夜。

离他们最近的篝火处,人们把成捆的干松枝投进火中,黄色的光芒更加鲜明,将周围照得透亮。女孩对上杰洛特的双眼。他听到她倒吸一口凉气。她的身体突然绷紧,放在猎魔人胸口的手指蜷曲起来。杰洛特放开她。她犹豫片刻,马上挪开身子,但臀部没有立刻离开猎魔人的大腿。她低着头，躲避他的目光，随后抽出双手，后退一步。

他们伫立片刻，就这么静静站着，对狂欢的人群视而不见。随后，女孩尴尬地转过身，飞奔而去，消失在起舞的人群中。她只悄悄回望了一眼。

五月节……

可我在这儿干吗？

黑暗中有颗星辰在闪烁，光芒耀眼。猎魔人脖子上的徽章开始颤抖。杰洛特本能地放大瞳孔，毫不费力地看穿黑暗。

那女人不是农家出身。乡下女孩不会穿黑丝绒斗篷。乡下女孩只会被男人推进或拉进灌木丛，她们会大呼小叫，咯咯直笑，像刚捞起来的鱼一样扭动和颤抖。她们不会采取主动，可这个女人正把舞伴拉进暗处——那个金发男人的衬衣已经敞开一半。

乡下女孩不会在脖子上围条丝绒缎带，缎带上也不会饰有星形黑曜石。

"叶妮芙？"

苍白的瓜子脸上，紫罗兰色的双眼闪闪发光。

"杰洛特……"

她放开金发男子的手，后者的胸口闪烁着汗水光泽，仿佛一块铜板。年轻男人摇晃几下，跪倒在地。他四下张望，抱怨一句，缓缓起身，用怀疑而尴尬的目光打量着他们，随后朝篝火走去。女术士看都没看他一眼，只是心无旁骛地盯着猎魔人，抓着斗篷边的手在颤抖。

"见到你真好。"他的语气不带丝毫感情。

他能感到，两人间的气氛绷紧了。

"我也一样。"她微笑着回答，笑容似乎有些勉强，但他不能肯定，

"我同意,这是个意外惊喜。杰洛特,你在这儿干吗?哦!抱歉,请原谅我的直率。你的目的当然跟我一样。五月节庆典。区别在于,这么说吧,你抓了我一个现行。"

"我打扰到你了。"

"无所谓啊。"她戏谑地说,"今晚还没结束呢,只要我想,随时可以再找一个。"

"可惜我就不行。"他装出满不在乎的样子,勉强挤出一句,"有个女孩在火光下看到我的眼睛,然后就逃跑了。"

"等到明天一早,"她的笑容越来越显虚伪,"等她们彻底玩疯,就不会关注这些了。你可以再找一个,我相信……"

"叶……"

接下来的话如鲠在喉。

他们对视良久,真的很久。篝火的红光在他们脸上舞动。叶妮芙突然叹了口气,垂下头,长长的睫毛挡住双眼。

"杰洛特,别。别再提了……"

"今天是五月节。"他打断她,"你忘了吗?"

她缓缓走来,一只手按住他的肩膀,身子轻轻贴上他的胸膛。他抚摩着她头上像蛇一样蜷曲的乌黑发卷。

"相信我。"她抬起头,低声道,"如果我们只是……那我片刻都不会犹豫。但这毫无意义。一切都会重新开始,又像从前那样结束。毫无意义……"

"每件事都得有意义吗?今天可是五月节。"

"五月节?"她看着他,"那有什么分别?我们是被篝火和欢庆的人群吸引来的。我们想跳舞,想放松,想喝点酒,好好享受自由,庆祝自然周期的复兴。然后呢？我们碰巧遇见了对方……我们多久没见了？一年？"

"一年两个月零十八天。"

"我好感动啊。你特意记下的？"

"是啊，叶……"

"杰洛特，"她突然抽身后退，连连摇头，"让我把话说清楚：这不可能。"

他点点头，表示明白。

叶妮芙掀开丝绒斗篷。她在下面穿着薄薄的白衬衫，以及用银链束起的黑裙子。

"我不想重来一次。"她说，"光是想到和你做……我跟那个金发帅小伙想做的事……用同样的方式……光是想到这些，杰洛特，我都觉得是在贬低自己。这是在侮辱你我的人格。明白吗？"

他又点点头。她隔着低垂的睫毛看着他。

"你不走吗？"

"不。"

她沉默片刻，不耐烦地耸耸肩。

"我冒犯你了？"

"没有。"

"来吧，我们找个地方坐下，离噪音远一点。我们聊会儿天。你瞧，我是真心为这次见面感到高兴。我们坐一会儿，好吗？"

"好的，叶。"

他们远离篝火，进入黑暗，朝森林边缘走去，小心地避开一对对正在亲热的男女。为了找个安静地方，他们走了好一会儿，最后停在一座小山上，旁边有丛杜松，像柏树一样高大纤细。

女术士摘下胸针，脱掉斗篷，铺在地上。他坐在她身旁，想搂住她的肩膀，但这只会惹恼她。叶妮芙扣好敞开的衬衣，杰洛特专注地看着她的动作。她叹了口气，抱住他。杰洛特知道，读心会耗费叶妮芙相当的精力，但她可以本能地感觉到他人的意图。

他们一言不发。

"哦，看在瘟疫的分上！"她突然大喊，挣脱他的拥抱。

女术士抬起双臂，念出一个咒语。红绿两色气泡升上他们头顶的天空，在高处炸开，羽毛般的鲜艳花朵随之浮现。篝火那边传来大笑声和欢呼声。

"五月节。"她语带苦涩，"五月前夜……自然周期又要开始了。他们会及时行乐……"

附近还有别的巫师。三道橙色闪光在远处亮起。森林另一边出现了一眼彩虹色间歇泉：喷发的流星不时飞旋着蹿上天空，炸开。篝火边起舞的人群连声赞叹。杰洛特察觉到紧张的气氛，于是轻抚叶妮芙的发卷，闻着她的长发散发出的丁香和醋栗的气息。*如果我太想要她，他心想，她会察觉到，继而心烦意乱。我该轻声问她最近过得好不好。*

"还是老样子。"她说，嗓音却有些发抖，"没什么值得一提的。"

"别这样，叶。别读我的心。这让我不舒服。"

"抱歉，本能反应。你呢，杰洛特，有什么新鲜事？"

"没有，没什么值得一提的。"

他们一阵沉默。

"五月节！"她突然大喊。杰洛特感到贴在胸前的肩膀绷紧了。"他们在享乐，在庆祝永恒的自然周期。可我们呢？我们在干吗？我们只是注定要灭亡、要消失、要被人遗忘的老古董。自然会重生，周期会重启，但我们不会，杰洛特。我们无法让生命延续。我们被剥夺了这种可能性。我们天赋异禀，能做出非凡之举，甚至可以违背自然，但相应地，我们却被剥夺了最简单、最自然的能力。比人类活得久又有什么意义？我们的冬天过后不会再有春天，我们无法重生，我们会随人生的终结而终结。我们被吸引到篝火旁，但我们的存在本身就是个残酷的笑话，是对节日的亵渎。"

她沉默下来。杰洛特不喜欢看她陷入这么阴郁的情绪。他了解原因。她的心病又犯了，他心想。有一段时间，她似乎忘记或接受了自己的宿命。他把叶妮芙抱在怀里，像哄孩子一样轻轻摇晃。她没反抗。杰洛特并不吃惊。他知道，她需要这个。

"要知道，杰洛特。"她的语气突然平静了，"我最想念的就是你的沉默。"

他用嘴唇亲吻她的头发，她的耳朵。我想要你，叶，他心想，我想要你，你知道的。你很清楚，叶。

"我清楚。"她低声道。

"叶……"

"只有今天。"她睁大眼睛看着他，"只有这个即将消逝的夜晚。这是我们的五月节。我们会在早晨分开。我求你，不要指望别的什么。我不能……我办不到。原谅我。如果这个要求伤害了你，那就吻吻我，然后放我走吧。"

"如果吻了你，我就走不了了。"

"我想也是。"

她扬起头。杰洛特吻了她微翕的双唇，动作小心翼翼：先是上唇，然后下唇。他将双手埋进她的卷发，抚摸她的耳朵、耳垂上的宝石耳环，还有她的脖子。叶妮芙回应他的吻，身子贴近他，灵巧的手指解开他夹克的搭扣。

她躺倒在斗篷上。斗篷下是厚厚的青苔。杰洛特吻了她的乳房。他感到她纤薄衬衣下的乳头变得硬挺。她的呼吸渐渐紊乱。

"叶……"

"拜托，别说话。"

她赤裸的皮肤柔软而冰凉，让他的手掌和指尖微微发麻，仿佛触电一般。叶妮芙的指甲抠进杰洛特颤抖的脊背。叫喊声、歌唱声和口哨声一直从篝火那边传来，伴之以团团火花和紫色烟雾。拥抱，爱抚。他的，还有她的。冷颤。迫不及待。她细长的双腿缠上他的腰，像树叶般颤抖，他伸手轻抚。

五月节！

呼吸与喘息如芭蕾舞曲般唱响。他们眼前闪过光芒。丁香和醋栗的味道包裹住他们。五月节的国王与王后不也是个亵渎的笑话吗？还是关于遗忘的笑话？

五月节，五月前夜！

杰洛特和叶发出刺耳的呻吟。黑色发卷盖住他们的双眼和嘴唇。他们颤抖的手指交扣在一起。呼喊。湿润的黑色睫毛。呻吟。

然后便是寂静。永恒的寂静。

五月节……地平线上的火焰……

"叶？"

"喔……杰洛特！"

"叶，你哭了？"

"我没哭!"

"叶……"

"我向自己发过誓……我……"

"别说了。没这个必要。你不冷吗?"

"冷。"

"现在呢?"

"好多了。"

天空以惊人的速度亮起。森林的黑色轮廓重新浮现,参差不齐的树梢自模糊的黑暗中现身。在她身后,一片预示黎明的蔚蓝在地平线晕染开来,淹没了群星。周围更冷了。杰洛特更加抱紧叶妮芙,又将外衣盖在她身上。

"杰洛特?"

"嗯?"

"天快亮了。"

"我知道。"

"我伤到你了吗?"

"有一点儿。"

"又要重来一次吗?"

"从来就没结束过。"

"拜托……跟你在一起,感觉很好……"

"别说了。一切都很好。"

树丛中飘来烟雾的气息。丁香和醋栗的味道徘徊不去。

"杰洛特?"

"嗯?"

"还记得凯斯卓山那次相遇吗?那头金龙,叫什么来着?"

"记得。三寒鸦。"

"他说我们……"

"我记得,叶。"

她亲吻他的后脖颈,掠过的头发让他脖子发痒。

"……是天造地设的一对,"她喃喃道,"也许注定属于彼此。但我们不会有结果,真可惜。黎明破晓之时,我们必须分开。这是唯一的选择。我们必须分开,免得伤害彼此:我们注定属于彼此,是天生一对,但创造我们的家伙考虑得太不周全。只有命运是不够的,这太少了。还要别的东西。请原谅。我必须告诉你这些。"

"我知道。"

"做爱也毫无意义。"

"我不这么想。"

"去辛特拉吧,杰洛特。"

"什么?"

"去辛特拉。去吧,这次别再放弃。不要重复你上次的错误……"

"你怎么知道的?"

"我了解你的一切。忘了吗?去辛特拉,越快越好。黑暗的时代即将来临,非常黑暗的时代。你必须及时赶到……"

"叶……"

"不,什么都别说,拜托。"

空气越来越清新,天色也越来越亮。

"现在别走,我们等到天亮……"

"好啊。"

四

"别起来,大人。您的绷带该换了,因为伤口很脏,您的腿又肿得吓人。诸神啊,太糟了……咱们得尽快找个医师……"

"叫医师见鬼去!"猎魔人呻吟道,"把我的箱子拿来,尤尔加。对,就这个瓶子,把里面的东西直接倒在伤口上。啊!看在瘟疫和霍乱的分上!没事,多倒……哦!很好。帮我包起来,再拿点东西盖上……"

"您的整条大腿都肿了,大人……您还在发烧……"

"发烧个鬼……尤尔加?"

"什么事,大人?"

"我忘了谢谢你。"

"该道谢的是我,不是您。您救了我的命,又为保护我受了伤。可我呢?我做了什么?不过是照顾一个人事不省的伤员。我把他抬上马车,让他不至于死掉。这很平常,猎魔人大师。"

"不平常,尤尔加。在同样情况下,我曾被人像狗一样丢在路边……"

商人低下头,沉默不语。

"是啊……确实有那样的人。这个世界很残酷。"终于,他低声道,"但这不是我们行事卑劣的理由。人应该良善,我父亲是这么教我的,我也这么教儿子们。"

猎魔人陷入沉默,看着前方道上的树枝,看着它们随马车移动而消失。他的大腿恢复了知觉,痛楚消失了。

"我们在哪儿?"

"刚从浅滩涉过特拉瓦河,眼下正在阿尔克肯奇森林。我们离开了泰莫利亚,来到索登王国境内。边境关卡税务官检查马车时,您一直在沉睡。必须得说,他们见到您很吃惊,但年纪最大的官兵认识您,于是放我们通过。"

"他认识我?"

"是啊,毫无疑问。他叫您杰洛特,原话是利维亚的杰洛特。这是您的名号吗?"

"对……"

"他答应派人骑快马到前头去,就说我们需要医师。我给他塞了点钱,免得他忘记。"

"谢谢,尤尔加。"

"别,大人,我说过了:道谢的人该是我。我还欠您一份酬劳呢。我们说好……怎么了,大人?是不是觉得很虚弱?"

"尤尔加,给我绿色封蜡的瓶子……"

"大人,您又会变成先前那副样子……在梦里大喊大叫……"

"给我,尤尔加……"

"听您的。等我先倒进杯子……诸神在上,我们需要医师,而且要快,不然……"

◆━━◆━━◆

猎魔人转过头去。在城堡花园旁边那条干涸的沟渠里,传来孩童们玩耍的叫声。足有十几个孩子,扯着稚嫩的嗓音兴奋地彼此尖叫,吵得人耳膜生疼。他们在沟渠里跑上跑下，就像一群聚在一起却不断改变方向的小鱼。有个男孩气喘吁吁地跑在后头，试图跟上瘦得像稻草人的大男孩们——这种状况倒挺常见。

"孩子还真多。"猎魔人评论道。

莫斯萨克挤出一丝微笑，扯着胡须耸耸肩。

"是啊，很多。"

"其中一个……哪个男孩是著名的意外之子？"

德鲁伊移开目光。

"杰洛特，我不能……"

"因为卡兰瑟？"

"当然。你以为她会把孩子轻易交给你？你明白的，不是吗？她是个铁打的女人。我要告诉你一件事，我本不该说出口的。希望你能明白……另外，我希望你不要出卖我。"

"说吧。"

"那个孩子六年前出生时，卡兰瑟召见了我，命令我找到你，把你杀掉。"

"你拒绝了。"

"没人能拒绝卡兰瑟。"莫斯萨克直视他的双眼，严肃地回答，"我本来已经准备出发了，她却把我叫了回去，二话没说撤销了命令。你跟她说话时要谨慎。"

"我会的。告诉我，莫斯萨克：多尼和帕薇塔出了什么事？"

"他们从辛特拉坐船去史凯利格群岛，途中意外遭遇风暴。那条船连块木片都没剩下。杰洛特……问题在于，孩子莫名其妙没跟他们上船。这点令人费解。他们本想带孩子一起，但在最后一刻改了主意。

没有人知道原因。帕薇塔一直跟孩子形影不离……"

"卡兰瑟怎么挺过来的？"

"你觉得呢？"

"我懂了。"

孩子们大喊大叫，爬上沟顶，就像一群吵嚷的侏儒。杰洛特注意到一个小女孩，跟那些男孩一样瘦小、吵闹，留着金色发辫，跑在那群孩子前面。孩子们一声呼喊，顺着沟渠的陡坡再度滑下。至少半数孩子跌倒在地，包括那个女孩。最小的孩子还是跟不上大部队，他在滑落过程中翻了几个跟斗，摔倒在沟渠最底部。他揉着擦伤的膝盖号啕大哭。其他男孩袖手旁观，嘲笑几声，继续玩闹去了。女孩跪在男孩身边，抱住他，帮他擦干痛苦的眼泪，抹去他脸上的灰尘和污泥。

"走吧，杰洛特。王后在等你。"

"好的，莫斯萨克。"

◀━━▶

卡兰瑟坐在有靠背的木制长椅上，椅子用铁链悬在一棵无比高大的椴树枝头。她好像正在打盹儿，但时不时轻轻蹬一下腿，让秋千继续摇晃。三个年轻女子陪在她身边。其中一个坐在秋千旁的草地上，衣裙铺在青草间，化作碧绿丛中一抹洁白，像一片雪花。另外两个在稍远处，一边摘草莓，一边争论着什么。

"陛下。"莫斯萨克鞠躬行礼。

王后抬起头。杰洛特跪了下去。

"猎魔人。"她冷冷地说。

跟从前一样,王后戴着同她的绿色衣裙与眸色很相配的祖母绿首饰。跟从前一样,一顶纤细的金冠围着她的淡灰色长发。而她的双手,他记忆中那双洁白纤细的手,却没以前那么纤细了。卡兰瑟发福了。

"向您致敬,辛特拉的卡兰瑟。"

"欢迎你,利维亚的杰洛特。起来吧,我正在等你。莫斯萨克,麻烦你陪女孩们回城堡吧。"

"遵命,王后。"

只剩下他们两个。

"六年了。"卡兰瑟的脸上没有丝毫笑意,"你真是准时得可怕,猎魔人。"

他未置一词。

"有时候,不,这几年间,我一直欺骗自己,以为你会忘记,或会有其他理由阻止你前来。我不希望你遭遇不幸,但我确实考虑到你背负的巨大职业风险。利维亚的杰洛特,据说死亡与你如影随形,不过你从不回头张望。然而……帕薇塔……你已经知道了吧?"

"是啊。"杰洛特垂下头去,"致以我最诚挚的哀悼……"

"不必了。"她打断他的话,"那是很久以前的事了。你也看到,我已经不穿丧服了。我穿得够久了。帕薇塔和多尼……他们直到最后都在一起,所以我又怎能否定命运的力量呢?"

他们陷入沉默。卡兰瑟蹬蹬脚,让秋千摆动起来。

"猎魔人在约定的时间回来了。"她缓缓说着,唇角现出一抹古怪的微笑,"他回来了,还要求我遵守誓言。你怎么想,杰洛特?说不定这次碰面会被歌手们记录下来,传颂一百年。不同的是,他们会修饰细节,让整个故事既感人又煽情。没错,他们知道该怎么做。我能想象出来。就像这样：于是，残忍的猎魔人终于说道：'请遵守您的誓言吧，王后，不然我的诅咒将降临到您身上。'王后跪倒在猎魔人脚边，哭喊道：'发发慈悲吧！不要从我身边带走那个孩子！没了他，我将一无所有！'"

"卡兰瑟……"

"请别插嘴。"她冷冷地回答，"你没注意到我正在讲故事吗？仔细听好：残忍又凶狠的猎魔人跺着脚，挥舞手臂，大喊道：'听着，你这背信弃义的女人。你不遵守誓言，就别想逃脱惩罚。'王后应道：'如你所愿，猎魔人。我们就按命运的吩咐去做吧。看那边，十几个孩子正在玩耍，找出注定属于你的那一个。带走那个孩子，别再打扰我破碎的心了。'"

猎魔人沉默不语。

"在故事中，"卡兰瑟的笑容越来越可怕，"我猜想，王后给了猎魔人三次机会。但我们并非活在童话故事中，杰洛特。我们真实存在，你和我，还有我们面对的问题。这就是我们的命运。这不是故事，而是人生。残忍、艰辛、令人厌恶的人生，充满错误与偏见、遗憾与痛苦，无论猎魔人还是王后都无法逃避。正因如此，利维亚的杰洛特，你只有一次机会。"

猎魔人依然不为所动。

"只有一次。"卡兰瑟重复道，"我已经说了，我们不是故事里的角色，这是实实在在的人生，而我们必须寻找属于自己的片刻快乐，因为你知道，我们没法期待快乐的结局。正因如此，无论你怎么选择，都不会空手离开。你可以带走一个孩子。无论你选的是哪一个，你都可以把他培养成猎魔人……当然了，前提是他能通过草药试炼。"

猎魔人猛地抬头。王后仍在微笑。他清楚她的微笑，可怕又恶毒，充满轻蔑，毫不掩饰自己的用心。

"我让你吃惊了？"她说，"我作过调查。毕竟帕薇塔的孩子有可能成为猎魔人，所以我在这方面花了点精力。但我的消息来源没法告诉我，通过草药试炼的孩子究竟能占多大比例。你能满足一下我的好奇心吗？"

"王后陛下，"猎魔人清清嗓子，"既然花了这么多心力去调查，那想必您也知道，猎魔人的守则和誓言不准我泄露相关信息，更别提与人谈论了。"

卡兰瑟把鞋跟踩进地面，猛地止住秋千。

"十个里大概三个，最多四个。"她点点头，装出专心思考的样子，"我知道，每一阶段的筛选都非常严格。先是选择，然后是试炼，最后是改变。有多少孩子能最终得到徽章和银剑？十分之一？二十分之一？"

猎魔人保持沉默。

"这件事我想了很多。"卡兰瑟不再微笑，继续说道，"我得出结论：选择的方式是最次要的。哪个孩子会因服药过量死去或发疯又有什么重要？谁的心智会被摧毁，谁会被幻想吞噬，谁的眼睛没能变成猫眼而是直接炸开，这些又有什么重要？既然他们必须死在血泊或呕吐物中，那他究竟是不是被上天选中的又有什么区别？你告诉我。"

猎魔人将双臂抱在胸前，免得双手颤抖。

"何必呢？"他问，"你真指望我会回答？"

"不，我不指望。"王后又露出微笑，"你的结论还像从前那样精准无误。可谁知道呢？也许我会宽容地挤出一点点注意力，聆听你真诚而坦率的话语。你说的话——你一定不会说吗?——也许还会减轻你灵魂的重担。不想回答也无妨,现在就去挑选孩子吧,猎魔人,也好为歌手提供素材。"

"卡兰瑟,"他直视王后的双眼,"歌手跟我们有什么关系?就算他们没有素材可写,也可以自己编造。就算得到真实的信息,你也清楚他们会如何加以歪曲。您说得对,这不是童话,而是人生,令人厌恶又残忍的人生。所以,看在瘟疫和霍乱的分上,我们必须活得体面,并尽可能减少对他人的伤害。在故事里,王后会向猎魔人哀求,他也必定会用跺脚作为回答。而在现实中,王后只需说:'别带走这个孩子,求你了。'猎魔人便会回答:'既然您坚持,王后陛下,那就如您所愿。'他会在黄昏重新踏上旅途。这就是人生。如果歌手讲这种故事,听众连一个子儿都不会赏他,说不定还会踢他一脚,因为实在太无聊了。"

卡兰瑟止住微笑。他在她眼中看到一丝别样的光芒。

"所以呢?"她咆哮道。

"咱们别再闪烁其词了,卡兰瑟。你知道我在想什么。我空手前来,也会空手离开。挑个孩子?你把我当成什么了?你以为这对我真的很重要?你以为我来辛特拉,满脑子只想着如何从你身边夺走那个孩子?不,卡兰瑟。我只想看看那个孩子,直视命运的双眼……或许还有些我并不清楚的理由……不用担心,我不会带走孩子。你只需要请求……"

卡兰瑟猛地跳下秋千,双眼闪着绿色的寒光。

"请求?"她愤怒地咆哮道,"求你?你以为我害怕了?怕你这该死的猎魔人?你竟敢如此轻蔑地向我施舍同情?竟敢用高高在上的态度侮辱我？你是在谴责我的懦弱！是在违背我的旨意！我对你的和善纵容了你的傲慢？留神你的嘴巴！"

猎魔人决定还是不要耸肩。这个时候，拜倒在地要更谨慎些。他也这么做了。

"很好！"卡兰瑟咆哮着站到他身前，挥舞双臂，戴着戒指的双手紧攥成拳，"你终于开窍了。这个姿势更合适你。当王后询问时，就该用这种姿势回答。如果我给你的不是问题而是命令，你就应深鞠一躬，然后马不停蹄地去照办。明白吗？"

"明白，王后陛下。"

"好极了。起来吧。"

他站起身。她看着他，咬住嘴唇。

"我的怒气没冒犯到你吧？内容姑且不论，我指的是语气。"

"没有。"

"很好。我会尽量不再发火。我说了，那条沟里有十几个孩子在玩耍。选个你认为最合适的吧。带上他，看在诸神的分上，让他成为猎魔人，因为这就是命运的旨意。就算不是，也是我的旨意。"

他看着她的双眼，深鞠一躬。

"王后陛下，"他说，"六年前，我让您明白一件事：世上有些东西，比王室的旨意更强大。看在诸神的分上，只要这样东西确实存在，我会再次向您证明。您不能违背我的意愿强迫我做决定。内容姑且不论，请原谅我的语气。"

"我的城堡深处有许多牢房。我警告你：敢再磨蹭，敢再多说，你就进去慢慢烂死好了。"

"沟渠那边玩耍的孩子，没一个适合当猎魔人。"他慢慢地说，

"而且帕薇塔的儿子不在其中。"

卡兰瑟眨眨眼,但没有丝毫动摇。

"来吧。"她终于开口,转过脚跟。

他跟着她穿过花丛、花圃和树篱。王后走进一座洒满阳光的凉亭。四张藤椅围着一张孔雀石桌,条纹桌面由四只面目狰狞的狮鹫兽雕像撑起,桌上放着一把大酒壶、两只小酒杯。

"坐下,倒酒吧。"

她豪爽地大口喝酒,像个男人。他也喝了一大口,但站立不坐。

"坐下。"她重复道,"我想跟你聊聊。"

"我在听。"

"你怎么知道那些孩子里没有帕薇塔的儿子?"

"我不知道。"杰洛特决定说实话,"只是随口一说。"

"啊?我早该猜到的。但你说他们都不适合当猎魔人,这是真话吗?你怎么知道的?用魔法?"

"卡兰瑟,"他轻声回答,"我既不能承认,也不能否认。你早先说的确实是事实:每个孩子都有资格,但决定结果的是试炼。"

"用我亡夫的话讲——看在海洋诸神的分上!"她高声说着,大笑起来,"全是假的?包括意外律?出乎所有人意料的孩子,会在指定时间带走孩子之人?跟我想的一样!这只是个游戏!一个关于机会和命运的游戏!但这一切太危险了,杰洛特。"

"我知道。"

"这个游戏会带来伤害。告诉我,为什么你要强迫那些父母和监护人做出如此艰难的承诺?为什么带走他们的孩子?孩子到处都是,你根本没必要这样。路上挤满了孤儿和流浪儿。随便哪个村子,花点儿小钱就能买个婴孩。作物青黄不接时，随便哪个农奴都乐意卖掉自己的孩子。他在乎什么呢？反正很快又会生一个。为什么要多尼、帕薇塔和我发下那种誓言？为什么要在孩子出生六年后准时出现？看在霍乱的分上，你现在怎么又不想要了？为什么告诉我，你不会带走那个孩子？"

杰洛特沉默不语。卡兰瑟点点头。

"你不回答。"她整个人靠向椅背，得出结论，"你想用沉默向我陈明原因。逻辑是所有知识之母，她会就此事给出怎样的意见？我们面临的是怎样的状况？一位猎魔人，追寻着古怪而又不可信的意外律中隐藏的命运。这位猎魔人发现了命运，却又突然放弃，说他不再想要这个意外之子。他的表情始终冷漠，嗓音也冷冰冰，就像玻璃与金属。这位猎魔人认定王后毕竟只是个女人，会轻易被人欺骗，并最终被他的男子气概折服。不，杰洛特，别再等我自己示弱了。我知道你为什么放弃孩子。你之所以放弃，是因为你不相信命运，因为你自己也不确定。而你不确定时……恐惧便会露头。没错，杰洛特，恐惧既是你的动力，也是你的负担。尽管否认吧。"

他将杯子缓缓放上桌面，免得白银磕碰孔雀石的响声暴露手臂的颤抖。

"你不否认吗？"

"不否认。"

她俯过身，用力抓住他的手。

"你让我失望了。"她欢快地笑起来。

"我也不想。"他大笑着回答，"但卡兰瑟，你是怎么猜到的？"

"我没猜到。"她没放开他的手，"只是随口一说。"

二人同声大笑。

笑声渐渐止歇。在一片翠绿中，在浆果的香气里，在热浪与蜜蜂的嗡鸣之下，他们陷入沉默。

"杰洛特？"

"怎么，卡兰瑟？"

"你真的不相信命运？"

"我不知道自己相信什么。说到命运……我想命运还不够，还需要别的东西。"

"那我必须问你一个问题：你的来历又怎么说？听说你也是意外之子。莫斯萨克说……"

"不，卡兰瑟。莫斯萨克有不同的考虑。莫斯萨克无疑知道真相……但他只在对自己有利时才会宣扬这类传说。我不是什么父亲回家意外发现的孩子，也不是因为这种理由才成为猎魔人。我只是个普普通通的孤儿，卡兰瑟，是我母亲不想要的孩子。我对她毫无印象，但我知道她是谁。"

王后竖起耳朵听，但杰洛特没再说下去。

"那些关于意外律的故事也只是传说？"

"都是。说到底，谁又分得清巧合与命运？"

"可你们，猎魔人，却始终在追寻命运。"

"的确。但这么做毫无意义。半点都没有。"

"你们相信命运之子能安然通过试炼？"

"我们相信这种孩子不需要试炼。"

"还有个问题，杰洛特，相当私人的问题。介意吗？"

他点点头。

"众所周知,想把天赋传给下一代,最自然的方法反而最好。既然你们要找拥有这种品质和力量的孩子,那干吗不去找个女人……我有点失礼,对吗?但在我看来,我似乎说出了关键。"

"一针见血。"他露出悲哀的微笑,"一如既往地精准,卡兰瑟。您确实说出了关键。但您的提议,我们无法办到。"

"请原谅。"她的微笑消失了,"说到底,这只是普通人的做法。"

"猎魔人不是人类。"

"哦?这么说,猎魔人不能……"

"不能。卡兰瑟,草药试炼很可怕。而在改变阶段,发生在男孩身上无可挽回的变化更可怕。"

"别再哀叹你的命运了。"她抱怨道,"这可不像你。遭遇了什么并不重要,我能清楚地看到你成为了怎样的人。如果我确信帕薇塔的孩子会变成你这样,那我片刻都不会犹豫。"

"风险也很大。"他连忙补充道,"正如您所说:十个只有四个能存活。"

"活见鬼!难道只有试炼才危险?只有未来的猎魔人才会冒险?人生充满危险,杰洛特。人生也由变数主宰:事故、疾病、战争。对抗命运也许同放弃命运一样危险。杰洛特……我很想把孩子交给你,但……我又很担心。"

"我不会接受。这个责任太过重大,我也不愿承担。我不希望这孩子提起你时,就像我说起……"

"杰洛特,你恨那个女人吗?"

"我母亲?不,卡兰瑟。我怀疑她根本没得选……或者她没有发言权?不,她有得选……她有那么多配方和药物。每个女人都可以做出这种选择，神圣而不可侵犯。情感在这时候并不重要。她有得选，她也作出了选择。但我想，如果我见到她，她脸上的表情……会不会让我有种报复般的快感。你应该明白我的意思。"

"再明白不过。"她露出微笑，"但你们见面的机会实在渺茫。我猜不出你的年纪，猎魔人，但我怀疑你比看上去老得多。所以那个女人……"

"那个女人，"他打断她，"看起来肯定比我年轻得多。"

"她是个女术士？"

"对。"

"有意思。我记得女术士不能……"

"她肯定也是这么想的。"

"毫无疑问。但你说得对……还是别讨论女人做决定的权利了。这不是眼下的重点。回归主题，你不会带走孩子？你决定了？"

"决定了。"

"万一……命运并不是传说呢？如果它真的存在，你不怕它会复仇？"

"就算复仇，它也只会找我。"他平静地回答，"我会单独与之对抗。你已经履行了你的职责。如果命运不只是传说，我应该会从那些孩子中间找出意外之子。帕薇塔的孩子在其中吗？"

"在。"卡兰瑟缓缓点头，"你真想直视命运的双眼？"

"不想。我也不在乎了。我收回我的要求，放弃那个男孩。既然我不相信命运，又怎能窥见命运的真容呢？在我看来，要让两个人建立联系，光有命运还不够，还需要别的东西。难道该像瞎子一样听从命运的摆布？那样太天真、太愚蠢了。我鄙视所谓的命运。我决心已定，辛特拉的卡兰瑟。"

王后站起身，面露微笑。杰洛特猜不出她的笑容下隐藏着什么。

"你看着办吧，利维亚的杰洛特。也许你的放弃也是命运的安排，至少我这么想。如果你选对了孩子，被你嘲笑的命运没准会反过来残忍地嘲笑你。"

他在那双碧眼里看到了讽刺。她的脸上仍然挂着令人费解的微笑。

凉亭旁长着一丛玫瑰。杰洛特折下一朵花，跪倒在地，低垂着头，双手奉上。

"真遗憾没能早些认识你，白发猎魔人。"她接过那朵玫瑰，"起来吧。"

他站起身。

"如果你改变了主意。"她闻闻那朵花，"如果你决定……就回辛特拉来。我会等你。你的命运也会在这儿等你。也许不会永远等下去，但至少会等上一阵子。"

"再会了，卡兰瑟。"

"再会了，猎魔人。自己小心。我……有种……奇怪的感觉……这可能是我最后一次见你。"

"再会了，王后陛下。"

五

杰洛特苏醒过来，惊讶地发现大腿的刺痛已然消失，肿胀也减轻了不少。他想用双手确认，却抬不起手。可怖而冰冷的焦虑像鹰爪一样攫紧了他的心，随后他才明白，原来是沉重的毛毯妨碍了他。他舒展手指，无声地重复一句话：不，不，我没有……

瘫痪。

"你醒了。"

这是陈述而非提问，嗓音清澈而甜美。是个女人。肯定是个年轻女人。他转过头，嘟囔着想要起身。

"别动。别这么急。伤口疼吗？"

"呜……"黏住的嘴唇总算分开了，"不。只是背……痛。"

"是褥疮。"轻柔的女低音冷冷地诊断道，"交给我吧。来，喝了。放松，慢慢喝。"

药剂的味道和气味像极了杜松。老把戏了，他心想。用杜松或薄荷掩盖真正的成分。他尝出了科萨塔瑞草，或许还有扣心草。没错，扣心草能中和毒素，并清除血液中的坏疽和感染。

"喝吧，全喝完。慢点儿，别呛着。"

他的徽章微微颤抖，说明这药水中还蕴含着魔法。他费力地睁大瞳孔，抬起头，好看得更清楚些。那是个身材纤细的女子，打扮得像个男人，瘦削而苍白的面孔在黑暗中闪着光。

"我们在哪儿？"

"焦油匠的林间空地。"

浓浓的树脂味在空中飘荡。杰洛特听到营火旁传来说话声。有人又往火里丢了些枯树枝。在噼啪声中，火势旺盛起来。他借着火光再次望向她。她的头发用蛇皮带束在脑后。她的头发……

喉咙和胸口传来一阵令人窒息的痛楚，他不由攥紧双拳。

她的头发红得像火。在火光映照下，看起来就像朱砂。

"疼吗？"她没能完全看透他的感受，"稍等……"

她的手传来一阵暖意，像一团火，沿背脊往下滑，直到臀部。

"翻个身。"她说，"但别用力。你太虚弱了。嘿！谁来搭把手？"

营火那边传来脚步声，他看到模糊的人影。有人弯下腰，是尤尔加。

"大人，觉得怎么样？好些了吗？"

"帮我一把，让他翻个身。"女人说，"当心，慢点儿……对……很好。谢谢。"

杰洛特趴在毛毯上，看不到她的目光。他冷静下来，止住双手的颤抖。她察觉到了他的感受。杰洛特听到她包裹里的瓶瓶罐罐丁当作响，听到她的呼吸声，身侧也感觉到她的温暖。她跪在他身旁。

"我的伤，"他打破了难以忍受的沉默，"很难处理吗？"

"是啊，有点儿。"她的语气带着一丝冷酷，"咬伤通常都这样。这种伤最严重。但你肯定早就习惯了，猎魔人。"

她知道。她看透了我的想法。她会读心？我知道原因了……她在害怕。

"是啊，对你来说不算新鲜事。"她说着，又开始摆弄玻璃器皿，"我看到你身上还有别的伤口……但我应付得了。你知道的，我是女术士……也是个医师。这是我的专长。"

果然，我没猜错，他心想，但不置可否。

"说回你的伤口。"她平静地续道，"想必你知道，你的脉搏比普通人慢上四倍，这点救了你的命，不然我敢说，你根本活不下来。我看到你腿上包着东西，看着像绷带，但效果实在不理想。"

杰洛特仍旧沉默不语。

"然后，"她把他的衬衫掀到脖子的位置，"你的伤口感染了，对咬伤来说，这很常见。幸好已经控制住了。当然了，你的猎魔人药剂起到相当大的作用。但我还是不明白你干吗要服用致幻剂。我听到你在说胡话，利维亚的杰洛特。"

她读了我的心，他心想，她真的读了我的心。除非尤尔加把我的名字告诉了她。或是在黑鸥药剂的影响下，我在梦里自己说了出来。鬼知道是怎么回事……但我的名字毫无意义。毫无意义。她不知道我是谁。她完全不清楚我是谁。

他感觉到，她把冰凉舒适、散发强烈樟脑味道的油膏抹在他背上。她的手小巧而柔软。

"请原谅，我现在只能用传统疗法。"她说，"我本可以借助魔法除去你的褥疮，但给你治疗伤口太耗精力，而我现在不太舒服。我包扎好你的腿，尽可能做了治疗，你已经没有生命危险了。这两天好好躺着。就算用魔法修补的血管也可能破裂，导致大量出血。当然了，伤疤还是会留下来。你又有了新收藏。"

"多谢……"他把脸贴近毛毯，好让声音含糊不清，以此掩盖不自然的语气，"你救了我，能否赐教高姓大名？"

她不会告诉我的，他心想，或者会选择撒谎。

"我叫薇森娜。"

我就知道，他心想。

"我很荣幸。"他缓缓地说，脸颊依然贴着毛毯，"能遇见你真是太好了，薇森娜。"

"碰巧而已。"她冷冷地回答，帮他重新穿好衬衣，盖上毛毯，"边境关卡的税务官派信使过来，告诉我有人需要帮助。只要有人需要，我就会赶去。这是我的怪癖。听着：我把油膏交给这位商人，让他每天早晚帮你涂一次。他说你救了他的命,乐意为你效劳。"

"那我呢,薇森娜?我该如何感谢你?"

"别跟我提这个。我从不收猎魔人的钱。你可以看做行业互助,还有同情。说到同情,希望你再听我一条建议,或者叫医嘱:别再服用致幻剂了,杰洛特。致幻剂没有任何疗效,什么也治愈不了。"

"谢谢,薇森娜,谢谢你的帮助和建议。你所做的一切……我深表感激。"

他从皮毛下伸出手,碰了碰医师的膝盖。膝盖在发抖。她握住他的手,轻轻揉捏。杰洛特小心地抽出手,抓住她的前臂。

不用说,那是属于年轻女孩的光滑皮肤。女术士颤抖得更加厉害,但没抽回手臂。他摸索到那只属于年轻女孩的手,紧紧攥住。

他脖子上的徽章不安地颤抖起来。

"谢谢,薇森娜。"他重复一遍,尽量压住颤抖的嗓音,"能见到你真是太好了。"

"只是碰巧……"她再次答道。这一次,语气不再冷漠。

"也许是命运?"他惊讶地发现,他的紧张和焦虑消失得无影无踪,"薇森娜,你相信命运吗?"

"嗯。"过了好一会儿,她才答道,"相信。"

"那你是否相信,"他续道,"被命运束缚的人注定会相遇?"

"相信……你在干吗?别翻身。"

"我想看看你的脸……薇森娜。我想看看你的眼睛。你……也可以看着我的眼睛。"

她好像要起身,但最后还是没离开。杰洛特缓缓翻过身,疼得龇牙咧嘴。光线太亮,有人往火里添了太多柴。

女术士没动,只是把脸转向侧面。猎魔人注意到,她的嘴唇在颤抖。她紧紧攥住他的手。

杰洛特仔细打量她。

他们没有相似之处。她的侧脸和他截然不同。小巧的鼻子,纤细的下巴。女人一言不发,最后身子前倾,对上他的目光。他们的双眼离得很近。二人都沉默不语。

"你觉得我这对儿改造过的眼睛如何?"他平静地问,"这可不太常见……薇森娜,你知道猎魔人如何改造双眼吗?你知不知道,不是每次改造都能成功?"

"别说了。"她柔声道,"别说了,杰洛特。"

"杰洛特……"他突然觉得心里有什么东西碎了,"那是维瑟米尔给我的名字。利维亚的杰洛特!我甚至学会了模仿利维亚的口音。也许是为满足内心的归属感吧,就算这感情是虚构出来的也罢。维瑟米尔……告诉了我你的名字,还向我透露了你的身份。尽管他不太情愿。"

"闭嘴,杰洛特,闭嘴。"

"今天你告诉我,说自己相信命运。当时你是不是已经相信了?是啊,一定是。你早知道命运会安排我们会面。尽管如此,我必须指出一点:你并没有为这一天做出太多努力。"

女人依然一言不发。

"我经常想象……我们见面时我会说什么。我考虑过该问你什么问题。我以为我会有种报复般的快感……"

一滴泪珠清晰地出现在医师的脸颊。杰洛特的嗓子绷紧了。他又累、又困、又虚弱。

"等到白天……"他喃喃道,"明天,在阳光下,我会看着你的双眼,薇森娜……问出那个问题。也许我不会问,因为为时已晚。这也是命运吗?我想是,叶说得对。光臣服于命运还不够,还需要别的东西……等到明天,我会看着你的双眼……在阳光下。"

"不行。"她柔声答道,丝绒般的嗓音唤起一层层早已遗忘、却仍然深藏的记忆。

"如果,"他反驳道,"如果我想……"

"不行。睡吧。等你醒来,就不会胡思乱想了。在阳光下看着我的眼睛又能怎样?能改变什么?我们没法让时光倒流,什么也改变不了。杰洛特,问我那个问题又有什么意义?我不知该怎么回答,那真会让你有种报复般的快感吗?你真希望我们伤害彼此?不,还是不要看着彼此的眼睛了。睡吧,杰洛特。私下说一句,根本不是维瑟米尔擅自向你透露了我的名字。虽然这什么也改变不了,也无法抹消过去,但我也希望你知道。别了,照顾好你自己。不要来找我……"

"薇森娜……"

"不行,杰洛特。你该睡一觉。至于我……我只是你的一场梦。再见。"

"不,薇森娜!"

"睡吧!"她用丝绒般的声音吟诵道。这声音击溃了猎魔人的意志,将之撕得粉碎。

"睡吧。"

杰洛特陷入梦乡。

六

"尤尔加,我们到外利维亚了?"

"昨天就到了,杰洛特大人。我们很快就到雅鲁加河了,过了河就是我家。瞧啊,就连马都走得更快了,脑袋直向前伸。它们闻到了谷仓和屋子的味道。"

"屋子……你家在城墙里?"

"不,在城墙外。"

"有意思。"猎魔人四下张望,"这儿完全看不到战争的痕迹。可人们说这个国家遭到严重的破坏。"

"是啊。"尤尔加说,"当时这儿什么都缺,就是不缺废墟。您仔细看:几乎每栋屋子、每道墙壁,都是新造的。您看,河对岸情况更糟,大火把那边烧成了白地……战争归战争,可日子总得过啊。黑色大军经过时,我们每天都痛苦不堪。他们看上去想让每块土地都变成沙漠。很多逃走的人再也没回来,新来的人就在他们的屋子里住下。生活还得继续。"

"说得对。"杰洛特低声道,"生活总得继续。无论过去如何,都必须活下去……"

"说得太对了。好了!您看,我帮您把裤子缝好了,跟新的一样。就像这片土地,杰洛特先生。战争撕裂了它,马蹄践踏了它。它鲜血淋漓,伤痕累累。但这片土地终将复苏,重新变得肥沃。死尸会为土壤增添养料,虽然田野间散落的骸骨和铠甲会给耕种增加麻烦,但大地终将战胜钢铁。"

"你就不怕尼弗迦德人……不怕黑色大军回来？他们已经知道穿过群山的道路……"

"当然怕，我们生活在恐惧里。可我们又能怎么样？坐下大哭？瑟瑟发抖？不管发生什么，日子总得过啊。无论命运安排了什么，我们都没法逃避。"

"这么说，你相信命运喽？"

"怎么可能不信？在那座桥上相遇之时，您可是救了我的命啊！哦，猎魔人大师，我的克丽丝蒂黛会亲吻您的脚的……"

"别再说了。实际上是我欠你的人情才对。在桥上……我只是尽本分而已，尤尔加。我只是在做本职工作，为了酬劳保护人类，我的动机无关慈悲。尤尔加，你知道他们怎么说猎魔人吗？没人知道哪个更可怕……猎魔人，还是猎魔人杀死的怪物。"

"完全胡说八道，大人，我不明白您干吗说这种话。您以为我没长眼睛，什么都看不到？您跟那位医师是同一类人……"

"薇森娜……"

"她没告诉我名字。她知道我们需要她，于是二话不说找到我们，伸出援手。那天晚上，她才刚刚下马，就马上开始照顾您。哦，先生，她在您那条腿上花了太多精力。空气里满是魔法的味道，我们吓得逃进了森林。然后她的鼻子开始流血。看来施展魔法也不轻松。她为您包扎，动作那么精细，简直就像……"

"就像一位母亲？"杰洛特透过紧咬的牙关发问。

"没错没错，您说得对。等您睡着以后……"

"以后怎么了，尤尔加？"

"她的脸白得像纸，连站都站不稳，但还是在问有没有人需要帮助。她帮焦油匠治好被树砸伤的手，一个子儿都没收，还留下了药。我知道，杰洛特，世上有很多关于猎魔人和女术士的传闻，但这儿不同。我们住在上索登和外利维亚，我们了解真相。我们需要女术士，所以清楚她们的为人。我们的记忆刻骨铭心，不会受到歌手或流言的困扰。您在森林里也见到了。另外，我的大人，您懂的比我多。全世界都知道，不到一年前，这儿发生了一场战斗，您肯定也听说过。"

"我有一年多没回来了。"猎魔人低声说，"我去了北方。但我听说了……索登的二次战役……"

"是啊。您应该能看到那座小山和石头。从前，那座小山的名字很普通，就叫伞菇山，但现在全世界都知道，那儿叫术士山或十四人山。因为有二十二位术士加入了那场战斗，十四位死在那儿。当时战况非常惨烈，杰洛特大师。大地升起，空中降下暴雨，闪电劈下，满地都是尸体。但那些术士最终击败了黑色大军，消灭了操控他们的力量。其中十四个再也没能回来。十四位术士献出了生命……怎么了，大人？您没事吧？"

"没事。继续说，尤尔加。"

"战况非常惨烈，哦，要不是有小山上的术士，我们今天肯定没法站在这儿，站在通往我家的宁静小路上悠闲地谈话，因为这些都将不复存在，我也一样，或许还有您……是啊，我们都欠那些术士的。十四个人，为保护我们、为保护索登和外利维亚的人民而死。当然，其他人也参加了战斗：佣兵、贵族和农民，所有能拿起干草叉、斧子，甚至木桩的人……他们都展现出勇气，很多人死去了。但那些术士……对佣兵来说，战死沙场再自然不过，反正他们的人生也很短暂……但术士可以活很久很久。即便如此，他们依然没有犹豫。"

"没有犹豫。"猎魔人擦擦额头,重复道,"他们没有犹豫,我却在北方……"

"您没事吧,大人?"

"没事。"

"那就好……这儿的人时常到小山上献花,每到五月节,那儿的篝火会从早烧到晚。每年都这样。那十四位术士将永远活在人们的记忆里。活在记忆里,杰洛特大人,那……可就不只是活着了!"

"你说得对,尤尔加。"

"每个孩子都记得山顶石头上刻的名字。您不相信吗?听我说:又名雷比的埃克西尔、特莉丝·梅利葛德、亚特兰·柯克、布鲁加的范妮尔、沃尔的达格博特……"

"别说了,尤尔加。"

"大人,您没事吧?您的脸白得像死人。"

"没事。"

七

他缓缓爬上山去,动作小心翼翼,免得拉伤用魔法治好的筋腱和肌肉。尽管伤口已彻底愈合,但他依然谨慎,尽量不把全身的重量放到伤腿上。天气很热,青草的芬芳令他陶醉,让他头脑昏沉,但这感觉挺好。

石碑的位置不在山顶平地中央,而在下方一排尖锐的岩石后。如果杰洛特在日落前来到,那么每块岩石的影子落在石碑上的位置,都将精准地标示出一位术士在战斗中的朝向。他看向两旁,目光越过无垠而起伏的田野。就算那里还留有骸骨——这点他可以确信——也早已被茂盛的野草盖过。远处有只老鹰，平静地展开双翼，在高空翱翔：热浪凝固的景物中，只有它在活动。

石碑的底座相当宽大，至少四五个人才能合抱。不用魔法显然没法把它抬上来。石碑对着岩石的一面打磨得十分光滑。

碑上用符文刻着十四位阵亡的术士。

他缓缓走近。尤尔加说得没错，石碑底部放着常见的野花，有罂粟、羽扇豆、勿忘我……

特莉丝·梅利葛德，红棕色头发，生性乐观，常因不起眼的小事放声大笑，像个孩子。他喜欢她，她也喜欢他。

莫瑞维尔的劳德伯尔，杰洛特在维吉玛城差点跟他动手。因为有一天，他用旁人难以察觉的心灵传动法术操控骰子，结果被猎魔人揭穿。

丽塔·尼德，别名"珊瑚"。她的外号来自唇膏的颜色。她曾在贝罗恒王面前说过杰洛特的坏话，致使他被关在地牢整整一周。出狱后，他去找她讨个说法，结果莫名其妙地跟这漂亮女人上了床，缠绵一周之久。

老格拉茨想用一百马克换取检查他眼睛的机会，再用一千马克买下解剖他的权利。"不是非得今天。"他澄清道。

老格拉茨只等了三年。

杰洛特听到身后传来轻柔的沙沙声。他转过身去。

她光着脚，身穿简朴的亚麻裙，头戴一顶雏菊花冠，金发长发披散在肩头。

"你好。"他说。

她没回答,只用蔚蓝而冰冷的眼睛看着他。

杰洛特注意到,她的肤色并不黝黑。这点很怪,因为到了夏末,乡下女孩的皮肤通常都会被日头晒黑。她的面孔和裸露在外的肩膀透着淡淡的金色。

"你带花来了?"

她笑了笑,垂下双眼。他突然感到一阵寒意。她一言不发地从他身边走过,跪在纪念碑脚下,用手轻抚碑石表面。

"我从不带花。"她抬起头说,"这些花都是献给我的。"

他仔细打量她。她跪倒在地,身子挡住石碑上最后一个名字。在黑色底座的映衬下,女孩的身体仿佛在发光。

"你是谁?"他缓缓开口。

"你不知道?"

我知道,他看着那双冰蓝色的眸子,心想。*是的,我想我知道。*

杰洛特冷静下来。他能做的也只有冷静。

"我一直对您的长相很好奇,女士。"

"你不用给我这个头衔。"她冷冷地回答,"我们很多年前就认识了,不是吗?"

"我们确实认识很久了。"他承认,"他们说你总是与我如影随形。"

"我只是在走自己的路。可迄今为止你从未回头张望。刚才是你第一次回头。"

杰洛特沉默良久。他疲惫不堪,无言以对。

"我的死亡……会是怎样的?"最后,他冷冷地、不带任何感情地发问。

"我会牵着你的手。"她直视他的双眼,答道,"我会牵着你的手,带你穿过那片草地,穿过冰冷与潮湿的迷雾。"

"然后呢?迷雾前方是什么?"

"虚无。"她笑着回答,"然后只有虚无。"

"您和我如影随形,"他说,"杀死在我的路上出现之人。为什么?就为让我孤独一人,是这样吗?就为让我学会恐惧?告诉您实话吧。您一直让我惧怕。我不回头,是害怕看到您在我身后。我一直害怕,一直活在恐惧中,直到今天……"

"直到今天?"

"对。我们面对面,但我感觉不到焦虑。您带走了我的一切,也剥夺了我恐惧的能力。"

"那么,利维亚的杰洛特,你的双眼为何充满恐惧?你的手在发抖。你脸色苍白。为什么?你害怕看到石碑上第十四个名字?如果你想听,我可以告诉你。"

"不,没这个必要。我知道那是谁的名字。这是个封闭的圆环。咬住自己尾巴的蛇。所以,就这样吧。您和您的名字。那些花朵,献给您、也献给我的花朵。刻在底座上的第十四个名字,就是我在黑夜与白天,在冰雪、干旱与暴雨中始终铭记的名字。但我不想说出来。"

"不,你还是说吧。"

"叶妮芙……温格堡的叶妮芙。"

"但那些花是献给我的。"

"够了。"他勉强说道,"牵……牵着我的手吧。"

她站起身,朝他走近。杰洛特感到猛烈而刺骨的寒意。

"不是今天。"她答道,"有朝一日,我会带你走。但不是今天。"

"您已经夺走了我的一切……"

"不。"她打断他的话,"我什么都没夺走。我只会牵着你们的手,好让每个人都不会孤独,也不会在迷雾中走失……再见了,利维亚的杰洛特。有朝一日。"

猎魔人没有答话。她缓缓转身,踏入笼罩山顶的雾气。雾气模糊了一切,石碑、底座的花朵,还有十四个名字,全都消失不见。很快,周围只剩迷雾,只剩他脚下挂着璀璨露珠的青草。浓郁而芬芳的青草气息带来哀伤的氛围,让人想要遗忘,想就这么躺倒,不再思考……

"杰洛特大师!您怎么了?睡着了吗?我提醒过您,您的身体还很虚弱。您干吗爬到山顶上?"

"我睡着了。"他呻吟着,用手抹把脸,"看在瘟疫的分上,我睡着了……没事,尤尔加,只是因为天气太热……"

"是啊,今天确实很热……该继续赶路了,大人。来吧,我扶您下山。"

"我没事……"

"对,没事。我只是好奇,您怎么晃得这么厉害?看在瘟疫的分上,您干吗大热天的爬上山?您想看看那些名字?"

"没事……尤尔加……你真能记住纪念碑上的所有名字?"

"当然。"

"那我考考你的记性……最后一个。第十四个名字是?"

"您还真多疑。您什么都不相信吗?想确认我没撒谎?告诉您,就连孩子都能记起那些名字。您说最后那个?没错,最后一个,卡瑞亚斯的尤尔·格雷森。也许您认识她?"

"不。"他回答,"我不认识。"

八

"杰洛特大师?"

"怎么了,尤尔加?"

商人低下头,一阵沉默。他正帮猎魔人修补马鞍,细皮绳缠在手指上。终于,他站了起来,拍拍正在驾驶马车的男仆的后背。

"缰绳给我,普罗菲,我来赶车。杰洛特大师,坐到我旁边吧。你,普罗菲,还在这儿干吗?骑到马背上去!我们要谈话,不需要你在这儿偷听!"

洛奇在他们前方不远处,嘴里衔着把她拴到马车上的绳索。普罗菲骑匹小母马,沿路一阵小跑,让她很是羡慕。

尤尔加咂吧一下嘴,轻轻甩甩缰绳。

"呃。"他慢吞吞地说,"情况是这样,大人。我答应过您……当时,在桥上……我发过誓……"

"忘了它吧。"猎魔人匆忙打断,"忘了吧,尤尔加。"

"我不能忘。"商人坦率地回答,"我向来说到做到。等我带您回到我家,一定要把在我家出现、我又不知情的东西交给您。"

"算了吧。我不想收你任何东西。我们两清了。"

"不,大人。如果我真在家里发现那样东西,那就是命运的征兆。如果您嘲笑命运,如果您想欺骗它,它可不会让您好过。"

我知道,猎魔人心想。*我知道。*

"可是……杰洛特大师……"

"怎么了,尤尔加?"

"我不会在家里看到任何我不知情的东西,一件都不会有,更别提您想要的东西了。听我说,猎魔人大师:我妻子克丽丝蒂黛已经没法生育了,无论如何,我家里不会有新生的婴儿。您犯了个错误。"

杰洛特没有答话。

尤尔加也沉默不语。洛奇喷着鼻息,晃晃脑袋。

"但我有两个儿子。"尤尔加看向面前的道路,飞快地说,"两个健康的儿子,体格健壮,头脑也算好使,都到了当学徒的年纪。我希望其中一个跟我学做买卖,另一个……"

杰洛特仍旧保持沉默。尤尔加转过头,看着他说:"您怎么看?您在桥上要我立下誓言,是为得到一个孩子,对吧?我有两个儿子,让其中一个学习猎魔人的技艺吧。他们做的都是好事。"

"你真觉得,"杰洛特低声说,"我们做的都是好事?"

尤尔加眨眨眼。

"为民除害,救人性命,在您看来不算好事吗?就像山上那十四个人,就像桥上的您。您所做的,是好事还是坏事呢?"

"我不知道。"杰洛特费力地开口,"我不知道,尤尔加。有时我以为自己知道。但有时,我又会怀疑自己。你希望自己的儿子面临这样的疑惑?"

"为什么不呢?"商人严肃地回答,"为什么不能有疑惑?人都会疑惑,而且有好处。"

"什么?"

"我是说疑惑。杰洛特大师,只有坏透的人才不会疑惑。而且没人能逃脱自己的命运。"

猎魔人没有答话。

大路旁边是高高的山崖，还有奇迹般生长在崖顶的歪脖子桦树。树叶已经发黄。秋天要回来了，杰洛特心想，又是一年秋天。山崖下的河面闪闪发光。他的目光越过一道新近粉刷过的围栏，看到几栋房子的屋顶，还有码头打磨光滑的支柱。

绞盘嘎吱作响。

渡船掀起波浪，径直驶向岸边。粗钝的船首分开河水，推开水面上蒙着一层尘土的青草和树叶。绳索在船夫手中呻吟。聚在岸边的人群骚动起来：女人叫喊，男人咒骂，孩童号啕，还有牛、马和羊羔的叫声。一首单调而低沉的恐惧之歌。

"退后！让道！退后，该死的！"有个骑士吼道，他的头上裹着一块血淋淋的破布。

他的马站在及腹深的水里，恼火地抬起前蹄，扬起水花。码头上传来尖叫和呼喊。手持盾牌的士兵推开人群，用矛柄末端四下乱戳。

"离渡船远点儿！"骑士挥舞手中的剑，大喊道，"军队有优先权！退后，不然人头落地！"

杰洛特拉住缰绳，勒停马匹。她在悬崖边缘晃晃脑袋，跺了跺脚。

山谷底部，一群全副武装的士兵正朝渡口行军。沉重的武器和铠甲掀起一团厚重的尘云，甚至飘到前方盾牌兵的脚下。

"杰——洛——特——！"

猎魔人低头看去。有个身穿樱桃色外套、帽子饰有白鹭羽毛的瘦削男人正冲他打招呼。那人站在一辆废弃在路边的货车上，车里装满木笼。嘎嘎嘎,咯咯咯,笼里的鸡和鹅不停地啼叫。

"是我,杰——洛——特——!"

"丹德里恩!过来!"

"离渡船远点儿!"码头上,头裹绷带的骑士仍在大吼大叫,"码头现在是军队专用!你们这群癞皮狗,想到对岸就拿上斧子去森林,给自己造条筏子!渡船是军队专用!"

"杰洛特,看在诸神的分上。"诗人从山谷侧面绕上来,樱桃色的外套上全是雪白的家禽羽毛,气喘吁吁地说,"你看到了吗?索登王国打输了,他们撤退了。撤退?我在说什么?应该是溃散……彻底地溃败!我们必须离开这儿,杰洛特,到雅鲁加河对岸去……"

"丹德里恩,你来这儿干吗?你从哪儿来?"

"我在这儿干吗?"吟游诗人大吼,"你还看不出来吗?我在跟其他人做一样的事。我昨天驾着马车颠簸一整天!结果到晚上,有个狗娘养的偷了拉车的马!求求你,杰洛特,带我离开这儿!尼弗迦德人随时可能赶到!没逃到河对岸的人全会被屠杀。屠杀,你明白吗?"

"别担心,丹德里恩。"

下方传来被推上渡船的马儿的嘶鸣、马蹄踩踏木板的声音、人群的尖叫和骚动声、落水的马车溅起的水花声,还有把脑袋伸出水面的牛的哞哞声。杰洛特看到,漂在河面的板条箱和成捆的干草撞上渡船船壳,顺水远去。周围只有叫嚷和咒骂。山谷升起一阵尘云,其中传来清晰的马蹄声。

"一个一个来!"头绑绷带的骑士纵马闯进人群,大吼道,"按顺序,你们这群狗娘养的!一次一个!"

"杰洛特,"丹德里恩抓住马镫,呻吟道,"你知道结果会怎么样吗？我们永远别想坐上渡船了。那些士兵渡河以后，会把船烧掉，免得被尼弗迦德人弄去。这是他们的一贯做法，对吧？"

"说得对。"猎魔人赞同道，"通常是这样。可我还是不明白，他们干吗这么恐慌！没见过打仗吗？通常来说，王家部队会打一场，然后国王们会达成协议、签署条约，在酒席上喝个烂醉。这些根本不关码头上那些人的事！这场混乱究竟是怎么回事？"

丹德里恩不敢放开马镫，直视猎魔人的面孔道："杰洛特，你的消息显然不太灵通啊，竟然毫不知情。这可不是普通的战争，不是为了争夺继承权或某块土地的归属。我们面对的不是两位贵族老爷吵架，要是那样，满脑子只知种地的农夫只会冷眼旁观。"

"那是什么？请为我指点迷津，因为我真的摸不着头脑。私下说一句，我也不是特别感兴趣，但还是请你解释一下。"

"这是一场独特的战争。"吟游诗人严肃地解释道，"尼弗迦德大军所到之处，只剩荒地和尸体。遍地尸体。这是一场单为杀戮而打的仗。尼弗迦德人憎恨一切，其残忍程度……"

"哪场战争不残忍？"猎魔人插嘴道，"你在夸大其词，丹德里恩。好比烧掉渡船，这是他们的做法……或者说，军队的传统。从世界诞生之日起，军队就会杀人、抢劫、放火和强奸，直到今天一直如此。从世界诞生之日起，一旦战争爆发，农夫就会携家带口、带着能拿走的财物躲进森林，等冲突结束再回家……"

"可这场战争不同，杰洛特。这场战争结束后，没人能回家。他们无家可归。尼弗迦德人只会留下瓦砾。他们的大军像熔岩一样滚滚向前，没人可以逃脱。路边散布着绞架和柴堆，天空被地平线一样长的烟柱分割成几块。事实上，从世界诞生之日起，就没有发生过类似的事。自从这个世界属于我们……你要明白,尼弗迦德人穿过群山,就是为了摧毁这个世界。"

"太荒谬了。摧毁世界有什么好处?战争的目的不是毁灭。战争只有两个理由:首先是权力,其次是金钱。"

"别再讲大道理了,杰洛特!大道理改变不了事实!你没听到我的话吗?你为什么就是不明白?相信我,雅鲁加河没法阻止尼弗迦德人进军。到了冬天,冰封河面,他们会继续推进。告诉你吧,我们应该逃到北方。他们到不了那么远。但不管怎么说,我们的世界都不会是过去那样了。杰洛特,别把我单独留在这儿!不要自己离开!别抛下我!"

"你真是疯了,丹德里恩。"猎魔人在马鞍上身子前倾,"恐惧让你失去了理智。你为什么觉得我会抛下你?抓住我的手,上马。你在渡口待着也没什么意义,他们不会让你上船。我会带你去上游。我们去找条船或木筏。"

"尼弗迦德人会抓住我们的。他们已经来了。你没看到那些骑士吗?你也看到了,他们是直接从战场下来的。我们去下游,去艾娜河口。"

"别再慌张了。我们会过河的,不用担心。下游恐怕全是难民。每个类似这儿的浅滩,渡船上都会人满为患。而每条船都被军队征用了。我们去上游。别害怕,我会让你过河的。有必要的话,坐树干过去也行。"

"你连河对岸都看不到!"

"别抱怨了。我说了,会让你过河的。"

"那你呢?"

"上马，我们路上再谈。嘿，见鬼，这么大的袋子可不行！你想让洛奇背脊折断吗？"

"洛奇？洛奇不是红棕色吗？可这马是栗色的。"

"我的马都叫洛奇，你很清楚。别再废话了。袋子里装着什么？金子？"

"手稿！诗歌！还有干粮……"

"扔到水里。诗歌可以再写。至于食物，我可以分你。"

丹德里恩露出哀悼的表情，但没犹豫。他把袋子丢到水里，跳上马背，坐上鞍囊，拉着猎魔人的腰带保持平衡。

"走吧，走吧。"他焦急地重复道，"别再浪费时间了，杰洛特，快到森林里去，趁……"

"别说了，丹德里恩……你让洛奇紧张了。"

"别嘲笑我。要是你知道我刚才……"

"看在瘟疫的分上，闭嘴。我们走大路。我会在日落前让你过河。"

"只有我？那你呢？"

"我在河这边有事要办。"

"你疯了，杰洛特？你活够了？你到底想干吗？"

"跟你无关。我要去辛特拉。"

"辛特拉？辛特拉已经不存在了！"

"你说什么？"

"辛特拉已经不存在了。只剩残垣断壁。尼弗迦德人……"

"下马，丹德里恩……"

"什么？"

"下马！"

猎魔人猛扭过头。看到他的表情，吟游诗人像箭一样跳下马背，差点摔倒。杰洛特平静地下马，把缰绳搭在母马头上，犹豫地伫立片刻，用戴着手套的手抹把脸。他找个树桩坐下，面对一丛血红色的山茱萸。

"过来，丹德里恩。"他说，"坐过来，告诉我辛特拉怎么了。告诉我一切。"

诗人坐下来。他沉默一阵，然后开口。

"首先进攻的是尼弗迦德人。他们成千上万，在玛那达山谷与辛特拉军队相遇。战斗持续了一整天，从黎明直到黄昏。辛特拉王国军英勇作战，但伤亡惨重。国王战死，这时，王后……"

"卡兰瑟。"

"对。她看到军队陷入恐慌，溃不成军，于是将还能作战的人集结到她和她的旗号周围，最后在城旁的河边组成一道防线。所有活着的士兵都追随她。"

"然后呢？"

"她带着少数骑士掩护大部队过河，还负责殿后。他们说，王后像男人一样作战，径直冲进最激烈的战场。尼弗迦德士兵冲锋时，她被长矛刺穿了身体。然后他们把她送回城内。杰洛特，瓶子里是什么？"

"伏特加。要喝点吗？"

"当然。我很乐意。"

"说吧。继续，丹德里恩，告诉我一切。"

"那座城市防守很薄弱，没有指挥，城墙上空无一人。剩下的骑士及其家人，还有王子与王后，把城堡入口堵死。但尼弗迦德人让巫师把大门烧成碎片，又炸塌了城墙。只有城堡的塔楼显然有魔法保护，没被尼弗迦德巫师摧毁。尽管如此,四天后,大军还是攻了进去。辛特拉的女人杀死子女,男人杀死女人,然后挥剑自杀……杰洛特,你怎么了?"

"继续说,丹德里恩。"

"或者……像卡兰瑟那样……从城垛最高处一跃而下,头部着地……据说她请求……但他们不答应。于是她爬上城垛……头朝下跳了下去。他们说,尼弗迦德人还对她的尸体施暴。我不想再说了……你怎么了?"

"没事,丹德里恩……在辛特拉,有个……孩子。卡兰瑟的外孙女,十到十一岁。她叫希瑞。你听说过她的消息吗?"

"没有。但后来发生了可怕的大屠杀,城市和城堡里的人几乎无一幸存。我听说,防守城堡的人全都难逃一死。王室大多数女眷和子女都在那儿。"

猎魔人沉默不语。

"你认识卡兰瑟?"丹德里恩问。

"对,我认识。"

"那你问起的女孩呢?你也认识希瑞?"

"我跟她很熟。"

一阵风吹过,拂皱了河水,让树丛沙沙作响。几片树叶盘旋飞过。秋天到了,猎魔人心想。又是一年秋天。

杰洛特站起身。

"你相信命运吗,丹德里恩?"

吟游诗人抬起头,惊讶地瞪大眼睛,看着猎魔人。

"问我这个干吗?"

"回答我。"

"呃……好吧,我相信。"

"但你知不知道,光有命运还不够?还需要别的东西。"

"我不明白。"

"我也不明白,但事实如此,还需要别的东西。问题在于……我始终不知道还需要什么。"

"你怎么了,杰洛特?"

"没什么,丹德里恩。来吧,上马。我们走。快点儿。天知道找到一条够大的渡船要花多久。我不打算抛弃洛奇。"

"这么说,你要跟我一起过河?"诗人快活地问。

"对。河这边已经没我要做的事了。"

九

"尤尔加!"

"克丽丝蒂黛!"

门边的年轻女人跌跌撞撞地跑来,长发随风飞扬,号啕着扑向尤尔加。尤尔加把缰绳丢给仆人,跳下马车,迎向他的妻子。他神采奕奕地搂住她的腰,将她举到空中,转了个圈。

"我回来了,克丽丝蒂黛!我回来了!"

"尤尔加!"

"我回来了!快把门打开!一家之主回来了!"

克丽丝蒂黛的衣服才洗到一半,身上湿漉漉的,还散发着肥皂水的味道。尤尔加把她放到地上,但仍然搂住她。她紧贴在他怀里,身子瑟瑟发抖。

"跟我进屋,克丽丝蒂黛。"

"诸神保佑,你回来了……我每天都睡不着觉……尤尔加……我睡不着……"

"我回来了。嘿,我回来了!我还成了有钱人,克丽丝蒂黛!看到马车没?嘿,普罗菲!抡起鞭子,把车赶进大门!看到马车没,克丽丝蒂黛?上面装满了东西……"

"尤尔加,我干吗在乎马车?你回来了……健健康康地回来了……这才是最重要的……"

"我说过了,我有钱了。过来看……"

"尤尔加?那人是谁?穿黑衣服那个?天哪,他还带着剑……"

商人转过身。猎魔人下了马,背对着他们,假装调整马肚带和鞍座。他既没打量他们,也没靠近。

"待会儿再告诉你。哦,克丽丝蒂黛,我们好久没见了……告诉我,孩子们在哪儿?他们身体好吗?"

"都很好,尤尔加,都很健康。他们去田里打乌鸦了。邻居们会叫他们回家的。他们很快就会回来,他们三个……"

"三个?可是……克丽丝蒂黛?你又能……"

"不……但有件事我必须告诉你……你不会生气吧?"

"我?生你的气?"

"我收养了一个女孩,尤尔加。是德鲁伊带来的……你知道,他们在战争中救了很多孩子的命……他们把孩子带去森林抚养,那些走失或被人遗弃的孩子……勉强活下来的孩子……尤尔加?你生气了吗?"

尤尔加拍了一下额头,转过身。猎魔人牵马跟在马车后面。他扭过头,避开他们的目光。

"尤尔加?"

"哦,诸神在上!"商人呻吟道,"诸神在上,克丽丝蒂黛!这就是我毫不知情的东西!在我家里!"

"别生气,尤尔加……等你见过她,也会渐渐喜欢上她的。她是个聪明的女孩,很友好,而且勤快……不过确实,有点古怪。她不肯说自己从哪儿来,一提起就会哭。所以我也不怎么问她。尤尔加,你知道,我一直希望有个女儿……你觉得呢?"

"没关系的。"他柔声回答,"没关系。这是命运。"回屋的路上,他狂热地重复着这个字眼,"命运,命运……诸神在上……我们无法理解命运是什么,克丽丝蒂黛。这种事情,还有那些梦,都是我们没法了解的。我们无法……"

"爸爸!!!"

"奈德伯!苏力克!你们长这么大了!就像两头小牛!到我这儿来……"

尤尔加停下脚步,看着那个瘦小的灰发女孩,她正慢吞吞地跟在男孩身后。女孩也看到了他。商人注意到,那对大眼睛碧绿得仿佛春天的青草,明亮得如同两颗星辰。他看到她加快脚步,奔跑起来……他听到她尖声尖气的叫喊:

"杰洛特!"

猎魔人立刻转过身,飞快地跑向小女孩。这一幕让尤尔加说不出话来。他从没见过动作如此迅速之人。

他们在庭院正中相会。灰发女孩身穿灰色衣裙;白发猎魔人背着长剑,穿着镶嵌银钉的皮外套;女孩快步奔跑,轻盈地跃起;猎魔人跪到地上；女孩用小手环住他的脖子，灰发落在猎魔人的肩头。克丽丝蒂黛发出一声含糊的尖叫。尤尔加一言不发地拉过她，将她抱在怀里，另一只手搂住两个男孩。

"杰洛特！"女孩又喊一声，紧紧抱着猎魔人，"你找到我啦！我就知道！我知道你会来！我知道你会找到我！"

"希瑞。"猎魔人说。

尤尔加看不到杰洛特的表情，他的脸被女孩的灰发挡住。他只看到猎魔人的黑手套抱紧了希瑞的后背和双肩。

"你终于找到我了！哦，杰洛特！我一直等到现在！过了这么久……我们终于在一起了，不是吗？我们在一起了，对吗？说啊，杰洛特！说我们会永远在一起！说啊！"

"我们会永远在一起，希瑞。"

"就像那个预言，杰洛特！就像预言……我就是你的命运，对吗？说啊！我就是你的命运吗？"

尤尔加注意到猎魔人眼中的惊讶。他听到克丽丝蒂黛在轻声抽泣，感觉到她的双肩在颤抖。他知道自己不会理解猎魔人的答案，但仍继续等待。他有充分的理由。

"你不光是我的命运，希瑞。不光是我的命运。"

卷二完